# PRINZ
## DER
# UNTERWELTFEEN

USA-Today-Bestsellerautorinnen
### LEXI C. FOSS & J.R. THORN

Übersetzung: V. Gautschi

Korrektorat: Yanina Heuer

Cover-Design: Covers by Juan

Coverfoto: Wander Aguiar

Covermodels: Sophie, Alex, Philippe, Forrest & Camden

Veröffentlicht von: Ninja Newt Publishing

Digitale Ausgabe

ISBN: 978-1-68530-393-8

Printausgabe

ISBN: 978-1-68530-394-5

**AI Disclaimer: Dieses Buch enthält keine KI-Inhalte. Alle künstlerischen Elemente in diesem Buch wurden von echten Künstlern entworfen, und alle Texte wurden von den Autorinnen geschrieben.**

*Vorsicht, Engelchen. Ich kann unglaublich fesselnd sein.*

# PRINZ
## DER
# UNTERWELTFEEN

Bänder sind faszinierend.
Sie zwirbeln und verfangen sich und lassen sich doch so leicht
und auf so elegante Weise entwirren.
Vor allem, wenn sie um den sinnlichen Körper einer Frau
geschlungen sind.

Leider habe ich so viele Knoten um Camillia De la Croix
gewoben, dass ich fürchte, sie könnte mir nie das Privileg
einräumen, sie zu entfesseln.

Meine hübsche kleine Gefangene ist stur. Und so perfekt.
Ich habe mich jetzt schon viele Monde lang nach ihr verzehrt.
Habe sie kosten wollen.
Habe sie bezirzen wollen.
Habe sie in Bänder hüllen und verschlingen wollen.

Aber gerade, als ich den ersten Schritt wage, um ihr endlich zu
offenbaren, wer ich wirklich bin, wird sie mir entrissen und an
einen Ort gebracht, den ich vor langer Zeit zerstört geglaubt
habe.
Und ich bin der Einzige, der sie zurückbringen kann.

Aber es wird eines vollständigen Gefährtenzirkels bedürfen,
damit er mir genug Kraft spenden kann.
*Typhos. Az. Ajax. Und ich.*

Kann ich sie davon überzeugen, mitzuspielen?
Oder ist es uns bestimmt, die Ewigkeit ohne unsere
wunderschöne Gefährtin zu verbringen?

*Fürchte dich nicht, kleiner Engel.*
*Ich werde dich finden. Ich werde für dich töten. Und dann ...*
*Werden wir dich alle verehren.*

**Anmerkung der Autorinnen:** *Prinz der Unterweltfeen* ist
ein dunkler, paranormaler Liebesroman mit vier geplagten
Gefährten, zwischen denen man sich nicht entscheiden muss.
Wenn du deine Antihelden dominant und sexy magst, bist du
hier an der richtigen Adresse. Im Reich der Höllenfeen brennt
Romantik heiß und Vergebung ist nicht vonnöten. Dieses
Buch gehört zu einer fünfteiligen Buchreihe und endet mit
einem Cliffhanger.

## EINE ANMERKUNG
## VON LEXI & JEN

Danke, dass du dich für Prinz der Unterweltfeen entschieden hast! Wir hoffen, dass dir diese dunkle Welt genauso gut gefallen wird wie uns.

Allen Lesern, die neu zur Reihe hinzugestoßen sind, empfehlen wir, die Bücher in Reihenfolge zu lesen, da es sich bei dieser Serie um eine fortlaufende Geschichte handelt.

Seid gewarnt: Dieser Reihe wohnen starke sexuelle Spannungen, Gewaltszenen und Szenen mit Dubcon inne. Es existieren auch sehr starke M/M-Beziehungen in dieser Welt. Die Männer in dieser Geschichte lieben es, einander zu ficken. Aber sie werden Cami nur zu gerne einladen, sich ihnen anzuschließen …, sobald sie sich als würdig erweist. ;)

Cami ist nicht die Art von Frau, die klein beigibt und alles einfach so hinnimmt. Sie kämpft bis zum bitteren Ende.

Ihre Gefährten erwartet eine Menge Arbeit.

Und sie werden ihr ganz schön in den Hintern kriechen müssen.

Ihre Reise wird nicht einfach sein, aber sündhaft gut allemal.

Hier geht die Reise durch die Welt der Höllenfeen weiter. Überlege dir gut, wem du dein Vertrauen schenkst. Und Vorsicht vor den berüchtigten Trugbildern.

Nichts ist, wie es scheint.

Ganz so wie unsere Höllenfeen-Gefährten ...

# EINFÜHRUNG

Das Wunderbare an Fesselspielen ist ihre Wandelbarkeit. Sie
sind eine Methode, jemanden zu bändigen, gleichzeitig
können sie eine befreiende Wirkung haben. Sie bringen einen
auf ganz neue Ebenen, führen einen an tiefgreifende Freuden
heran und bieten eine Rettungsleine, von der man gar nicht
wusste, dass man sie braucht.

Kann sein, dass das ein Rätsel ist.
Vielleicht aber auch eine Prophezeiung.
Oder aber alles bisher Geschehene war bewusst irreführend.

Sollen wir es herausfinden?
Blättere um, Engelchen.
Und lass dich vom *Prinzen der Höllenfeen* führen.

– Melek.

# DIE REICHE DER HÖLLENFEEN

## EINE SEITE AUS LUZIFERS BUCH, VITA, DIE ANS TAGESLICHT GEKOMMEN IST

Vor langer, langer Zeit fiel ein Engel vom Himmel. Seine Federn wurden ihm ausgerissen, sein Licht ausgelöscht, und er landete in den Feuern eines zerstörten Landes.

Aber dieser Engel war kein normaler Engel.

Er hatte gewusst, dass seine Welt zusammenbrechen würde, noch bevor der ultimative Verrat an ihm begangen worden war. Und so verbarg er die Quelle seines Lichts. Seine wahre Macht. Seine ultimative Rache.

Aus diesem gleißenden Funken der Energie schuf er eine neue Welt – das Reich der Höllenfeen. Und darin hieß er alle Kreaturen willkommen, die von den anderen Feenreichen abgelehnt und verbannt wurden.

Albtraumfeen. Abscheulichkeiten. Monster.

Während sein neuer Hof stetig wuchs, entstanden mehrere Königreiche. Jedes wird von einer beschützerischen Mythenfee und unter ihnen wiederum von Feenkönigen regiert.

Dieser Eintrag soll als Verzeichnis dieser Königreiche und

den bekannten Spezies dienen, die sie bewohnen. Es verändert sich und wächst täglich, aber ich bin Vita, Luzifers Buch. Ich weiß alles. Ich dokumentiere alles. Und jetzt werde ich mein Wissen mit dir, lieber Leser, teilen ...

**Ödland:** Wüstenähnliche, trockene Gegenden mit felsigem Grund und nahezu keinem Wasservorkommen. Zentauren, Mantikore, Minotauren, Luftdrachen, Greife und Irrwichte nennen dieses Gebiet ihr Zuhause. Es wurde vor Kurzem auch dazu benutzt, die Höllenfeen-Brautkandidatinnen in einem einzigartigen Paradigma zu beherbergen.

**Königreich der Höllenfeen:** Ein zusammengefasstes Königreich, das Typhos Luzifer sein Zuhause nennt. Alle Nicht-Albtraum-Feengeschöpfe residieren hier – ganz so wie Luzifers berüchtigte Höllenhunde.

**Marschland:** Trübe Wasser und Sumpfpflanzen machen die Gegend zum idealen Zuhause für Nagas und Unseelie.

**Königreich der Träume:** Hierbei handelt es sich um das Land der Träume, wo Albtraumfeen sich an Angst und Schrecken laben. Ghule und Strigoi nennen diesen Ort hier ihr Zuhause, aber auch eine von Luzifers persönlichen Kreationen lebt hier: die Kuntilanak-Feen.

**Königreich des Jenseits:** Dunkelheit und Mondlichtstrahlen suchen die Friedhöfe dieses Königreiches heim und machen es zum idealen Zuhause für Leichen- und Todesfeen.

**Unterwasser-Königreich:** Unendliche Ozeane und korallenähnliche Schlösser hüllen dieses Königreich in ein Meer aus einzigartigen Farben. Hier hausen Kelpies und Wasserdrachen, aber auch einige von Luzifers persönlichen Schöpfungen finden hier Zuflucht, darunter die Sirenen.

# REICH DER HÖLLENFEEN

MARSCHLAND

KÖNIGREICH DER HÖLLENFEEN

KÖNIGREICH DER TRÄUME

UNTERWASSER-KÖNIGREICH

ÖDLAND

KÖNIGREICH DES JENSEITS

# PROLOG: MELEK

„Im Austausch für meinen Schutz, ein Zuhause und deine Position als Wärter, Zugriff auf die Höllenfeenquelle und deine Höllenfeenbraut deiner Wahl musst du zu meinem Gefährten werden, Ajax."

Tys Worte gehen mir ununterbrochen durch den Kopf und lassen mein Lächeln mit jeder Wiederholung breiter werden.

Natürlich war Ajax' Reaktion nicht ganz so aufregend gewesen, wie ich gehofft hatte.

„Du hast eine Woche, um dich zu entscheiden, Ajax. Wähle weise. Es könnte die letzte Entscheidung sein, die du triffst", hatte Ty gesagt.

Ajax hatte bloß seine Augen für den Bruchteil einer Sekunde zusammengekniffen, und dann schien es, als trüge er eine eiserne Maske, die verbarg, was in ihm vorging. „Du wirst meine Antwort am Interreichsfeenball erhalten."

Nach dieser antiklimaktischen Aussage hatte er sich in Luft aufgelöst. Ich hätte ihm nachgehen können, aber ich ahnte, dass unser Wärter etwas Zeit zum Nachdenken brauchte.

Die würde ich ihm geben.

Und stattdessen meinen König unterhalten.

*Hm*, summte ich, nach wie vor auf meinem Thron sitzend, während Ty es sich in der Nähe gemütlich machte. Ihm schien Ajax' Gelassenheit zu gefallen. Die Worte „*potenzieller*" und „*Gefährte*" gingen ihm immer wieder durch den Kopf, gefolgt von einem seltenen Gefühl der Bewunderung.

Bewunderung, die er sonst nur mir entgegenbrachte.

Und manchmal Az.

Mit hochgezogener Augenbraue erhob ich mich und schlenderte auf ihn zu. „Denkst du etwa darüber nach, was unserem lieben Wärter im Bett gefallen könnte, mein König?"

Ty sah mich mit seinen ozeanblauen Augen an. „Der Einzige, den ich in meinem Bett haben will, bist du, mein Prinz."

Ich zog die Augenbrauen noch höher. „Aha?" Ich blieb, zwischen seinen Beinen angekommen, stehen. Seine entspannte Haltung stand in direktem Kontrast zum Sturm, der in unserem Band wütete.

Das Reich der Höllenfeen war unter Beschuss. Strudelartige Portale bedrohten unsere Königreiche und wir waren kein Stück näher an der Lösung dran, wer hinter ihnen steckte.

Und wir waren so einigen falschen Fährten gefolgt.

Zum Beispiel jener, die zu Maliki ins Königreich des Jenseits geführt hatte.

Er hatte dieses Portal für die Ghule geöffnet, damit sie in eine alternative Realität reisen und an einem glorifizierten Gefährtenritual namens Nacht der Monster teilnehmen konnten.

Bisher schien alles bloß reiner Zufall gewesen zu sein.

Aber mein König glaubte nicht an Zufälle.

Irgendetwas war hier im Gange. Etwas, das seine Brautspiele störte und seinen einst makellosen Ruf ruinierte.

Und zu allem Überfluss wurde sein innerer Zirkel von Unsicherheiten zerrüttet.

Unsicherheiten, die auf Camillia De la Croix zurückzuführen waren.

Könnte sein, dass ich zu einem gewissen Grad dafür verantwortlich war.

Aber ich würde mich nicht entschuldigen.

Sie war der Schlüssel. Die *Lösung*. Und der König der Höllenfeen sah langsam, aber sicher, ein, warum. Jede zurückgestreifte Schicht legte mehr von ihrem darunterliegenden Potenzial frei. Bald würde er sie genauso sehr begehren wie ich.

Ich kniete mich vor ihn hin und legte sanft meine Hände auf seine Schenkel. „Weißt du, was ich glaube?", fragte ich mit gelassenem Tonfall, während ich meine Hände stetig weiter nach oben wandern ließ.

Er neigte seinen Kopf zur Seite, was seine langen, dunklen Haare über seine muskulösen Schultern fallen ließ. „Dass du deinen Sieg mit einem Blowjob feiern willst?"

An meinen Mundwinkeln zupfte ein Lächeln. „Ja", räumte ich ein, „aber ich glaube auch, dass du dich selbst belügst, Ty." Ich ließ meine Hände weiter hochwandern und öffnete den Knopf seiner Hose geschickt.

„Inwiefern?", grummelte er.

Ich zog den Reißverschluss herunter und legte seine hervortretende Erektion frei. Während ich meinen Mund an seine Eichel führte, ließ ich meinen Blick nach oben wandern. „Ich bin nicht der Einzige, den du in deinem Bett haben willst, Liebster." Ich schlang meine Lippen um seinen Schwanz, bevor er etwas erwidern konnte, und entlockte meinem König ein tiefes Stöhnen. Seine Finger verschwanden umgehend in meinem Haar. Er presste mich an sich und zwang mich damit, mehr von ihm aufzunehmen.

„Ich will Ajax nur der Kraft wegen", knurrte er und griff plötzlich so fest zu, dass es wehtat. „Er ist ein idealer Kandidat und ein würdiger Gefährte, aber das bedeutet noch lange nicht, dass ich ihn ficken will, Melek."

„Mh-hm", stimmte ich um seine Lanze geschlungen zu. *Und was ist mit Cami?*, fragte ich telepathisch, da mein Mund jetzt anderweitig beschäftigt war.

Das ließ den König der Höllenfeen die Nasenflügel blähen und er warf mir einen düsteren Blick zu. „Was soll mit ihr sein?"

Ich erwiderte seine Frage mit einem Lächeln, während ich meine Zunge über seinen bebenden Schaft gleiten ließ und ihm damit ein weiteres wunderbares Knurren entlockte.

*Ich wette, sie würde gern lernen, wie man dich befriedigt, Liebster*, flüsterte ich nach einer Weile. *Und dich tief in sich aufnehmen. Um dein Glied geschlungen würgen.*

Ein Akt, den sie – wie ich annahm – derzeit mit unserem Kommandanten vollzog.

Denn ich konnte ihre brennende Erregung in unserem Band spüren. Ihre dunklen Gelüste waren ein Leuchtfeuer, das mich um ein Haar dazu brachte, mich ins Reich der Mitternachtsfeen zu teleportieren, damit ich ihr und Az beim Spielen zusehen konnte.

Er war ein Biest.

Eine Formwandlerfee mit wilden Begierden.

Und soweit ich das beurteilen konnte, befriedigte sie diese Begierden gerade.

Unser vollendetes Engelchen sündigte auf ihren Knien.

Mein König musste es auch spüren – musste Az' Erregung durch ihr Gefährtenband vernehmen.

Zwar fühlte sich Ty nicht von Az angezogen, aber das

bedeutete nicht, dass er immun gegen die erotischen Schwingungen war, die ihre Verbindung heimsuchten. Er konnte jedes bisschen Lust spüren, ganz wie ich es konnte – mit dem Unterschied, dass sie durch Cami und nicht durch Az zu mir fand.

Die Erregung des Kommandanten musste noch intensiver sein, weil sein Schwarzer Phönix randvoll mit Urkraft gefüllt war. Ty musste Az' Lust zuvor schon gespürt haben – vor allem, als er mit unserem Wärter gespielt hatte. Aber das hier war anders. Hier ging es um *sie*.

Ich ahnte, dass Ty seine Verbindung zum Kommandanten nicht kappte, wie er es sonst tun würde.

Denn mein König wollte unser Engelchen genauso sehr wie ich.

Er war nur noch nicht bereit, es zuzugeben. Nicht einmal sich selbst gegenüber.

„Fuck!", gab Ty zähneknirschend von sich. „Ich will nicht an sie denken, während dein Mund um meinen Schwanz geschlungen ist, kleiner Prinz."

*Lügner*, schuldigte ich ihn an und ließ meine Zähne über seinen breiten Schwanz gleiten.

Er riss mich mit so einer Wucht von sich, dass ich kaum recht verarbeiten konnte, was er vorhatte, bevor mein Rücken gegen eine Wand in der Nähe prallte. Sein brennender Blick bohrte sich in mich, während er mich gegen die Wand presste, und sein muskulöser, angespannter Körper war an meinen gedrückt.

„Ich lüge nicht", zischte er mit zusammengebissenen Zähnen. „Ich würde dich nicht anlügen. Niemals."

Mit sanfter werdendem Ausdruck legte ich ihm die Hand aufs Herz. „Du belügst nicht *mich*, Liebster."

Er kniff seine Augen zusammen. „Melek ..."

„Ich werde nicht weiter nachhaken", versprach ich ihm und ließ meine Lippen kaum spürbar über seine streifen.

„Aber nur, wenn du mir etwas anderes bietest, an das ich denken kann."

Er biss die Zähne zusammen. Ich spürte das darauffolgende Muskelzucken an meinen Lippen, als ich mich zu ihm lehnte und ihn küsste. Er bewegte sich nicht, presste mich stattdessen gegen die Wand, während sich seine Brust, die an meine gedrückt war, langsam hob und wieder senkte.

So viel aufgestaute Wut.

So viel Frust.

So viel *Erregung*.

Er freute sich über den Handel mit Ajax und war ganz begierig darauf, die Antwort des Wärters auf sein Angebot zu hören. Und Az' steigendes Verlangen erweckte eine düstere Neugierde in meinem König. Ich konnte spüren, wie sie ihn einnahm und sein Verlangen nach Sex steigerte.

„Ich will sie nicht begehren", gab Ty ganz leise zu. Der verletzliche Tonfall, der seiner Aussage mitschwang, war untypisch für ihn und komplett gerechtfertigt. „Sie ist gefährlich, Melek."

Ich ließ meine Hand von seiner Brust an seine Wange wandern. „Alle Veränderungen sind gefährlich, mein König."

Er schüttelte den Kopf. „Ich traue ihr nicht."

„Ich weiß."

„Sie ist eine Bedrohung für die Quelle", fuhr er fort.

„Nein, ist sie nicht."

Er legte mir die Hände an die Hüften und presste seinen steifen Schwanz an meinen, der noch von meiner Hose verborgen war. „Das kannst du nicht wissen, Melek."

„Ich kann es spüren", konterte ich und ließ meine Finger an seinen Hals wandern. „Ihre Absichten sind rein, mein König."

„Das werden wir ja sehen", erwiderte er.

„Ja, werden wir", stimmte ich zu. „Also ... diese Ablenkung ..."

„Ist sie für dich oder mich gedacht?", wollte er wissen und kam noch näher.

„Warum kann sie nicht für uns beide gedacht sein?", meinte ich. „Unsere Gefährten vergnügen sich miteinander, Ty. Du spürst es. Ich spüre es. Warum schließen wir uns ihnen nicht auf unsere Weise an?"

Er schüttelte seinen Kopf – nicht, um abzulehnen, sondern um mir zu zeigen, dass er sich geschlagen gab.

Alle anderen sahen diese Fee als Furcht einflößendes, gottesähnliches Wesen an, das über immense Kraft verfügte. Das stimmte auch, aber er war mehr als das. Er war mein Ty. Mein König. Mein Liebster.

„Lass mich dich verehren", flüsterte ich und ließ meine Finger an die Knöpfe seines Hemds wandern, um den Stoff von seinem Körper zu ziehen. „Und im Gegenzug kannst du dich um mich kümmern."

„Ich werde mich immer um dich kümmern, kleiner Prinz."

„Das weiß ich doch", erwiderte ich. „Du kümmerst dich um uns alle." Dann lehnte ich mich zu ihm und drückte ihm einen Kuss auf den Hals. „Und jetzt werde ich mich bei dir dafür bedanken."

„Melek ..."

„Schhh", zischte ich leise. „Lass mich spielen. Du wirst es genießen – versprochen."

Er packte mich am Hals und zwang mich, ihn erneut anzusehen. Alles verdunkelte sich kurz und im nächsten Augenblick materialisierte sich unser Schlafzimmer um uns herum, während er mich mit intensivem Ausdruck anstarrte.

„Jetzt spiele ich, kleiner Prinz." Er drängte mich rückwärts auf das Bett zu und in seiner Hand materialisierte sich ein magisches Seil.

Mmh, wie es schien, stand meinem König der Sinn nach Bestrafung. „Sag mir, was ich tun soll, Ty", forderte ich ihn heraus. Ich konnte es kaum erwarten, mir einen sinnlichen Kampf der Willen mit ihm zu liefern.

„Zieh deine Sachen aus und leg dich auf das Bett, verdammt", verlangte er.

Ich schnurrte daraufhin geradezu.

Oder vielleicht hatte ich bloß Az' Schnurren in Camis Gedanken gehört.

Was auch immer es war, das hier würde ein Riesenspaß werden.

*Und die kommenden Wochen auch ...*

## KAPITEL 1

## CAMI

*Ich stehe in Flammen.*

Nicht buchstäblich.

Oder vielleicht doch?

Ich ... ich konnte es nicht recht sagen. Alles *brannte*. Und das nur wegen des mächtigen Mannes, der unter mir schnurrte.

Azazel. *Az.* Der Kommandant der Höllenfeen.

In seinen Iriden tanzten violette Flammen und sein innerer Phönix spähte hervor, während der Mann in ihm meinen Ausdruck zu deuten versuchte. Meine Gedanken. Meine Begierden.

Es hätte ziemlich offensichtlich sein sollen, was ich begehrte. Ich hatte mich aus einem guten Grund rittlings auf ihn gesetzt, ihm die Hände um die muskulösen Schultern geschlungen und meine bekleidete Brust an seine nackte gedrückt und ihn *geküsst*.

Trotzdem musterte er mich, als wüsste er nicht recht, was er mit mir anfangen sollte.

„Bring es mir bei", flüsterte ich mit flehendem Tonfall, der sich nicht verbergen ließ.

Bei den Feen, ich wollte ihn. *Verzehrte* mich nach ihm.

Er hatte mir etwas gegeben, das ich nicht definieren konnte. Eine Wahrheit, die meine Mauern niedergerissen und meine letzten Reserven ausgeschöpft, all meine Zweifel beseitigt hatte.

Eine Engelsfee – *Vivaxia* – hatte ihn zu ihrem Haustier gemacht. Verdammt, wenn ich diesem Miststück jemals begegnete, würde ich sie umbringen.

Sie hatte Az' Phönix zu ihrem Sklaven gemacht. Ihn zu schrecklichen Dingen gezwungen.

Mithilfe eines Bannes.

*Ähnlich wie jener, den Ajax gesprochen hat*, dachte ich und schluckte hart.

Aber ... Az hatte den Bann durchbrechen können.

Hatte sich befreit.

Nein, nicht ganz. Er hatte ... er hatte seinen Geist *geheilt*, den Mann und das Biest zusammengeführt. Aber er hatte seinem Phönix die Kontrolle überlassen. Aus Respekt. Mir gegenüber. Und Ajax. Um sich für all seine Fehler zu entschuldigen. Um zu beweisen, dass er würdig war ... *unser Gefährte zu sein*.

Und jetzt wollte ich unter Beweis stellen, dass ich seiner würdig war. Ich wollte ihm zeigen, dass ich ihm vergab. Dass ich ihn *akzeptierte*.

Und – was am wichtigsten war – dass ich mit ihm umgehen konnte.

„Zeig mir, wie du fickst", ergänzte ich hörbar. Die Worte waren ein Echo jener, die ich gerade eben in seine Gedanken gesprochen hatte. „Bitte, Az. Bitte ..."

Eine brandheiße Welle, die über mir zusammenbrach, verschlug mir die Sprache und ließ mich nach Atem ringen.

„Ich will dich nicht ficken, kleine Kämpferin", murmelte Az, seine heißen Lippen an meine gepresst. „Ich will dich *verschlingen*."

Ich erschauderte. Seine Wärme ging mir unter die Haut und schürte das Feuer, das durch meine Adern kursierte.

„Was du da gerade spürst, ist nur ein Bruchteil meines Verlangens", fuhr er fort. „Eine winzige Dosis dessen, was ich mit dir anstellen will."

Ich schluckte hart und mein Körper fühlte sich fast schon taub an, weil mein Wesen von all der Kraft eingenommen wurde. *Das ist eine Warnung*, dämmerte es mir. Die Worte flüsterte ich in unser Band.

„Ich bereite dich vor", korrigierte er hörbar und strich mit seiner Nase an meiner Wange entlang zu meinem Ohr. „Ich werde dich verdammt noch mal verschlingen, Camillia." Er drückte mir einen Kuss auf die donnernde Halsschlagader. „Du brauchst ein Safewort."

Ein *was*? Ich wusste, was der Begriff zu bedeuten hatte, ich hatte nur nicht erwartet, ihn von seinen Lippen zu hören.

„Ein Wort, das mich innehalten lässt", erklärte er, weil er meinen Gedankengang wohl vernommen hatte. „Ich will dir nicht wehtun."

„Das könntest du nie", keuchte ich und spannte die um seine Beine geschlungenen Schenkel an.

„Doch, könnte ich", entgegnete er und sein Griff um meine Hüften wurde fester, ehe er mich an sich presste. „Ich bin die fleischgewordene Kraft, Cami. Wenn ich dich beanspruche, werde ich dich zerstören. Ich muss mich davon überzeugen, dass du es aushalten kannst. Jetzt sag mir, wie dein Safewort lautet."

„Von dir habe ich nie ein Safewort bekommen", unterbrach eine tiefe Stimme, deren Besitzer sich mehr als nur ein bisschen wütend anhörte.

*Ajax*, ging mir durch den Kopf. Als ich über meine Schulter blickte, konnte ich ihn, den Arm gegen die Wand gelehnt, in der Tür stehen sehen.

„Du hast immer nur *genommen*", fuhr er fort, sein Blick auf Az gerichtet. „Und gelogen."

Az erschauderte unter mir. „Ich habe dich nie angelogen."

„Aha? Also hast du nicht so getan, als hielte dein Vogel die Zügel in der Hand, und mich damit dazu gebracht, dich mit Cami allein zu lassen?" Er stieß sich von der Wand ab und seine Pupillen strahlten angesichts seiner Wut voller Kraft. „Und was tust du als Erstes? Sie verführen?" Er holte seinen Zauberstab hervor. „Ich hätte es besser wissen sollen, als dir zu *vertrauen*."

Az zog seine Hände von meinen Hüften weg und erhob sie in ergebender Haltung. „Ajax ..."

Mein Mitternachtsfeen-Gefährte murmelte bereits eine Zauberformel und sprach einen Bann mit unbekannten Auswirkungen.

„*Tu es nicht!*", rief ich ihm zu, aber die Magie wand sich bereits um seinen Zauberstab. Eine Bewegung aus dem Handgelenk heraus, und schon schoss der Zauber auf Az zu.

Ich tat das Einzige, was mir übrig blieb – ich warf mich in die Schussbahn des Zaubers und absorbierte die Wucht seines Bannes.

„*Cami!*", schrie Ajax, und Az stieß zeitgleich ein Fauchen aus.

Ein Stromschlag sauste an meinem Rücken hoch und runter, was mich zu Boden gehen und ein Jaulen ausstoßen ließ, das an einen Schrei erinnerte.

Vielleicht schrie ich wirklich.

Keine Ahnung.

Denn, *heilige Scheiße*, tat das weh. Ich konnte mich nicht bewegen. Konnte nicht atmen. Konnte mich nicht *konzentrieren*.

Ein statisches Summen füllte meine Ohren aus und irritierte meine Sinne.

Bis auf dieses Geräusch konnte ich weder klar denken noch etwas anderes hören oder sehen.

Es erinnerte mich an den Tag, an dem Vita mich in ihre Seiten gesogen und mich einen Monat lang festgehalten hatte.

*Nicht schon wieder*, dachte ich benommen. *Ich will nicht schon wieder Zeit verlieren.*

Und ich wollte auch keine weiteren der berüchtigten Erinnerungen von Luzifer an seinen *Fall* bezeugen.

Ich zuckte zusammen und zog die Knie an die Brust. Nicht direkt buchstäblich, weil ich meine Gliedmaßen nicht spüren konnte, sondern im übertragenen Sinne. Oder ... zumindest nahm ich an, dass es so war.

*Scheiße.*

Sobald ich mich von diesem paralysierenden Bann befreit hatte, würde ich Ajax den Marsch blasen. Er hatte beabsichtigt, Az, nach allem, was ihm angetan worden war, mit diesem Zauber zu belegen.

Nein.

Nicht cool.

Ajax war wütend. Ich verstand das. Ich war auch wütend auf Az gewesen. Zumindest, bis er mir seine Vergangenheit offenbart hatte. Jetzt ... jetzt war ich nicht mehr so wütend.

Na ja, nein. Ich war wütend. Auf Ajax, nicht auf Az.

*Bumsbremser*, dachte ich. Az und ich hatten auf dem Sofa einen zärtlichen Augenblick miteinander geteilt, der offensichtlich zu einer spaßigen Einlage im Bett oder am Boden geführt hätte.

Aber nein ... Ajax hatte hereinplatzen und alles verderben müssen.

Obwohl ... ich mich freute, ihn zu sehen. Und seine Stimme zu hören. Er hatte mich aus seinen Gedanken ausgeschlossen, bevor er ins Reich der Höllenfeen gereist war, um sich mit Melek und Luzifer zu treffen.

*Ich frage mich, was sie ihm zu sagen hatten*, ging mir

staunend durch den Kopf, den ich kurz darauf zu schütteln versuchte. Das war jetzt weder der richtige Ort noch der richtige Zeitpunkt für solche Gedanken. Ich musste mich von diesem klebrigen Netz befreien.

Und dann würden Ajax und ich ein ernstes Gespräch über Benimmregeln führen.

Und über Banne.

Und über andere Dinge.

Und dann ... na ja ... dann würden wir weitersehen.

Tief drinnen knurrte ich und wand mich, um mich gegen die mentalen Fesseln zur Wehr zu setzen. Sie waren nicht echt, aber sie ... sie waren fast schon greifbar. Wie die gesponnenen Seidenfäden einer Spinne. Die glitzernden Enden und dünnen Stränge schienen zerbrechlich, waren aber unglaublich stark.

Irgendwie war es ziemlich schön.

Ich streckte die Hand nach einem der Fäden aus und stellte überrascht fest, dass ich mich auf ihn zubewegen konnte. Oder Moment mal, nein ... Er näherte sich *mir*. Als würde ich die Magie tiefer in meine Gedanken rufen.

Mir kam ein Seufzer über die Lippen, als ich den verzauberten Strang in die Arme schloss. Er fühlte sich warm an. Richtig. *Perfekt*.

Vielleicht war es hier gar nicht so schlecht.

Vielleicht könnte ich hierbleiben.

Ich blinzelte. Nein, das stimmte nicht. Ich wollte nicht hier sein. Ich wollte frei sein. Mich freikämpfen. Mich ... *Was wollte ich gerade tun?*

So viel Glitzer.

Überall um mich herum.

Schlingernd. Schwimmend. *Tanzend.*

Mir kam um ein Haar ein Kichern über die Lippen, weil sich alles so leicht anfühlte. Fast wie Sterne. Eine Welt wie keine andere.

Ich runzelte die Stirn. *Was ist das?*

Ein Meer aus Weiß.

Schleier.

Federn.

*Flügel.*

*Ich ...*

Die Vision verschwand und gab den Weg frei für ein Zimmer, das randvoll mit sich windenden Ranken war. An der Decke hingen blühende Blumen. Ich schüttelte den Kopf und fühlte mich vom abrupten Szenenwechsel ganz benommen.

Daraufhin schoss ein schrecklicher Schmerz an meinem Nacken hoch und in meinem Magen breitete sich ein stechender Schmerz aus. „*Uff ...*"

„Das kannst du laut sagen", hörte ich die Stimme eines kultivierten Mannes sagen, was mich die Stirn runzeln ließ. *Zakkai?* Ich hatte nicht viel Zeit mit der Mitternachtsfee, auch bekannt als der *Quellenarchitekt*, verbracht, aber immerhin genug, um seine belustigte Stimme wiederzuerkennen. Oder vielleicht war *neugierig* die bessere Beschreibung.

Da ich derzeit Gast am Hof der Mitternachtsfeen war, hätte es mich nicht überraschen sollen, dass er hier auftauchte.

Aber das tat es, weil er vor wenigen Sekunden noch nicht da gewesen war.

*Es sei denn, es ist wieder einmal Zeit vergangen, ohne dass ich es mitbekommen habe.*

„Wenn Melek nächstes Mal zu Besuch kommt, richte ihm aus, dass ich mit ihm sprechen will", sagte Zakkai.

„Wir können die Nachricht gern weiterleiten, aber ich kann nicht versprechen, dass er darauf eingehen wird", murmelte Ajax.

„Oh, das wird er", entgegnete Zakkai zuversichtlich.

Die Tür wurde leise geschlossen, dann spürte ich eine warme Hand an meinem Arm hinabwandern. „Cami?", flüsterte Az, ehe sein besorgtes Gesicht in Fokus rückte. „Geht es dir gut?"

Ich blinzelte. „Was ...?" Ich räusperte mich, weil mein Hals sich ganz kratzig anfühlte. „Was ist passiert?"

„Ajax hat einen Lähmungszauber gesprochen und du hast ihn absorbiert."

Ich legte die Stirn in Falten. „Ihn absorbiert?" Was für eine seltsame Formulierung. „Was meinst du mit: Ich habe ihn *absorbiert*?"

„Der Zauber hätte Az nur ein paar Sekunden erstarren lassen sollen, damit ich dich von ihm wegziehen kann", erklärte Ajax, der sich hinter den knienden Az stellte, sodass ich jetzt beide Männer sehen konnte. „Du hast dich in Bewegung gesetzt und dich dabei irgendwie im Bann verheddert."

„Mich verheddert?" Noch so eine merkwürdige Formulierung – jetzt von Ajax anstelle von Az. Letzterer half mir, mich aufzusetzen. Ich haderte damit, mich zu bewegen, und mein Körper fühlte sich ungewohnt schwach an. „Ich habe mich vor Az geworfen, um dich davon abzuhalten, seinen Phönix erneut zu versklaven."

Ajax machte ein Geräusch in seinem Rachen, das sich irgendwie etwas zerknirscht anhörte. Oder vielleicht genervt. „Ich habe einen anderen Bann gesprochen."

Ja, das war mir jetzt klar. So in der Art. „Du kannst seinem Phönix das nicht erneut antun!", platzte mir heraus. Ajax musste mir zuhören. Ich versuchte, mich hinzuknien, mich zu erheben, aber mein Körper wollte mir nicht gehorchen. Stattdessen funkelte ich die Mitternachtsfee also am Boden sitzend an. „Er hat genug gelitten."

Der Blick, den mir mein Mitternachtsfeengefährte zuwarf, deutete darauf hin, dass er das anders sah.

„Das ist mein Ernst, Ajax", ergänzte ich eilig, bevor er eine sarkastische oder bissige Bemerkung abgeben konnte. „Dieser

Bann ist grausam, vor allem, wenn man seine Vergangenheit bedenkt."

Er runzelte die Stirn. „Wovon redest du da, Cami?" Sein Blick wanderte zu Az, der jetzt mit verschränkten Armen dastand und ganz offensichtlich nicht mochte, in welche Richtung das Gespräch abdriftete. „Was für eine Vergangenheit? Ich habe diesen Bann nur ein einziges Mal gesprochen." In seinen Augen loderte ein brennender Blick. „Hätte ich gewusst, dass er von Melek war, hätte ich ihn nie benutzt. Ich dachte, Zenaida hat in mir gegeben."

„Melek hat dir diesen Bann gegeben?" Eine Flamme entzündete sich in Az' Augen. „Elender Unruhestifter."

„Ich glaube, die beiden mischen sich gern in Dinge ein, die sie nichts angehen", murmelte Ajax.

„Das stimmt, aber das Engelsfeen-Element des Bannes hätte es offensichtlich machen sollen." Az fasste sich an den Nacken und Ajax blinzelte ihn an.

„Engelsfeen?", wiederholte er und sah genauso verwirrt aus, wie ich gewesen war, als ich diesen Begriff zum ersten Mal vernommen hatte. „Was zum Teufel ist eine Engelsfee?"

Az zuckte zusammen. Seine Verärgerung war seinen Gedanken deutlich zu entnehmen. Sie galt nicht Ajax, sondern ihm selbst. *Das hätte ich nicht sagen sollen*, murmelte er laut genug in Gedanken, damit ich es hören konnte.

„Was ...?"

„Gibt es hier irgendeinen Ort, an dem wir ungestört reden können?", fiel Az Ajax ins Wort, ehe der seine Frage formulieren konnte.

Ajax sah sich um. „Du meinst ein Zimmer? Eines, in dem wir allein sind?"

*Er will nicht riskieren, dass eine der Mitternachtsfeen uns belauscht*, gab ich Ajax mittels unseres Bandes zu verstehen. *Oder er will nur, dass wir uns an einen Ort begeben, an dem wir allein sind, damit er angreifen kann,* schoss Ajax zurück.

Endlich – wenn auch mit größter Mühe – gelang es mir, auf die Beine zu kommen. Ajax packte mich an den Hüften und ich fiel ihm praktisch in die Arme. Er sah mich mit besorgtem Ausdruck an und starrte auf mich herab.

*Du musst ihm vertrauen,* flüsterte ich Ajax zu. *Bitte.*

*Das kannst du vergessen.*

*Dann vertrau eben mir,* erwiderte ich und legte meine Hände auf seine Brust. *Ich habe seine Geschichte gehört und verstehe ihn jetzt besser.*

Ajax stieß ein höhnisches Schnauben aus. *Also hat er dich manipuliert?*

*Nein, er hat sich mir anvertraut,* korrigierte ich. „Und bevor du gleich etwas Dummes sagst – wie zum Beispiel, dass ich blauäugig oder leicht zu beeindrucken bin –, lass es sein", ergänzte ich hörbar und mit einem Tonfall, der klarmachte, wie ich darauf reagieren würde.

Ajax biss die Zähne zusammen, aber ich gab nicht klein bei. Mein Blick verweilte unablässig auf ihm, während er darüber nachzudenken schien, was er tun sollte.

Irgendwann flaute das Feuer in seinen dunklen Iriden ab und der blaue Ring darum schimmerte etwas heller. „In Ordnung. Ein Ort, an dem wir ungestört reden können, ist vermutlich keine schlechte Idee", meinte er bedächtig, aber noch immer mit hörbar skeptischem Tonfall und Ausdruck. Zumindest aber in Gedanken fokussierte er sich darauf, zu vertrauen. Nicht Az, sondern mir. „Ich muss euch auch ein paar Dinge erzählen."

Az, der sich neben uns stellte und ein Dreieck mit uns bildete, zog eine Augenbraue hoch. „Ich nehme an, dass es darum geht, was Typhos und Melek zu sagen hatten?"

„Als würdest du es nicht schon wissen", murmelte Ajax.

Der Kommandant zog seine Augenbrauen noch höher.

„Tatsächlich habe ich nicht die geringste Ahnung, warum er dich sehen wollte. Ich weiß nur, dass er versprochen hat, dir nicht wehzutun." Az musterte ihn von Kopf bis Fuß. „Und du scheinst unversehrt, also hat er seinen Teil der Abmachung eingehalten."

Ajax knurrte. „Und was wollte er im Gegenzug von dir, hm?"

Az legte die Stirn in Falten. „Nichts. Ich habe das nur als Redensart benutzt. Er hat versprochen, dir nicht wehzutun, und ich habe ihm geglaubt, weil er nie lügt. Aber er hat mir nicht anvertraut, was er mit dir besprechen wollte, was, wie ich annehme, ein Handel war?" Gegen Ende des Satzes schwang in Az' Aussage ein beunruhigter Tonfall mit, was darauf hindeutete, dass diese neue Entwicklung ihn zumindest ein kleines bisschen besorgte.

Dem pflichtete ich bei. „Was hat Luzifer gesagt?"

Ajax biss wiederholt die Zähne zusammen. Der angespannte Ausdruck in seinem Gesicht ließ seine Wangenknochen noch stärker hervortreten. „Er hat mir ein Angebot gemacht, das Camis Sicherheit gewährleisten und mir einen ansehnlichen Status unter den Höllenfeen einräumen würde. Aber es gibt einen Haken."

„Und der wäre?", wollte Az mit spürbarem Unbehagen wissen.

Ajax sagte lange nichts, was mein Herz schneller klopfen ließ. „Wie lautet die Bedingung, Ajax?", fragte ich nach. Ich musste es einfach wissen. „Was will er im Gegenzug von dir?" Denn was immer er verlangte, es war nichts Gutes. Ich konnte es seinen Augen ablesen, es in unserem Band spüren, es der Stille seiner Gedankenwelt *anhören*.

„Er will, dass ich zu seinem Gefährten werde", murmelte Ajax. „Und er erwartet meine Antwort in einer Woche – zum Interreichsfeenball."

## KAPITEL 2

## TYPHOS

*FUCK*, ich war süchtig nach Meleks Mund. Er war mein Ein und Alles. Mein Leben. So, wie er mit seiner Zunge mit mir spielte und meine Wurzel währenddessen mit seiner Hand umschloss ...

Hätte ich ihm alles gegeben.

Die ganze Welt.

Das gesamte verdammte Universum.

*Mh, alles, was ich von dir will, ist dein Lustsaft, mein König*, schnurrte Melek in meine Gedanken, während er an meinem Schaft saugte.

Ich fluchte und ein Knurren wanderte durch meine Brust. „Tiefer", verlangte ich. „Nimm mich noch tiefer in dir auf."

*Denkst du an Camis süße Muschi?*, flüsterte Melek. Der neckische Tonfall in seiner Stimme brachte mich fast um den Verstand.

Ich hatte keinen einzigen Gedanken an Camillia verschwendet, aber seine Worte zeichneten ein Bild, das ich nicht ausblenden konnte. Ein Verlangen, das ich auslöschen wollte. Ein Verlangen, das mich an den Eiern hatte und mich umso härter machte.

Denn jetzt konnte ich an nichts anderes mehr denken als daran, wie Camillia De la Croix meinen Schwanz in ihren Mund nehmen würde. Wie tief sie ihn schlucken würde. Wie hart ich sie ficken würde.

„Melek!", knurrte ich.

*Habe ich erwähnt, wie begabt sie mit ihrer Zunge ist?*, fragte er und leckte einen Lusttropfen von meiner Eichel. „Wenn sie auch nur halb so gut lutscht, wie sie küsst, können wir uns auf etwas freuen", ergänzte er hörbar und strich mit seinen Lippen über meine schweißnasse Haut. Dann schlang er seinen Mund um meine Eichel und ließ meinen Schwanz tief in seinen Hals gleiten.

In mir loderten Flammen auf und mein Verlangen erreichte einen Höhepunkt, der mich meinen Unterleib anspannen ließ und mir den Atem raubte. „Wehe, du schluckst n..."

Mit dem nächsten Atemzug rauschte ein stechender Schmerz durch meinen Kopf, was meinem Orgasmus ein jähes Ende bereitete und mich völlig aus dem Konzept brachte, weil meine Sinnesorgane von Az' Wut geflutet wurden. *Du hast Ajax gebeten, zu deinem* Gefährten *zu werden?*, wollte er wissen. Seine Worte waren mit Kraft unterlegt.

Melek erhob sich mit besorgtem Ausdruck. „Ty?"

„Es geht mir gut", gab ich zähneknirschend von mir und ließ die Hand an meinen schmerzenden Kopf wandern, während mein Körper den Schmerz zu verarbeiten versuchte, der sich in Form eines brennenden Pfades an meinem Rücken hochrankte. *Az*, zischte ich mittels meiner mentalen Verbindung zu meinem für gewöhnlich vernünftigen Gefährten.

*Was zum Teufel soll das, Typhos? Was zur Hölle hast du dir dabei gedacht?*

*Dass ich dich und Melek besser beschützen könnte, wenn ich mich mit Ajax verbinde*, murmelte ich zurück.

*Ich brauche deinen Schutz nicht, verdammt.*

*Doch, tust du,* schoss ich zurück. *Ohne ihn werde ich Camillia De la Croix umbringen.*

Meine Aussage wurde mit Schweigen erwidert.

*Sie ist eine Bedrohung für mein Königreich, Azazel. Sie bedroht alles, was wir aufgebaut haben. Wenn du willst, dass ich diese Bedrohung toleriere und sie am Leben lasse, wirst du mir Kontrolle einräumen, wo ich sie brauche.*

Az sagte einen langen Augenblick nichts, doch seine aufbrausende Energie schwirrte in Wellen zwischen uns hin und her und verriet mir, dass er nach wie vor da war.

*Ich tue das für dich und Melek.*

*Du tust es dir selbst zuliebe,* erwiderte Az mit bissigem, scharfem Tonfall. Seine Antwort erschütterte mich zutiefst.

*Du kennst mich gut genug, um zu wissen, dass das nicht stimmt.*

*Ich dachte, ich würde dich kennen,* entgegnete er, *aber vielleicht habe ich mich geirrt. Wir werden dir auf dem Ball ein Gegenangebot unterbreiten. Bis nächste Woche.*

Zwischen uns schoss eine Mauer hoch, die mir den Atem stocken ließ.

In all den Jahrtausenden, die ich Azazel schon kannte, hatte er mich noch nie in dieser Weise ausgeschlossen. Nicht so entschieden. So *wütend*.

Ich strich mir mit der Hand übers Gesicht. „Scheiße."

Melek kniete neben mir. Ich konnte nicht einmal die Aussicht – Meleks nackten Körper – genießen. Nicht jetzt. Nicht, nachdem ...

Ich schluckte hart. „Azazel ist wütend auf mich."

„Er verfügt über einen sehr ausgeprägten Beschützerinstinkt", murmelte Melek. „Erinnert mich irgendwie an jemand anderen in diesem Zimmer."

Ich sah ihn finster an.

„Wie würdest du dich fühlen, wenn jemand mir das

Angebot gemacht hätte, welches du Ajax unterbreitet hast?", fragte Melek mit leiser Stimme.

„Ich würde denjenigen, der das Angebot gemacht hat, umbringen", knurrte ich, ohne zu zögern.

Er lächelte. „Ganz genau."

„Du hast mein Angebot unterstützt", sagte ich zähneknirschend. Tatsächlich war ich ziemlich sicher, dass mein kleiner Prinz jeden einzelnen meiner Gedanken koordiniert geplant und mit mir gespielt hatte, wie er es immer mit all seinen endlosen rätselhaften Spielchen tat.

„Weil es richtig war, es zu unterbreiten", murmelte Melek, was seine Unterstützung anging. „Unser Kommandant braucht nur etwas Zeit, um zum selben Schluss zu kommen."

„Warum beschleicht mich das Gefühl, dass du schon wieder irgendwelche Fäden spinnst, kleiner Prinz?" Obwohl ich den Kosenamen sonst nur benutzte, wenn ich in sinnlicher Stimmung war, machte mein Tonfall klar, dass mir der Sinn nicht nach Sex stand.

„Du kennst mich zu gut, mein König." Melek griff nach meinem Gesicht und legte mir die Hand auf die Wange. „Und ich dich. Und deinen Kommandanten auch. Alles wird gut, Ty. Versprochen."

„Nichts ist gut."

„Nein, im Augenblick nicht", erwiderte er. „Warts nur ab, Ty." Er strich mit seinem Daumen liebevoll über meine Kinnlinie. „Wir sind auf dem rechten Weg."

Ich schmiegte mich an seine Hand – etwas, das ich nur sehr selten tat. Aber ich ... fühlte mich seltsam verwundbar. Verletzt sogar. „Az hat mich ausgesperrt." Er fühlte sich distanzierter als üblich an. Irgendwie war die Mauer jetzt dicker. Als hätte er sie mit einer zerstörerischen Absicht geschaffen, der eine gewisse Endgültigkeit innewohnte.

*Das Ende*, dachte ich und schluckte.

Er konnte unser Band nicht auseinandernehmen. Es saß

fest an seinem Platz. *Für die Ewigkeit.* Azazel mochte zwar nicht mein Liebhaber sein, aber er war trotzdem mein Gefährte. Ich liebte ihn auf eine andere Weise. Vielleicht wie einen Bruder. Ich vertraute ihm.

Und er mir.

Oder zumindest hatte er das.

„Er hat so getan, als würde er mich nicht kennen", ergänzte ich hörbar. Die Worte verletzten mich mehr, als ich zugeben wollte, aber vor Melek hatte ich keine Geheimnisse. „Er hat mir vorgeworfen, dass ich mich aus selbstsüchtigen Gründen mit Ajax verbinden will." Ich sah in die vielfarbigen Augen meines Prinzen. „Ich tue das für dich und Azazel. Das weißt du doch, oder?"

Melek musterte mich einen langen Augenblick, ließ seine Hand an meinen Nacken und schließlich an meiner Brust hinab zu meinem Unterleib wandern, während er sich rittlings auf mich setzte.

„Ich glaube, du willst Ajax aus Machtgründen zu deinem Gefährten machen." Er breitete seine Beine über meine Oberschenkel aus, sodass seine warmen Gliedmaßen fest an meine gedrückt waren. „Aber das liegt nicht daran, dass du machthungrig bist oder die stärkste Fee aller Reiche sein willst, sondern daran, dass du all das, was du erschaffen hast – und alle, die du liebst –, beschützen möchtest. Deine Höllenfeen. Die Albtraumfeen. Deine Gefährten."

Er beugte sich zu mir, um seine warmen Lippen an meine zu drücken und mich zu küssen.

Ich genoss die Empfindung und ließ seine Wärme einen Teil der Kälte vertreiben, die Azazels Abfuhr in mir ausgelöst hatte.

„Unser Kommandant weiß, wie es in deiner Seele aussieht", ergänzte Melek im gleichen Atemzug. „Tief drinnen weiß er, dass du die Situation unter Kontrolle zu behalten und gleichzeitig die Interessen aller Beteiligten zu wahren versuchst. Genau das macht dich zu einem so guten König, Ty." Er küsste mich abermals. „Das macht dich zu einem wunderbaren Gefährten."

Sein Schwanz berührte meinen und unsere intime Liebkosung ließ mich an seinen Mund gedrückt stöhnen.

Mir entfuhr ein Ächzen, das sich in ein Knurren verwandelte, als er seine Hand um unsere beiden Schafte legte und *zudrückte*.

„Verdammt, kleiner Prinz", keuchte ich und presste mich an seine Hand.

„Ganz genau", erwiderte er. „Ein Inferno der Lust wird unsere Gefährten dazu verführen, ebenfalls zu spielen. Wir alle brauchen das."

Meine Augen waren aufgrund der euphorischen Empfindungen auf halbmast gesunken. Mein Blut brodelte mit neuem Verlangen. Aber die Worte meines Prinzen ließen mich meine Einschätzung überdenken.

„Was führst du jetzt schon wieder im Schilde?", fragte ich, zu erschöpft, um meiner Frage einen befehlshaberischen Tonfall einzuhauchen. Ich hörte mich eher resigniert an.

„Ich will nur, dass es allen gut geht", versprach er und drückte mit der Hand, die um uns beide geschlungen war, fester zu, was mich meinen Kopf in den Nacken werfen ließ. „Du hast deine Art, uns alle zu beschützen, und ich meine. Jetzt hör auf, zu denken, und *spüre* einfach nach."

Ich war nicht sicher, ob ich etwas spüren wollte.

Denn in mich zu gehen, ließ mich die Mauer erkennen, die Azazel hochgezogen hatte.

Tief drinnen suchte mich dieses ungute Gefühl heim, die falsche Entscheidung getroffen zu haben. Normalerweise zweifelte ich meine Entscheidungen *nie* an. Ich kannte meine Rolle. Mein Reich. Meine *Gefährten*.

Aber Azazels Wut hatte sich sehr echt angefühlt.

Sie hatte *gebrannt*.

Und jetzt konnte ich ihn überhaupt nicht mehr spüren.

„Ty", flüsterte Melek.

„Spürst du Camillia?", fragte ich, weil sich jetzt eine neue Sorge in mir breitmachte. Eine, die drohte in Panik überzugehen.

„Ja", erwiderte Melek, was den Gefühlssturm in mir umgehend beruhigte.

„Geht es ihr gut?" Das war nicht die Frage gewesen, die ich hatte stellen wollen, aber seine Antwort würde mich besänftigen.

Denn wenn es Camillia gut ging, ging es auch Azazel gut.

„Machst du dir Sorgen um Cami?", wollte Melek wissen und neigte seinen Kopf zur Seite.

„Ich mache mir Sorgen um Azazel."

„Hm", summte er. „Interessante Wortwahl, mein König." Er presste einen Finger auf meine Lippen, bevor ich ihn korrigieren konnte. „Ja, es geht ihr gut. Ajax hat ein Paradigma geschaffen, in dem sie ungestört reden können. Leider bezweifle ich, dass es so privat ist, wie sie es gern hätten."

Ich legte die Stirn in Falten. „Erzähl weiter."

„Zakkai", erwiderte er bloß. „Er ist der Quellen-Architekt. Vor ihm kann man keine Geheimnisse bewahren."

Das gefiel mir überhaupt nicht. „Was hat er mitbekommen?" Ich gab die Worte mit einem Seufzer von mir, weil ich nicht über die nötige Energie verfügte, um in die Defensive zu gehen.

Zakkai würde immer eine Herausforderung bleiben.

Ich hoffte nur, dass ich diese Herausforderung in einen Verbündeten verwandeln konnte. Irgendwann.

„Engelsfeen und Az' Vergangenheit." Meleks Augen strahlten. „Er wiederholt alles, was er Cami bereits gesagt hat, und im Moment fantasiert sie über Vivaxias Tod. Irgendwie ist es ziemlich heiß. Ich hatte keine Ahnung, dass Cami so ... *blutrünstig* sein kann."

Ich knurrte. „Sie stellt schon seit Monaten eine Bedrohung für meine Quelle dar, und du realisierst erst jetzt, dass sie einen Hang zur Gewalt hat?"

„Sie stellt keine Bedrohung für deine Quelle dar, Ty." Er ließ seine Hand ein weiteres Mal an meinem Schwanz hinabgleiten, als er das sagte. „Sie ist eine Göttin, der es bestimmt ist, von uns verehrt zu werden."

Ich blähte die Nasenflügel. „Ich werde sie nicht verehren." Es sei denn, er sprach von sinnlicher Verehrung. Dann könnte man mich vielleicht breitschlagen.

Er lächelte. „Mach dir keine Sorgen, mein König. Ich bin mir sicher, dass sie dich im Schlafzimmer preisen wird." Daraufhin ließ er seine Hand an unseren Eicheln hochwandern und unsere Lusttropfen befeuchteten seine Hand. „Sie wird sich hinknien und dich lutschen, während ich sie von hinten nehme. Dann werde ich sie für dich fesseln, ihre Beine spreizen und dir dabei zusehen, wie du sie gefesselt fickst."

*Bei den Höllenfeuern*, dachte ich. Das Bild, das seine Worte zeichneten, spielte sich lebendig vor meinem geistigen Auge ab.

Camillia, die in Meleks Seile gehüllt war und mir wie ein Geschenk anerboten wurde. Ihre Muschi, aus der sein Lustsaft rann. Der lustvolle, feurige Ausdruck in ihren Augen.

Ich schüttelte den Kopf und versuchte, die erotische Fantasie, die sich in meinem Kopf abspielte, zu vertreiben. Als das keine Wirkung zeigte, wischte ich das Gleitmittel ab und verschaffte mir eine greifbare Fantasie, die ich in Echtzeit ausleben konnte.

Eine, in der ich meinen Prinzen in den Arsch fickte.

Während ich die Gedanken an Camillias enge Muschi auszublenden versuchte.

„Du bist mein Liebhaber", sagte ich zu Melek. „Mein *einziger* Liebhaber."

„Mh", summte er. „Vorerst."

„Für die Ewigkeit", schwor ich und rollte uns herum, sodass er flach unter mir lag. „Für mich gibt es nur dich."

Er führte seine Hand an meine Wange und blickte mich mit freudigem Ausdruck an. „Ich liebe deine treue Seele, mein König. Aber Cami ist jetzt ein Teil von uns. Und eines Tages werde ich dir dabei zusehen, wie du sie fickst. Und dann werden wir sie uns teilen." Er knabberte an meinem Kiefer. „Und vielleicht wird sie zulassen, dass wir sie dehnen, indem wir ihre Muschi *gemeinsam* ficken."

Ich verkniff mir ein Fluchen. Seine erotischen Versprechen rüttelten eine Sehnsucht in mir wach, gegen die ich nicht ankam. „Du lässt mir keine Wahl."

„Ganz genau."

„Hör auf."

„Nein." Er führte seine Hand an meinen Hals und drückte zu. „Es ist an der Zeit, die Zukunft mit offenen Armen zu empfangen, mein König. Es wird geschehen. Und jetzt nimm mich, während ich unsere Intendierte necke."

„*Deine* Intendierte", korrigierte ich ihn.

Er lachte. „Was mein ist, ist auch dein, Ty. Also hör auf, Zeit zu schinden, und bereite mich vor, damit ich dich in mir aufnehmen kann."

„Dafür sollte ich dich ohne Vorspiel ficken."

„Wenn das dein Wunsch ist, werde ich ihn dir gern erfüllen", flüsterte er und knabberte abermals an meinem Kinn. „*Fick mich*, Ty. Fick mich, und ich werde jedes bisschen Lust, das ich erfahre, mit unserer Cami teilen. Ihr zeigen, was ihr entgeht. Ihr zeigen, wie ihr Leben eines Tages aussehen wird."

„Fuck, Melek", keuchte ich, konnte nicht länger gegen ihn ankämpfen. Wenn er Camillia De la Croix miteinbeziehen wollte, dann war es eben verdammt noch mal so. „Ich werde keine Gnade mit dir haben."

„Gut."

Ich presste meinen Mund auf seinen und packte ihn an den Hüften, um ihn an mich zu ziehen. Dann strich ich mit den Fingern über das Gleitmittel, das ich freigesetzt hatte, als ich uns auf dem Bett herumgerollt hatte, und benutzte es, um meinen Prinzen vorzubereiten.

Ich hatte gedroht, ihn ohne Vorspiel zu nehmen.

Leider war mir aufgrund meiner derzeitigen Stimmung nach etwas anderem zumute.

Ich wollte ihn mit Gewalt nehmen, wollte aber auch, dass er es genoss.

Ich spreizte ihn mit meinen Fingern, was ihn an meinen Mund gedrückt stöhnen ließ, und sein Schwanz, der an mich gepresst war, pulsierte. Er wollte das hier. Ich wollte das hier.

*Und eines Tages könnte Camillia das hier auch wollen,* flüsterte eine düstere Stimme in meinem Hinterkopf. Eine Stimme, die sich verdächtig nach meiner eigenen anhörte.

*Verdammt.*

Mir entglitt die Kontrolle.

Alles nur wegen Camillia De la Croix.

Meine wunderschöne kleine Nemesis.

Mit straffen Titten.

Einem perfekten Arsch.

Und einer rebellischen Natur, die meine Seele betörte.

Ich schloss meine Augen und konzentrierte mich auf Meleks Mund. Auf seinen Arsch. Auf meine Finger. Auf unsere Schwänze.

Aber zwischen uns lauerte eine weibliche Präsenz.

Eine, die mein Prinz nicht länger zu verbergen versuchte.

Er wollte, dass ich sie annahm. Dass ich *das* hier annahm. Und wie immer war ich den Begierden und Gelüsten meines Prinzen schutzlos ausgeliefert.

„Ich liebe dich", sagte ich zu ihm und positionierte mich

an seinem aufgewärmten Eingang. „Vergiss das nicht, während ich dich zerstöre."

„Niemals, Liebster", keuchte er und hob seinen Po in die Luft, um mich in sich aufzunehmen. „Und jetzt fick mich."

Ich rammte meinen Schwanz in ihn, was uns beiden ein Stöhnen entlockte.

Dann machte ich meinen Prinzen ein weiteres Mal mit der Unterwelt bekannt und erinnerte ihn daran, warum alle sich vor mir, dem König der Höllenfeen, verneigten.

## KAPITEL 3

## CAMI

DURCH MEINE ADERN schoss ein so heißes Gefühl, dass ich meine Beine übereinanderschlug.

*Bei den Feen.* Ich war schon wieder ganz wuschig, wie damals, als ich vor gefühlten Stunden rittlings auf Az gesessen hatte. Es war eine komplett unangebrachte Reaktion auf die feindselige Auseinandersetzung, die sich vor meinen Augen abspielte.

Ajax hatte ein Wohnzimmer geschaffen, das jenem ähnlich sah, welches wir gerade verlassen hatten, damit wir ungestört reden konnten. Doch, wie die leeren Wände und die fehlenden Möbel bewiesen, hatte er es in Eile kreiert.

Den beiden Männern schien das komplett zu entgehen.

Sie waren zu beschäftigt damit, ihre Kräfte auf dem Teppich, der nur zur Hälfte fertiggewoben schien, zu messen.

Az hatte Ajax gerade erklärt, wer Vivaxia war und was sie ihm angetan hatte – und unter anderem den Zähmungsbann erwähnt.

Alles, während Ajax ihn finster angesehen hatte. Stumm. Mit brütendem Ausdruck. Er hatte keine einzige Frage gestellt und einfach nur zugehört, während Az ihm von den

Engelsfeen erzählt hatte – und davon, wie Luzifer ihn praktisch aus der Sklaverei befreit hatte. Jetzt führte er ein paar Details darüber an, was zur Schöpfung des Königreichs der Höllenfeen geführt hatte.

Luzifer war gefallen.

Und hatte sein Licht mitgenommen.

Dann hatte er in diesem Abgrund der Verzweiflung eine neue Kraftquelle geschaffen.

Die Albtraumfeen, auch bekannt als ‚Abscheulichkeiten‘, die die Engelsfeen ohne viel Federlesen in die erwähnte Grube geworfen hatten, erblühten dank der neu geschaffenen Quelle Luzifers.

Königreiche wurden geschaffen, darunter auch das Reich des Jenseits, das Ödland und das Marschland, wo die verschiedenen Albtraumfeen Zuflucht fanden. „Und die Reiche der Höllenfeen begannen zu gedeihen", fuhr Az jetzt fort.

Alles, während sich in mir diese Hitze ausbreitete.

Eine Hitze, die ein unbeschreibliches Prickeln durch meinen Körper sandte.

*Warum bin ich so heiß?*, fragte ich mich und schluckte hart, während ich versuchte, die seltsame hormonelle Reaktion auf Az' Worte abzuschütteln. *Das hier sollte mich nicht anmachen.*

*Mh, da muss ich dir widersprechen*, erwiderte eine seidene Stimme, die mir den Atem stocken ließ.

*Melek?*

*Hallo, Engelchen. Gefällt es dir in Ajax' kleinem Paradigma?*, murmelte er in meine Gedanken und seiner mentalen Stimme schwang diese Atemlosigkeit mit, die mich fast die Stirn runzeln ließ.

Doch dann brach eine neue Welle feurigen Verlangens über mir herein und ich biss mir auf die Unterlippe. *Melek!*

*Oh, wow, ich kann es kaum erwarten, dich dazu zu bringen,*

*meinen Namen so zu schreien*, erwiderte er mit einem Keuchen. Ich konnte seinen Atem fast schon auf meiner Haut spüren. *Fuck, Ty, wird mich in Stücke reißen, Cami. Willst du wissen, warum?*

Ich schluckte, weil Meleks Worte ein Bild zeichneten. Weil sein sinnlicher Tonfall mir verriet, dass *in Stücke reißen* nicht auf gewalttätige, sondern auf sinnliche Weise gemeint war.

*Du ... du hast gerade Sex*, dämmerte mir. *Ist es das, was ich da spüre?*

*Ja*, flüsterte er zu mir zurück. *Ty fickt mich, während er an dich denkt.*

Mir klappte die Kinnlade herunter. *Wie bitte?* Das konnte er doch nicht ernst meinen. *Warum ...? Warum würde er an mich denken?*

Wusste Luzifer von den Träumen?

Melek schien darüber im Bilde zu sein.

Hatte er dem Höllenfeen-König davon erzählt?

Hatte er von Melek mehr über sie erfahren?

Mein Herz setzte einen Schlag aus. Ich wollte nicht, dass Luzifer von diesen verbotenen Fantasien erfuhr. Erst recht, weil ich scheinbar keine Kontrolle über sie hatte. Und mich nicht gegen sie zur Wehr setzen konnte.

Ich *hasste* Luzifer.

Und er hatte es offensichtlich gemacht, dass das auf Gegenseitigkeit beruhte.

Ajax' wütendes Knurren riss mich aus meinen Gedanken, sodass ich mich wieder auf das Streitgespräch vor mir konzentrierte. „Du hättest es mir sagen sollen! Das war meine verdammte Aufgabe, Az."

Ich blinzelte. *Was?*

„Dein Auftrag als Wärter war es, das Gefängnis zu bewachen. Mein Auftrag lautete, die Biester zu zähmen. Du hast dich nie in Gefahr befunden."

„Ach, fick dich!", spie Ajax. „Hier geht es nicht darum, ob

ich mich in *Gefahr befunden* habe oder nicht. Es geht darum, dass du mir die Wahrheit vorenthalten hast. Dass du mir nicht *vertraut* hast." Er schubste Az mit beiden Händen gegen die Brust gepresst von sich, was mich meine Augenbrauen hochziehen ließ.

„Es war nicht ..."

„Ich habe zehn Jahre lang Albtraumfeen bewacht", unterbrach Ajax Az knurrend. „Und jetzt erzählst du mir all diesen Kram von wegen verworfener Vereinbarungen und dunkler Seelen? Dass diese Biester nicht wirklich Albtraumfeen waren?"

*Oh.* Ich zog die Stirn kraus. *Ajax wusste nichts von den dunklen Seelen?*

*Aha, in die Richtung hat Az das Gespräch mit Ajax also gelenkt?*, fragte Melek mit einem zufriedenen Seufzer. *Ich wette, Ajax nimmt es ungeheuer gut auf.*

*Er sieht aus, als wäre er drauf und dran, Az umzubringen*, flüsterte ich zu ihm zurück, während Az und Ajax weiter Gemeinheiten austauschten.

„Was willst du von mir hören?", wollte Az wissen, nachdem er etwas gesagt hatte, das mir während meines Gesprächs mit Melek entgangen war. „Willst du mich wieder zähmen? Mich schlagen? Mir wehtun?"

*Töten oder ficken?*, flötete Melek in meinen Gedanken. *Denn mir wäre ficken lieber. Was mich darauf zurückbringt, warum Ty mich in diesem Augenblick nimmt ...*

Mein Blut erhitzt sich abermals. *Melek ...*

*Ich habe ihm gesagt, dass ich dich fesseln und ihm dabei zusehen will, wie er dich nimmt*, fuhr er fort, bevor ich meinen Gedankengang zu Ende bringen konnte. *Und jetzt fickt er mich, während er an deine süße Muschi denkt, Engelchen.*

Ich rang nach Luft. Seine krasse Wortwahl erwischte mich kalt. *Melek.*

*Bei den Göttern, wenn ich mir vorstelle, wie er in dir ist, werde ich ganz hart. Wie ich dich streichle und dich dafür lobe, dass du unseren König in dir aufnimmst, und sicherstelle, dass du dich währenddessen angemessen verehrt fühlst, während er deinen Körper entweiht.*

Ich spannte meine Schenkel an und öffnete schockiert meinen Mund, als sich die lebhafte Beschreibung in meinem Kopf entfaltete. Melek hatte zuvor schon mit mir geflirtet, aber nicht so. Nie so offen. So *erotisch*.

*Ich kann mich nicht länger zurückhalten, Engelchen,* murmelte er und der sinnliche Tonfall ließ meine Nippel hart werden. *Du musst wissen, was ich mit dir vorhabe. Wie ich dich verwöhnen will. Die Zukunft, auf die du, ich und Ty uns zubewegen.*

Ich schüttelte den Kopf. Es war mir egal, dass er mich nicht sehen konnte. *Luzifer hasst mich.*

*Tut er das?,* fragte Melek keuchend. *Oder hat er nur Angst davor, was du ihm bedeuten könntest?*

Das ließ mich hart schlucken, aber ich wollte nicht wahrhaben, was er da sagte – oder die heißen Empfindungen, die er in mir entfachte. *Das ist doch völlig verrückt.*

*Dann ist es richtig,* flüsterte er zurück. *Lust soll nicht vernünftig sein. Das wäre so langweilig, Cami. Lust sollte ein Inferno in dir entzünden. Dich verbrennen. Dich deine Existenz anzweifeln lassen, weil du so eingenommen von diesem euphorischen Gefühl bist, dass du kaum noch atmen kannst.*

Als ich seine Beschreibung hörte, begann meine Brust zu schmerzen und meine Lunge zog sich zusammen. *Melek ...*

*Das ist es, Engelchen,* lobte er. *Du spürst es, nicht wahr? Die Flammen. Die Intensität. Die Kraft, die von enigmatischen Empfindungen hervorgerufen wird.*

Seine Worte gingen über in ein Stöhnen, das ich an jedem einzelnen Nervenende spürte, und seine steigende Lust rauschte durch mich, ehe sie mich mitriss.

Ich klammerte mich an den Stuhl, auf dem ich saß, und

musste mich daran ermahnen, dass ich nicht wirklich dort war. Dass ich nicht wie er war. Aber, oh, es fühlte sich an, als wäre ich an seiner Stelle. Ich spürte einfach *alles*.

Luzifers Stöße.

Sein Knurren, das an Meleks Brust widerhallte.

Ich konnte die beiden praktisch im Bett sehen – wie Luzifer tief in Melek steckte und sie sich in die Augen sahen.

*Er hat meinen Schwanz in der Hand*, stöhnte Melek in meinen Kopf. *Er massiert mich zeitgleich mit seinen strafenden Stößen. Bei den Göttern, ich wünschte, du wärst hier bei uns, Engelchen. Mit meinen Bändern versehen. Keuchend. Und würdest uns anflehen, deine Muschi gemeinsam zu nehmen.*

Ich schlug ein Bein über das andere und meine Mitte pulsierte voller Verlangen. Das Einzige, was ich spüren konnte, war Meleks Lust. Alles, was ich hören konnte, war sein Keuchen. Ich konnte an nichts anderes denken als daran, was Luzifer mit ihm anstellte.

Heiße.

Harte.

Männliche.

Energie.

*Fuck*, stöhnte Melek. *Ty benutzt mich, wie er dich benutzen will.*

Ich erschauderte. Meine verbotenen Träume suchten meine Gedanken heim. Jeden Abend wachte ich erregt auf. Willig. *Feucht*. Alles nur wegen Luzifers großem, starkem Körper, der meinen überwältigte.

Es ergab keinen Sinn.

Aber ich konnte nicht aufhören, an ihn zu denken.

An seine Wärme. Seine Stärke. Seine exotische Anziehung.

*Er denkt an dich*, fuhr Melek fort, was mich meine Fingernägel in den Ledersessel krallen ließ.

Oder war es eine Bank?

Ich erinnerte mich nicht.

Und ich würde meine Augen jetzt nicht aufschlagen, um es herauszufinden. Ich genoss die Szene, die sich in meinem Kopf abspielte, viel zu sehr, um sie jetzt noch aufzuhalten.

*Er will, dass du dich ihm unterwirfst, Engelchen. Ich kann es auf seiner Zunge schmecken, es in seinen Gedanken hören. Er will dich über die Bettkante beugen und dich zwingen, ihn in seiner ganzen Größe aufzunehmen.* Melek stieß einen freudigen Laut aus, von dem ich hätte schwören können, dass er ihn direkt neben meinem Ohr von sich gab. *Oh, Fuck, er stellt sich vor, wie er seine Hand in deinem Haar versenkt, während er dich zwingt, meinen Schwanz zu lutschen.*

Ich schluckte hart, weil ich plötzlich Meleks Geschmack im Mund hatte. *Wie machst du das?*

*Wir sind miteinander verbunden,* keuchte er. *Du kannst mich spüren. Und ich dich.*

An meinen nackten Armen breitete sich Gänsehaut aus. Seine Finger schienen selbst über die Entfernung über meine Haut zu streicheln. Denn er war nicht hier.

Oder ... zumindest glaubte ich, dass er nicht hier war.

Ich schlug die Augen auf und vermutete irgendwie fast schon, dass ich mich mit Melek und Luzifer im Bett wiederfinden würde. Stattdessen beobachtete ich das erotische Lustspiel zweier anderer Männer.

Az presste Ajax schwer atmend gegen die Wand. An der anschwellenden Lippe meines Mitternachtsfeengefährten klebte Blut und an Az' Kiefer bildeten sich blaue Flecke.

Die Male würden nicht lange bleiben, aber sie waren ganz offensichtliche Hinweise dafür, dass die beiden sich geprügelt hatten.

Ajax' Oberteil war zerrissen.

Az spannte seine nackten Schultern an.

Und beide Männer schienen drauf und dran, den anderen umzubringen.

Sie standen keuchend und mit offenen Mündern da. Az'

Kehle entrang sich ein Knurren, das meine Zehen sich krümmen ließ.

„Ich werde dir nie vergeben", knurrte Ajax. „Du hast mich gezwungen, dazustehen und zuzusehen, wie er sie bestraft."

„Ich weiß."

„Du hast mich nie eingeweiht. Hast dich mir nie anvertraut. Du hast mich verdammt noch mal im Dunkeln gelassen, Az."

„Und du warst ja so offen, was?", schoss Az mit einem Zischen zurück. „Du hast mir von deinen Eltern erzählt, was? Von Emelyn? Alles, was Constantine getan hat?"

„Fick dich!", spie Ajax.

„Ich habe nicht unrecht", legte Az nach. „Du hast mir in emotionaler Hinsicht nie genug vertraut, um dich mir zu öffnen. So waren wir nicht miteinander."

„Wir fickten nur."

Az stieß ein wütendes Schnauben aus. „Du bist mein Ventil und ich deines. Zwischen uns besteht ein heilendes Band. Eine Freundschaft, die auf gegenseitigem Verlangen und zerstörerischen Tendenzen beruht. Das ist mehr als ein *Fick*, Wärter."

„*Vormaliger* Wärter, Kommandant. Es sei denn, ich nehme Luzifers Angebot an." Seine Wut schien etwas zu verblassen, als er das sagte.

*Luzifer hat Ajax angeboten, ihm sein altes Leben zurückzugeben, wenn er sich mit ihm verbindet,* erinnerte ich mich, jetzt, wo ich endlich wieder etwas klarer denken konnte. *Du wusstest, dass er das tun würde, habe ich recht?*

*Ich habe es gehofft,* erwiderte Melek. Seine atemlose Stimme erinnerte mich daran, was er in diesem Augenblick trieb. *Es ist uns allen bestimmt, zusammen zu sein, Engelchen. Und es ist an der Zeit, die Zukunft anzunehmen.*

*Was, wenn ich das anders sehe?,* fragte ich mit aller Ungläubigkeit, die ich in die Aussage fließen lassen konnte –

was leider nicht besonders viel war. Denn in diesem Moment loderte dieses verräterische Inferno schon wieder auf, und jetzt brannte es aus unerklärlichen Gründen noch heißer als zuvor.

*Dann werde ich mir noch mehr Mühe geben müssen, dich zu überzeugen*, flüsterte er. *Sieh das hier als mein Eröffnungsplädoyer darüber an, warum wir uns verbinden sollten.*

Ich legte die Stirn in Falten. *W...?*

Mein Gedankengang wurde von einer unerträglichen Hitze unterbrochen. Die Empfindung löste ein Verlangen aus, das in einer intensiven Explosion gipfelte.

*Melek!* Die Leidenschaft, die mich flutete, ließ mich erschaudern und meine Mitte pulsierte, wollte gefüllt werden. Wollte vollständig sein. Wollte *gefickt* werden.

Denn ich konnte wahrnehmen, dass Melek kam. Konnte das ekstatische Gefühl spüren, das er erlebte. Wie er zitterte. Wie er von einer überwältigenden Welle der *Lust* eingenommen wurde.

Ich erlebte seinen Höhepunkt, als wäre es mein eigener.

Und doch kam ich nicht wirklich.

Es fühlte sich nur so an. *In meinen Gedanken.*

Das, gekoppelt mit der Szene, die sich vor meinen Augen abspielte, brachte mich zum Keuchen. Machte mich feucht. Entfachte ein *Verlangen* in mir.

„Ich werde annehmen, was immer für einen Handel ich annehmen will", sagte Ajax gelassen, obwohl Az ihn am Hals gepackt hatte und ihre Gesichter nur eine Haaresbreite voneinander entfernt waren.

„Ich werde dich nicht mit ihm teilen."

„Du hast keine andere Wahl", entgegnete Ajax. „Dein Phönix mag mich beansprucht haben, aber das bedeutet nicht, dass ich unser Band oder dich annehme."

Az knurrte. „Wir sind Gefährten. Ob es dir nun gefällt oder nicht." Er presste seine Lippen auf Ajax', bevor dieser etwas erwidern konnte, und die Mitternachtsfee versuchte, ihn von sich zu schubsen. „Du hasst mich. Ich habe es verstanden. Aber ich werde den Rest meines ewigen Lebens darauf verwenden, mir deine Vergebung zu verdienen."

„Ich ..."

Az küsste ihn abermals – dieses Mal erbitterter – und schloss seine Hand um Ajax' Hals, um ihm die Luft abzuschneiden.

Ich spannte die Schenkel an und mein Atem ging wiederholt schneller. Mein Blut *brodelte*.

*Mh, genau so, Engelchen*, murmelte Melek mir zu. *Spüre die Bänder. Nimm unsere Zukunft an.*

*Warum tust du das?*, keuchte ich zu ihm zurück, verwirrt über diese neuen Ebenen der Verführung. Ja, er hatte mit mir geflirtet und mich ein paarmal geküsst, aber das ... das hier war neu. Es war ... ein ganz neues Level der Absicht.

*Wir schließen unsere Begegnungsperiode ab und steuern auf unsere Umwerbungsphase zu, Cami. Du musst mich kennenlernen, damit du mir vertrauen kannst. Andernfalls wirst du mir nie erlauben, dich zu fesseln.* Er atmete hörbar aus und ich vernahm seinen Atem in meinen Sinnesorganen, als würde er direkt neben mir stehen. *Und Cami, ich will dich wirklich unheimlich gern fesseln.*

Im Zimmer ging eine Kraftexplosion los, die Az ein paar Schritte zurückstolpern ließ, während Ajax wutentbrannt brüllte. Dann warf er sich auf den anderen Mann, packte ihn am Kragen und ... küsste ihn.

Ich riss die Augen auf und beobachtete die Szene – das unerwartete Auflodern männlicher Energie und erotischen Verlangens.

Ajax' Gewaltausbruch hatte in einer Liebkosung geendet, in der Zungen und Zähne zum Einsatz kamen und die Männer einander verschlangen.

Mir lief das Wasser im Mund zusammen, weil ich wusste,

dass Melek und Luzifer gerade etwas Ähnliches getrieben hatten.

Und dass all diese Männer mich auch wollten.

*Es ist mehr als nur Wollen, Engelchen,* flüsterte Melek. *Wir möchten dich verehren und dich zu unserer Königin machen.*

Als hätten Az und Ajax dasselbe gehört, hielten sie inne und drehten sich mit lusterfülltem Ausdruck zu mir um.

Mir blieb das Herz stehen, weil ihre wilde Natur und der damit verbundene Anspruch über mich wuschen und mich wie eine Welle mitrissen.

„Sag mir dein Safewort, Cami", meinte Az, während die beiden auf mich zusteuerten. „Und zwar *sofort.*"

# KAPITEL 4

## AJAX

CAMI STROTZE NUR SO vor Lust und ihre Präsenz schien das gesamte verdammte Paradigma eingenommen zu haben. Ich hatte nicht die geringste Ahnung, was sie so heiß gemacht hatte, und es war mir auch egal. Das Einzige, was ich tun wollte, war, sie zu verschlingen.

Und wie es schien, ging es Az genauso.

*Verflammt*, dachte ich. Az' leidenschaftlicher Kuss und Camillias süchtig machender Geruch machten mich so verdammt hart.

„Das bedeutet nicht, dass ich dir vergebe", sagte ich zu Az, als ich mich neben ihn stellte. Dann packte ich Cami, bevor sie auf die Bemerkung mit dem Safewort eingehen konnte, und verschlang sie. Sie stand halbwegs auf den Beinen, saß aber gleichzeitig noch auf dem Stuhl und erzitterte.

Az half ihr hoch und legte seine Hände an ihre Hüften, bevor er sie zwischen uns beide zog, während ich ihren Mund beanspruchte. Innig. Leidenschaftlich. *Vollends*.

Ich hatte mich direkt zu ihr teleportiert, nachdem Luzifer mir die Bedingungen seines Handels genannt hatte, und ihr alles erzählen wollen. Aber als ich angekommen war und sie rittlings auf Az saß, hatte ich *rotgesehen*.

Weil ich davon ausgegangen war, dass sie von seinem Phönix verführt worden war.

Nachdem ich mir seine Erklärung angehört hatte, realisierte ich, dass es Az – der Mann – gewesen war, der durch ihre Mauern gedrungen war.

Sie hatte ihm vergeben, so viel war mir jetzt klar. Und ich verstand das auch.

Aber ich war nicht bereit, dasselbe zu tun.

Nicht, nachdem ich erfahren hatte, wie viel er mir vorenthalten hatte.

Ich schob all das jetzt beiseite und konzentrierte mich stattdessen auf Cami. Auf ihre Lippen. Auf ihre straffen Titten. Auf ihr *Stöhnen*.

Az drückte ihr Küsse auf den Nacken. Seine Anwesenheit war klar zu spüren. Nicht nur, weil Cami sich an ihn drückte, sondern auch, weil ich sein Verlangen *spüren* konnte. Seine Hitze. Seine *Kraft*.

Er konnte sich kaum noch kontrollieren und die Lust, die er uns gegenüber verspürte, war ein sinnliches Versprechen, das sich uns alle zu unterwerfen drohte.

„Safewort", wiederholte er an Camis Ohr gelehnt. „Sag es."

Cami erschauderte und ihre Lippen, die an meine gedrückt waren, zitterten.

Ich ließ von ihr ab, um abzuwarten, was sie sagte. Ich fragte mich, wofür sie sich entscheiden würde.

„Camping", keuchte sie schließlich, was mich blinzeln ließ.

„Camping?", wiederholte ich. Der Begriff zeigte umgehend Wirkung. Jegliche Gedanken daran, sie zu küssen, verblassten und ich fragte: „Warum?"

„Weil ich Camping *hasse*", murmelte sie mit geblähten

Nasenflügeln. „Meine Eltern waren eingefleischte Camper. Aber immer, wenn wir irgendwohin fuhren, steckte eine total verrückte Lektion dahinter. Wie zum Beispiel, die Everglades in Flammen zu stecken und mir Anweisungen zu geben, wie ich das Feuer beheben konnte."

Ich sah sie entgeistert an. „Warum um alles in der Welt haben sie das getan?"

„Darum wusstest du, wie der Vortex im Marschland zu bändigen war. Darum hast du ihm mit diesem Sturm aus Wärme und Wasser entgegengewirkt", sagte Az mit hörbar staunendem Tonfall. „Ich habe dich während unseres Trainings an die Everglades denken gehört, aber eins und eins bis jetzt nicht zusammengezählt. Du hast das ..."

„Auf einem unserer berüchtigten Familien-Campingausflüge gelernt", beendete sie den Satz an seiner Stelle. „Jepp."

„Heilige Scheiße", knurrte ich. „Wenn ich deinen Vater finde – und das werde ich –, werde ich ihn auslöschen."

„Nein." Cami wirbelte zu ihm herum. „Diese Ehre gebührt mir." Sie stupste Az in die nackte Brust. „Du kannst ihn festhalten oder ihn ein paarmal herumwerfen, aber *ich* werde ihn umbringen."

*Heiliges Flammenmeer.* Ihre leidenschaftliche Antwort machte meinen Schwanz noch härter. Und wie es schien, hatte ihre Antwort dieselbe Wirkung auf Az, denn er stieß ein Stöhnen aus.

Dann packte er sie am Nacken und riss sie zu sich, um sie brutal zu küssen, was Cami in seinen Armen dahinschmelzen ließ. Ich strich mit meiner Hand an ihrem Rücken hinab, führte sie an den Saum ihres Tanktops und fuhr mit den Fingern über den Stoff, während ich einen Bann murmelte.

Violettes nebelartiges Feuer züngelte an meiner Haut und ließ kleine goldene Funken in die Luft steigen. Es war nicht direkt das, was mir vorgeschwebt hatte, da meine Magie sich seit meiner Verbindung mit Az verändert hatte, aber der Zauberspruch erfüllte trotzdem seinen Zweck.

Ein gemurmelter Befehl, schon verließ der Zauber meine Hand und fraß sich durch das Material ihres Oberteils, was sie zwischen uns eingeklemmt innehalten ließ.

„Entspann dich." Ich presste meine Lippen sanft auf ihre Schulter. „Ich ziehe nur deine Sachen aus, damit Az dich mit seiner Zunge ficken kann."

Der Kommandant stieß ein zustimmendes Knurren aus und der Griff an ihrem Nacken wurde fester, bevor er sie umpositionierte, damit er seinen sinnlichen Angriff fortsetzen konnte.

Cami zitterte und seufzte dann, als meine Magie sie wärmte und der Zauber, der über ihren Körper streifte, ihrer blassen Haut einen schönen rosafarbenen Hauch verlieh.

Ihr Tanktop und die Hose verschwanden, ihre Unterwäsche tat es den anderen Kleidungsstücken gleich, bis sie schließlich nackt zwischen uns stand.

„*Verflammt*", knurrte Az mit einem Laut, der sich anhörte wie ein Schnurren, bevor er Cami losließ und einen Schritt zurückmachte.

Ich sah ihn mit gerunzelter Stirn an, verwirrt darüber, dass er urplötzlich von der wunderschönen Frau zurückgewichen war. „Habe ich dich verbrannt?", wollte ich wissen. Vielleicht hatte mein Bann versucht, ihn wegen meines inneren Konflikts, was ihn anbelangte, anzugreifen.

Er schüttelte den Kopf und sah mich mit seinen lilafarbenen Augen an. „Nein. Aber ich brauche zuerst dich, um dem Verlangen die Schärfe zu nehmen."

Ich zog die Augenbrauen hoch. „Willst du mich verarschen? Du willst, dass ich mich für dich bücke? Deinen ..."

„Ich will, dass *du* mich fickst", fiel er mir ins Wort. Seine unerwartete Aussage ließ mich meine Augen aufreißen.

Az hatte sich noch *nie* von mir ficken lassen.

Er war durch und durch dominant und zog es immer vor, die Kontrolle zu haben und mich dazu zu zwingen, mich seinem Willen zu beugen. Das war unsere Dynamik. Wir kämpften und fickten, und ich lag dabei fast ausschließlich unten.

„Bitte", ergänzte er. Es war seltsam, das Wort von seinen Lippen zu hören. „Wochenlang verbunden zu sein, ohne zu kommen ... mich von Typhos abzuschotten ... Ich ..."

Er schloss seine Augen und stieß einen verletzten Atemzug aus, was völlig untypisch für den Mann war, den ich kannte.

„Mein Phönixfeuer brennt lichterloh, Ajax. Ein Safewort genügt nicht. Du musst mir helfen, die Kontrolle zu bewahren ... indem du einen Teil meiner Kraft zuerst in dir aufnimmst." Er sah mich mit flehendem Ausdruck an. Noch so eine abnormale Sache.

Az besaß überragende Fähigkeiten. Er beugte sich nie.

Und trotzdem flehte er mich jetzt geradezu an, unterwarf sich mir fast schon.

Es war ein Zeichen des Vertrauens. Er wusste, dass er sich darauf verlassen konnte, dass ich mich um ihn kümmerte ... Dass ich ihm half, ihn *bewachte*. Auch wenn er wütend war und um sich schlug, blieb sein Vertrauen in mich bestehen.

Oder vielleicht lag es daran, dass er wusste, dass ich ihn Cami nie verletzen lassen würde.

Dass ich tun würde, was immer nötig war, um sie zu beschützen – selbst vor ihm, wenn es die Situation erforderte.

„Ich kann mit deinem Feuer umgehen", meinte Cami und streckte ihre Hand nach Az aus.

Er ließ die Berührung zu, doch sein Blick verweilte auf mir. In seinen Augen waberte eine Mischung aus erotischem schwarzen und lilafarbenen Feuer.

Ich konnte die Kraft sehen, die aus seinen Pupillen

strömte. Sein Phönix wünschte sich nichts sehnlicher, als zu explodieren.

Ich war nicht sicher, was er damit gemeint hatte, dass er sich von Luzifer abgeschottet hatte, aber ich konnte das Verlangen nach *Beanspruchung* nachvollziehen.

Sein Phönix hatte mich und Cami gebissen, aber der Mann selbst hatte die Verbindung nicht vollendet. Er musste uns ficken, um unsere Bänder zu vervollständigen. Und wenn er das tat, würde er eine unglaubliche Menge an Kraft ausstoßen.

Da ich mich kürzlich mit Cami verbunden hatte, wusste ich, wie sich dieses Ziehen anfühlte. Wie unerbittlich das Verlangen danach, seine Gefährtin zu nehmen, war.

Az verspürte denselben Druck – und zwar gleich doppelt so stark. Außerdem war es Wochen her, seit sein Tier seinen Anspruch kundgetan hatte.

Dass er so lange durchgehalten hatte, ohne zu Kreuze zu kriechen, zeigte nur, über wie viel Beherrschung er verfügte. Vor allem, da er offensichtlich die ganze Zeit über die Kontrolle gehabt hatte oder eins mit seinem Phönix gewesen war – oder wie auch immer er das erklärt hatte.

Er hatte unsere Befehle befolgt.

War unseren Wünschen nachgekommen.

Und hatte den richtigen Augenblick abgewartet, sich zu erklären und um Vergebung zu bitten.

Es überraschte mich nicht, dass er bei Cami angefangen hatte. Oder vielleicht hatte ihr Gespräch anders angefangen.

Wie auch immer es dazu gekommen war, es war vollbracht. Jetzt verstanden wir ihn. Und er brauchte ein Ventil.

„Az", hakte Cami nach und vergrub ihre Fingernägel in seiner Brust. „Ich schaffe das. Ich kann *dich* aushalten."

„Daran habe ich keinen Zweifel, kleine Kämpferin", erwiderte er und sah sie endlich an. „Und das wirst du auch.

Aber zuerst muss ich etwas Druck ablassen. Andernfalls werde ich mich instinktiv zurückhalten und die Lektion ruinieren, nach der du verlangt hast."

Er führte seine Hand an ihre Wange und legte seine Stirn an ihre, bevor sie etwas erwidern konnte.

„Du willst wissen, worauf ich stehe, und ich will es dir offenbaren. Aber das kann ich in meinem derzeitigen Zustand nicht." Er drückte ihr einen Kuss auf die Lippen, die Liebkosung langsam und mit Absicht behaftet, während er mir Zeit einräumte, um mir eine Antwort zu überlegen.

Aber das war nicht nötig.

Ich hatte mich bereits entschieden.

Und das vermittelte ich ihm, indem ich das Paradigma auflöste, in dem wir uns befanden. Ich hatte den vorübergehenden, blasenähnlichen Ort in Eile kreiert, um uns etwas Privatsphäre zu verschaffen, während wir über die Engelsfeen gesprochen hatten.

Aber diese Privatsphäre brauchten wir jetzt nicht mehr.

Was wir brauchten, war ein Bett.

Eines, das genug Platz für eine Gruppennummer bot.

Die Schlafunterlage in unserem Gästezimmer würde genügen. Es war privat genug für das, was wir tun mussten. Und wenn jemand uns hörte, dann hoffte ich, sie würden die Show genießen.

Denn ich würde Az gleich in den Arsch ficken.

Alle meine Frustrationen mittels strafender Stöße an ihm auslassen.

Ihn zwingen, meinen geballten Zorn zu ertragen.

Und dann würde ich ihn dazu bringen, über Camis feuchte Muschi zu kommen.

„Stell dich auf allen vieren aufs Bett", trug ich ihm auf und ärgerte ihn damit absichtlich. Sonst erteilte in unserer Beziehung er immer die Befehle.

Aber wenn er mich *benutzen* wollte, würde ich den Gefallen verdammt noch mal erwidern.

Und jede einzelne Minute davon genießen.

Aus Az' Brust stieß ein tiefes Knurren, das mich an die unzähligen Stunden erinnerte, die wir in den vergangenen zehn Jahren im Zweikampf verbracht hatten. Er schlug die Augen auf. Schwarz. Keine Spur vom Lila.

*Hallo Phönix*, dachte ich und starrte die fleischgewordene Kraft an.

Az neigte den Kopf nur ganz leicht zur Seite. Die vogelähnliche Bewegung verriet mir, dass sein Vogel jetzt das Zepter in der Hand hielt. Aber im nächsten Augenblick kehrte das Lila zurück und kreierte ein faszinierendes Muster aus obsidianschwarzen und amethystfarbenen Wirbeln.

Er hatte mir gesagt, dass uns miteinander zu verbinden ihn mit seinem Phönix verbunden hatte.

Jetzt konnte ich es sehen.

Und wäre ich in den vergangenen paar Wochen aufmerksamer gewesen, wäre es mir vielleicht früher aufgefallen.

Leider hatte es so weit kommen müssen.

Entweder nahm ich die Zukunft an oder lebte in der Vergangenheit. Die Geschichte meines Lebens wiederholte sich. Ein Blick zu Cami bewog mich, einen Schritt nach vorn zu wagen. Auf unser Schicksal zuzugehen. Unser ... Leben zu akzeptieren.

Ich zog mir das zerrissene Oberteil über den Kopf und warf es zu Boden, bevor ich mich im Rückwärtsgang dem Bett näherte. Az' heißer Blick wanderte über meinen Oberkörper und erforschte jede straffe Sehne, bevor er auf meine Hand fiel, mit der ich meinen Gürtel öffnete.

Die Hände auf Camis Hüften gelegt, drehte er sie herum, damit sie zusehen konnte, und brachte seine Lippen an ihr Ohr. „Ist er nicht schön, kleine Kämpferin?"

„Ja", erwiderte sie, wie aus der Kanone geschossen.

Er presste seine Lippen auf ihre Halsschlagader und gab ein anerkennendes Summen von sich. „Du bist auch umwerfend", meinte er, bevor er seine Lippen an ihrem Hals hochwandern ließ. „Ich habe fest vor, dich zu verehren, während Ajax mich fickt."

Das machte ihre Nippel ganz steif und sie befeuchtete ihre Lippen mit der Zunge.

„Geht das für dich in Ordnung?", fragte ich sie, während ich meinen Reißverschluss öffnete. „Wenn du willst, werde ich ablehnen." Ich meinte es ernst. Sie stand an erster Stelle. Und ich wusste, dass er das genauso sah. Das hatte er in den vergangenen paar Wochen bewiesen.

Sie schluckte hart und sah mich mit ihren wunderschönen grauen Augen an. „Ich kenne mein Safewort und hege kein Verlangen, es zu benutzen."

Auf meinen Lippen breitete sich ein Lächeln aus. „Vielleicht brauchst du auch eine Sicherheits*geste*. Nur für den Fall."

Az grinste, weil er offensichtlich verstand, worauf ich hinauswollte. „Das stimmt. Könnte sein, dass dein Mund anderweitig beschäftigt sein wird." Sein Lächeln verblasste etwas, als ich meine Hose zu Boden fallen ließ und sein Blick auf meine Erektion wanderte. „Bei den Feuern, Cami, sieh nur, wie hart er ist. Bringt dich das nicht dazu, dich hinknien und von ihm kosten zu wollen?"

Sie machte einen Schritt nach vorn, was Az' mit seiner Hand, die auf ihre Hüfte gelegt war, zu ermutigen schien. Dabei blickte sie mir unentwegt in die Augen, kniete sich vor mich hin und sah mich mit hungrigem Ausdruck an.

Cami räumte mir keinen Augenblick ein, etwas zu sagen, und schlang ihren Mund um meine gepiercte Eichel, bevor sie meine Lanze tief in sich aufnahm.

„*Fuck*." Meine Hand wanderte instinktiv in ihre Haare

und ich legte meinen Kopf in den Nacken. Im nächsten Augenblick tauchte Az vor mir auf, schlang mir die Hand um den Hals und drehte mein Gesicht zu sich, um mich zu küssen.

Es war ein rauer, fordernder, *wütender* Kuss.

Ich nahm nur vage wahr, dass Cami mir die Hose herunterzog, spürte fast nicht, wie meine Schuhe und dann auch meine Socken verschwanden. Aber ehe ich mich versah, war ich genauso nackt wie sie und mein Schwanz in ihrem Hals versenkt, während Az' meinen Mund mit seiner Zunge fickte.

So hatte ich mir meine Rückkehr überhaupt nicht vorgestellt. Aber aus Erwartungen machte ich mir mittlerweile nichts mehr. Ich wollte einfach nur *wahrnehmen*.

Az knabberte an meiner Unterlippe und sank dann hinter Cami auf seine Knie.

„Du bist so ein braves Mädchen, wie du seine gesamte Länge in dir aufnimmst", schnurrte er ihr ins Ohr. Dann zwang er mehr von meinem Glied in sie und hielt sie an Ort und Stelle, sodass sie nicht mehr atmen konnte. „Mach mit deiner Hand eine Faust für mich", befahl er, was sie die Augen schockiert aufreißen ließ.

Sie schickte mir in Gedanken einen Schwall unzusammenhängender Worte.

„Nein, Cami. Ich weiß, dass wir die Gedanken des anderen hören können, aber du musst dein nonverbales Safewort bestimmen. Und jetzt mach eine Faust." Az schlang seine freie Hand um ihre und zwang sie, seinen Befehl auszuführen. „Und hebe sie hoch", ergänzte er, bevor er die Faust in die Luft führte. „So."

Ihr stiegen Tränen in die Augen, sie tat aber, was er von ihr verlangte, und hielt die Hand in die Höhe.

Einen Augenblick später zog er ihren Körper zurück, sodass sie um meinen Schwanz geschlungen keuchte. Meine

Eichel steckte nach wie vor in ihrem Mund, sodass ich spüren konnte, wie sie fieberhaft zu Luft zu kommen versuchte. Jeder Atemzug ließ meine Eier sich umso mehr anspannen.

Denn, verflammt, war das heiß.

„Sehr gut", lobte Az und küsste ihren Hals. „Das ist dein nonverbales Zeichen, wenn wir es zu bunt treiben. Und *Camping* ist dein verbales Safewort. Alles andere, was du tust oder sagst, werden wir ignorieren. Verstanden?"

Sie neigte den Kopf zur Seite, sah ihm ungerührt in die Augen und ließ meinen Schwanz aus ihrem Mund flutschen. „Mir mit Ajax' Schwanz die Luft abzuschneiden, geht nicht zu weit."

Ich stöhnte, denn die Worte brachten mich dazu, ihren Kopf zurück an meinen Schwanz pressen und sie festhalten zu wollen, damit sie ihre Bemühungen fortsetzen konnte.

Aber Az lachte sichtlich erfreut. „Ich habe auch nicht versucht, dich an deine Grenzen zu bringen, kleine Kämpferin. Noch nicht. Es ging nur darum, klare Bedingungen zu schaffen."

Sie zog eine Augenbraue hoch. „Dann solltest du dich ausziehen, damit wir auf den Punkt dieser Lektion kommen können."

Er erwiderte ihren Blick. „Wenn du mich nackt sehen willst, zieh mir die Hose aus."

Cami musterte ihn einen Augenblick lang, dann wandte sie sich mir zu, um an meinem Schwanz entlangzulecken, während sie mir ununterbrochen in die Augen sah. Der Anblick ließ mich ein Fluchwort ausstoßen und ich drückte mit der Hand, die ich um ihr Haar geschlungen hatte, fester zu. *Stachelst du Az an, kleine Rebellin?*, sandte ich in ihre Richtung.

*Ein bisschen*, murmelte sie mittels unseres mentalen Bandes zurück. *Und dich auch.*

*Mmh*, summte ich. *Das gefällt mir.*

Sie nahm mich abermals tief in sich auf – tiefer, als Az sie vorhin getrieben hatte – und hielt inne, um zu mir hochzustarren. *Du schmeckst gut, Ajax. Aber Az will, dass du ihn fickst. Und ich will zusehen.*

Mit diesen verführerischen Worten ließ sie von mir ab und kam elegant auf ihre Beine. Az folgte, sein Blick unentwegt auf ihr.

Die beiden strotzten nur so vor Sinnlichkeit, als sie ihn an den Pyjamahosen packte und zu sich zog. Er ergab sich der Bewegung. Eines dieser berühmten Schnurrgeräusche drang aus seiner Brust, während er ihr dabei zusah, wie sie seine Hose öffnete und nach unten zog.

Seine Füße waren bereits nackt und sein Schwanz sprang umgehend aus der Hose. Natürlich trug er nichts darunter. Wir sprachen hier von Az. Und er war mehr als nur bereit für uns beide.

Er lehnte sich zu ihr, um sie zu küssen, doch sie setzte sich in Bewegung, bevor er bei ihr war. Unsere Gefährtin ließ sich auf die Knie sinken, um ihm dieselbe Behandlung zu geben, die ich gerade erfahren hatte. Er erstarrte umgehend und verzog sein Gesicht voller Lust und Schmerz zugleich, während er gegen seine sich aufbäumende Kraft ankämpfte.

Ich beobachtete den Kampf und bezeugte in Echtzeit, wie nahe dran er war, zu explodieren und uns mit seiner Energie zu verschlingen.

Verdammt, er hatte mich schön genannt, aber in diesem Zustand ... war er der Schönste von uns allen. Die fleischgewordene Wut. Sinnlich. Mächtig.

Camis Versuche, ihn zu zähmen, unterschieden sich so stark von meiner schroffen Herangehensweise.

Unsere Gefährtin hatte ihn mit meisterhafter Leichtigkeit herausgefordert. Sie war eine sinnliche kleine Rebellin auf ihren Knien.

Ich ging um sie herum und stellte mich hinter ihn, dann

legte ich meine Hand an seine Hüfte und führte meinen Mund an sein Ohr. „Atme, Az", sagte ich zu ihm. „Lass sie spielen, während ich dich vorbereite. Dann kannst du mich benutzen, wie immer dir beliebt, während ich dich ficke."

Er erschauderte, legte seine Hand auf meine und drückte sie. *Ich habe das hier noch nie aus freiem Willen getan*, flüsterte er mir zu. Sein Geständnis ließ mich die Stirn in Falten legen. Seine Worte deuteten an, dass er zuvor schon gezwungen worden war, ähnliches zu tun.

*Von Vivaxia*, wurde mir bewusst. Als sie ihn wie ein Haustier gehalten hatte.

Mithilfe eines Bannes.

Wie der Bann, den ich vor Wochen gesprochen hatte.

*Bei den Feen, Az, ich …*

*Nicht*, unterbrach er mich, weil er meinem Gedankengang zweifellos gefolgt war. Oder vielleicht hatte er meiner steifer werdenden Haltung entnehmen können, was mir gedämmert hatte. *Mach … das hier einfach zu einer besseren Erinnerung. Eine, mithilfe derer ich die anderen vergessen kann.*

Das Verlangen danach, ihm Schmerz zuzufügen, war schlagartig vergessen. Es war ohnehin nicht besonders stark gewesen, aber ich hatte kurz daran gedacht, meine Wut an ihm auszulassen.

Jetzt … jetzt wollte ich ihn verwöhnen.

Genau das tun, worum er mich gebeten hatte.

Eine neue Erinnerung schaffen. Eine bessere. Eine *viel* bessere.

„Cami", sagte ich und zwang mich, mich zu konzentrieren. „Ich brauche deinen Mund für einen kurzen Augenblick."

Ich blickte um Az herum und sah den neugierigen Ausdruck in ihren Augen. Ihre Lippen waren vom Lutschen unserer Schwänze – und vielleicht auch von unseren Küssen – geschwollen.

Ich presste mich an Az' Rücken, meine Hand noch immer auf seiner Hüfte, ließ meine andere aber um ihn herum zu ihr wandern. „Ich würde ja deine Muschi benutzen, um meine Hand zu befeuchten, aber ich will deine Zunge an meinen Fingern spüren."

Sie errötete und ihre Pupillen weiteten sich lusterfüllt. Es folgte ein leises *Plopp*, als sie von Az abließ, um zu tun, was ich ihr aufgetragen hatte. Ihr Blick wanderte zwischen uns beiden hin und her, während sie ihren Mund um meine Finger schlang.

Mein Schwanz, der gegen Az' Arsch gepresst war, pulsierte und Cami brachte mich mit ihren cleveren Bewegungen mit Leichtigkeit um den Verstand.

Nachdem ich ihre samtweiche Zunge ein paar Minuten lang genossen hatte, entfernte ich mich von ihr und konzentrierte mich darauf, Az vorzubereiten, während sie den Formwandler weiter verwöhnte.

„*Bei den Feuern*", fluchte er und drückte seinen Po an mich, während ich ihn mit meinen Fingern dehnte. „Tiefer."

Ich tat, was er verlangte, und penetrierte ihn, während Cami ihn mit ihrem Mund befriedigte.

„Machs dir selbst, Cami", sagte Az, eine seiner Hände noch immer auf meiner, während er sie mit der anderen führte. „Ich will hören, wie feucht du bist."

Cami stöhnte. Der Laut zog meinen Blick über Az' Schulter, an die Stelle, wo sie zwischen seinen Beinen am Boden kniete. Sie hatte einen lusterfüllten Ausdruck im Gesicht. Ihr Verlangen war spürbar, was mich dazu brachte, mich auf den Boden legen und sie darum bitten zu wollen, sich rittlings auf mein Gesicht zu setzen.

„Fuck, kleine Rebellin", stöhnte ich. „Setz dich aufs Bett und spreiz deine Beine. Az wird deine köstliche kleine Muschi lecken, während ich ihn ficke."

Unsere wunderschöne Gefährtin sah uns für den

Bruchteil einer Sekunde an, dann ließ sie von Az ab, um auf das Bett zuzukrabbeln, und schien uns zu bedeuten, näher zu kommen.

Wir beide fluchten, als sie ihren hübschen Hintern von links nach rechts schwang und uns damit vermittelte, dass wir näher kommen sollten.

„Du siehst gut aus, wenn du krabbelst, Cami", brummte Az mit tiefer, lusterfüllter Stimme.

„Ja, tust du", stimmte ich zu, als ich einen dritten Finger hinzufügte. „Ich brauche mehr Gleitmittel."

„Ein Glück, dass sie feucht ist", murmelte Az und sah unserer Gefährtin dabei zu, wie sie sich aufrichtete und aufs Bett kletterte.

Sie hielt auf allen vieren inne und blickte zu uns zurück. *„Sehr* feucht, sogar."

„Fuck." Az machte einen Schritt auf sie zu.

Ich hielt ihn mit der Hand, die an seine Hüfte gelegt war, zurück. „Lass sie sich in Position bringen. Dann kannst du zuschlagen."

„Ich kann sie in diesem Zustand nicht nehmen." Er fürchtete, dass sein Kraftausstoß ihr Schmerzen bereiten würde, aber ich kannte seine Grenzen fast besser als er selbst.

„Du kannst in diesem Zustand zwar nicht kommen, aber deinen Schwanz in sie stecken schon", sagte ich zu ihm.

Cami führte ihre sinnliche Show fort, bis sie in der Mitte des Betts angelangt war. Dann beugte sie sich nach unten und streckte sich wie eine Katze, was ihre feuchte Mitte zwischen den absichtlich gespreizten Beinen hervorblitzen ließ.

Eine weitere gemächliche Bewegung, dann legte sie sich rücklings aufs Bett und spreizte ihre weichen Schenkel.

Ich ließ von Az ab. „Geh und fick sie."

## KAPITEL 5

## CAMI

Az pirschte sich mit raubtierähnlichem Blick an mich heran. In seinen Augen loderte diese wunderschöne Mischung aus violetten und obsidianschwarzen Flammen. „Wenn ich sie erst einmal ficke, werde ich nicht mehr aufhören können", meinte er zu Ajax.

„Dann koste von ihr", flüsterte die Mitternachtsfee.

„Ich will, dass du sie zuerst fickst", konterte Az. Der Aussage schwang einen Teil seiner Dominanz mit, als er zu Ajax zurückblickte. „Dann lecke ich sie sauber, während du mich nimmst."

Ajax zog die Augenbrauen hoch. „Hast du deine Belohnung nicht schon lange genug aufgeschoben?"

Az stieß ein Knurren aus.

Ajax knurrte zurück. „Ich werde ihre Muschi dazu benutzen, meinen Schwanz zu befeuchten, aber danach ficke ich dich. Jetzt gibt es kein Zurück mehr." Er ging um Az herum und krabbelte über mich. In seinen dunklen Augen stand ein verruchter Blick.

Er stemmte eine Hand gegen das Bett und strich mit der anderen über seinen Schwanz, bevor er ihn an meine heiße

Mitte führte. Als unsere Körper sich berührten, stieß er ein Zischen aus und spannte die Muskeln an, bevor er seine Lanze an meiner Öffnung positionierte.

Ajax wartete nicht.

Er rammte seinen Schwanz mit einer Wucht in mich, die mich mein Becken vom Bett heben und instinktiv einen Schrei ausstoßen ließ.

Irgendwo hinter mir hörte ich Az lachen, der das Spektakel ganz offensichtlich genoss. „Ich freue mich darauf, wenn du das bei mir machst", murmelte er.

Ajax riss die Augen leicht auf, dann zog ein heißer Ausdruck darin auf, bevor er sich über mich beugte und meinen Mund beanspruchte. Ich rang nach Atem, schockiert und überwältigt von seiner Zunge, mit der er mich zeitgleich mit seinem Schwanz beanspruchte.

Die Matratze senkte sich leicht ab, als Az sich zu uns gesellte und der große Mann es sich neben uns gemütlich machte. Ich konnte ihn nicht sehen, nur spüren. Und ich wusste auch, dass er sich massierte.

Das Band zu diesen Männern erlaubte es mir, ihre Lust zu spüren. Ihre Sehnsucht. Ihre *Absichten.*

*Mein Höllenfeen-Wärter.*

*Mein Höllenfeen-Kommandant.*

*Sogar ... mein Höllenfeen-Prinz,* flüsterte eine leise Stimme.

*Mh, denkst du an mich, Engelchen?,* flüsterte eine Männerstimme zurück.

*Nein,* log ich und presste meine Hüften gegen Ajax.

*Denkst du darüber nach, wie es sich anfühlen wird, meinen Schwanz in dir zu haben? Fragst du dich, wie groß er im Vergleich zu dem unseres Wärters ist?*

*Bei den Feen,* keuchte ich. *Woher weißt du, was er mit mir anstellt?*

*Weil ich es spüren kann,* erwiderte er. *Wie dieses Piercing tief in dir versenkt ist und deinen Körper in Flammen steckt. Wie Ajax deinen Mund mit seinem beansprucht. Wie seine Hand an deiner Brust klebt. Ich kann alles spüren, Cami. Jede tosende Welle der Leidenschaft, jedes warme Pulsieren, jeden Stoß.*

Ich erschauderte und verlor mich in seinen Worten und Ajax' Rhythmus.

Aber dann zog er seinen Schwanz aus mir und auch seine Lippen verschwanden.

Ich blinzelte verwirrt, dann sah ich ihn über mir auf seinen Knien, während er Az ansah. „Du musst sie ficken."

„Ich kann nicht."

„Doch, kannst du. Ich werde hier sein und dich erden. Sende mir deine Kraft, aber nimm unsere Gefährtin. Sie braucht das hier, und du auch."

Bei den Feen, er hatte so recht. Ich musste Az' ungestüme Energie, seine Stärke, seine wilde Beanspruchung spüren. „Bitte", ergänzte ich und sah meinen Formwandlerfeen-Gefährten an. „Ich habe es satt, zu warten. Nimm mich. Lehre mich. *Fick mich.*"

„Verflammt, Cami ..." Az rollte sich herum und legte eine Hand an mein Gesicht, bevor er mich zu sich zog und mich küsste. „Deine Tendenz, die Kontrolle zu übernehmen, während du unten liegst, wird mich noch umbringen." Er blickte zu Ajax. „Ihr beide ..." Er verstummte und schüttelte dann seinen Kopf, ehe er mich mit so viel Leidenschaft küsste, dass ich sie tief in meiner Seele spürte.

Ajax rutschte von mir und bot Az Raum, damit dieser mich mit seinem Körper einnehmen konnte. Sein Phönixfeuer loderte auf seiner Haut und er begab sich zwischen meine Schenkel, drang aber nicht in mich, wie ich es erwartet hatte. Stattdessen verschlang er mich mit seiner Zunge – alles, während er seinen Schwanz an meine Mitte presste. Ich hatte das Gefühl, gebrandmarkt zu werden.

Beansprucht. Und doch fühlte ich mich so leer. Ich *brauchte* ihn. Ich wollte ihn.

„Az", keuchte ich.

„Schhh", meinte er. „Ich habe dir schon genug Kontrolle überlassen, kleine Kämpferin. Es ist an der Zeit, dass du dich daran erinnerst, wer ich bin. Es ist an der Zeit, dass du etwas *lernst*." Er knabberte an meiner Unterlippe und drückte mir dann Küsse auf, bis er bei meinem Ohr angelangt war, und führte seinen Weg dann an meinem Hals hinab fort.

Ich presste mein Becken gegen ihn, liebte es, seine Lippen auf meiner Haut zu spüren. Alles in mir erwachte wegen seiner Berührungen zum Leben und ich genoss es ...

Ich rang nach Luft, als er seine Zähne in meiner Haut versenkte und so fest in meine Halsschlagader biss, dass Blut floss. Ajax zischte.

Az lachte. „Sie gehört uns beiden." Er leckte über die Wunde an meinem Nacken und rollte sich herum, damit er Ajax anblicken konnte. „Willst du was abhaben? Dann komm und hol sie dir."

Ajax knurrte und stürzte sich praktisch auf uns, um Az' Mund zu beanspruchen. Az' Brust, durch die ein Rumpeln ging, war an meine gepresst und Ajax neigte Az' Kopf zur Seite, um ihn inniger küssen zu können, während die beiden Männer ihre Körper über mir ausrichteten.

Az' Schwanz pulsierte an meine heiße Mitte gepresst und er spannte seine Muskeln an, während Ajax sich zwischen ihnen an etwas zu schaffen machte, ehe die beiden knurrten und ihre Körper sich miteinander *verbanden*.

Ich konnte es aus diesem Blickwinkel nicht sehen, spürte aber Ajax' Eindringen, weil sein rauer Stoß Az erstarren ließ. Wie es schien, ließ Ajax den Schmerz aber rasch wieder abflauen, indem er ihn sanfter küsste und der Hauch einer ungebetenen Empfindung unsere gemeinsamen Bänder erwärmte.

Sie unterbrachen den Kuss und starrten einander an, ihre Gesichter nur eine Haaresbreite von meinem entfernt.

Zwischen den beiden breitete sich noch mehr Wärme aus und dann nickte Az Ajax kaum merklich zu, bevor Letzterer sich zu bewegen begann.

Unsere Verbindung wurde von einem Stromschlag erfasst, der mich dazu brachte, zusammen mit ihnen mein Becken zu heben. Mein Körper wurde durch sie von neuen Empfindungen geflutet.

Es war wieder wie bei Melek und Luzifer, nur noch viel heißer, weil Az und Ajax direkt über mir fickten.

Az küsste Ajax wiederholt und ihre Zungen tauschten flüsternd Geheimnisse aus, die zu erfahren ich mich sehnte.

Ich musste ein Wimmern ausgestoßen haben, denn in der nächsten Sekunde richtete Az seine Aufmerksamkeit auf mich, und plötzlich wurden ihre Geheimnisse auch zu meinen. Er küsste mich mit derselben Leidenschaft, derselben *Absicht* wie Ajax gerade eben.

Ich konnte sie beide spüren. Ihre männlichen Gerüche waren süchtig machend und langsam begann ich, sie zu lieben. *Mehr*, dachte ich. *Gebt mir mehr.*

Az lächelte. „Versuchst du immer noch, von unten zu führen?" Er presste sich gegen mich. „Ajax? Könntest du mir helfen?"

Ich sah zu den beiden hoch, wusste nicht, was die beiden meinten. Ajax ließ seine Hand zwischen uns wandern und führte Az an meine Öffnung. „Fick sie hart, Kommandant."

„Ich leiste dem Befehl nur Folge, weil ich das will", erwiderte er, ehe er in mich stieß.

Das brachte mich dazu, seine Schultern zu packen, weil sein Eindringen so anders als Ajax' und doch genauso perfekt war.

Mein Mitternachtsfeengefährte hatte einen breiten

Schwanz und sein Piercing war so positioniert, dass es einem Partner Höhenflüge verschaffte.

Az' war länger, hagerer und pulsierte voller *Macht*. Seine Penetration reichte tief in meine Seele und seine Bewegungen waren fast schon andersweltlich, als könnte ich ihn jeden Zentimeter meines Wesens beanspruchen spüren.

Ich stöhnte an seinen Mund gepresst und sein Name kam mir wie ein Lobgesang über die Lippen.

Er schlug ein schroffes Tempo an, das mir ganz wirr im Kopf werden ließ. Ich war in ihm verloren, in seiner Stärke, in seinem *Verlangen*.

Ajax' Lust vermischte sich mit Az' und kreierte eine euphorische Aura, in die ich kopfüber tauchte, während wir uns zu dritt bewegten.

Es war erotisch.

Unglaublich schön.

Einfach himmlisch.

Ich hatte noch nie etwas Vergleichbares erlebt, und soweit ich Az und Ajax entnehmen konnte, ging es ihnen nicht anders.

Herumwandernde Hände.

Az, der meinen Körper erforschte. In meine Nippel kniff. Den Schmerz weg rieb.

Ich erforschte ihn gleichermaßen und ließ meine Hände über die muskulösen Schultern und Arme, dann über seinen Oberkörper gleiten, bevor ich sie an seinen Seiten hinabwandern ließ und Ajax, der sich dahinter befand, berührte.

Er hatte seine Hände fest um Az geschlungen und rammte in den Mann, während dieser mich fickte.

*Bei den Feen* ... Ich liebte das hier. Ich wollte es wieder und wieder tun, und genau das vermittelte ich Az mit meinem Mund.

*Das ist erst der Anfang*, versprach er mir und seine Stimme fühlte sich an wie eine mentale Streicheleinheit, die eine weitere Welle der Lust durch meine Adern schießen ließ.

Denn dieser Mann – diese *Fee* – gehörte mir. Und Ajax auch.

*Und Melek.*

*Ich liebe es, dass du an mich denkst, wenn du kurz davorstehst, zu kommen*, erwiderte Letzterer.

Ich blendete ihn aus und konzentrierte mich auf die Männer, die im selben Zimmer waren.

Aber Melek blieb da. Er flüsterte mir immer wieder Dinge zu und neckte mich mit seinen Bändern, sagte mir, wie brav ich war, dass ich Az so tief in mir aufnahm, und flüsterte mir dunkle Gedanken darüber zu, wie es wäre, wenn ich zwischen ihnen liegen und von beiden Seiten penetriert würde.

*Jetzt fehlt nur noch einer in deinem Mund, dann bist du vollgestopft mit Schwänzen*, fuhr er fort, was mich an Az' Lippen gepresst stöhnen ließ. Ich klammerte mich an ihn und ein donnerndes Verlangen pulsierte durch mich. Ich hatte das Gefühl, verschlungen zu werden. Am Leben zu sein. Fühlte mich wie eine Königin.

Denn obwohl Ajax in Az steckte, ruhte sein Blick pausenlos auf mir – etwas, das ich mehr spürte als sah. Az war fokussiert auf meinen Mund. Und Melek flüsterte mir immer noch schmutzige Dinge zu.

Ich war der Mittelpunkt ihrer Welt.

Ihre Göttin.

Ihre *Gefährtin.*

Az biss fest genug auf meine Unterlippe, dass Blut daraus floss und ich meine Augen aufschlug. „Ich bin jetzt in dir, Camillia. Konzentriere dich auf meinen Schwanz. Wie ich dich ficke. Welche Empfindungen *ich* in dir auslöse."

Ich rang nach Luft, als er sich ruckartig nach vorn bewegte und meine Hüften so fest packte, dass ich mir sicher war, er würde Spuren hinterlassen.

„Mein Phönix ist ein besitzergreifendes Biest, kleine Kämpferin", ergänzte er und rammte erneut schroff in mich. „Wir wollen deine ungeteilte Aufmerksamkeit, wenn wir dich ficken. Also sag Melek, dass er Leine ziehen soll."

In meinem Hinterkopf breitete sich ein Lachen aus, das von der erwähnten Fee stammte. *Ich werde aufhören, dich abzulenken, Engelchen*, flüsterte er. *Mir macht es nichts aus, einfach zuzuhören und durch dich zu spüren, was sich abspielt.*

Az knurrte. Der Laut vibrierte durch meine Brust und neckte meine Nippel.

Nippel, in die er jetzt kniff.

Ich jaulte und stöhnte, als er sich ihnen näherte und die Spitzen mit der Zunge ableckte. Ajax bewegte sich mit ihm und glitt aus ihm, als Az sich an meinem Körper hinabbegab.

Alles in mir bedauerte den Verlust dieses Gefühls, voll zu sein, und ich ließ meine Hände in Az' Haare gleiten, um zu versuchen, ihn davon abzuhalten, sich zu entfernen.

„Ich werde dich erst weiterficken, wenn ich deine ungeteilte Aufmerksamkeit habe", verkündete Az mit leicht kritisierendem Tonfall. „Brave Mädchen werden gefickt. Böse Mädchen werden hingehalten."

„*Az.*"

„Oh, habe ich jetzt deine volle Aufmerksamkeit?", neckte er, sein Mund ganz in der Nähe meines Bauchs. „Hm, mal sehen, ob ich dafür sorgen kann, dass du dich auf nichts anderes mehr konzentrierst." Er griff schroff nach meinen Schenkeln und zwang mich, sie noch weiter zu spreizen, um Platz für seine Schultern zu schaffen. Dann presste er seine Lippen auf meinen Hügel und übersäte mich mit Küssen.

Aber er berührte meine Klitoris nicht.

Nein, er umging sie bewusst und konzentrierte sich stattdessen auf jeden anderen Zentimeter meines Körpers.

Als er meine Öffnung mit der Zunge spreizte, wimmerte

ich. Ich brauchte mehr. Ich brauchte *ihn*. Seinen Schwanz. Seine Präsenz. Seine *Hitze*.

Ich gab seinen Namen fluchend von mir, die Finger noch immer in seinen Haaren vergraben. Als ich versuchte, ihn nach oben zu ziehen, packte er mein Handgelenk und zwang mich, von ihm abzulassen. „Halt sie für mich fest", trug er Ajax auf.

Ich funkelte die Mitternachtsfee an. „Untersteh dich!"

Er musterte mich kurz, als würde er darüber nachdenken, auf mich zu hören. Aber dann zuckte er bloß mit der Achsel. „Ich habe kein Safewort gehört."

Ich rang nach Luft, als er nach meinen Handgelenken griff, sie über meinen Kopf zog und gegen die Kissen presste.

„Jetzt sei brav und lass dich von Az an den Rand des Wahnsinns bringen", hauchte er, seine Lippen über meinen schwebend. „Er mag es nicht, wenn man ihn ignoriert."

„Ich habe ihn nicht ..."

Ajax ließ mich verstummen, indem er mich brutal und innig küsste und mich meinen eigenen Namen vergessen ließ.

Und dann erinnerte mich Az daran, indem er sagte: „Konzentrier dich, Cami. Ich bin es, dessen Zunge sich ganz in der Nähe deiner Klitoris befindet. Es sind meine Hände, die du auf deinen Schenkeln spürst. Meine Zähne, die sich danach verzehren, *zuzubeißen*."

Meine Gesichtszüge entgleisten, als ich Letzteres hörte, und ich fürchtete mich plötzlich davor, dass er tatsächlich ...

Mir entfuhr ein Schrei, als er seinen Mund auf meine sensible Knospe presste und seine Wärme mittels des sinnlichen Kusses direkt in meine bebende Mitte floss.

*Bitte, beiß mich nicht*, dachte ich zu ihm.

*Mh*, summte er. *Vielleicht werde ich das.*

Eine exotische Mischung von Erregung und Schrecken braute sich in mir zusammen und kreierte das berauschendste Delirium aus Lust und Schmerz.

Ich hatte nicht die geringste Ahnung, dass ich verängstigt und angeheizt zugleich sein konnte.

Aber unter alledem bestand diese Vertrauensbasis.

Az würde mir nicht ohne Grund wehtun. Er würde dafür sorgen, dass es sich gut anfühlte. Mich alles, was er mir zu geben hatte, genießen lassen. Das bewies er, indem er mich leckte, seine Zunge tief in mich schob und dabei einen Finger in mich steckte. Es reichte nicht, um mir einen Höhepunkt zu verschaffen, diente lediglich dazu, einen verlockenden Druck zu erzeugen, der mir in den niederen Regionen fehlte, aber es führte dazu, dass ich unter ihm gefangen war.

„Spiel mit ihren Titten", verlangte er von Ajax.

Die Mitternachtsfee lächelte an meinen Mund gepresst. „Ich wusste, dass du dich nicht lange unterwerfen könntest."

„Ich werde dich trotzdem in meinem Arsch kommen lassen."

„Gut." Ajax drückte mir einen Kuss auf die Wange, zwinkerte mir zu und rutschte dann nach unten, um nach meinen Nippeln zu greifen. Ich drückte meinen Körper keuchend an ihn, während die beiden Männer meinen Körper mit allem verwöhnten, was sie hatten.

Ich stand so kurz davor, zu kommen.

War so nahe dran, zu *explodieren*.

Ich spannte die Schenkel an und mein Atem ging schneller. Ihre Namen lagen mir auf der Zunge.

Dann nahm alles ein abruptes Ende.

Ich schlug die Augen auf und sah mit finsterem Blick an mir herunter zu den beiden Männern, die beide aufgehört hatten, mich zu umsorgen. Einer starrte mich an meine Brust gepresst an, der andere war zwischen meinen Beinen eingeklemmt. „Du hast noch keine Erlaubnis, zu kommen", sagte Az zu mir.

„*Wie bitte?*"

„Ich habe es dir gesagt, Baby. Böse Mädchen werden

hingehalten und an den Rand des Wahnsinns getrieben." Er presste den Mund auf meine Klitoris, dann biss er zu. Er tat genau das, wovor ich mich gefürchtet hatte, und brachte mich dazu, meinen Rücken durchzudrücken. Denn, *verdammt*, das hatte unverschämt wehgetan.

Oh, aber die Empfindung, die daraufhin folgte ... Wie er mit seiner Zunge den Schmerz vergehen ließ ...

Ich blinzelte, völlig verwirrt vom Wechselbad der Gefühle. Verloren in Az' sinnlicher Berührung. Seinem Mund. Seinen Händen. Meine Erregung ließ mich abermals auf Wolke sieben schweben und hob mich fast bis zu den Sternen hoch.

Und im nächsten Augenblick fiel ich vom Himmel und krachte zu Boden. *„Az!"*

„Hm, wenn mich nicht alles täuscht, habe ich jetzt deine ungeteilte Aufmerksamkeit", neckte er, seine Handflächen auf meine Schenkel gelegt. „Bedeutet das, dass du bereit bist, dich zu benehmen?"

Ich knurrte. „Ich bin bereit, dich umzubringen."

Er grinste, dann verpasste er mir einen Klaps zwischen die Beine und entlockte mir damit einen Schrei, der sich verdächtig nach seinem Namen anhörte. Ich wollte ein Fluchwort auf den Namen folgen lassen, doch dann führte er seinen Mund zurück an meine Mitte und Ajax griff abermals nach meinen Brüsten.

Und so ging es immer weiter. Die beiden folterten mich und brachten mich an den Rand des Wahnsinns, ließen mich aber nicht kommen und heizten mich dann wieder von Neuem an.

Mir stiegen Tränen in die Augen, weil der Schmerz fast schon zu arg war. „Bitte, Az!", flehte ich. „Bei den Feen, bitte, lass mich kommen ..."

Er tat es nicht.

War ja klar.

Ich richtete mich auf dem Bett auf, schubste Ajax von

meinen Brüsten weg, befreite meine Handgelenke und packte Az. *„Fick mich."*

„Nein."

Mir kam ein Knurren über die Lippen.

Er erwiderte den Laut und presste mich im nächsten Augenblick flach auf das Bett. „Du gehörst mir."

„Beweise es", konterte ich.

Er lächelte. „Komm in mir, Ajax. Und stell sicher, dass Cami es spürt."

Das ließ mich scharf einatmen. „Das ist einfach nur grausam."

„Nein, kleine Kämpferin. Ich erteile dir *eine Lektion*. Du wolltest wissen, wie ich ficke, und so ficke ich." Er bewegte seine untere Körperhälfte, die gegen meine gepresst war, als Ajax in ihn glitt. Die beiden Männer verbanden sich in intimer Weise, während Az mir ununterbrochen in die Augen blickte.

„Ich werde dich mit Haut und Haar verschlingen", versprach er mit einem bedrohlichen Tonfall. „In jedem Atemzug wirst du meinen Geruch vernehmen. Jeder Gedanke wird mit meinem Namen enden. Jedes Gebet wird *für* mich und an mich gesprochen werden."

*„Fuck!",* keuchte Ajax, was mich um ein Haar zu ihm hochblicken ließ.

Doch mein Blickfeld war vollends von Az eingenommen und in seinen Augen funkelte kaum zurückgehaltene Gewalt. „Und *du* wirst mich genauso verschlingen. Ich erwarte gegenseitige Wertschätzung. Gegenseitige *Besessenheit*. Wenn du also willst, dass ich dich ficke, solltest du bereit sein, dich auf uns *einzulassen*."

Ich schluckte, verloren in dieser wilden Fee über mir.

Ajax fickte ihn, was – so viel war mir klar – sich für sie beide gut anfühlen musste, aber Az' Aufmerksamkeit lag voll und ganz auf mir, obwohl sein Schwanz, der zwischen uns lag, pulsierte.

„Bist du bereit, dich zu beugen, kleine Kämpferin?", fragte er. „Bist du bereit, dich vollends zu unterwerfen? Denn ich werde dich auf Arten dominieren, die du nie zuvor erlebt hast. Ich werde dich auf ganz neue Höhen bringen. Aber du musst mit ganzem Körper, Herzen und Kopf dabei sein."

„Das bin ich", schwor ich, nicht in der Lage, an etwas anderes zu denken als an das, was er versprach. „Bitte nimm mich an."

„Oh, Camillia", flüsterte er und sein Blick wanderte auf meine Lippen. „Ich nehme dich mehr als nur an. Ich liebe dich, verdammt noch mal." Er presste seinen Mund auf meinen, bevor ich überhaupt darauf antworten konnte.

Und im nächsten Augenblick war er da, füllte mich, fickte mich und bewegte seine Hüften auf eine Art, dass er meine malträtierte Klitoris streifte.

Binnen Sekunden war mein Körper so heiß, ihm so vollumfänglich untergeben und voll und ganz *seins*, dass ich nichts anderes tun konnte, als mich an seinen Schultern festzuhalten und zu versuchen, mit seinem brutalen Tempo mitzuhalten.

Er hielt mich mit seiner Zunge gefangen und es fühlte sich an, als würden seine Hände, die an meine Hüften gelegt waren, ein Brandmal hinterlassen. Das Einzige, was ich tun konnte, war zu existieren und in diesem Augenblick voll und ganz bei ihm zu sein.

Gedanken hatten ihre Bedeutung verloren.

Atmen war unwichtig geworden.

Mein Herz hatte einen Rhythmus angeschlagen, der ganz allein für Az bestimmt war.

Und mein Körper unterwarf sich seinem Willen, während er mich benutzte, mich füllte und mich *fickte*.

Binnen Sekunden verlor ich den Verstand und dieses Mal ließ er mich gewähren. Dieses Mal ... *schwebte* ich in die Lüfte.

Direkt über der Klippe. Segelte in eine Wolke des Nichtseins. Ich keuchte. Starb. Schrie. Weinte. *Zitterte.*

Alles war so intensiv, dass es sich anfühlte, als würde mein Orgasmus eine Ewigkeit lang anhalten.

Dieses Licht.

Es explodierte.

Füllte mich mit einer Hitze.

*So viel Kraft.*

Az war überall. In meinem Blut. In meinem Kopf. In meiner Seele.

Er war die fleischgewordene Kraft und sein ascheähnlicher Geruch füllte mich mit ewiger Glut. Wir waren aneinander gebunden. Vereint. Gefährten für die Ewigkeit.

Meine Seele strahlte vor Freude und nahm seinen Phönix mit einem feurigen Kuss an, den ich durch jeden Zentimeter meines Wesens rauschen spüren konnte.

Es war ... unglaublich.

Heiß.

So verdammt leidenschaftlich.

Er brüllte, weil seine eigene Lust sich mit meiner zu verbinden schien und damit eine brandheiße Welle der Ekstase schuf. Ich schmolz dahin. Genoss das Brennen. Räkelte mich in diesen einzigartigen sonnenähnlichen Strahlen.

*So viel Macht,* staunte ich und konnte sie durch mich rauschen spüren. Sie stärkte meine Seele und erfüllte einen Teil von mir, den ich nicht ganz verstand.

Ich war glücklich.

Voll.

Trunken von seiner Essenz.

Als ich meine Augen wieder öffnete, war ich ... wiedergeboren. Ein neues Wesen. Immer noch ich, aber vollständig auf die beste aller Arten.

Und außerdem starrte ich in zwei bewunderungswürdige schwarz-lilafarbene Augen. „Du glitzerst", flüsterte Az.

Auf meinen Lippen breitete sich ein Lächeln aus. „Du meinst wohl ‚strahlst‘." Es war ein kitschiger Anmachspruch, aber nach dieser bewusstseinsverändernden Erfahrung ließ ich ihn durchgehen.

„Nein, ich meinte ‚*glitzern*‘."

Hinter Az' Schulter rückte Ajax in Sicht, dessen Stirn in Falten gelegt war. „Du siehst aus wie eine Discokugel."

Ich blinzelte meine Gefährten an. „Wie bitte?" Dann hob ich einen Arm hoch, um nachzusehen, wovon die beiden da redeten, und rang nach Luft, als mir der goldfarbene Glitzer auf meiner Haut ins Auge stach. Ein Blick nach unten verriet mir, dass er auf meinem gesamten Oberkörper verteilt war. Und Az'. Als hätten wir uns gerade in einem Haufen ...

*... von Meleks glitzerndem Glibberzeug gewälzt.*

Meine Gedanken wurden von einem Lachen heimgesucht, auf das ein sanftes „*Gern geschehen, Engelchen*" folgte.

Ich knurrte. *Melek!*

*Viel Vergnügen,* erwiderte er. *Bis bald ...*

## KAPITEL 6

## MELEK

„Du siehst zufrieden aus", murmelte Ty, während ich in meinem liebsten Morgenmantel aus dem Badezimmer schlenderte. Er saß, einen Laptop im Schoß, an das Kopfteil gelehnt und trug bis auf eine Jogginghose nichts. „Ich gehe davon aus, dass das mit deiner Camillia zusammenhängt?"

„Mh, ja." Das Lächeln auf meinen Lippen wurde breiter. „Az hat *unsere* Camillia gerade um den Verstand gebracht und sie ist explodiert, wie es nur eine Engelsfee kann."

Tys Blick war zurück zum Laptop gewandert, er hielt aber mit dem Tippen auf der Tastatur inne, als er das hörte. „Glitzer?"

„Ja."

„Verstehe."

Ich zog eine Augenbraue hoch. „Hast du denn gar keine Fragen? Oder Anmerkungen zu Camis Entwicklung?"

„Mir ist vollends bewusst, dass du dein Band zu dieser Frau gefestigt hast, Melek", sagte er mit sanftem Tonfall und ließ die Finger wieder über die Tastatur fliegen. „Wenn du mich schockieren willst, musst du dir mehr Mühe geben."

„Ich versuche gar nicht, dich zu schockieren, Liebster."

„Tust du nicht?" Er hielt inne und sah mich an. „Also treibst du nur ein paar weitere Spielchen?"

„Bist du böse auf mich?"

Er grinste. „Aber nein, kleiner Prinz." Er klappte den Laptop zu und legte ihn beiseite, dann stand er vom Bett auf und kam auf mich zu. „Es überrascht mich nur nichts mehr, wenn es um Camillia De la Croix geht." Er schlang mir die Hand um den Hals und führte seine andere an meine Hüfte. „Du wirst es härter versuchen müssen."

Ich teilte seine Belustigung. „Ich habe ihr von unserem Gespräch erzählt. Dass ich sie fesseln würde, damit du sie ficken kannst. Das hat sie echt heiß gemacht."

Das ließ ihn erstarren. „Wie bitte?"

„War das hart genug?", fragte ich unschuldig und presste meine Lippen fröhlich auf seine. „Oh, ich schätze, das nennt man ein Wortspiel, was?" Ich presste mich an seine wachsende Erektion. „Erinnere mich bitte daran, dir später von ihren Träumen zu erzählen."

„Was für Träume?", fragte er, direkt als ein Surren zu hören war.

„Da solltest du lieber rangehen, Ty", murmelte ich und entfernte mich von ihm. „Wir werden deinen Auftritt in Camis Träumen später besprechen."

„Melek."

„Ty."

Sein Griff um meinen Hals wurde etwas fester und er zog mich näher zu sich. „Ich werde sie niemals ficken."

Ich neigte den Kopf zur Seite. „Wen versuchst du, zu überzeugen, mein König? Dich oder mich?"

Er stieß ein Knurren aus und das Surren wurde lauter. Der Anrufer verlangte nach seiner Aufmerksamkeit. Wer auch immer hinter dem Signal steckte, hatte ganz offensichtlich einen Todeswunsch, denn niemand sagte Ty, was er tun und lassen sollte.

Er ließ mich los und lief zu seinem Schreibtisch. Dort angekommen, drückte er auf einen Knopf, woraufhin sich ein Bildschirm öffnete. Seine Anspannung stieg, als ein unerwartetes Gesicht auf dem durchsichtigen Bildschirm vor ihm auftauchte.

*Tja, das erklärt die fordernde Aura*, ging mir durch den Kopf, während ich die finstere Miene der Mythosfee musterte, die Ty unverfroren anstarrte.

„Hades", grüßte Ty. „Dich habe ich nicht erwartet."

„Wirklich?", flötete die gottesähnliche Fee, deren unheilvolle Erscheinung zu seiner Rolle als Gott der Unterwelt passte. „Irgendwie bezweifle ich das."

Ty positionierte sich in seinem Sessel langsam um und sah seinen Gesprächspartner mit ungerührter Miene an. „Maliki?", fragte er bloß.

„Ganz genau. Ich hätte ihn gern zurück."

Ich stellte mich hinter Ty, der sich in seinem thronähnlichen Sessel zurücklehnte und seine Hand, den Ellbogen auf die Sessellehne gestützt, auf den Mund legte. „Hm, und warum sollte ich dem zustimmen?"

„Weil er nichts mit deinem Engelsfeen-Problem zu tun hat", erwiderte Hades tonlos. Sein englischer Akzent verlieh seiner Stimme einen arroganten Tonfall.

„Und was weißt du über mein Engelsfeen-Problem?", konterte Ty. Seinem Tonfall und auch seinen Gedanken fehlte jeglicher Anflug von Überraschung.

*Engelsfeen* waren nicht allgemein bekannt und ihre Existenz war ein gut gehütetes Geheimnis. Vorwiegend, weil ihre Ausrottung zur Schöpfung aller Feenarten geführt hatte.

Abgesehen von einer: den Mythosfeen.

Sie existierten schon genauso lange wie die Engelsfeen. Ihre Art glich eher Göttern als Engeln. Aus historischer Sicht mieden die beiden Arten einander, aber Ty hatte es sich zur Aufgabe gemacht, sich mit ein paar von ihnen anzufreunden, weil er wusste, dass sie im Reich der Höllenfeen zu haben, zur Sicherheit unserer Feen beitragen würde.

Bisher hatte es funktioniert und die Mythosfeen hatten ihren Status als verehrte Götter in den verschiedenen Königreichen der Höllenfeen genossen. Es kam dem Ruhm nahe, der ihnen vor Ewigkeiten entgegengebracht worden war, als das Reich der Sterblichen ihnen gehuldigt hatte.

Jetzt galten sie bei den Sterblichen als Mythos. Ganz wie meine Art. Oder Engel, mit denen die Sterblichen uns oft verwechselten.

*Die armen Menschen. Sie haben einen so schwachen Geist. Und man kann sie so leicht manipulieren.*

Ty sah zu mir zurück, weil er meine Überlegungen ganz offensichtlich mitbekommen hatte.

*Tut mir leid, ich lasse bloß meinen Gedanken freien Lauf.*

*Hm*, meinte er bloß, bevor er sich wieder Hades widmete. Die gottesähnliche Fee hatte noch nichts erwidert und Ty stattdessen nur mit einer Geduld angestarrt, die nur ein uraltes Wesen wie er besitzen konnte.

„Ich gehe davon aus, du rufst mich an, um mir mitzuteilen, dass du über Informationen verfügst, die ich vielleicht für wichtig erachten könnte, und dass du im Austausch für diese Informationen dein Haustier zurückhaben willst", fasste Ty freiheraus zusammen. „Liege ich richtig?"

„Du hast mit Morpheus gesprochen."

Ty schnaubte. „Ich würde nie ein Gespräch mit ihm führen. Er tendiert dazu, mit meinen Träumen zu spielen." Ein weiterer Blick in meine Richtung. „Hast du mit Morpheus gesprochen? Vielleicht über Camillia De la Croix?"

Ich legte eine Hand auf mein Herz. „Würde ich so etwas tun?"

„Ja." Er zögerte keine Sekunde. „Hast du es getan?"

Ich lächelte. „Nein. Aber die Idee gefällt mir. Danke, dass

du sie mit mir geteilt hast." Morpheus, der Gott der Träume, könnte mir von Nutzen sein. „Entschuldige mich bitte, ich muss jemanden anrufen." Ty griff nach meinem Handgelenk und hielt mich fest.

„Maliki und Azazel sind Halbbrüder und Azazel gehört mir. Daher habe ich ein persönliches Interesse an Malikis Wohlbefinden. Deine Beziehung zu ihm, wie auch immer sie aussieht, ist mir nicht entgangen. Reicht dir das?"

„Nicht wirklich", erwiderte Hades. „Es wäre mir lieber, wenn du Maliki freilassen würdest. Du hast ihn lange genug befragt. Das Portal, das er kreiert hat, hat ein paar wenigen Ghulen und Todesfeen ermöglicht, ein paar potenzielle Gefährten zu beanspruchen."

„Ich glaube, du vergisst den Strigoi-Prinzen, der verschwunden ist. Und seinen Liebhaber – der Erbe der rivalisierenden Familie." Es war nicht allgemein bekannt, dass der Strigoi-Prinz und sein Meuchelmörder Geliebte waren, aber Ty war über alle Geheimnisse in seinen verschiedenen Königreichen im Bilde.

Hades senkte, die Fingerspitzen aneinandergelegt, seine Hände auf den Tisch und die Schatten seiner dunklen Höhle erinnerten mich an Tys Lieblingsarbeitszimmer.

Die beiden Männer hatten ohne jeden Zweifel Gemeinsamkeiten.

Und waren doch so verschieden.

Alles, was Ty tat, tat er für sein Volk. Hades' Absichten waren ... noch nicht erschlossen.

Aber es war interessant, dass er Ty angerufen und um einen Gefallen gebeten hatte. „Was bietest du uns für Malikis Freilassung?", wollte ich wissen, was Hades' Blick in den schwarzen Augen zu mir wandern ließ. Wir sprachen nur selten miteinander, kannten einander aber schon sehr lange.

„Ich könnte ihn einfach entführen", bemerkte Hades.

„Ja, könntest du", stimmte Ty zu. „Aber das wirst du nicht."

Hades stieß einen Seufzer aus. „Nein, werde ich nicht. Ich hege kein Interesse daran, mich mit dir zu befassen, Typhos. Und damit meine ich, dass ich weder Vereinbarungen mit dir treffen noch irgendwelche sonstigen Gespräche führen will."

„Und doch hast du mich angerufen."

„Ja, habe ich. Weil du Maliki lange genug vernommen hast, um zu wissen, dass er unschuldig ist."

„Das würde bedingen, dass er den Mund aufmacht", erwiderte Ty. „Was er nicht tut."

„Weil ich ihn zu Stillschweigen verpflichtet habe und er mir treu ergeben ist."

„Er ist eine meiner Albtraumfeen."

„Auf meinem Gebiet", konterte Hades.

„Ein Gebiet, das ich dir gegeben habe."

„Im Austausch für meinen Schutz. Tu nicht so, als hättest du mir einen Gefallen getan, Höllenfeen-König. Ich diene dir nicht. Ich verweile nur hier, weil es mir gefällt. Diese Feen gehören genauso mir wie dir, und ich hätte Maliki gern zurück. Und zwar *sofort*."

Ty kniff die Augen zusammen. „Ich diene dir genauso wenig, Gott Hades."

Die Mythosfee schnaubte höhnisch. „Das ist ein lächerlicher Titel. Die Einzigen, die mich einen Gott nennen dürfen, sind ..." Er verstummte abrupt, dann räusperte er sich. „Ich bin nicht dein Gott, Typhos."

Ty lehnte sich nach vorn, was sein langes Haar über seine breiten, nackten Schultern wallen ließ. „Hör auf, dich mit mir zu messen, und gib mir einen guten Grund, warum ich Maliki freilassen sollte. Und sag jetzt nicht, dass ich es tun soll, weil du nett gefragt hast."

Hades musterte ihn eine lange Zeit, dann schüttelte er den Kopf.

„Du hast doch nicht ernsthaft geglaubt, dass du dir all diese Bräute umsonst nehmen kannst, oder? Dass all diese Eltern ihr Schicksal einfach akzeptiert und mit ihrem Leben weitergemacht haben?" Er ahmte Ty nach und lehnte sich nach vorn. „Komm schon, Typhos. Du, von allen Feen, bist mit dem Konzept von Rache bestens bekannt."

Ty erwiderte nichts, doch in Gedanken nahm er die Worte der Mythosfee auseinander.

„Engelsfeen lieben Tauschhandel und Spielchen", ergänzte er. „Du kannst doch sicher das große Ganze sehen, Höllenfeen-König."

„Erleuchte mich."

Hades warf ihm einen Blick zu, der klarmachte, dass er nichts dergleichen tun würde.

„Maliki passt nicht auf das Profil deines Schuldigen. Sein Portal war einzigartig und er erinnert sich daran, es geschaffen zu haben, und er bereut seine Tat nicht. Und, was noch wichtiger ist: Niemand wurde verletzt. Ein paar wuschige Feen haben ihre Gefährten gefunden. Das ist doch wohl kaum ein Verbrechen. Und jetzt lass ihn gehen, sonst komme ich höchstpersönlich vorbei und hole ihn."

Der Anruf wurde mit einem entschlossenen Klicken beendet, das mich und Ty auf den schwarzen Bildschirm starren ließ.

„Sieht aus, als müsste ich Maliki einen persönlichen Besuch abstatten", meinte Ty kurze Zeit später.

„Vermutlich eine gute Idee", stimmte ich zu. „Ich werde im Reich der Mitternachtsfeen gebraucht."

Ty sah zu mir zurück. „Du schaffst es nicht, länger als ein paar Stunden von ihr getrennt zu sein, was?"

Ich lächelte. „Es ist nicht Cami, die mich sehen will." Sie befand sich derzeit in der Dusche mit Az und Ajax und versuchte, ihre himmlische Energie von der Haut zu schrubben. Ich würde vorbeischauen und helfen, etwas mit ihnen plaudern und mich dann mit der Fee treffen, die meine Ankunft erwartete. „Zakkai hat Fragen."

Ty legte die Stirn in Falten. „Er hat sich bei dir gemeldet?"

„Nicht direkt." Ich ging nicht näher darauf ein, weil ich das nicht musste.

„Sollte ich mir Sorgen machen?", wollte Ty mit leicht beunruhigtem Tonfall wissen.

„Nein, Liebster." Ich lehnte mich zu ihm, um ihn zu küssen, und strich mit den Fingern über seine Kinnlinie. „Ich habe dir schon unzählige Male gesagt, dass alles, was ich tue, für dich ist. Ich meine es auch so."

„Das weiß ich", flüsterte er. „Aber Zakkai ist nicht wie die anderen Feen."

„Oh, er ist ohne jeden Zweifel eine Bedrohung", stimmte ich zu und verlieh Tys Aussage die Bedeutung, die ihr eigentlich innegewohnt hatte. „Aber ich kann ihn gut leiden. Er ist immer sehr aufschlussreich, ohne es sein zu wollen."

Ty musterte mich kurz, dann schüttelte er den Kopf. „Viel Spaß beim Spielen, Melek."

„Den habe ich immer", erwiderte ich und küsste ihn ein weiteres Mal. „Versuch, Maliki nicht umzubringen. Hades scheint ihn sehr zu mögen."

Mein König funkelte mich an. „Das kann ich dir nicht versprechen."

Ich zuckte mit den Schultern. „Dann lade mich wenigstens zum darauffolgenden Kampf ein. Dir und Hades beim Spielen zuzusehen, wird bestimmt ein Riesenspaß."

„*Spielen* kann man das, was wir tun würden, wohl nicht nennen."

Ich lächelte. „Dich dir einen Kampf mit einer unsterblichen, gottesähnlichen Fee liefern zu sehen, zählt ohne jede Frage als Vorspiel, Liebster."

Mit diesen Worten teleportierte ich mich in den Wandschrank, wo ich nach einem angemessenen Outfit suchte. Ich konnte im Reich der Mitternachtsfeen ja schlecht in einem Morgenmantel auftauchen.

Na ja, eigentlich konnte ich das.

Und wenn ich nur Cami besucht hätte, wäre ich das auch.

Leider hatten fremde Würdenträger gewisse Erwartungen zu erfüllen, die ich respektieren musste, wenn ich wollte, dass Zakkai sich an die Anstandsregeln hielt.

*Ein Anzug*, beschloss ich und zog einen schwarzen vom Kleiderbügel.

Als ich die Suite betrat, traf ich Ty in einem ähnlichen Outfit an, mit dem einzigen Unterschied, dass er sich für ein dunkelblaues Hemd entschieden hatte, das zu seinen ozeanblauen Augen passte.

„Ich bin überrascht, dass du dich nicht für rot entschieden hast", meinte ich.

„Rot würde mich dazu verführen, ihn bluten zu lassen. Das würde nicht nur Azazel verärgern – der ohnehin nicht gut auf mich zu sprechen ist –, sondern auch Hades aufbringen." Er zupfte an den Aufschlägen seiner Jacke. „Also erledige ich das auf altbewährte Weise."

„Mit einem Handel?"

„Indem ich ihn mit meinem Charme bezaubere", murmelte Ty. „Immerhin bin ich der Teufel. Wenn ich ihn nicht dazu verführen kann, zu sündigen, wer dann?"

„Mh, diese Entwicklung gefällt mir", räumte ich ein und schlenderte auf ihn zu. „Ich wünschte mir wirklich, dass wir mehr Zeit im Bett verbringen könnten."

„Später", versprach er mir.

„Später", stimmte ich zu und berührte seine Lippen mit meinen. „Vielleicht werde ich dir dann von Camis Träumen erzählen, in denen du in ihrem Bett liegst."

Ich verschwand ins Reich der Mitternachtsfeen, bevor er etwas darauf erwidern konnte, doch sein Knurren folgte mir in Gedanken.

Er wollte nicht zugeben, dass er fasziniert von ihr war, ganz so wie sie nicht eingestehen wollte, dass sie sich zu ihm hingezogen fühlte.

Aber ich würde die beiden in die Knie zwingen.

Vorzugsweise mit mir zwischen den beiden.

*Oh, die Fesselspiele, die wir genießen werden*, sinnierte ich und materialisierte mich in Camis Suite, wo ich sie mitten im Schlafzimmer stehen und vor Wut kochen sah. „Oh, perfekt. Glotzt ruhig alle die glitzernde Kugel an."

„Sehr gern", sagte ich. Denn ich konnte mir nichts Verlockenderes vorstellen als eine glitzernde, nackte, feuchte Camillia De la Croix.

Und genau dieser Anblick entfaltete sich direkt vor meinen Augen.

*Hallo, meine süße Höllenfeen-Königin ...*

# KAPITEL 7

## CAMI

### VOR WENIGEN MINUTEN

*GROSSARTIG. Einfach großartig, verdammt.*

Ajax' ‚Discokugel'-Bemerkung passte wie die Faust aufs Auge. Und kein Wasser und Schrubben der Welt schien etwas daran zu ändern.

Denn ich *glitzerte*, verdammt noch mal.

Ich wischte den Dunst vom Spiegel, wutentbrannt darüber, dass meine Hand in der Reflexion noch immer in dieses goldene Schimmern getaucht war. „Bäh." Ich schlang mein Handtuch etwas fester um mich und stampfte aus dem Badezimmer nach nebenan, wo Az und Ajax auf dem Bett saßen. Sie hatten sich mir in der Dusche angeschlossen und versucht, bei der Reinigung meiner Haut zu helfen.

Aber das hatte auch nichts bewirkt.

„Du hast recht, ich sehe wirklich aus wie eine elende Discokugel", gab ich zähneknirschend von mir, woraufhin ein Lächeln an Ajax' Mundwinkeln zupfte. „Das ist *nicht* witzig."

„Irgendwie schon", erwiderte er, woraufhin ich ihn finster anblickte. Er hielt die Hände hoch, woraufhin all diese wunderbaren Muskeln an seinen Armen hervortraten. „Ich kann ein paar Banne ausprobieren, wenn du willst."

„Die wird sie nur absorbieren", murmelte Az, was Ajax ernüchtern ließ. „Ganz so, wie sie all meine Energie aufgenommen hat."

Ich verzog das Gesicht. Denn ... ja, offenbar war genau das geschehen. Der Kraftaustausch, den Az gefürchtet und aufgrund welchem er Ajax gebeten hatte, ihm die Schärfe etwas zu nehmen, war in mich gedrungen.

Ich hatte es erst unter der Dusche bemerkt, als Az mir erzählte, dass mein Orgasmus im Grunde beide Männer mit mir ins Tal der Wonne gerissen hatte, wobei Az jegliche Kontrolle abhandengekommen war und er alles, was er zurückgehalten hatte, ausschüttete. Deswegen war mein Orgasmus so mächtig gewesen. Ich war buchstäblich high von einer Energieexplosion.

Aber es ging mir gut.

Ihm ging es gut.

Ajax ging es gut.

Also ... war alles in bester Ordnung.

Bis auf meine Haut.

Elender. Goldener. Melek. Glibber.

Dieses Mal lachte der erwähnte Mann nicht. Tatsächlich hatte er keinen Ton von sich gegeben, seit er mir gesagt hatte, dass ich es *genießen* sollte. Was auch immer *es* zu bedeuten hatte.

„Ich brauche einen Kaffee", murmelte ich.

„Dein Wunsch ist mir Befehl", erwiderte eine kiesige Stimme. Einen Augenblick später erschien Sir Silber mit einem Tablett in der Hand, auf dem bereits Tassen standen, aus denen Dampf emporstieg. „Auf dem Balkon, im Wohnzimmer oder im Bett?"

„Im Wohnzimmer, gern", trug ich dem Wasserspeier auf. „Danke, Sir Silber."

Die kleine Steinkreatur verbeugte sich leicht und begab sich ins Wohnzimmer, um alles auf den Wohnzimmertisch zu stellen. „Lauern sie einfach in den Wänden und warten, bis sie gerufen werden?", fragte Az Ajax.

Unser Mitternachtsfeengefährte zuckte mit den Achseln. „Sie hören immer zu – ähnlich wie Fantasiewesen, nur weitaus nützlicher."

„Und besser aussehen tun sie auch", bemerkte Sir Silber, als er zurück ins Zimmer stampfte. „Ihr wisst schon, weil man uns *sehen* kann."

Ajax lächelte. „Ja, ich habe den Scherz verstanden."

„Du hast nicht gelacht."

„Er war nicht besonders witzig."

Sir Silber stieß ein empörtes Schnauben aus. „Ob ich dir jemals wieder Kaffee bringe, überlege ich mir noch einmal."

Ajax zuckte mit den Achseln. „Dann werde ich einfach Sir Fletcher darum bitten."

Der Wasserspeier trat auf der Stelle und sein Gehabe erinnerte mich an einen wütenden Vogel – mal abgesehen davon, dass er keine Federn hatte. „Kein Grund, auf Beleidigungen zurückzugreifen, Meister Ajax."

„Da hast du recht", stimmte mein Gefährte leise zu. „Tut mir leid. Ich werde Kaffee von dir jederzeit gern entgegennehmen, Sir Silber."

Der Wasserspeier nickte und wirkte zufrieden. „Gut. Ruft mich, wenn ihr noch etwas braucht." Dann verschwand er spurlos und Ajax schüttelte den Kopf.

„Er entzieht dir die Kaffee-Privilegien, du erwähnst einen anderen Wasserspeier, und schon hast du deine Privilegien im Handumdrehen zurück?", fasste Az zusammen. „Geschickt eingefädelt."

„Dasselbe könnte ich von dir und wie du Cami hingehalten hast sagen", flötete Ajax und rollte sich vom Bett auf seine nackten Füße, bevor er nach seinem Zauberstab griff. Sein Handtuch wich einer grauen Jogginghose, dann tat er dasselbe bei Az. Er erhob den Zauberstab in meine Richtung, verzog das Gesicht und ließ die Hand wieder sinken. „Eigentlich ... brauchst du keine Klamotten."

Az nickte. „Da stimme ich dir zu." Er streckte die Hand nach meinem Handtuch aus und riss es mir vom Leib, bevor ich etwas dagegen einwenden konnte.

„Oh, perfekt. Glotzt ruhig alle die glitzernde Kugel an."

„Sehr gern", flötete eine seidige Stimme, die mich in den vergangenen Stunden unzählige Male in Gedanken heimgesucht hatte. Weshalb ich zunächst davon ausging, dass er nur in meinem Kopf und nicht physisch hier war.

Doch im nächsten Augenblick sprach Ajax einen Bann, der mir eine Yogahose und ein Tanktop schuf, und schnauzte: „Schon einmal etwas von Anklopfen gehört?"

„Selbstverständlich", erwiderte Melek. „Ich ziehe es nur vor, es nicht zu tun."

Ajax knurrte.

Az verschränkte die Arme vor der Brust. „Was willst du, Melek?"

„Über Tys Angebot sprechen", erwiderte Melek. „Ich habe Cami in den vergangenen paar Wochen geholfen, mehr über Tauschhandel zu erfahren, und meiner Erfahrung nach bieten Echtzeitbeispiele die besten Lehrmomente."

Ich schüttelte den Kopf. „Zuerst Kaffee." Ich begann, um ihn herumzulaufen, dann hielt ich inne. „Nein. Wir werden nicht darüber sprechen, bis du deinen glitzernden Glibber von meiner Haut abmachst. *Und* nach einem Tässchen Kaffee."

Ja. Das war der Handel, den ich ihm anzubieten bereit war: *Lass das Glitzerzeug verschwinden, gib mir ein paar Minuten, um einen Kaffee zu trinken, und dann werde ich mich mit dir unterhalten.*

*Es ist nicht mein Glitzerzeug, Schätzchen. Es ist deines,* murmelte er in Gedanken. *Das ist Engelsfeenenergie, etwas, das unser stärker werdendes Band in dir hervorgebracht hat, glaube ich.*

*Wie werde ich dieses Zeug wieder los?*

Er packte mein Handgelenk und wirbelte mich zu sich herum, was Ajax und Az einen Schritt nach vorn machen ließ, die dann aber urplötzlich von zwei Flügeln verdeckt wurden. Ich riss die Augen auf, als ich Melek in seiner Engelsfeenform vor mir stehen sah.

Mir fiel alles aus dem Gesicht und mein Blick blieb an den weißen Federn hängen, die mit Goldstaub überzogen waren.

*Goldstaub wie der, der an meiner Haut klebt*, dämmerte es mir, während er seine Flügel um mich legte, mich in eine Umarmung zog und damit vor den anderen verbarg.

Ich starrte ihn an, war völlig fasziniert von seiner Schönheit. Verblüfft darüber, die nahe er mir war. Verloren im vielfarbigen Strudel, der in seinen Iriden waberte.

Melek war ohne Flügel schon atemberaubend schön. Aber mit Flügeln ... mit Flügeln definierte er die Bedeutung von *unmöglich* neu. Denn er war das Schönste, was ich je gesehen hatte.

Kantige Züge.

Markante Gesichtsmerkmale.

Verlockende Augen.

Dichtes Haar.

Muskulöser Körper.

Wunderschöne Federn.

Ich wusste nicht, wie er seine Flügel überhaupt ausbreiten konnte, während er einen Anzug trug, aber es war mir nicht wichtig genug, um nachzufragen. Das hier war Melek. Alles an ihm war enigmatisch und überstieg den Verstand.

Er zog mich an sich, ließ kurz von meinem Handgelenk ab, um meinen Hals zu berühren und mit seinen Lippen kaum spürbar über meine zu streichen. Ich seufzte in seinen Armen und verspürte das wohlige Gefühl, beschützt zu werden. Oder vielleicht waren es bloß seine weichen Federn, die sich um mich legten.

Ich war nicht sicher.

Aber ich verspürte ein Gefühl des Friedens.

Fühlte mich sicher.

*Zufrieden.*

„Ich kann es kaum erwarten, mit dir zu fliegen, süße Cami", hauchte er an meinen Mund gelehnt. „Aber bis es so weit ist, werde ich dir helfen." Alles um uns herum bewegte sich und dann verschwanden seine Flügel von jetzt auf gleich.

Und der Goldstaub auf meiner Haut auch.

Ich sah stirnrunzelnd auf meine Arme – die ich offensichtlich geistesabwesend um seinen Hals gelegt hatte – und blinzelte. „Wie ...?"

Er zuckte mit den Schultern. „Ich habe einen Teil deiner Energie absorbiert. Wie du es bei Az getan hast." Er blickte über die Schulter. „Das war eine ganz schön mächtige Explosion, Kommandant. Ein ganz neues Maß an Energie für deine Verhältnisse, wenn ich mich nicht irre."

Az ging knurrend um ihn herum. „Cami hat recht. Wir brauchen Kaffee."

„Ich glaube, es gefiel mir besser, als du wie eine Discokugel ausgesehen hast", murmelte Ajax, der Az folgte, dann jedoch innehielt, um mich anzusehen. „Jetzt riechst du nach Melek."

Ich legte die Stirn in Falten.

„Ihr beide werdet lernen müssen zu teilen", sagte Melek, bevor ich etwas erwidern konnte. „Schließlich ist sie auch meine Gefährtin. Und auch wenn ich mich für eine langsamere Verführungsmethode entschieden habe, habe ich immer noch fest vor, sie zu nehmen. Also hört ihr besser damit auf, euch um sie zu streiten."

„Sagt der Kerl, der sie mit goldenem Scheiß besprüht hat!", schoss Ajax zurück.

„Das war sie selbst", entgegnete Melek. „Und es ist kein *Scheiß*, was übrigens ein sehr unanständiges Wort ist. Es ist himmlische Magie. Sehr potent und mächtig." Er sah zu mir hinab. „Ich kann dir beibringen, wie man sie anwendet."

„Warum verfüge ich plötzlich über *himmlische Magie*?", fragte ich seufzend und offen gesagt nicht besonders überrascht darüber, dass ich scheinbar eine weitere Fähigkeit übernommen hatte.

„Ich gehe davon aus, dass es etwas mit unserer Verbindung zu tun hat." Er lehnte sich zu mir, um mich erneut zu küssen, was mich daran erinnerte, dass wir noch immer in einer nach außen hin sehr intimen Umarmung steckten. Als ich versuchte, mich von ihm zu lösen, umschlang er mich fester. „Ich meine es ernst. Ich kann es dir beibringen."

„So, wie du mir mehr über Vereinbarungen beibringst?", entgegnete ich.

Er lächelte, drehte mich in seinen Armen herum und drückte meinen Rücken an seine Brust. „Es hat dir dabei geholfen, Az zu vergeben, oder etwa nicht?", flüsterte er mir ins Ohr. „Und es hat Ajax und Az wieder zusammengebracht."

Ich runzelte die Stirn. „Inwiefern haben deine Lektionen mir dabei geholfen?" Aber noch als ich fragte, dämmerte mir die Antwort bereits. Es war offensichtlich. „Vivaxias Handel."

„Vivaxias Handel", wiederholte er. „Alles, was ich getan habe, kam dir zugute."

„Warum?", fragte ich und drehte mich zu ihm um. „Warum ich?" Das hatte ich noch nie verstanden.

„Weil du der Schlüssel zu unserer Erlösung bist, Engelchen", erwiderte er und strich mit seinen Lippen über meine. „Es war dir schon immer bestimmt, uns zu gehören. Und bald wirst du verstehen, warum."

„Oder du könntest es mir einfach sagen", schlug ich vor.

Auf seinen Lippen machte sich ein Lächeln bemerkbar. „Nein, Liebste, ich glaube nicht, dass ich das könnte."

Ich erschauderte. Der Kosename erinnerte mich daran,

was Az vorhin von sich gab, als er mich mit seinem Schwanz beansprucht hatte.

All diese Männer.

Mit all ihren Worten.

Was für ein Chaos.

Ich schüttelte den Kopf. „Kaffee." Das würde alles wiedergutmachen.

Moment mal ... Nein, nicht wirklich.

Denn Luzifer wollte, dass Ajax zu seinem Gefährten wurde.

Teufel, was für ein Gegenangebot sollten wir darauf machen?

# KAPITEL 8

## AZ

Ich reichte Cami eine Tasse Kaffee, sobald sie im Wohnzimmer ankam. Das Gebräu war bereits von unserem hilfsbereiten Wasserspeier nach ihrem Geschmack zubereitet worden.

Sie nahm einen Schluck und stöhnte. Der Laut wanderte direkt in meine niederen Regionen.

Wir hatten nur ein einziges Mal miteinander geschlafen. Ich brauchte mehr. *So viel mehr.*

Und Ajax auch.

Es hatte ihm gefallen, mich in den Arsch zu ficken. Sein Verlangen danach, es wieder zu tun, hing zwischen uns. *Du kannst Cami als Nächstes in den Arsch ficken*, sagte ich zu ihm. *Während ich in ihre Muschi dringe.*

Er verschluckte sich um ein Haar an seinem Kaffee und blickte mich mit seinen dunklen Augen an. *Ich werde mich nie daran gewöhnen, dass du in meinem Kopf bist.*

Ich zuckte mit den Achseln. *Ich bin schon wochenlang da, Ajax.*

*Ja. Während ich glaubte, du wärst eingesperrt und dein Vogel hätte die Kontrolle.*

*Was ist jetzt anders?*

*Jetzt kenne ich die Wahrheit*, erwiderte er, ohne seinen Blick abzuwenden. *Oder zumindest die Wahrheit, die du mir erzählt hast.*

*Ich habe dir alles offenbart*, entgegnete ich. *Wenn mir etwas entgangen ist, werde ich es dir sagen. Du kannst mich alles fragen.*

Er schluckte hart, dann stellte er seine Tasse ab. *Es wird dauern, bis ich dir wieder vertrauen kann, Az.*

*Das ist mir bewusst*, erwiderte ich.

*Aber es tut mir leid, dass … ich diesen Bann benutzt habe.*

Ich streckte meine Hand nach ihm aus und zog ihn zu mir. Es war mir egal, dass Melek und Cami gerade übers Essen sprachen.

„Du wusstest es nicht", sagte ich laut. „Aber ich wusste, was Constantine dir angetan hat und habe dich trotzdem gefangen gehalten. Habe dich gezwungen, zuzusehen. Was ich getan habe, war schlimmer. Viel schlimmer. Also entschuldige dich nicht bei mir. Ich bin es, der um Verzeihung bitten sollte."

Ajax starrte mich mit offen stehendem Mund an. „Okay."

„Okay?", wiederholte ich.

„Okay", beteuerte er.

„Es tut mir leid."

„Okay", meinte er abermals.

„Ich weiß, dass du mir nicht vergibst und du mir nicht traust, aber ich verspreche dir, dass ich dir so etwas nie wieder antun werde. Ich mag zwar mit Typhos verbunden sein, aber du … du bist *mein* Gefährte. Du und Cami steht an erster Stelle." Das war mein Ernst. Zwar war ich Typhos ewig dankbar dafür, was er für mich getan hatte, und würde ihm für immer treu sein, aber jetzt gehörte Ajax mir. Und Cami auch. Ich setzte sie immer an erste Stelle.

Darum hatte ich Typhos auch ausgesperrt.

Er wollte meinen Gefährten.

Meinen Ajax.

Und er hatte mir nicht einmal von seinem Angebot oder seinem Plan erzählt.

Es war ungeheuerlich.

„Du wirst nicht zu seinem Gefährten werden", meinte ich hörbar, was Ajax die Stirn runzeln ließ. „Wir werden ihm ein Gegenangebot unterbreiten. Zusammen."

„Die Wahl liegt ganz allein bei mir", wandte Ajax ein. „Und sein Angebot ..."

„Ist zu gut, um wahr zu sein", fiel ich ihm ins Wort. „Wir werden jedes einzelne Wort analysieren. Ein Gegenangebot ausarbeiten. Und wenn du dich mit ihm verbinden willst, nun gut. Aber ich werde nicht zulassen, dass du dich wegen eines schicken Handels dazu genötigt fühlst."

„Ich war da, als Typhos ihm das Angebot gemacht hat. Ich kann helfen", murmelte Melek, der neben uns saß.

Ich ließ von Ajax ab und konzentrierte mich auf Melek. „Damit du zurück zu Typhos rennst und ihm alles steckst? Auf keinen Fall."

Melek zog seine Augenbraue hoch. „Glaubst du wirklich, das würde ich tun?"

„Ja", erwiderte ich postwendend. „Er ist deine oberste Priorität. Dein König."

„Und auch dein Gefährte", schoss Melek mit einer für ihn untypischen Verärgerung in der Stimme zurück. „Mir ist klar, dass du wütend darüber bist, dass er Ajax dieses Angebot gemacht hat, ohne vorher mit dir zu sprechen, aber du weißt, dass Typhos dir nie wehtun würde, Azazel. Ajax und Camillia sind jetzt beide mit dir verbunden, und das bedeutet, dass er ihnen auch nie wehtun würde."

Cami hustete.

Meleks Blick wanderte zu ihr. „Oh, Engelchen, er will dich

bestrafen. Und ja, es wird wehtun, aber er macht es immer wett. Das verspreche ich dir."

Der sinnliche Unterton, der seinen Worten mitschwang, ließ sie ihre Augen weiten. „Er hasst mich."

Melek lächelte. „Er fürchtet sich vor dir und will dich zähmen. Vertrau mir, zwischen den beiden besteht ein Unterschied."

Ich zog die Stirn kraus. Meleks Aussage offenbarte Typhos' wahre Absichten. „Darum will er sich mit Ajax verbinden. Damit er Kontrolle über Cami hat."

„Offensichtlich", flötete Melek und überraschte mich mit seinem Freimut. Er ließ sich sonst nie in die Karten blicken, erst recht, wenn Typhos in die Angelegenheit involviert war.

Ich kniff die Augen zusammen und wartete ab, ob er noch mehr sagen würde. Denn einem aufrichtigen Melek war nicht zu trauen. Er liebte seine Spielchen. Ich musste nur herausfinden, was für eines er jetzt schon wieder trieb.

„Es ist Tys Art, Kontrolle über die Situation zu nehmen und seinen Zirkel zu schützen", meinte Melek achselzuckend. „Es ist ein ziemlich unkomplizierter Handel, aber ich habe eine Schwäche für gute Gegenangebote. Sollen wir die Möglichkeiten durchgehen?"

„Wozu? Damit du ihm unsere Pläne offenbaren kannst?", warf ich ein und wiederholte meine anfängliche Sorge, dass Melek für Typhos spionierte.

„Ich hege keine Absichten, ihm etwas zu sagen, Azazel." Der ernste Tonfall, der Meleks Worten mitschwang, sah ihm überhaupt nicht ähnlich. „Du siehst nicht, wie wichtig das, was wir hier kreieren, ist, weil du deine Sicht von besitzergreifendem Zorn trüben lässt. Aber Tys Angebot hat für uns alle Vorteile."

„Inwiefern?", wollte Cami wissen, deren Kaffeetasse fast leer war. „Erleuchte mich."

Meleks Blick wanderte zu ihr. „Tys Handel verbindet uns

als Zirkel. Er erlaubt dir, sicher im Reich der Höllenfeen zu leben, verleiht Ajax Status und Macht und ermöglicht es uns, die Quelle der Höllenfeen besser zu beschützen."

„Indem wir Typhos erlauben, Cami durch ihre Gefährten zu kontrollieren", wiederholte ich. „Das ist, was er will."

„Nein, es ist, was er *braucht*", konterte Melek. „Vertrauen aufzubauen, dauert nun einmal, Azazel. Vor allem, wenn man in der Vergangenheit betrogen wurde."

Ich biss die Zähne zusammen. Er brauchte mir keinen Vortrag über Typhos' Vergangenheit zu halten – ich war dabei gewesen. Obwohl ich wusste, was für eine Basis nötig war, damit Vertrauen entstehen konnte, stimmte ich Typhos' Methoden nicht zu. „Ich werde nicht zulassen, dass er Ajax ausnutzt."

„Es geht dabei nicht darum, Ajax auszunutzen. Es geht darum, Ajax zu beschützen", wandte Melek ein.

„Und außerdem steht Ajax direkt hier und ist imstande, seine eigenen Entscheidungen zu treffen", warf der erwähnte Mann ausdruckslos ein. „Hör auf, an meiner Stelle zu sprechen, Az."

„Tue ich doch gar nicht. Ich ..."

Ajax ließ mich verstummen, indem er seinen Mund auf meinen presste. Sein Kuss kam so unerwartet, dass ich erstarrte und mich dann umgehend an ihn lehnte. Im nächsten Augenblick wich er zurück. „Danke, dass du versuchst, mich zu beschützen, aber ich packe das allein."

„Was hast du vor?", fragte Cami und legte ihre Hand auf Ajax' Schulter.

„Ich weiß es noch nicht", gab er zu. „Ich will alles mit euch bereden." Sein Blick wanderte zu Melek. „Ohne dich."

Melek starrte ihn kurz an und nickte dann. „In Ordnung, ich habe sowieso einen Termin. Aber wenn ihr es euch anders überlegt und meine Hilfe wollt ... Cami weiß, wie ihr mich findet." Der Prinz war verschwunden, bevor einer von uns etwas sagen konnte, und ließ nichts weiter als eine Feder zurück, die auf Camis Schulter landete.

Sie griff danach und starrte die glitzernden Enden an, dann, als sie sich in einen Schwall schimmernden Staub auflöste, stieß sie ein Jaulen aus. Sie stand mit geschlossenen Augen und zitternd vor Wut da. „Wenn ich wieder aussehe wie eine Discokugel, schreie ich."

„Du bist keine Discokugel", erwiderte ich mit einem Lächeln ringend. „Aber Melek hat dich gerade in seinen Geruch gehüllt."

Cami zog die Nase kraus und ließ den Kopf mit einem tiefen Seufzer hängen. „Diese ganze besitzergreifende Energie wird mich noch umbringen."

„Zum Glück bist du eine Fee und stirbst nicht so leicht", flötete Ajax. Dann zog er sie an sich, um sie zu küssen. Er beanspruchte sie mit seinem Mund, wie ich es auch gern tun wollte.

Als er zurückwich, keuchte sie. Aber das war mir egal. Ich küsste sie und hinterließ ein Mal mit meiner Zunge. Sagte ihr ohne Worte, dass sie mir gehörte.

In ihren Augen stand ein lusterfülltes Glitzern, als ich mich von ihr entfernte, und ihr Ausdruck verriet mir, dass sie erregt war. „Wir müssen über Luzifers Handel reden."

„Ja, müssen wir", stimmte ich zu und nahm ihr die Kaffeetasse aus den zitternden Händen. „Aber das können wir tun, nachdem ich dich noch mal genommen habe."

„*Wir*", korrigierte Ajax „Nachdem *wir* dich noch mal genommen haben. Zusammen. Gleichzeitig."

Cami sah uns mit geweiteten Augen an. „Wir sollten Essen und ein Gespräch vermutlich priorisieren."

„Wozu?", wollte ich wissen. „Wir brauchen nicht zu essen und das Gesprächsthema wird sich nicht ändern."

„Wir müssen einen Plan aushecken."

„Und das werden wir auch", versprach ich. „Nachdem wir dich noch mal gefickt haben."

Sie schüttelte den Kopf. „Ihr Kerle denkt immer nur mit euren Schwänzen."

„Oh, hier geht es um mehr als unsere Schwänze, kleine Kämpferin", sagte ich zu ihr und drängte sie gegen Ajax. Er packte sie an den Hüften und presste seine Brust an ihren Rücken, während ich nach ihrem Hals griff. „Hier geht es darum, Meleks Prägung von dir zu bekommen und unseren eigenen Anspruch geltend zu machen."

„Du gehörst uns", hauchte Ajax. „Und teilen wird überbewertet."

„Teilen wird wirklich überbewertet", stimmte ich zu. „Mag sein, dass Melek einen Anspruch auf dich hat, aber du wirst *unsere* Schwänze den ganzen Tag lang in dir spüren. Es wird *unser* Sperma sein, das dich die ganze Nacht lang füllen wird. Du wirst *unseren* Geschmack auf deiner Zunge schmecken und in deiner Muschi haben."

„Und *unsere* Male auf der Haut tragen", ergänzte Ajax, die Lippen an ihren Hals gepresst.

Cami rang nach Luft, als er zubiss und fest saugte.

Ich lächelte. „Wir werden von jedem Zentimeter deines Körpers Besitz ergreifen. Und wenn wir sicher sind, dass Melek nichts weiter als eine ferne Erinnerung ist, werden wir darüber sprechen, wie wir uns mit Typhos befassen wollen."

„Eure Prioritätenliste ist ... interessant", keuchte sie.

„Ich lebe schon sehr lange, Cami. Aber zum ersten Mal in meinem Leben fühle ich mich lebendig." Ich näherte mich ihr und hielt sie zwischen mir und Ajax fest. „Ich werde diese Empfindung noch etwas länger genießen. Und dann werden wir in die Realität zurückkehren und uns überlegen, was für ein Gegenangebot wir Typhos unterbreiten."

Ihre Lippen öffneten sich, als wollte sie Einwände erheben, aber stattdessen kam ihr nur ein Stöhnen über die

Lippen, während Ajax an ihrem Hals saugte und noch mehr von ihrem Blut trank.

„Das Beste an einem Angebot ist, dass man es ablehnen kann. Schlimmstenfalls lehnen wir also ab und bieten ihm etwas anderes an", sprach ich gegen ihre Lippen. „Was immer es wird, ich werde bereit sein. Und, was am wichtigsten ist: Wir werden ihm als Team gegenübertreten."

Ich griff um sie herum, um meine Finger in Ajax' Haarschopf gleiten zu lassen und ihn an ihren Hals zu führen, um ihn zu ermutigen, mehr von ihr zu trinken.

„Wir sind jetzt ein Gefährtenzirkel. Für immer zusammen. Unzertrennlich und mächtig." Ich drückte mit der Hand, die um ihren Hals geschlungen war, zu und legte die andere fester um Ajax. „Und so verdammt heiß. Also zieh dir deine Sachen aus und lass dich von uns nehmen. *Noch mal.*"

# KAPITEL 9

## MELEK

Camis Stöhnen zauberte mir ein Lächeln auf die Lippen und ihre Kleidung schien im Handumdrehen zu verschwinden.

Ich hätte nicht bleiben und zusehen sollen, aber ich konnte mich einfach nicht vom hinreißenden Anblick losreißen.

Az und Ajax waren ganz begierig auf sie, und ihr Verlangen danach, meinen Geruch zu übertünchen, machte sie ganz wild. Zu schade für sie, denn jetzt war ich Cami unter die Haut gegangen. Buchstäblich. Sie gehörte mir genauso wie sie ihnen gehörte.

Bald schon würde sie für mich stöhnen. Würde darum flehen, mich in sich spüren zu dürfen. Würde mich berühren und erforschen und ablecken wollen.

Leider war heute nicht dieser Tag.

*Kleiner Prinz?*, murmelte Ty in meine Gedanken. *Du fühlst dich ... traurig an.* So, wie er das sagte, deutete darauf hin, dass er diese Empfindung nicht gewohnt von mir war. Ihn sagen zu hören, dass ich traurig war, fühlte sich zudem etwas merkwürdig an, weil ich ... ich nicht einmal realisiert hatte, dass es mir so ging, bis er es in meinem Kopf in Worte gefasst hatte.

*Ich schätze, das bin ich auch*, gab ich zu. *Ajax und Az lassen mich ihnen bei der Erarbeitung eines Gegenangebots an dich nicht mithelfen.*

Ty blieb eine lange Zeit still. *Du willst ihnen helfen.* Das war keine Frage, sondern eine Aussage.

*Ich will mich ihnen anschließen*, erwiderte ich. *Aber sie sind noch nicht bereit, mir zu vertrauen.*

Und ein Teil von mir – ein sehr kleiner, ziemlich einzigartiger – machte sich Sorgen, dass sie vielleicht nie bereit sein würden.

*Sie sind zum Schluss gelangt, dass ich der Feind bin*, erwiderte Ty. Die Worte schienen von einem kaum merklichen betrübten Tonfall unterlegt zu sein. Es war kaum zu vernehmen, war nur eine flüchtige Einsicht, die meinen König etwas perplex machte. *Azazel ...*

*Ist derzeit eingenommen von den Instinkten seines Phönix*, beendete ich den Satz an seiner Stelle. *Er weiß, dass du nicht der Feind bist, Liebster. Aber er ist auch nicht erfreut darüber, dass du Ajax ein Angebot gemacht hast, um Kontrolle über Cami ausüben zu können.*

Ty stieß einen langen, tiefen Seufzer aus. *Camillia De la Croix nimmt Stück für Stück alles auseinander, was ich erschaffen habe.*

*Nein, Liebster. Sie fordert dich nur heraus, wie es noch keiner vor ihr hat. Es ist erfrischend und erschreckend zugleich, und du versuchst, ihr auf deine Art entgegenzutreten. Leider könnte dein Plan scheitern.* Das war vermutlich die direkteste Antwort, die ich ihm je gegeben hatte – ähnlich wie jene, mit denen ich Azazel eben belohnt hatte.

Vielleicht war Ty nicht der Einzige, der wegen Cami neben sich stand. Sie wollte mich. Ich konnte es spüren, wann immer ich ihr in die Augen starrte. Und doch schien sie genauso entschlossen, mich von sich zu stoßen. Für gewöhnlich wusste ich ein gutes Katz-und-Maus-Spiel zu schätzen, aber in letzter Zeit wollte ich nichts lieber tun, als sie anzuflehen, sie verehren zu dürfen.

Es war, als wäre ein Teil von mir einsam ohne sie geworden. Was seltsam war, wo ich doch Ty hatte. Ich fühlte mich vollständig.

Oder sollte es zumindest.

Vielleicht lag es daran, dass ich das Band zu schaffen begonnen hatte, ohne es vollständig zu knüpfen.

Ich wollte sie nicht zwingen – *würde* sie nicht zwingen.

Aber sie verführen, das würde ich.

Ich verband mich um ein Haar mit ihren Gedanken, um genau das zu tun, doch dann erhaschte eine Präsenz ganz in der Nähe meine Aufmerksamkeit. *Mein Treffen fängt gleich an*, meinte ich zu Ty. *Bist du bei Maliki?*

*Ja. Er sitzt mir gegenüber und sagt kein Wort.*

Ich zog eine Augenbraue hoch. Die meisten Feen beugten sich Tys Befehlen, weil seine einschüchternde Präsenz eine Naturgewalt war, die man im ganzen Reich der Höllenfeen spüren konnte. Er war kein grausamer Herrscher, nur ein sehr mächtiger. Und die meisten Feen verneigten sich vor so viel Macht. Aber Maliki schien sich nicht im Geringsten vor Ty zu fürchten.

*Beeindruckend*, gab ich zu.

*Es ist zum Verrücktwerden.*

Auf meinen Lippen zog ein Lächeln auf, das sich aber nicht so natürlich anfühlte wie sonst. *Hört sich an, als gäbe es ein paar Herausforderungen, die dich beschäftigt halten werden. Wenigstens langweilst du dich nicht.*

Er schnaubte. *Solange ich dich in meinem Leben habe, wird mir wohl nie langweilig werden, kleiner Prinz.*

Das Kompliment noch ganz frisch in meinen Gedanken, materialisierte ich mich im Flur des Palasts der

Mitternachtsfeen, gerade, als Zakkai um die Ecke bog. „Du bist also eine Engelsfee", sagte er zur Begrüßung.

Ich konnte es nicht bestreiten.

Wozu auch?

„Ja, bin ich." Ich lehnte mich gegen die mit Ranken besetzte Wand und ignorierte das Zischen, welches mir klarmachte, dass ich hier nicht willkommen war. Wenn eine der schlangenähnlichen Kreaturen mich biss, würden sie ihr höllisches Wunder erleben. Buchstäblich.

Zakkai hielt dreißig Zentimeter entfernt von mir inne und tastete mich mit seiner Magie ab, wie er es immer machte, wenn ich ihm einen Besuch abstattete. Aber dieses Mal versuchte er seine Neugier gar nicht erst zu verbergen. Stattdessen wob er seine Kraft durch meine und versuchte, sie zu erlernen.

„Das wird nicht funktionieren", meinte ich mit hörbar erschöpftem Tonfall zu ihm. „Auch wenn du mächtig bist, meine Essenz ist in höchstem Maße andersartig. Deine Quelle entstammt meiner. Zu versuchen, sie zu verstehen – sie *umzuschreiben* – ist unmöglich."

Er zog seine Kraft ein Stück, nicht aber komplett zurück. „Du bist eine Bedrohung."

„Natürlich bin ich das. Du aber auch." Ich neigte meinen Kopf zur Seite. „Willst du Zauberstäbe vergleichen, Zakkai?"

„Ich will meine Gefährten beschützen."

„Und ich meine."

Der Muskel in seinem Kiefer zuckte und er musterte mich mit seinen silberblauen Augen, während sein langes weißes Haar in einer leichten Brise wallte. „Lass uns einen Spaziergang machen."

„Für gewöhnlich befolge ich keine Anweisungen", warnte ich ihn. „Da kannst du Ty fragen." Trotzdem stieß ich mich von der Wand ab und bedeutete Zakkai mit einer Handbewegung, dass er vorangehen sollte. „Also sei dir einfach im Klaren darüber, dass ich dir aus Interesse folge. Nichts mehr und nichts weniger."

Er zuckte mit den Achseln. „Ich habe nur gedacht, dass du vielleicht hier wegwillst, bevor deine Gefährtin die Namen anderer Männer zu schreien beginnt."

Mit diesen Worten drehte er sich um.

*Mag sein, dass sie ihre Namen schreit, aber es ist meine Essenz, die über ihre Haut rauscht, wenn sie kommt*, ging mir durch den Kopf und ließ meine Gedanken zur Frau im Nebenzimmer wandern. Ihre Gedanken waren vollends eingenommen von Ajax und Az, die sie mit ihren Mündern verwöhnten, während sie ihren wunderschönen Körper zwischen ihnen, ganz die Göttin, die sie war, wand.

Sie hatten beschlossen, ihre Muschi abwechselnd zu lecken, anstatt sie mit Analspielchen bekanntzumachen. Was für eine Schande. Ich hatte so ein Gefühl, dass mein Engelchen es genossen hätte, von beiden Seiten gefüllt zu werden.

Vielleicht würde sich Ty und mir bald die Gelegenheit bieten, sie an die Praktik heranzuführen.

*Wenn sie mich jemals annimmt*, flüsterte eine düstere Stimme. Meine Mundwinkel wanderten nach unten, als der ungebetene Gedanke an die Oberfläche trat. Er war unangenehm und alles andere als willkommen.

Camillia De la Croix gehörte mir. Sie gehörte schon mir, seit ich sie in der Bibliothek angetroffen hatte, wo sie Vita gelesen hatte.

*Deine Verärgerung macht es schwierig, sich zu konzentrieren, kleiner Prinz*, murmelte Ty in meinen Kopf. *Läuft dein Treffen nicht gut?*

Ich blinzelte und realisierte erst jetzt, dass Zakkai mit erwartungsvollem Ausdruck vom Ende des Flurs zu mir starrte. *Nein, es fängt gerade erst an.*

*Bedroht dich Zakkai?*, fragte Ty, plötzlich alarmierter. *Soll ich zu dir kommen?*

*Mit Zakkai ist alles in Ordnung. Ich bin nur … Ich* runzelte die Stirn. *Az und Ajax vergnügen sich mit Cami und ich wünschte, ich könnte mich ihnen anschließen. Aber sie wollen mich nicht dabeihaben. Und es ist …* Ich verstummte, war verärgert. *Nichts. Ich werde schon wieder.*

Mein König wusste offensichtlich, wie es mir ging, denn er erwiderte mit sanftem Tonfall: *Es ist dumm von ihnen, dich nicht zu wollen, Melek. Eines Tages wirst du deine Rache bekommen … mit deinen Schleifen.*

Der Gedanke, den seine Worte inspirierten, brachte mich zum Lächeln. Es war ein Bild, das Cami gefesselt zeigte, während sie mich anflehte, kommen zu dürfen, ich sie aber neckte, wie sie es gerade mit mir tat. *Hm.* Eine nette Ablenkung. *Widme dich ruhig wieder Maliki*, sagte ich zu Ty, während ich Zakkai, jetzt mit weitaus besserer Laune, folgte.

*Ich habe ihn bereits freigelassen*, informierte mich Ty.

Das ließ mich innehalten. *So bald schon?*

*Hades ist aufgekreuzt.*

Ich zog die Augenbrauen hoch. *Und?*

*Und er ist immer noch hier.*

*Oh.* Ich neigte den Kopf zur Seite. *Wie interessant.*

*Das kannst du laut sagen.*

Ich lief weiter. *Na dann, lass mich wissen, ob er etwas Interessantes zu sagen hat.*

*Mhm*, summte Ty zurück.

Zwei Gespräche in einem Jahrzehnt mit einer Mythosfee waren eine Seltenheit. Zwei Gespräche am selben Tag hatte es praktisch noch nie gegeben. Für gewöhnlich blieben sie unter sich und regierten in Stille. Nur gelegentlich tauchten sie an öffentlichen Orten auf.

Und Hades war der einsiedlerischste von allen. Normalerweise schickte er seinen Cousin Orcus, der seinen

Anordnungen Folge leistete. Was immer er von Ty brauchte, schien weiter zu reichen als Maliki.

Ich würde mich später eingehender erkundigen.

Fürs Erste stand mir eine noch interessantere Unterhaltung mit dem Architekten der Mitternachtsfeenquelle bevor. Er hatte sich wieder in Bewegung gesetzt und gab keinen Kommentar zu meiner unerklärlichen Verspätung ab. Ich ahnte, dass er wusste, dass ich mit Ty gesprochen hatte, oder aber vielleicht war er es sich gewohnt, dass die Leute um ihn herum mentale Gespräche führten.

Als wir beim Ausgang des Palasts ankamen, sah ich ihn an und folgte ihm dann eine Prunktreppe hinab, an deren Ende eine Wolke schwebte. „Ich mache für gewöhnlich lieber von meinen Federn Gebrauch", meinte ich zu ihm.

„Wenn ich Flügel hätte, ginge es mir wohl genauso", erwiderte Zakkai und trat in den Nebel. „Nach dir."

Ich lächelte. „Lieber esse ich den Ast eines brennenden Knallbaums."

Er lachte. „Das lässt sich einrichten." Aber anstatt darauf zu bestehen, dass ich einen Schritt in den mystischen Nebel machte, ging er voran.

Und verschwand komplett darin.

Ich wartete kurz ab, dann stieß ich einen Seufzer aus und folgte ihm ins Unbekannte.

Mitternachtsfeenportale waren echt seltsam. Ihre Magie fühlte sich klebrig und unangenehm auf der Haut an. Zum Glück waren sie auch kurz.

Drei Schritte später stand ich vor einer geschlossenen Tür ohne Knauf. „Du gehörst hier nicht hin", informierte mich eine Stimme.

Ich sah die Geräuschquelle an einem Türklopfer hängen. „Das ist mir bewusst, danke. Aber dein Quellenarchitekt hat sich mich mit mir verabredet. Deshalb bin ich jetzt hier."

„Eine Verabredung würde ich es nicht nennen", erwiderte Zakkai, der auf der anderen Seite der Tür stand. „Nötiger Einkaufsbummel trifft es eher."

Ich legte die Stirn in Falten, weil ich nicht verstand, bis der Wasserspeier-ähnliche Türklopfer schnaubte und das Holz verschwinden ließ, das mir den Weg versperrte.

Auf der anderen Seite, direkt gegenüber der gepflasterten Straße, trat ein Laden in Erscheinung. Ich blickte nach links, dann nach rechts und stellte fest, dass wir eine Art Dorf betreten hatten. „Wie niedlich", meinte ich. Mir gefielen die gotischen Turmspitzen und der tiefschwarze Himmel. „Wie passend."

Zakkai zuckte mit den Schultern. „Aflora mag eine Taverne hier in der Nähe, die Elfenmet ausschenkt und Elementefeenküche serviert."

„Haben sie auch Lavagetränke?", wollte ich wissen.

„Vermutlich", erwiderte Zakkai, der auf den Eingang des Ladens zuging. „Sie bieten Essen und Getränke aus allen Reichen an." Er blickte zu mir. „Sogar von jenen, die nicht besonders gastfreundlich sind."

Ich lachte schnaubend. „Wir beide wissen, dass das nicht stimmt. Du besuchst Zenaida die ganze Zeit."

„Tue ich das?", fragte er mit gespielter Unschuld. „Hm."

Ich machte mir keine Mühe, etwas darauf zu erwidern. Die Wahrheit lag auf der Hand.

Was nicht ganz so klar war, war der Grund, aus dem er mich hierhergebracht hatte.

Stirnrunzelnd folgte ich ihm in einen Laden, der mit Kleidungsstücken für festliche Anlässe ausgestattet war. „Brauchst du ein Outfit für den Interreichsfeenball?", scherzte ich.

„Tatsächlich tue ich das", antwortete er. „Aflora braucht ein Kleid. Ich gehe davon aus, dass es Cami genauso geht?"

Ich musterte sein Profil und stellte fest, dass er den Laden bis in die kleinsten Ecken inspizierte und nach Bedrohungen absuchte. Doch das Einzige, was ich hier drinnen spürte, waren ein paar Fantasiewesen, die darauf warteten, zum Spielen herauszukommen. Bis auf sie war der Laden leer.

„Du musstest mich nicht zum Kleiderkauf mitnehmen, um dich nach meiner Antwort auf deine Einladung zu erkundigen, werter Architekt", sagte ich zu ihm. „Wir alle werden eurer kleinen Soiree beiwohnen."

„Sogar euer König?"

„Selbstverständlich. Typhos befindet sich mitten in den Verhandlungen mit dem Rest unseres Gefährtenzirkels. Er hofft, ihr Gegenangebot auf dem Ball zu erhalten."

Zakkai lächelte. „Du meinst Ajax' Gegenangebot?"

„Nein, ich rede von *ihrem* Gegenangebot", murmelte ich und strich mit den Fingern über ein besonders schönes Kleid.

Cami würde in diesem golden schimmernden Stoff unglaublich aussehen.

Und das nicht nur, weil er mich an ihre himmlische Magie erinnerte.

„Mag sein, dass Ty noch nicht bereit ist, unseren wachsenden Zirkel anzunehmen, aber es ist bereits geschehen", ergänzte ich leise und irgendwie bezaubert vom seidenen Stoff. „Az, Ajax und Cami sind miteinander verbunden. Alles, was Ty Ajax anbietet, wird ihnen allen angeboten."

„Also erwartest du, dass Cami sich an Ajax' Stelle aufopfern wird", meinte er freiheraus.

Ich hielt inne, das goldfarbene Kleid zu bestaunen, und sah ihn an. „Zenaida hat mich vor Kurzem gebeten, Schach gegen sie zu spielen. Ich finde, du solltest dich uns anschließen."

„Das werte ich als ein Ja."

„Du kannst es verstehen, wie du willst", erwiderte ich und wandte mich zu ihm um. „Was machen wir hier, Zakkai?"

„Multitasking", erwiderte er. „Ich muss wirklich Afloras Kleid abholen und habe beschlossen, dass du die perfekte Begleitung für diesen Ausflug bist."

Ich lachte schnaubend. „Stellst du unsere neue Freundschaft auf den Prüfstand?"

„Ich fühle einem möglichen Verbündeten auf den Zahn, ja."

„Hm, und wie lautet deine bisherige Einschätzung dieser möglichen Allianz?"

„Großspurig, arrogant, mächtig und verspielt", antwortete er, ohne zu zögern. „Zephyrus wird dich hassen."

Ich zog eine Augenbraue hoch. „Und du?"

„Ich würde dir vermutlich bei jedem Streit mit Zephyrus eher zustimmen", räumte er ein. An seinen Mundwinkeln zupfte ein sanftes Lächeln, dann stieß er einen frustrierten Seufzer aus. „Bitte hört auf, meinen Arsch zu befummeln, und bringt mir Königin Afloras Kleid."

Seine Aussage wurde mit dem Kichern einer hohen Stimme erwidert. „Wie der König wünscht."

Zakkai verdrehte die Augen. „Ich bin nicht der König."

„Vier Könige, eine Königin. Oh ..., was für ein Glück die Königin doch hat!" Die Frauenstimme hallte durch das Zimmer und wurde von einem zustimmenden Raunen mehrerer Stimmen begleitet.

Die Bibliothek in der Nähe der Gemächer für die Höllenfeenbräute wurde ebenfalls von Fantasiewesen bewohnt, weshalb ich mit den geisterähnlichen Kreaturen vertraut war. Sie stifteten gern Chaos und flirteten fürs Leben gern.

Genau mein Humor.

„Ich würde auch gern ein Kleid erstehen", sagte ich zu ihnen. „Und ich brauche dazu passenden Schmuck und Schuhe."

„Ooooh, der Prinz der Höllenfeen möchte mit uns

sprechen, ja wirklich", hauchte eines der Wesen. „Wie gut er doch aussieht."

„Sehr gut sogar", säuselte ein weiteres, während es sich an mir rieb und in meinen Po kniff.

Ich lächelte bloß. „Danke, ihr Süßen." Dann gab ich ihnen Camis Maße an – ich hatte sie mir schon vor langer Zeit gemerkt – und sah zu Zakkai. „Würde es dir etwas ausmachen, das Kleid in ihre Suite zu bringen? Oder noch besser ... Könntest du so tun, als wäre es ein Geschenk von der königlichen Familie der Mitternachtsfeen?"

„Machst du dir Sorgen, sie könnte sich weigern, es anzuziehen, wenn sie weiß, dass es von dir kommt?", fragte er belustigt.

„Ich weiß es sogar", erwiderte ich, ohne die Belustigung, die er an den Tag legte. „Az und Ajax haben sie rechtmäßig beansprucht. Ich ... ich nicht."

Er ernüchterte etwas und seine silberblauen Augen glitzerten. „Könnte sein, dass ich bestens damit bekannt bin, nicht zum Gefährtenzirkel dazuzugehören." Er sah das goldfarbene Kleid an, das dank der hilfsbereiten Wesen jetzt über unseren Köpfen schwebte. „Sieh die Sache als erledigt an."

„Danke", erwiderte ich. „Und ich bin erreichbar für dich, wenn du mich etwas fragen willst."

Wenn Zakkai einen Verbündeten wollte, würde ich sein Angebot annehmen. Außerdem würde er mir vielleicht von Nutzen sein. Er war ein Quellenarchitekt, der es sich gewohnt war, komplexe Stränge aufzutrennen und sie auf Arten anzuordnen, die ihm und seinem Gefährtenzirkel von Nutzen waren. Vielleicht konnte er mir helfen, die Schlinge zu lösen, die ich mit Cami kreiert hatte.

Zwar war es meine Absicht gewesen, dass Ajax und Az sich mit ihr verbanden, aber wie es schien, hatte mein Plan etwas zu gut funktioniert.

Denn jetzt wollten sie nicht teilen.

Zakkai erwiderte mein Angebot mit einem Nicken. „Ich habe das große Ganze Az' Geschichtslektion entnommen, aber ich bin mir sicher, dass es Folgefragen geben wird."

„Von deinen Gefährten?"

„Von meinen Gefährten", stimmte er zu und bestätigte damit, dass er vollends beabsichtigte, sie über die, wie er es nannte, kürzliche *Geschichtslektion* in Kenntnis zu setzen.

„Sonst noch was?", fragte ich ihn.

„Was zu trinken?", bot er an.

Ich dachte darüber nach und nickte. „Hört sich gut an."

„Belastet das königliche Konto für die Gegenstände unseres Gastes", trug er den Fantasiewesen auf. „Ich komme später zurück, um alles abzuholen."

„Königliches Konto, sagt er", zwitscherte eine der Stimmen. „Schmuck will der andere."

„Ooooh, teurer Geschmack, was?"

„Sehr teuer."

„Bitte sorgt einfach dafür, dass es glitzert", unterbrach ich. „Meine Intendierte mag ..." Wie lautete der Begriff noch mal? Ach, ja ... *„Discokugeln."*

# KAPITEL 10

## CAMI

**MEHRERE TAGE SPÄTER**

„Wow", keuchte ich und starrte mich im Spiegel an. Die goldene Seide schmiegte sich an meine Hüften und Brüste und betonte jede einzelne meiner Kurven.

Zwar hätte ich mir die Farbe nie selbst ausgesucht, aber sie brachte die hellen Strähnen meines dunkelblonden Haars zur Geltung. Und außerdem komplementierte sie meine Hautfarbe.

*Vielleicht weil Gold meine neue Farbe ist,* dachte ich verbittert.

Immer, wenn ich in der vergangenen Woche gekommen war, hatte ich mich mit goldenem Glitzer eingestäubt.

Zum Glück – oder vielleicht auch zu meinem *Unglück* – hatte Melek eine spezielle Reinigungsmilch in der Dusche gelassen.

*Sieh es als Beweis für meine guten Absichten, Engelchen,* hatte auf der Notiz gestanden. Ich hätte die Flasche, an der sie geklebt hatte, um ein Haar weggeschmissen, aber meine morbide Neugier hatte überwogen. Und, na ja, nach der

Dusche hatte ich nicht mehr wie eine Discokugel ausgesehen. Vor der Dusche war das noch ganz anders gewesen.

Ich hasste es.

Ajax und Az hingegen begannen zusehends, es zu lieben.

Denn offenbar schmeckte das Glitzerzeug für sie nach Ambrosia.

„Deine Muschi war vorher schon köstlich", hatte Az neulich gesagt. „Aber jetzt schmeckt sie einfach himmlisch. Komm noch mal her, kleine Kämpferin. Ich brauche *mehr* davon."

Es war ... eine interessante Entwicklung. Eine, die mich meine Schenkel aneinanderpressen ließ, als der erwähnte Mann das Schlafzimmer betrat. „Heilige Höllenfeuer, Cami, du siehst ..."

„Unglaublich aus!", beendete Ajax an seiner Stelle den Satz.

„Ihr beide seht auch ziemlich gut aus", erwiderte ich und bestaunte die perfekt geschneiderten Anzüge. Selbstverständlich waren sie schwarz, aber Ajax hatte da ein kleines Extra auf der Schulter. „Nette Eule."

Az knurrte. „Er ist ein echtes Arschloch."

Die Eule zeigte eine drohende Haltung, als hätte sie verstanden, was Az gesagt hatte, und schnappte mit dem Schnabel nach dem Formwandler.

Ich zog die Augenbrauen hoch.

„Kuro erwärmt sich langsam für Az' Phönix", meinte Ajax mit einem sanften Grinsen.

„Du genießt das hier, was?", murmelte der Kommandant.

„Ein kleines bisschen", gab Ajax zu, während Kuro seine Flügel spannte und dann wieder einzog.

„Er scheint nicht mehr böse auf dich zu sein", bemerkte ich und erinnerte mich an meine erste und einzige Begegnung mit Kuro. Anstatt auf Ajax' hatte er auf Shades Schulter gesessen und seinen Besitzer brüskiert, indem er ihn keines

Blickes gewürdigt hatte. „Habt ihr beide, ähm ... euch vertragen?"

Ich war mir nicht ganz sicher, wie ich es im vorliegenden Fall nennen sollte. Kuro war Ajax' Zauberwesen, aber als Ajax zum Wärter der Höllenfeen geworden war, ließ er seine Eule im Reich der Mitternachtsfeen zurück. Und das Wenige, das Ajax ausgespuckt hatte, ließ darauf schließen, dass sein Tier nicht erfreut darüber gewesen war. Jetzt aber sah er zufrieden aus.

Na ja, eigentlich eher etwas verstimmt.

Wegen Az, nicht wegen Ajax.

„Ich weiß nicht so recht", meinte die Mitternachtsfee auf meine Frage hin. „Er ist aufgekreuzt und hat mir geholfen, mich vorzubereiten. Ich bin mir ziemlich sicher, dass das hier für dich gedacht ist." Er streckte mir eine Tüte hin, die ich ihn gar nicht halten sehen hatte – vorwiegend, weil ich zu beschäftigt damit gewesen war, den eng anliegenden Anzug anzustarren, anstatt auf seine Hände zu blicken.

Stirnrunzelnd nahm ich die kleine Tüte entgegen. „Was ist das?"

Er zuckte mit den Schultern. „Ich glaube, es ist ein Geschenk von Aflora und ihren Gefährten. Vermutlich hat Shade Kuro zu mir geschickt, um es mir zu überbringen."

„Also hat er seinen Auftrag erfüllt und kann jetzt einen Abflug machen", bemerkte Az mit Blick zur Eule.

Kuro stieß ein Fauchen aus.

Az knurrte.

Und die beiden lieferten sich einen Starrwettbewerb.

An meinen Mundwinkeln zupfte ein Lächeln „Ich glaube, ich kann dein Zauberwesen gut leiden, Ajax."

Er erwiderte mein Grinsen. „Ich auch."

Az' Iriden färbten sich schwarz und er neigte seinen Kopf, wie es nur ein Vogel tat. Kuro reagierte mit einem weiteren Bauschen seines Federkleids und saß steif da.

Ich verkniff mir ein Lachen und sah zurück in die Tüte, bevor ich eine kleine Schachtel daraus holte. Ich runzelte die Stirn, meine Neugier geweckt. „Die Adeligen haben mir Schmuck geschickt?"

Ajax' schien genauso überrascht. „Schätze schon." Er strich mit den Fingern über die Schachtel. „Öffne sie."

Ich tat es nicht. Stattdessen fragte ich: „Hast du die Box gerade nach Bannen untersucht?"

„Nicht direkt." Er hielt inne. „Ich habe eher nach Magie gefühlt."

„Konntest du etwas spüren?"

„Ich würde dich die Schachtel nicht öffnen lassen, wenn dem so wäre."

*Wo er recht hat, hat er recht*, dachte ich und hob den Deckel an. Darin lagen ein Paar Ohrringe und eine dazu passende Halskette mit runden Schmuckanhängern.

„Interessante Wahl", sinnierte ich hörbar und fragte mich, ob das kreisförmige Symbol etwas zu bedeuten hatte. „Soll das die Quelle symbolisieren?" Denn es erinnerte mich irgendwie an die Quelle der Höllenfeen, mal abgesehen davon, dass die Edelsteine goldfarben und nicht blendend weiß waren.

„Ich habe nicht den geringsten Schimmer", meinte Ajax etwas verwirrt. „Aber das Set sieht hübsch aus."

„Ja", stimmte ich ihm zu und griff als Erstes nach der Halskette. „Kannst du mir die hier anlegen?"

„Eine Gelegenheit, dich zu berühren, während du in diesem Kleid steckst?", konterte er und nahm mir das glitzernde Schmuckstück ab. „Sehr gern." Letzteres murmelte er leise, bevor er mein langes Haar über meine Schulter strich, damit er besseren Zugang zu meinem Hals hatte.

Ich spürte die Wärme seiner Hand an meiner Haut, als er die Kette behutsam um meinen Hals legte. Sein Blick ruhte dabei unablässig auf meinem Hals und dem Juwel, das direkt über meinen Brüsten baumelte.

„Echt jetzt, Cami, du siehst umwerfend aus." Seine Stimme hatte einen tieferen Tonfall angenommen und er ließ seinen Blick über den tiefen V-Ausschnitt wandern, ehe er mir die Schachtel abnahm, nach den Ohrringen griff und sie platzierte.

Az blieb die ganze Zeit über mucksmäuschenstill. Sein Phönix und die Eule schienen sich in einer Pattsituation zu befinden.

Als Ajax einen Schritt zurück machte und die Details meines Outfits bewunderte, ächzte der Formwandler. „Ich werde den ganzen Abend lang einen Steifen haben, Cami."

„Ich auch", murmelte Ajax. „Wenn wir nicht auf diesen Ball müssten, hätte ich dir dieses Kleid längst vom Leib gerissen."

„Wir könnten es ihr immer noch vom Leib reißen", meinte Az beiläufig. „Verdammt. Ein paarmal, sogar. Und dann gehen wir auf die Feier."

Ich warf ihm einen bewussten Blick zu. „Ich bezweifle, dass Aflora und ihre Gefährten es guthießen, wenn ihr das Geschenk ruiniert, das sie mir gemacht haben." Ich zeigte auf das Kleid. „Ihr könnt mir das hier nicht vom Leib reißen. Noch nicht."

„Na gut. Dann ziehe ich es dir einfach aus", murmelte Az, der dann einen Schritt nach vorn machte und mit dem Schulterträger spielte. „Langsam ..." Er begann am seidenen Strang zu ziehen und zog ihn über meine Schulter. „Sanf..."

Auf meiner Haut breitete sich ein magisches Summen aus, woraufhin der Träger Az' Fingern entglitt und wieder an seinen Platz rutschte.

Ich legte die Stirn in Falten. „Das war ziemlich seltsam."

Az griff abermals nach dem Träger und zog ihn mit etwas mehr Kraft über meine Schulter.

Und dieser sprang mit einem Ruck zurück an seinen vorherigen Platz.

Meine Gesichtszüge entgleisten. „Was soll das?!" Das erinnerte mich an dieses Kettenkleid, das mich Luzifer gezwungen hatte im Nachtclub zu tragen. An meinem Hals breitete sich Gänsehaut aus und wanderte über meine Schultern an meinen Armen hinab.

Ich griff nach dem Reißverschluss an der Seite, zerrte ihn nach unten und gab ein Kreischen von mir, als er daraufhin wieder nach oben flitzte.

„Neeeein!", jammerte ich. Ich weigerte mich, schon wieder in einem Kleidungsstück eingeschlossen zu sein. Dieses hier mochte seidig sein und alle wichtigen Stellen bedecken, aber es war dennoch ein Gefängnis.

*Wenigstens reibt sich nichts an meiner Klitoris*, ging mir durch den Kopf.

*Obwohl*, flüsterte ein Teil von mir.

Meine Augen weiteten sich. *Nein. Nein. Nein.* Ich beugte mich nach vorn und hob das Kleid an, um mein Höschen auszuziehen. Die Spitzenunterwäsche, die dieselbe Farbe wie das Kleid hatte, ließ sich bis an meine Knie hinunterziehen, bevor sie wie durch Zauberhand wieder mit einem lauten Schnappen nach oben sauste.

„Was zum Teufel soll das?!", wollte ich wissen und realisierte erst viel später, dass Az und Ajax bereits in ein Gespräch über das Thema vertieft waren.

Kuro war nirgendwo zu sehen. Ich hatte die Eule mit meinem Ausraster wohl verscheucht.

„Typhos würde so etwas nie tun", hörte ich Az sagen. „Er hat das Kettenkleid als sinnliche Strafe angefertigt. Es war seine Art, ein Statement abzugeben. Ich will damit nicht sagen, dass ich mit seinen Methoden einverstanden bin, und ich versuche auch nicht, sie wegzuerklären. Ich will nur sagen, dass das hier nicht zu Typhos' sonstigen Methoden passt."

„Wer war es dann?", wollte Ajax wissen. „Denn ich bezweifle, dass Aflora dahintersteckt."

„Wohinter?", wollte eine tiefe Stimme wissen und kurz darauf materialisierte sich Shade mit Kuro auf der Schulter im Zimmer. „Ich nehme an, du hast Kuro geschickt, um mich mit seinem Schnabel zu malträtieren wegen dem, was ihr hier besprecht?"

„Ich habe ihn nicht geschickt, er ist von allein zu dir gekommen", erwiderte Ajax, ohne seinen besten Freund eines Blickes zu würdigen. Er sah mich mit den schwarzen Augen, die von einem blauen Ring umrandet waren, an. „Ist der Schmuck auch verhext?"

Ich griff nach der Halskette und öffnete den Verschluss. Der Schmuckanhänger rutschte nach unten und ich zog die Kette erleichtert vom Hals. „Nein, sie scheint ..." Der Bann rückte zurück an seinen Platz und die Halskette verschloss sich kurzerhand wieder. „Streich das. Der Schmuck ist auch verhext."

Shade legte die Stirn in Falten. „Was für ein interessanter Trick."

„Was meinst du mit ‚interessant'?", wollte Ajax wissen. „Sind das Kleid und der Schmuck nicht von deinem Gefährtenzirkel?"

Mir gefiel nicht, wie die Runzeln an Shades Stirn sich vertieften. Denn das sagte mir, dass die Sachen weder von ihm noch von seinen Gefährten stammten.

Was keinen Sinn ergab.

Bevor Shade bestätigen konnte, was ich seinem Gesichtsausdruck bereits entnommen hatte, sagte ich: „Zakkai hat mir das Kleid letzte Woche gebracht und gesagt, dass es ein Geschenk für den heutigen Ball wäre."

Shade musterte das erwähnte Kleid und seine Augen begannen zu leuchten. Dieses Leuchten war aber vielmehr auf Belustigung und nicht auf Bewunderung zurückzuführen. „Oh, richtig! Sein Einkaufsbummel mit der Engelsfee."

Ich blinzelte.

„Woher kennst du diesen Begriff?", fragte Ajax und stellte sich zwischen mich und seinen besten Freund, um Shades volle Aufmerksamkeit zu erhaschen.

„Von Zakkai", erwiderte er achselzuckend. „Deine Paradigma-Schöpfungsfähigkeiten könnten übrigens einen Feinschliff vertragen. Vielleicht solltest du die Klasse von Rektor Granton erneut besuchen."

Ajax erschauderte sichtlich. „Du hast unser Gespräch letzte Woche belauscht."

Shade zog eine Augenbraue hoch. „Ob du es glaubst oder nicht, ich respektiere deine Privatsphäre. Zakkai hingegen ..."

„Verdammt", murmelte Az. „Er hat alles gehört, habe ich recht?"

„Ja, hat er", bestätigte Shade. „Und er hat Aflora davon erzählt, deren Privatsphäre ich genauso respektiere, aber ich bin mit ihren Gedanken verbunden, also ..." Er zuckte abermals mit den Schultern. „Ist schon gut. Euer Engelsfeen-Gefährte hat Zakkai angeboten, alle Fragen zu beantworten, die aufkommen könnten. Nicht mehr und nicht weniger."

„Mein Engelsfeen-Gefährte?", wiederholte Ajax. „Ich habe keinen Engelsfeen-Gefährten."

„Er meint Melek", gab Az zähneknirschend von sich. „Wie es scheint, haben er und Zakkai sich angefreundet."

„Zakkai hat keine Freunde", erwiderte Shade gleichzeitig, wie Ajax sagte: „Melek ist *nicht* mein Gefährte."

Shade lachte. „Du bist jetzt Teil eines Gefährtenzirkels, alter Freund", flötete die Mitternachtsfee. „Was Cami gehört, gehört auch dir, und was dir gehört, gehört auch ihr, und so weiter und so fort." Er winkte ab. „Du wirst schon sehen. Wie dem auch sei ... Ich muss zurück zu Aflora. Kuro?"

Die Eule hüpfte von Shades Schulter auf Ajax', dann verschwand Shade in einer violetten Rauchwolke.

„Melek", knurrte Ajax und blendete komplett aus, was Shade gerade gesagt hatte. „Er muss das Kleid verhext haben."

„Aber wozu?", wollte Az wissen.

„Er wusste, dass ich es mir vom Leib reißen würde, sobald mir bewusst wird, dass es von ihm ist", zischte ich und griff nach dem erwähnten Kleid, um zu tun, was ich eben gesagt hatte.

Der seidene Stoff zerriss mit einem befriedigenden *Ratsch*.

Und setzte sich dann wieder zusammen.

„Nein. Nein. Ich weigere mich, das hier zu tragen." Ich wirbelte herum, entschlossen, den verdammten Stoff zu zerschneiden. „Gib mir einen Dolch, Az."

Er wandte nichts dagegen ein, beschwor einen Dolch aus dem Nichts herauf und reichte ihn mir.

Ich schnitt die Träger durch.

Und sie fügten sich im nächsten Augenblick wieder zusammen.

Ich riss am Schlitz im Rock und versuchte, das Kleid bis zum Mieder zu zerreißen. Doch der Stoff fügte sich mithilfe von Magie wieder zusammen.

Ajax flüsterte ein paar Banne. Sie prallten praktisch vom Outfit ab und ließen violette und goldene Funken durch das Zimmer sprühen.

Ich knurrte, entschlossen, diesen Kampf nicht zu verlieren.

Aber dieses elende Kleid ließ nicht locker!

Vielleicht war das Meleks Art, seinen Anspruch kundzutun oder mich mit einem seiner für ihn typischen Schutzzauber zu belegen.

Der Grund war mir egal. Denn ich würde mich nicht einsperren lassen. Nie wieder.

Mir stieg ein frustrierter Schrei in den Rachen und die Erinnerungen an diese Ketten wogen schwer auf mir.

Die jubelnden Männerstimmen.

Das Metall an meiner Klitoris.

Wie ich versucht hatte, mir nichts anmerken zu lassen.

Versucht hatte, stark zu sein. Alles über mich ergehen zu lassen, ohne mit der Wimper zu zucken.

Ich wollte dasselbe nicht schon wieder durchmachen. Das konnte ich nicht. Es war schrecklich gewesen.

Und es hatte mit dieser Portalexplosion geendet.

Woraufhin ich Luzifers Kraft absorbiert und ihm geholfen hatte, nur um mich dann hier im Reich der Mitternachtsfeen verstecken zu müssen.

Jetzt musste ich mich ihm stellen. Musste ihm ein Gegenangebot unterbreiten. Musste ... unseren Plan ausführen.

Und zwar in diesem Gefängnis eines Kleides, dessen Glitzern an diese elende Quelle erinnerte.

„*Cami.*" Az' Stimme drang durch den Nebel, der in meinem Kopf herrschte. Sein dominanter Tonfall ließ mich innehalten.

Mir war gar nicht bewusst gewesen, dass ich mich immer noch im Kreis gedreht und versucht hatte, mir das verzauberte Kleid vom Leib zu reißen.

Ein Blick in sein besorgtes Gesicht sagte mir, dass ich das schon eine ganze Weile versucht hatte, weil er fast schon ängstlich aussah. Oder vielleicht hatte er auch Schuldgefühle.

„Ich hätte nicht zulassen dürfen, dass er dich auf diese Bühne stellt", flüsterte er, was mich komplett verwirrte. „Ich hätte ihn aufhalten sollen. Es tut mir leid."

Ich blinzelte. „Wie bitte?"

„Typhos", gab er zähneknirschend zurück. „Ich hätte nicht zulassen dürfen, dass er dich auf diese Art bestraft."

Ajax stand mit ähnlich besorgtem Ausdruck neben mir. „Du musst nicht auf den Ball gehen", sagte er. „Er will eine Antwort von mir. Ich kann sie ihm allein geben."

Ich blinzelte abermals. „Ich fürchte mich nicht vor ihm", meinte ich. Was nicht ganz stimmte. Typhos Luzifer strotzte nur so vor Macht. Aber ich wollte mich nicht mehr vor ihm verstecken.

Dieses Kleid war kein Geschenk von ihm gewesen.

Sondern von Melek.

Genau das hatte Shade angedeutet, als er über Zakkais und über das, in was auch immer für einer Beziehung er neuerdings mit Melek stand, gesprochen hatte. Freunde. Verbündete. Geheime Austauschende. Wer wusste schon, wie es sich nannte? Und es spielte auch keine Rolle.

Denn Zakkai hatte mir dieses Kleid gebracht – und das ganz offensichtlich auf Meleks Anordnung hin.

Ich hätte ihn gern in Gedanken beleidigt, aber dann hätte ich die Schranke niederreißen müssen, die ich zwischen uns geschaffen hatte. Eine Schranke, bei deren Errichtung und Vollendung mir Az vor ein paar Tagen behilflich gewesen war.

Ich lernte immer noch, die Gefährtenbänder zu unterteilen. Darum traute ich mich nicht, die Wand zu durchbrechen, um zu Melek durchzudringen. Mit meinem Glück hätte ich die Schranke permanent niedergerissen und würde von vorn beginnen müssen.

Was bedeutete, dass ich auf den Ball gehen musste.

In diesem Aufzug.

Aus einem einzigen Grund: Melek zu finden.

Und wenn ich das tat, würde ich ihn verdammt noch mal umbringen.

## KAPITEL 11

## TYPHOS

*Schau nicht so grimmig, Liebster. Sonst denkt Königin Aflora noch, dass du nicht hier sein willst,* sprach Melek in meine Gedanken.

*Ich will auch gar nicht hier sein,* informierte ich ihn.

*Wirklich? Oder sträubst du dein Gefieder, weil ein gewisses Trio noch nicht aufgetaucht ist?* In seinen vielfarbigen Augen stand ein verschmitzter Ausdruck, der meine Stimmung hob, obwohl ich aufgebracht war. *Wir sind auf einer Feier. Amüsiere dich ein bisschen, mein König.*

Ja, eigentlich hätte ich *meine* Version von Spaß haben sollen.

Ich sollte mich in einem Wortgefecht über eine Vereinbarung befinden, aber das bedingte, dass eine gewisse Teufelsbraut, mein Wärter und mein Kommandant aufkreuzen würden.

Leider waren sie nirgends zu sehen.

Stattdessen war ich dazu verdammt, übertrieben angezogenen Feen aller Herkunft dabei zuzusehen, wie sie über einen gläsernen Boden schwebten und tanzten. Die anderweltliche, durchsichtige Oberfläche warf den Schein des

Mondes zurück und die reichhaltigen Gerüche von Nachtschatten und verkohlten brennenden Knallbäumen in der Ferne unterschieden sich spürbar vom Aroma meines Zuhauses, waren aber nicht direkt unangenehm.

An jedem anderen Abend hätte ich Königin Afloras Einladung und was sie zusammen mit den Elementefeen zu bewerkstelligen geschafft hatte, zu schätzen gewusst. Der Interreichsfeenball war einer der wenigen Anlässe, den ich angesichts seines Zwecks ohnehin geplant hatte, zu besuchen.

Um all jene zu feiern, die sonst unterdrückt und ausgestoßen wurden.

Die Abscheulichkeiten, wie die Puristen unter den Feen sie nannten, feierten ausgelassen und amüsierten sich. ‚Abscheulichkeiten‘ waren den ursprünglichen Feen ironischerweise ähnlicher, als jede Elementefee oder Mitternachtsfee je wissen würde. Trotzdem war es erfrischend, so viele von ihnen in der Öffentlichkeit zu sehen.

Das Maß an Freiheit und Akzeptanz, das hier regierte, erinnerte mich an mein eigenes Reich und alles, wofür ich gearbeitet hatte.

Aber das hier war ein Nachhall, ein Hauch Frieden, der nicht von Dauer sein würde.

Es hatten vor ihnen schon andere solche Errungenschaften verzeichnet, und sie gingen immer gleich aus – sie scheiterten.

Natürlich gab es nur wenige Aufzeichnungen über solche Aufstände, weil immer dann, wenn die Feen gemischter Abstammung Fuß fassten, ein übergeordnetes Wesen dafür sorgte, dass sie an Macht verloren, und zerstörte dann jegliche Spur ihrer Existenz.

Es überraschte mich, dass sie mit ihren derzeitigen Bemühungen überhaupt so weit gekommen waren.

Und ich fürchtete, dass sich der Sturz dieses Regimes nicht verhindern lassen würde.

Aber es war schön, den derzeitigen Frieden zu bezeugen. Das Ambiente darum herum passte auch dazu.

Halbfertige Mauern zogen sich in massiven Bögen durch den Raum, als würde der Palast uns alle in seiner dunklen Umarmung wiegen. Die Haupttreppe, deren Stufen tief in den Stein gehauen waren und zu der mein Blick immer wieder wanderte, während ich darauf wartete, dass eine gewisse Dame auftauchte, blieb leer.

Zerklüftete Türme, die aus geflochtenen Bäumen und Reben bestanden und von der Königin der Mitternachtsfeen mithilfe ihrer Erdfeengene kreiert worden waren, schufen Schatten, die sich über das Gebäude legten und eine unheilvolle Prophezeiung zu tragen schienen, die scheinbar nur ich sehen konnte. Die Gebäude gaben einem das Gefühl, eingesperrt und doch irgendwie frei zu sein.

Das passte zu den heutigen Feierlichkeiten und dem unausweichlichen Scheitern jener.

Ich hoffte, dass ich falschlag und die Abscheulichkeiten am Ende nicht wieder an den Rand der Gesellschaft gedrängt würden. Nur die Zeit würde es zeigen.

Und wenn ich recht behielt, würden genau diese Feen Zuflucht in meinem Reich suchen müssen.

Das bedeutete, dass ich Camillia De la Croix und die Bedrohung, die sie für meine Quelle darstellte, in den Griff bekommen musste.

Meine Brust fühlte sich ganz eng an. Camillia war das erste Wesen seit mehreren Jahrtausenden, das mich herausgefordert und an der Zukunft hatte zweifeln lassen.

*Und jetzt lässt sie mich auf* meinen *Wärter und* meinen *Kommandanten warten.*

Und so, wie Melek sich nach ihr verzehrte, glaubte ich langsam auch, ihn zu verlieren.

Ich verlor alles.

*Aber nicht mehr lange.*

Heute Abend hatte der Zusammenbruch von allem, was ich lieb und wert hielt, ein Ende.

Und das, indem ich tat, was ich am besten konnte.

Das Chaos unter Kontrolle bringen.

*Wehe, sie versuchen, wegzurennen,* knurrte ich in Meleks Kopf. *Denn ich habe kein Problem damit, diese Feier umgehend zu verlassen und sie höchstpersönlich zu jagen.* Ich sagte das nicht laut, weil die Worte vermutlich durch den Ballsaal sausen und für Aufruhr sorgen würden.

Ich hatte die ganze Aufmerksamkeit jetzt schon satt. Wir waren schon viel länger hier als beabsichtigt, was mehr als ein paar unangenehme Gespräche nach sich gezogen hatte.

*Sie rennen nicht davon. Zumindest nicht* vor dir, *mein König,* versicherte mir Melek und griff nach einem moussierenden Getränk, das ihm von einem der umherwandelnden Wasserspeier gereicht wurde, und nahm einen kleinen Schluck davon.

*Frag sie, wo sie bleiben,* verlangte ich. Ich hätte Az direkt gefragt, aber er hatte mich noch nicht wieder eingelassen. Seine Schranke hatte die Form einer soliden Mauer in meinem Geist angenommen, die ich nicht anrühren wollte.

*Das kann ich nicht,* murmelte Melek. *Az hat ihr in der vergangenen Woche beigebracht, wie sie mich aussperren kann, und na ja, ihr Talent dafür ist ziemlich beeindruckend ... und frustrierend.*

*Sie hat dich ausgesperrt?,* fragte ich, überrascht, dass er das erst jetzt erwähnte.

Meleks Ausdruck verfinsterte sich kurz, aber nicht lange genug, dass es jemandem auffiel. Ich, aber, hatte den Stimmungswechsel ganz klar bemerkt und gespürt, wie sehr ihn dieser Umstand verletzte.

Ich runzelte die Stirn. *Du bist verletzt.*

*Sie vertraut mir noch nicht,* erwiderte er. *Ich muss ihr Zeit geben.*

Ich schnaubte höhnisch. *Du hast ihr alles gegeben. Wenn sie nicht begreift, was für ein Glück sie hat, deine Zuneigung zu bekommen, ist sie blind.*

Melek hatte Camillia vor Monaten als seine Gefährtin auserwählt, sie mit seinen Geschenken, seinem Rat und seinem *Schutz* gesegnet, aber sie wies ihn immer wieder der anderen beiden Feen wegen ab.

Und jetzt zog sie Mauern hoch?

Melek verdiente es nicht, abgewiesen zu werden, aber damit ich ihm helfen konnte, musste ich mich mit Ajax verbinden und die Bedrohung, die in einem hübschen kleinen Päckchen namens Camillia De la Croix verpackt war, entschärfen.

*Die Sache wird in Kürze geregelt sein*, versprach ich ihm.

„Hm", erwiderte Melek, nippte abermals an seinem sprudelnden Getränk und zwinkerte einem gewissen Selkie-Formwandler zu, der ihn unverhohlen musterte.

Ich verdrehte die Augen. *Norden.* Der elende Winterfeenprinz – dank seiner kürzlichen Verbindung mit Lark, dem König der Winterfeen.

Der Selkie war sündhaft heiß, sinnlich und flirtete für sein Leben gern.

Genau wie Melek.

Weshalb offensichtlich war, warum die beiden sich angefreundet hatten.

Norden holte eine blaue kristallähnliche Stange aus einem Behälter und leckte sie gemächlich ab, ohne seinen Blick vom Prinzen abzuwenden.

Ich erschauderte und schlang meine Hand um Meleks Hals, um meinen Anspruch klar zum Ausdruck zu bringen.

*Bist du etwa eifersüchtig, Liebster?*, flötete Melek in meine Gedanken, ganz offensichtlich erfreut über die ganze Aufmerksamkeit, die ihm zuteilwurde.

*Warum flirtet er nicht mit seinem eigenen Gefährtenzirkel?*, gab ich zähneknirschend von mir.

*Weil er weiß, dass mir deine besitzergreifende Ader gefällt*, schnurrte Melek zurück. *Er stichelt dich mir zuliebe an. Und er neckt mich mit seiner Süßigkeit. Ich will das Rezept, aber er weigert sich, es rauszurücken.*

Ich fragte nicht nach, wozu er das Rezept wollte, weil ich es mir bereits denken konnte. Selkie-Süßigkeiten führten zu orgastischen Träumen, und ich konnte mir gut vorstellen, wem er davon etwas abgeben wollte.

*Er hat mich kürzlich gefragt, ob ich ihm eine Fesselvorstellung geben würde*, fuhr Melek fort. *Offensichtlich will er Artica als Weihnachtsgeschenk für Lark und Kalt verpacken. Ich habe ihm gesagt, dass ich es im Austausch für das Rezept tun würde. Er hat abgelehnt.* Melek hielt inne, als Norden sich die Süßigkeit in den Mund schob und dabei die Augen schloss. *Vielleicht überlegt er es sich noch anders.*

Ich wollte gerade etwas darauf erwidern – etwas von wegen, dass der Selkie vielleicht einen Todeswunsch hatte –, doch dann stellten sich meine Nackenhärchen auf.

Mein Blick wanderte in die Richtung, aus der die geladene Luft kam, und als ich die Quelle des statischen Rauschens erblickte, klappte mir die Kinnlade herunter.

*Camillia De la Croix.*

Sie stand oben an der Wendeltreppe und sah in ihrem goldenen Kleid aus wie ein Engel.

Verdammt. Sie sah einfach umwerfend aus.

Die Wut, die in mir gebrodelt hatte, verwandelte sich in eine Empfindung, die ich mich nicht zu benennen traute. Vielleicht lag es daran, wie ihr dunkelblondes Haar sich über ihre festen Brüste kräuselte oder dass der Schlitz an ihrem glitzernden Kleid bis zu ihrem Oberschenkel reichte.

Sie war der Inbegriff von Versuchung – einer *Königin* – und die brodelnde Wut, die ihren geballten Fäusten zu entnehmen war, ließ mir das Wasser im Mund zusammenlaufen.

Ich hatte ihre Wut bereits erwartet und mich sogar danach verzehrt. *O ja, lasst das Spiel beginnen*, ging mir durch den Kopf, als mein Wärter und mein Kommandant sich hinter sie stellten. Mir entging nicht, was sie verkörperten.

Ein vereintes Trio.

*Aus dem bald ein Zirkel werden wird*, sinnierte ich.

Die Göttin in Gold schwebte die Stufen hinab, während sich in ihren grauen Augen tödliche Gewitter zusammenbrauten. Aber sie funkelte nicht mich an.

Der Blick gebührte Melek.

*Was hast du getan, kleiner Prinz?*, wollte ich wissen und konnte meine Belustigung nicht verbergen. Denn die zornige Frau strotzte nur so vor Sex-Appeal. Ihre Absätze schienen mit jedem Schritt etwas entschlossener gegen den Boden zu klackern.

*Ich habe nicht die geringste Ahnung*, erwiderte Melek mit einem leicht nervösen Tonfall. Aber ihm schien der Anblick genauso zu gefallen wie mir. *Ich bin nicht sicher, ob ich Angst haben oder geil sein soll. Letzteres scheint der stärkere Instinkt zu sein.*

*Hm*, summte ich, während mir verbotene Bilder durch den Kopf schossen.

Bilder, die Melek in der vergangenen Woche mit seinen sündhaften Gedanken inspiriert hatte.

Immer, wenn wir gefickt hatten, hatte er mir Dinge und Szenarien mit Camillia eingeflüstert.

Die für gewöhnlich eine hilflose Camillia beinhalteten, die uns ausgeliefert war. Die darum flehte, gefickt zu werden. Die *voller Verlangen* wimmerte.

Das Einzige, was ich sehen konnte, war, wie Melek ihre Handgelenke mit zum Kleid passenden goldenen Schleifen fesselte, die gegen ihre Hand gepresst glitzerten, während sie vornüber gebeugt war und ich das Kleid wegschob, um in Genuss dessen zu kommen, was sich darunter verbarg.

„*Melek*", zischte Camillia und kam auf uns zu. An ihrer Haut züngelte praktisch feurige Energie und ich konnte es mir nicht verkneifen, mir vorzustellen, wie ich diese Energie zähmte.

Wie ich *Camillia* zähmte.

Ganz so, wie Melek es wollte.

*Aber das wird nie geschehen. Das Letzte, was ich brauche, ist, dass ich wie die anderen wegen dieses kleinen Teufelsbratens aus den Fugen gerate.* Wenn ich in Anwesenheit dieser Frau meinen Verstand nicht bewahren konnte, waren wir alle verloren.

„Hallo Engelchen", murmelte Melek und ignorierte den giftigen Tonfall, mit dem sie seinen Namen gespien hatte. „Du strahlst ja förmlich, Liebste."

„Oh, du meinst das hier?", fragte Camillia und zog am Halter ihres Kleids. Er schnappte, wie aus eigenem Antrieb, zurück an seinen Platz, was mich eine Augenbraue hochziehen ließ.

„Was hast du mit dem Kleid gemacht, Melek? Warum kann ich es nicht ausziehen?" Ihren Fragen schwang ein niedliches Knurren mit, was mich wundern ließ, wie sich dieser Laut an meinem Schwanz anfühlen würde.

Sie verschränkte die Arme vor der Brust, was ihre Oberweite hochdrückte und meinen Blick zur schimmernden goldenen Kette wandern ließ, die an ihrem Hals hing.

Die Kugel am Ende der Kette ruhte zwischen ihren Brüsten und sah aus wie ein Wasserfallsee, der mit dem herunterrinnenden Wasser – die beiden Kettenenden – gefüllt wurde. Das riss mich dazu hin, mir auszumalen, wie Meleks Lustsaft ähnlich wie der Schmuckanhänger an den beiden Rundungen hinabrieselte. Ich versuchte nicht, das angenehme

Bild beiseitezuschieben. Mein Prinz würde seinen Spaß mit ihr haben, wenn sie wieder zur Vernunft gekommen war.

Und ich würde zusehen. Zumindest das würde ich mir gönnen.

„Lass mich raten", spie sie und räumte Melek keine Gelegenheit ein, zu antworten. „Ich werde mitten auf der Tanzfläche kommen und alle mit glitzerndem Glibberzeug überziehen?"

Meleks vielfarbigen Augen erhellten sich erfreut. „Ich muss schon sagen, das wäre ein echter Hingucker."

„Ich meine es ernst, Melek", schnauzte sie, lehnte sich zu ihm und drängte mich damit praktisch weg.

War ihr nicht aufgefallen, dass ich direkt neben ihm stand?

„Was hast du damit gemacht?", wollte sie wissen. Ihre Wangen wurden knallrot, was ihre rosafarbenen Lippen betonte. „Als du mir das letzte Mal Schmuck geschenkt hast, habe ich mir den Zorn des verdammten Höllenfeen-Königs eingehandelt."

Mir kam das Lachen fast schon mit einem Schnurren über die Lippen. „*Zorn* ist ein ziemlich starkes Wort, findest du nicht?"

Erst jetzt sah sie mich mit ihren meeresgrauen Augen an, dann erstarrte sie. Der tosende Sommersturm in ihren Augen verwandelte sich umgehend in Eis.

„I... ich ... Ich habe dich gar nicht gesehen", stotterte sie.

Ich war ... noch nie von jemandem übersehen worden. Und die Empfindung, die das in mir auslöste, hellte meine Stimmung auf. Ich wollte mit dieser verlockenden Frau spielen, die mich ganz offensichtlich nicht fürchtete, obwohl sie das sollte.

Melek gab einem der Wasserspeier ein Zeichen und nahm sich ein weiteres Glas, dann sah er die Selkie-Süßigkeiten auf dem Tablett an und griff danach. „Du siehst durstig aus,

Engelchen. Darf ich dir ein sprudelndes Getränk und ein bisschen Zucker anbieten, den du hineintunken kannst?"

Ich konnte Nordens Zustimmung praktisch vom anderen Ende des Ballsaals spüren.

Camillia winkte ab. „N... nein, danke. Ich will nur wissen, was du mit diesem Kleid angestellt hast und warum ich es nicht ausziehen kann." Sie schluckte hart, dann wanderte ihr Blick zurück zu mir. „Oder soll das ... eine weitere Bestrafung sein?"

Ich starrte sie an. Mir gingen jede Menge *Bestrafungen* durch den Kopf.

Aber dann stach mir Az' wütender Ausdruck ins Auge. Eine Spur ungehaltener Wut ließ die Wand zwischen uns erzittern. Ich sah zu ihm. *Was ist los?*, wollte ich wissen. Mir war klar, dass er mich jetzt hören konnte, da ich ihn spürte.

*Das Kettenkleid.* Der zornige Tonfall erwischte mich kalt.

*Was ist damit?*

*Es hat einen Eindruck hinterlassen*, meinte er. *Sieh sie dir an, Typhos. Sie ist wütend, aber auch völlig verstört. Du hast sie mit diesem elenden Spektakel offensichtlich traumatisiert, und jetzt fürchtet sie, dass ein weiteres folgen wird.*

Ich legte die Stirn in Falten. „Ich habe dieses Kleid noch nie zuvor gesehen", informierte ich ihn – und Cami – hörbar. „Melek?"

„Ich habe es ausgesucht, aber verzaubert habe ich es nicht." Er runzelte die Stirn und streckte seine Hand nach dem Stoff aus, doch Cami machte geschickt einen Schritt zurück, als fürchtete sie sich vor seiner Berührung. Er ließ den Arm sinken und sein Schmerz über die Abweisung rauschte durch meinen Kopf und mein Herz.

Ich konnte mir ein Knurren nur mit größter Mühe verkneifen.

Diese Frau war eine Bedrohung.

Melek verbarg seinen Schmerz mit einem

entschuldigenden Blick. „Ich bin mit Zakkai shoppen gegangen und habe dein Kleid gekauft, aber ich verspreche dir, dass ich es nicht verhext habe."

„Wer war es dann?", wollte Cami wissen.

Melek und ich tauschten einen Blick aus.

*Sagt Melek die Wahrheit?*, fragte Az mich mit etwas weniger aufgebrachtem Tonfall.

*Ja.* Ich ging nicht näher darauf ein, weil das nicht nötig war. Az wusste, dass Melek und ich nicht logen. Ja, Melek spielte gern, würde aber etwas, das er getan hat, nicht derart abstreiten. Er würde sich zurückhaltend geben und vielleicht mit einem *„Würde ich so etwas tun?"* kontern, wenn dem so wäre.

„Vielleicht waren es die Fantasiewesen?", schlug Melek vor. „Ich habe Zakkai gebeten, dir das Kleid zu bringen, weil ich wusste, dass du es nicht tragen würdest, wenn es von mir käme. Die Zauberwesen haben mich gehört. Vielleicht haben sie etwas getan, das dich daran hindert, es bis zum Ende des Balls auszuziehen?"

Cami sah ihn fassungslos an. „Das ist deine Ausrede? Dass ein Fantasiewesen dahintersteckt?"

Melek presste die Lippen aufeinander und sah sie mit untypisch trauriger Miene an. „Wenn ich es verzaubert hätte, würde ich es dir sagen."

„Und ich auch", ergänzte ich. „Es ist absolut möglich, dass die Fantasiewesen das Kleid verhext haben. Die kleinen Kreaturen mischen sich gern in Angelegenheiten ein, die sie nichts angehen. Das erklärt auch, warum sie meinen Prinzen so lieben."

Diese Bemerkung hellte Meleks Miene auf und er warf mir einen freudigen Blick zu. „Danke, Liebster."

„Ich bin nicht sicher, ob das ein Kompliment ist", erwiderte ich trocken und war mir bewusst, dass er die neckischen Kommentare in meinem Kopf hören konnte.

Denn obwohl die Tatsache, dass Melek sich überall einmischte, ab und an zu Problemen führte, war es sein hinterhältiges Naturell gewesen, das mich von Anfang an angezogen hatte.

Cami zog an ihrem Kleid. In ihren Augen stand nach wie vor ein Hauch von Angst.

*Angst wovor?*, fragte ich mich.

Oder vielleicht war *Angst* nicht das richtige Wort.

*Heimgesucht* schien passender. Als erlebte sie eine Erinnerung wieder, die sie unglaublich aufbrachte.

*Die Ketten*, ging mir durch den Kopf und ich erinnerte mich daran, was Az eben gesagt hatte. Dass ich sie mit dieser Bestrafung traumatisiert hatte. *Hm.*

Diese Einsicht tat mir aus irgendeinem Grund im Herzen weh und ich fühlte mich plötzlich unwohl. Die meisten meiner sinnlichen Spiele wurden am Ende geschätzt.

Aber Camis Bestrafung hatte keinen solchen Höhepunkt erfahren.

Denn kurz darauf hatte sich das Portal im Marschland aufgetan und nach meiner Aufmerksamkeit verlangt.

Dann war sie aufgetaucht und hatte meine Quelle berührt.

*Um das Vortex ähnliche Portal zu schließen*, dachte ich und ließ meinen Blick an ihrem Körper hinunterwandern, der dem einer Göttin ähnelte.

„Ich glaube, wir beide sollten uns unterhalten, kleine Verführerin", informierte ich sie mit sanftem Tonfall.

Sie riss die Augen auf und sah zu mir hoch, dann bemühte sie sich, einen Gesichtsausdruck aufzulegen, der mich an jenen einer Königin erinnerte. Ruhig, kühl, gefasst und souverän.

Verlockend.

„Ajax hat ein Gegenan..."

„Ts, ts, ts", meinte ich kopfschüttelnd. „Noch nicht",

murmelte ich und streckte meine Hand aus. „Lass uns zuerst tanzen."

Den Handel konnten wir später besprechen. Zuerst wollte ich ... mich mit Camillia unterhalten. Ich war nicht ganz sicher, was ich ihr sagen wollte, aber ich verspürte dennoch das Verlangen, ein Gespräch mit ihr zu führen.

Eine Aufforderung zum Tanz hatte Meleks Intendierte nicht erwartet. Ihr Blick verweilte auf meiner Hand, dann wanderte er langsam zurück in mein Gesicht.

Es hätte mich beunruhigen sollen, dass ich die Kraft meiner eigenen Quelle in ihr brennen sah. Zu erkennen, dass sie bereits an meiner Seele herumgepfuscht hatte. Aber ihr wohnte diese Unschuld inne, die Melek versucht hatte, mir zu zeigen.

Vielleicht wollte sie mir nichts Böses.

Das bedeutete aber noch lange nicht, dass sie keine Bedrohung war.

„Tanzen?", wiederholte sie.

Melek schien ihr die Entscheidung abzunehmen, indem er nach ihrer Hand griff und sie in meine legte. In meinem Bauch breitete sich daraufhin eine Hitze aus, die der Wegbereiter aller Fantasien von Melek war, die er wahrwerden lassen wollte.

Ich würde seinem Verlangen in dieser Angelegenheit nicht nachgeben, aber es würde meine Kontrolle auf die Probe stellen wie nichts zuvor.

„Ja", erwiderte ich. „Tanzen."

Sie schluckte hart und ich machte mich auf eine Abfuhr gefasst.

Aber ein Teil von ihr lenkte ein.

Es war nicht direkt ihre Seele, aber vielleicht die Frau in ihr.

Ich konnte es dem Film, der sich über ihre Augen legt, ansehen – ein subtiler Hinweis auf Unterordnung. Die Art von Unterordnung, zu der ich sie im Bett nur zu gern bringen würde.

„Okay", stimmte sie leise zu. Das Wort rüttelte ein Hochgefühl in mir wach.

Ein Hochgefühl, das kurz darauf erstarb, als Az flüsterte: *Sie glaubt, keine andere Wahl zu haben.*

*Aber die hat sie*, informierte ich ihn. *Das werde ich ihr klarmachen, während wir uns auf die Tanzfläche begeben.*

*Keine Vereinbarungen*, schärfte er mir ein, woraufhin ich ihm in die Augen sah, in dem ein brennender Ausdruck stand. *Sie gehört mir, Typhos. Und mein Phönix ist verdammt besitzergreifend. Zwing mich nicht, mich zwischen euch beiden zu entscheiden.*

Ich zog eine Augenbraue hoch. *Ich glaube, die Entscheidung ist bereits gefallen, oder etwa nicht?*

Mit diesen Worten zog ich sie von den Kampfhähnen hinter ihr weg.

„Warte ..."

„Ich werde ihr nicht wehtun", sagte ich zu Ajax, bevor er seinen Einwand zu Ende führen konnte. „Und ich werde mir dein Gegenangebot anhören, nachdem ich mit Camillia gesprochen habe."

„Lass sie reden", meinte Az, der seine Hand auf Ajax' Schulter legte. „Hier kann er ihr nichts tun. Und außerdem hast du doch gesagt, dass wir Cami machen lassen sollen, was sie will."

Ajax warf ihm einen finsteren Blick zu. „Das war im Marschland, als sie versucht hat, das Portal zu reparieren. Das hier ist eine andere Situation, und das weißt du auch."

„Mir wird schon nichts passieren", versprach Camillia ihm mit neu gefundenem Selbstbewusstsein. „Der Höllenfeen-König und ich werden nur *reden*."

Meinen offiziellen Titel aus ihrem Mund zu hören, brachte die Erinnerung daran zurück, wie ich darauf hingewiesen hatte, dass sie meinen Prinzen so formlos angesprochen hatte.

„Luzifer", sagte ich zu ihr, zog sie von den anderen weg und in Richtung Tanzfläche.

„Wie bitte?"

„Oder Typhos, wenn dir das lieber ist", ergänzte ich.

Sie sah mich perplex an. „Ich verstehe nicht."

„Ich glaube, für formelle Anreden ist es etwas zu spät, Camillia." Ich lehnte mich zu ihr und presste meine Lippen an ihr Ohr. „Das könnte sich nur noch im Schlafzimmer ändern. Aber hier kannst du mich Typhos oder Luzifer nennen. Die Wahl liegt ganz bei dir."

Das Wort ‚Wahl' hatte ich bewusst gewählt. Es war eine Anspielung darauf, was Az darüber gesagt hatte, dass Camillia keine andere Wahl hätte, als mit mir zu tanzen.

Vielleicht könnten wir es als Ausgangspunkt für ein Gespräch benutzen.

Denn wo Camillia De la Croix betroffen war, hatte ich kein Interesse mehr, ihr die Entscheidung abzunehmen.

Ich wollte ganz einfach eine Vereinbarung treffen, die uns am Ende alle beschützte.

Und mir die Kontrolle über meine Quelle zurückgab.

# KAPITEL 12

## CAMI

*Das war eine bescheuerte Idee.* *Aber hatte ich eine andere Wahl?*

Typhos Luzifer war der König der Höllenfeen.

Vermutlich eines der mächtigsten Wesen der Welt.

Und er hatte mich zum Tanzen aufgefordert.

*Verdammt.*

Ich hatte eingewilligt, weil ich ... na ja, irgendwie sprachlos gewesen war. Mir hatte schon wochenlang vor diesem Treffen gegraut, weil ich wusste, dass mein Leben bei einem Wiedersehen mit Luzifer vielleicht ein jähes Ende finden würde.

Trotzdem hatte ich den Ballsaal fuchsteufelswild betreten und mich, ohne überhaupt an den König zu denken, nach dem Prinzen umgesehen.

Bis er eine Bemerkung zu meiner Wortwahl gemacht hatte. *Zorn.* Er hatte es ein *starkes Wort* genannt. Meiner Meinung nach war es ein zutreffendes.

Aber im Augenblick sah er überhaupt nicht zornerfüllt aus.

Tatsächlich schien er fast schon erfreut.

Das hielt die Zuschauermenge aber nicht davon ab, sich zu teilen, während er uns auf die gläserne Tanzfläche führte.

Alle drehten sich zu uns um und starrten uns an. Vermutlich wunderten sie sich, wer den berüchtigten König der Höllenfeen dazu bewogen hatte, sich ihnen anzuschließen.

Er blendete ihre Blicke allesamt aus und konzentrierte sich nur auf mich. Was gelinde gesagt nervenaufreibend war. Und nicht nur, weil er in seinem Smoking sündhaft gut aussah.

Ich musste zugeben, dass er ihm gut stand.

Aber das war ja klar. Seine Anzüge passten ihm *immer* perfekt. Das reinste Kunststück, wenn man seine Größe und den muskulösen Körperbau bedachte.

„Du wirkst verwirrt", bemerkte er und zog mich in seine Arme. „Weißt du nicht, wie du mich nennen sollst, Camillia?"

Ich schluckte hart und rief mir in Erinnerung, was er gerade gesagt hatte. Die Worte, die er mir ins Ohr gehaucht hatte.

*„Das könnte sich nur noch im Schlafzimmer ändern. Aber hier kannst du mich Typhos oder Luzifer nennen. Die Wahl liegt ganz bei dir."*

*Inwiefern würde sich das im Schlafzimmer ändern?*, fragte ich mich.

Ein gefährlicher Gedankengang. Vor allem, weil er mich an meine Träume erinnerte.

Die ich um jeden Preis ausblenden musste.

Erst recht, weil er in seinem maßgeschneiderten Anzug wie die fleischgewordene Sünde aussah. Das saphirblaue Hemd betonte seine ozeanblauen Augen und seine dunklen Haare waren ordentlich um seine Schultern gekämmt. Auf seinen Lippen lag er ein Lächeln, das Warnung und Einladung zugleich war.

Ich räusperte mich und entschied mich für „Luzifer", weil das am meisten Sinn für mich ergab.

Er war der Teufel. Buchstäblich. Und er verfügte über

dieselbe Sinnlichkeit, vor der die Bücher meiner Mutter mich gewarnt hatten.

*Oder ... oder waren das die Bücher meines Vaters?* Er hatte mich doch immer mit Lesestoff versorgt.

Aber ich erinnerte mich ganz klar daran, dass meine Mutter geradezu besessen von dämonischen Symbolen gewesen war – was vermutlich, darauf zurückzuführen gewesen war, dass mein Vater eine Höllenfee war.

*Hat sie die ganze Zeit über vom Handel meines Vaters gewusst?*, fragte ich mich. *Wusste sie, dass er mich in ein Leben als Höllenfeenbraut gestürzt hat?*

*Tja, tut mir leid, dich enttäuschen zu müssen, Mama, aber ich bin keine Höllenfeenbraut mehr.*

Jetzt sah mich der Mann, der mich auf der Tanzfläche in den Armen hielt, als Bedrohung.

Ich hatte keinen Zweifel daran, dass es sich bei diesem Tanz um eine verkommene Strafe handelte – wie das Kettenkleid.

*Und das Kleid, das ich in diesem Augenblick trage*, dachte ich mit Blick auf das erwähnte Kleidungsstück.

Melek hatte behauptet, dass ein paar Fantasiewesen den Stoff verhext hätten.

Dass ich nicht lachte!

Das hier war alles nur ein Spiel, in dem der Höllenfeen-König mich am Ende vermutlich mitten auf der Tanzfläche aus Spaß töten würde.

„Normalerweise bewegt man sich während eines Tanzes", murmelte Luzifer, dessen warme Hand auf meinem unteren Rücken ruhte, während er mit der anderen meine Hand hielt.

„Wie bitte?", fragte ich betreten.

„Du stehst stockstill da, wie eine Statue", meinte er und zog mich zu sich heran. „Ich habe dich zum Tanzen aufgefordert, nicht zum Herumstehen in einer halben Umarmung, Miss De la Croix."

Ich legte die Stirn in Falten. „Du bist der Höllenfeen-König. Solltest du nicht führen?" Die Stichelei kam mir über die Lippen, bevor ich darüber nachdenken konnte, und ich erstarrte, als ich die Worte noch einmal im Geiste durchging.

Zu meiner Überraschung lachte Luzifer. Er *lachte*. Und wow, was für ein Anblick das war. Um seine Augen herum bildeten sich sogar kleine Fältchen und auf seinen Lippen zog ein aufrichtiges Lächeln auf – nicht dieser teuflisch charmante Ausdruck, sondern ein aufrichtiges Grinsen.

„Touché, Camillia." Er spannte die Finger, die an meinem Rücken lagen, und die Arme an, bevor er die Führung übernahm.

Mir sprang das Herz in die Kehle und mein Magen verkrampfte sich. Ich wartete nur darauf, dass seine Stimmung umschlug. Dass er die wahre Strafe gleich offenbaren würde. Dass seine Belustigung in tödliche Wut umschlug. Dass meine Welt in Flammen aufging. Doch stattdessen wog er uns bloß in einem sinnlichen Rhythmus, der mich immer wieder an meine Träume erinnerte.

*Luzifer, der auf mir liegt.*

*Der mich küsst.*

*Mich mit seinen Händen verbrennt.*

Ich fröstelte. Mein Körper und mein Geist befanden sich in einem Kampf, den ich nicht ganz verstand. Ich sollte diesen Mann nicht begehren – ich sollte ihn hassen. Er hatte mich buchstäblich die Hölle durchleben lassen, hatte mein Leben in einem Handel mit meinem Vater verspielt und mich dann weggeschmissen, sobald er mich als eine Bedrohung angesehen hatte.

Ich hatte ihm mit diesem Portal geholfen.

Anstatt sich zu bedanken, war er wütend geworden.

*Und hat mich in dieses verdammte Kettenkleid gesteckt,* dachte ich und erzitterte beim Gedanken daran.

*War es wirklich so schlimm?*, fragte ein anderer Teil von mir.

*Ja! Es war schrecklich. Er ist eine schreckliche Fee. Er sollte für seine Sünden sterben.*

Ich legte die Stirn in Falten. Diese wütende Stimme kam von einem Teil in mir, den ich nicht wiedererkannte. War ich wütend auf ihn? Klar. Fürchtete ich mich vor ihm? Selbstverständlich. Aber ihm den Tod wünschen ...?

„Du ziehst die Stirn kraus", bemerkte Luzifer mit etwas leiserer Stimme. „Jetzt werden alle glauben, dass ich schlecht führe, hm?"

Ich blinzelte. „Oh, ich ..." Ich hatte nicht die geringste Ahnung, was ich darauf erwidern sollte. Ich fühlte mich unwohl. Irgendwie seltsam. Hin- und hergerissen, ob ich etwas entgegnen oder ... oder mich entschuldigen sollte?

„Das war ein Scherz, Camillia." Sein ernster Tonfall brachte mich dazu, zu ihm hochzusehen. Ich war nicht sicher, wann ich meinen Blick zu Boden gerichtet hatte, aber offensichtlich hatte ich das, weil ich ihn bis gerade eben nicht angeschaut hatte.

Er musterte mich mit seinen ozeanblauen Augen und nichtssagender Miene.

Das Einzige, was ich sah, waren die hohen Wangenknochen, der kantige Kiefer und die unglaublich schönen Gesichtsmerkmale, die es mir schwer machten, mich auf die Details zu konzentrieren.

*Höllenfeenregel Nummer sechsundsechzig: Der Teufel liegt im Detail.*

Die Regel ging mir durch den Kopf und erinnerte mich ein weiteres Mal an meine Eltern. Ihretwegen existierten die meisten dieser Regeln.

Na ja, vor allem meines Vaters wegen.

Aber diese spezifische Regel hatte mir meine Mutter immer zugeflüstert.

Kopfschüttelnd befreite ich mich von den ungebetenen Erinnerungen und konzentrierte mich auf den König der Höllenfeen. „Ich wusste gar nicht, dass du Sinn für Humor besitzt." Wieder kam mir die Stichelei ungewollt über die Lippen.

Und wieder ... lachte der Höllenfeen-König. „Es gibt so einiges, was du nicht über mich weißt, kleine Verführerin."

Ich erschauderte abermals. Der Kosename huschte über meinen Körper wie eine sanfte Berührung. Eine, die ich nicht spüren wollte, aber diese Träume ließen meinen Kopf verrücktspielen.

Und Meleks sinnliche Worte auch. Den Feen sei Dank, dass ich ihn hatte aussperren können.

Natürlich war der Schaden bereits angerichtet. Lebendige Bilder davon, wie er mich für Luzifer fesselte, suchten mich in meinen Träumen heim.

„Was würdest du gern wissen?", fuhr Luzifer fort und zog meine Aufmerksamkeit zurück auf unseren Tanz, der mehrheitlich aus dem subtilen Schwenken unserer Hüften als sonst etwas bestand.

Ein Schwenken, das sich im Takt änderte, als die Musik ein schnelleres Tempo anschlug.

Meine Nippel wurden hart, als unsere Oberkörper aufeinandertrafen. Luzifer so nahe zu sein, hatte mein Gehirn einen Totalausfall erleiden lassen. Aber meine eiskalte Halskette erdete mich und machte mir bewusst, in was für einer prekären Situation ich mich befand.

Denn diese Empfindung kam mir bekannt vor. Sie stammte von Meleks Magie.

*Also hat er mein Outfit wirklich verhext*, schlussfolgerte ich. *Natürlich hat er das.*

„Camillia?", fragte Luzifer.

„Warum tun wir das hier?", wollte ich wissen. „Warum

tanzen wir?" Es musste etwas mit dem verzauberten Kleid zu tun haben – ich wusste nur noch nicht, was.

„Weil wir auf einem Ball sind", murmelte er, ehe sich auf seinen Lippen ein verlockendes Lächeln ausbreitete. „Auf einem Ball wird für gewöhnlich getanzt, oder etwa nicht?"

„Ich weiß es nicht", erwiderte ich frei heraus. „Das hier ist mein erster."

„Aha", meinte er nickend. „Ich schätze, du hast den Höllenfeenbraut-Anlass verpasst."

Ich biss die Zähne zusammen. Ja, ich hatte diese Zusammenkunft verpasst ..., *weil ich eine verzauberte Halskette getragen hatte.*

Die Erinnerung daran brachte mein Blut zum Brodeln, doch der Zauber kühlte meine Haut wiederholt ab.

Ich wollte mir das Ding vom Hals reißen. Es verbrennen. Jeden einzelnen Funken Magie darin zerstören.

Leider hatte ich nicht den geringsten Schimmer, wie ich das bewerkstelligen sollte. Denn es war wieder wie damals mit dem Kettenkleid.

Obwohl ... ich beim Kettenkleid ... die Magie *absorbiert* hatte.

Vielleicht konnte ich das noch einmal tun?

Nein, noch besser ... Vielleicht *sollte* ich das erneut versuchen ...

Ich konzentrierte mich auf die Energie um mich herum und meine Seele suchte nach einer Verbindung – irgendetwas, an dem ich mich festklammern konnte, um den Bann zu brechen. Warum war mir das nicht schon eingefallen, bevor ich auf den Ball gekommen war? Besser spät als nie. *Aha, da ...*

Luzifer beugte mich rücklings hinunter, was mich vom Strang wegzog, den ich um ein Haar erhascht hatte. Als er mich wieder aufrichtete, packte ich ihn mit der freien Hand an der Schulter und mein Herz machte einen Satz.

Seine blauen Augen waren betörend. Wie Lachen, die bis obenhin mit Wahnsinn, Chaos und *Kraft* gefüllt waren.

„Ich war hart zu dir", sagte er und blickte mir dabei in die Augen. „Vielleicht war das ungerecht. Vielleicht aber auch nicht. Das wird sich noch herausstellen. Trotzdem bin ich bereit, zuzugeben, dass ich es dir nicht leicht gemacht habe, Camillia."

Ich stieß ein humorloses Lachen aus. „Ich glaube, das ist eine Untertreibung, Eure Majestät."

„Luzifer", korrigierte er. Dann beugte er mich erneut herunter und drehte mich abermals herum, sodass ich mit dem Rücken an seine Brust gepresst war und seine Lippen an meinem Ohr spüren konnte. „Keine formellen Anreden mehr, Camillia."

„Warum nicht?", fragte ich keuchend, bevor er mich wieder herumwirbelte. „Du hast klargemacht, dass du kein Interesse daran hegst, mich kennenzulernen." Zumindest nicht in der echten Welt.

In meinen Träumen ... war das eine völlig andere Sache.

Ich blendete den Gedanken aus und ergänzte: „Du hast auch gesagt, dass ich mir zu viele Freiheiten mit deinem Prinzen erlaube. Woher rührt der plötzliche Sinneswandel?"

Er wirbelte mich abermals herum, packte mich gekonnt an den Hüften und presste mich fest an sich. „Weil mein Herz diesem Prinzen gehört und er mir gesagt hat, wie er für dich empfindet."

Der ernste Tonfall passte zum Ausdruck in seinen Augen, was mich hart schlucken ließ. „Er spielt mit mir."

Ich war von Anfang an ein Spielzeug gewesen, das sich Melek aus dem Höllenfeenbrautpool ausgesucht hatte. Den Grund dafür würde ich noch erfahren. Aber er hatte keine langfristigen Absichten. „Ich bin eine kurzlebige Faszination."

Luzifer blieb stehen und in seinen blauen Iriden schien die geballte Kraft des Ozeans zu wirbeln. „Nichts an dem, was er tut, ist vorübergehender Natur. Er hat seine Seele für die Ewigkeit an deine gebunden. Und auch wenn es sich wie ein Spiel anfühlen mag – weil mein Prinz eine spielerische Natur besitzt –, ist die Sache für ihn ewig bindend."

Er drehte mich herum, bevor ich etwas erwidern konnte, und beugte mich so tief hinunter, dass meine Haarspitzen den Boden berührten, bevor er mich mit einer flinken Bewegung, die mir den Atem raubte und mich sprachlos machte, zu sich hochzog.

Vielleicht hatte es auch an der Vehemenz seiner Worte gelegen.

Aber er war noch nicht fertig.

„Melek hat seine Wünsche mit jedem seiner Geschenke, jedem Gedanken, jedem *Trick* offengelegt. Du bedeutest ihm so viel mehr, als dir bewusst ist – mehr, als mir bewusst war. Aber jetzt sehe ich es. Und ich ... versuche, seine Wünsche zu respektieren." Er hob seine Hand, um meine Haare aus dem Gesicht zu streifen, die von unseren Drehungen jetzt ganz verwuschelt waren.

Ich sah ihm in die Augen und mein Herz schien stillzustehen.

Wir standen so nahe beieinander, dass unsere Lippen nur eine Haaresbreite voneinander entfernt waren.

Wenn das hier einer meiner Träume wäre, würde er mich jetzt küssen. Und mich dann mit Meleks Bändern fesseln, ehe er mich mit seinem Mund und seinen Händen folterte.

Ich schluckte, wusste nicht, ob mir die Idee gefiel oder ich sie zutiefst verabscheute. Ob ich ihn hasste oder mich nach ihm verzehrte.

„Er hat dein Kleid nicht verhext, Camillia", meinte er leise. „Wenn du ihn nicht ausgesperrt hättest, hättest du gespürt, wie sehr ihn dieser Vorwurf verletzt hat."

Ich starrte den Höllenfeen-König an. Einen Teil meiner

vorherigen Wut fand zu mir zurück, als er mein Kleid erwähnte. „Er hat schon andere Dinge verzaubert."

„Ja, um dich zu beschützen", entgegnete er. „Ich habe dich bestraft, um ihn zu bestrafen. Er kannte die Regeln, die für Höllenfeenbräute galten, und hatte beschlossen, zu mogeln. Das konnte ich nicht ungestraft durchgehen lassen."

Ein anderes Lied begann zu spielen, dieses mit langsamerem Takt.

Luzifer passte sein Tempo an, hielt mich in seinen Armen und führte zum neuen Rhythmus.

Trotz seiner Macken – die, bis auf die Tatsache, dass er ein Kontrollfreak mit einer Vorliebe, andere zu bestrafen, war, nicht viele waren – war er ein echt guter Tänzer.

„Und außerdem", fuhr er fort, „war ich eifersüchtig auf die Zuneigung, die er dir entgegengebracht hat. Meleks Seele ist mir treu. Manchmal spielt er mit anderen, aber er fickt sie nie. Er benutzt sie nur, um ein Verlangen zu stillen, das ich nicht zu stillen vermag. Aber die Verbindung mit dir ist spiritueller Natur. Und das hat mir einen unglaublichen Schrecken eingejagt."

# KAPITEL 13

# CAMI

„Oh."

Was für eine öde Antwort.

Aber ich hatte nicht die geringste Ahnung, wie ich darauf reagieren sollte, dass Luzifer mir gerade seine *Eifersucht* gestanden hatte.

Das war auch die bisher längste Unterhaltung gewesen, die Luzifer und ich je geführt hatten, und er war … ehrlich gewesen. Ich wusste nicht so recht, wie ich das alles interpretieren sollte. „Bist du … immer noch eifersüchtig?", hakte ich nach.

„Extrem eifersüchtig sogar", murmelte er. „Aber die Gründe für meine Eifersucht ändern sich gerade."

Ich legte die Stirn in Falten. „Was willst du damit sagen?"

Er zuckte mit den Schultern. „Das ist für meine Entschuldigung nicht von Bedeutung. Ich versuche ganz einfach, dir zu vermitteln, dass ich zugebe, hart zu dir gewesen zu sein. Du hast nicht nur meine Quelle bedroht, sondern auch mein Herz. Andere Feen sind für weniger schwere Delikte gestorben, Camillia."

Meine Brust fühlte sich plötzlich ganz eng an, und als ich hörte, was ich als Drohung verstand, begann mein Herz wie verrückt zu pochen. „Ich versuche nicht, eine Bedrohung zu sein, Luzifer."

Das war mein Ernst.

Doch die eiskalte Magie, die über mein Brustbein strich, schien mir zu widersprechen, denn die Halskette strotzte nur so vor kühler Energie.

Sie schien mit jeder Minute eisiger zu werden und Luzifers Nähe machte die Kälte nur noch intensiver. Ich war nicht sicher, was das zu bedeuten hatte. War das eine Warnung? Oder sollte sie mir dabei helfen, seine Hitze auf Distanz zu halten?

„Das werden wir noch sehen", murmelte er und drehte mich erneut herum. Seine Antwort ließ mich wundern, ob er die Fragen, die mir durch den Kopf gegangen waren, gehört hatte, aber dann wurde mir klar, dass seine Antwort sich auf meine Aussage bezog, dass ich keine Bedrohung war.

„Ich bin nicht interessiert an deiner Quelle", versicherte ich ihm. „Und ich habe auch kein Interesse an ..." Ich verstummte. Um ein Haar wäre mir *deinem Prinzen* herausgerutscht, aber dann sah ich Melek mit Ajax und Az in unmittelbarer Nähe stehen. Er starrte mich an.

Tatsächlich musterten mich alle drei und suchten vermutlich nach einem Zeichen, das auf Unbehagen schließen ließ. Oder vielleicht fragten sie sich einfach, was ihr Höllenfeen-König mir hatte sagen wollen.

„Mein Prinz ist verlockend", meinte Luzifer und drehte mich in seinen Armen herum, bevor er seine Brust an meinen Rücken drückte und seine Lippen erneut an mein Ohr presste. „Wolltest du gerade leugnen, dass du dich nach seiner Berührung verzehrst?"

Ich hatte Melek unablässig in die glänzenden Augen

gesehen und mir war der besorgte Ausdruck darin aufgefallen. Es war ein untypisches Funkeln, eines, von dem ich nicht sicher war, ob ich es je in seinen Augen gesehen hatte. „Macht er sich Sorgen, dass du mir etwas antun könntest?", fragte ich und blendete Luzifers Frage aus.

„Nein, er weiß, dass ich dir nichts tun werde."

Ich warf um ein Haar einen Blick über die Schulter, um seinen Ausdruck zu mustern, aber ich wusste bereits, dass ich seiner Miene nichts entnehmen könnte. „Ich wünschte, ich wäre auch so zuversichtlich", murmelte ich, mehr zu mir selbst als zu ihm.

„Du hast allen Anlass, mir nicht zu trauen", erwiderte Luzifer. Seine Worte machten mich komplett sprachlos. „Ich habe dein Leben mehr als nur einmal bedroht, dich auf unbekannte Arten bestraft und mehr oder weniger klargemacht, was ich davon halte, dass du dich mit meinem Prinzen verbunden hast."

Er wirbelte mich herum. Weil ich so schockiert war, hielten meine Beine mit der Bewegung nicht mit.

„Ich traue dir nicht, Camillia", sagte er zu mir. Diese Aussage überraschte mich angesichts allem anderen, was er gesagt hatte, nicht im Geringsten. „Also solltest du mir auch nicht trauen. Aber ich glaube, es wird Zeit, dass wir uns überlegen, wie wir weiterverfahren möchten. Dass wir vielleicht lernen, einander zu vertrauen ... unseren Gefährten zuliebe."

Den letzten Satz murmelte er mir zu, während er mich wieder rückwärts hinunterbeugte und seinen Mund an meinen Hals führte.

Als er mich wieder aufrecht hinstellte, stockte mir der Atem und mein Körper erfuhr ein Wechselbad von heiß und kalt.

Es war eine so merkwürdige Empfindung. Meine Haut

brannte, meine Halskette aber, war eiskalt. *Soll der Bann mich in die Unterwerfung zwingen? Soll er mich dazu bringen, dem zuzustimmen, was Luzifer gleich vorschlagen wird?*

„Wie lautet dein Angebot?", wollte ich wissen und versuchte, seine wahren Absichten in Erfahrung zu bringen und meine Theorie auf die Probe zu stellen.

„Es wird keine Vereinbarung geben, Camillia", erwiderte er. „Nicht hier. Noch nicht. Ich habe Az versprochen, dass ich nur mit dir reden wollte, und ich halte meine Versprechen."

Ich starrte ihn an. „Aber deine ganze Welt dreht sich um Vereinbarungen."

„Auf die Gefahr hin, dass ich mich wiederhole: Du kennst mich nicht besonders gut. Ja, Vereinbarungen sind mir sehr wichtig, aber es gibt Dinge im Leben, die nicht durch formelle Absprachen diktiert werden können. Manchmal muss man auf andere vertrauen, um ihre wahren Absichten auf die Probe zu stellen."

„Darum geht es hier also?", fragte ich. „Dass du auf mich baust, nur um bestimmen zu können, ob ich dich hintergehen werde?"

Er musterte mich einen Augenblick lang, während wir unsere Hüften zum gemächlichen Takt bewegten. „Offen gesagt, Camillia, schätze ich, habe ich versucht, dich zu ermutigen, etwas mehr Vertrauen in mich und meine Absichten zu haben. Und im Gegenzug werde ich versuchen, dasselbe bei dir zu tun."

„Heißt das, du willst mich nicht umbringen?"

An seinen Mundwinkeln zupfte ein Lächeln. „Oh, ich will dich nach wie vor umbringen, Camillia. Ob es nun deine Absicht ist oder nicht, du bist eine Bedrohung." Er ließ seine Hand an meinem unteren Rücken wandern und schlang mir die Arme um den Körper. „Aber nur weil ich etwas tun will, heißt das noch lange nicht, dass ich es tun werde." Er sprach die Worte in mein Ohr und seine Tonlage sank um eine Oktave.

„Das gibt mir nicht direkt das Gefühl, in deiner Nähe sicher zu sein", gab ich flüsternd zu.

„Dann sind wir quitt, Camillia De la Croix. Denn ich fühle mich in deiner Gegenwart auch nicht sicher." Er ließ seine Lippen kaum merklich über meine Halsschlagader schweben, woraufhin meine Ohrringe zusammen mit meiner Halskette zu flackern begannen.

Mir lief ein eiskalter Schauer über den Rücken, der mich meine Augen aufreißen ließ. Es war so unerwartet und bizarr und stand in krassem Kontrast zu der Hitze, die der muskulöse Luzifer verströmte.

Ich versuchte abermals zu entziffern, was für Magie mich in diesem Kleid festhielt.

Irgendetwas stimmte hier nicht.

Etwas war merkwürdig.

„Ich könnte dir nie wehtun, Camillia", sagte Luzifer im Flüsterton. „Du bist jetzt an mein Herz, meine Seele gebunden. Und darum werde ich mich dir anvertrauen."

Ich packte ihn an den Schultern, weil seine Nähe mich ganz benommen machte. Vielleicht lag es an diesem seltsamen Kampf der Temperaturen, der auf meiner Haut ausgefochten wurde.

Was auch immer er mir *anvertrauen* wollte, bezog sich vermutlich auf diese widersprüchlichen Empfindungen und würde sie hoffentlich erklären.

„Melek liebt seine Spielchen", begann er und bestätigte, was ich geahnt hatte.

*Melek hat dieses Kleid verzaubert.*

*Das mit den Fantasiewesen war eine Lüge.*

*Die eigentliche Bestrafung kommt erst noch.*

Ich presste meine Schenkel aneinander und hoffte verzweifelt, dass die sinnliche Folter nicht zwischen meinen

Beinen beginnen würde. So eine Blamage konnte ich nicht noch einmal ertragen. Die Aktion mit den Ketten war zu viel gewesen.

*Aber war sie das wirklich?*, dachte ich und erinnerte mich an die Erfahrung im Nachtclub zurück. Ja, ich hatte mich überwältigt und gedemütigt gefühlt, war aber auch rasend vor Wut gewesen. Ich hatte die Strafe erhobenen Hauptes ertragen. Ich hatte dank meines Selbstbewusstseins Haltung bewahrt.

*Es war schrecklich von ihm, dass er mir das angetan hat*, dachte ein anderer Teil von mir. Die Stimme kam wieder von diesem seltsamen, unbekannten Ort. Einem Ort der Unsicherheit, dessen ich mir nicht bewusst gewesen war.

„Aber eines musst du wissen: Mein Prinz treibt Spielchen mit den Leuten, an denen er Gefallen findet", fuhr Luzifer fort und zog mich mit den Bemerkungen über Melek aus meinen Gedanken. „Es ist seine Art, dich zu umwerben."

Ich zog die Stirn kraus. *Wie bitte?*

„Alles, was er getan hat, war zu deinem Schutz. Die Halskette, die er dir einmal geschenkt hat, die Gefährtenschwüre und auch seine Besuche hier im Reich der Mitternachtsfeen. Er versucht nicht, dir wehzutun, Camillia. Er versucht, deine Zuneigung für sich zu gewinnen und sich zu beweisen." Luzifer entfernte sich von meinem Hals und in seinen Augen loderte ein leidenschaftlicher Ausdruck.

Ich erwiderte den Blick etwas verwirrt und verloren.

Ich hatte erwartet, dass er mir seine Absichten *anvertrauen* würde. Dass er mir endlich meine Strafe offenbaren würde.

Stattdessen hatte er mir erzählt, dass Melek sich zu mir hingezogen fühlte.

„Er ist betrübt, Camillia", flüsterte Luzifer. „Ich kann gar nicht in Worte fassen, wie selten Melek diese Emotion verspürt."

Ich blinzelte ihn an. „Er ist traurig?" Dass das *selten*

vorkam, bezweifelte ich keine Sekunde. Ich kannte Melek nicht einmal annähernd so lange wie Luzifer, aber ich kannte ihn gut genug, um nachvollziehen zu können, wie ungewöhnlich das für den verspielten Prinzen der Höllenfeen sein musste.

„Weil ich keine bessere Erklärung habe, würde ich sagen, dass er sich abgewiesen fühlt." Luzifer neigte den Kopf zur Seite. Unsere Körper schwankten immer noch zum Rhythmus der Musik, der sich während der letzten zwei Lieder kaum verändert hatte. „Hast du vor, ihn als Gefährten abzuweisen?"

Ich riss die Augen auf. „Ich ..."

„Du wolltest mir gerade sagen, dass du meinen Prinzen nicht willst, oder etwa nicht?", hakte er nach und bezog sich dabei auf unser Gespräch von eben. „Du hast gesagt, dass du kein Interesse an meiner Quelle hast und wolltest dann hinzufügen, dass du auch kein Interesse an etwas anderem hättest. Ich gehe davon aus, dass du Melek erwähnen wolltest. Irre ich mich?"

Ich hatte keine Ahnung, wann unser Gespräch zu meinen Gefühlen für Melek übergegangen oder wie wir überhaupt auf der Tanzfläche gelandet waren.

Typhos Luzifer wollte mich töten. Er hasste mich. Er hielt mich für eine Bedrohung.

Und doch hielt er mich liebevoll im Arm und versuchte eine innige Unterhaltung mit mir zu führen.

Alles unter den wachsamen Augen meiner Gefährten.

Mein Blick wanderte in ihre Richtung, doch ich musste feststellen, dass sie in ein Gespräch vertieft waren. Wie es schien, bereitete es ihnen keine Sorgen mehr, dass ich mich in den Armen des Höllenfeen-Königs befand.

Vielleicht sahen sie Luzifer jetzt, wo nichts Schreckliches geschehen war, nicht mehr als direkte Bedrohung.

*Sehe ich ihn als Bedrohung?*, fragte ich mich und rief mir dann in Erinnerung, was er gesagt hatte. Dass er es nie übers

Herz bringen würde, mir wehzutun. Dass ich an sein Herz und seine Seele gebunden war.

Gleichzeitig hatte er sein Verlangen danach, mich zu töten, bekundet.

Eine ehrliche Darstellung unserer Beziehung, schätzte ich. Gut möglich, dass er noch nie so ehrlich zu mir gewesen war wie gerade eben.

Ja, er hatte zuvor schon zugegeben, dass er mich umbringen wollte, aber heute Abend hatte er gesagt, dass etwas zu wollen und es zu tun zwei sehr verschiedene Dinge waren.

„Camillia?", fragte er und versuchte, meine Aufmerksamkeit zurück auf sich zu ziehen.

Mein Blick wanderte in seine Richtung, verweilte aber auf einem blonden Haarschopf, der im Mondschein schimmerte. Er war mir ins Auge gesprungen, weil die Farbe mich an die Haare meiner Mutter erinnerte.

Aber die Frau war nirgends zu sehen.

*Eine optische Täuschung durch das Licht, vielleicht?*, fragte ich mich stirnrunzelnd.

Luzifer ließ seine Lippen über meine Wange streifen. „Ich will eine Antwort, Camillia. Wenn du meinem Prinzen das Herz brechen wirst, muss ich es wissen, damit ich die Stücke zusammenkehren und sie wieder zusammensetzen kann."

„Du wirst mich nicht dazu zwingen, mit ihm zusammen zu sein?", wollte ich wissen, selbst etwas überrascht über meine Antwort und den Tonfall, den ich angeschlagen hatte. In mir loderte jede Menge tief sitzender Zorn, der vielleicht von dieser fremden Stimme verstärkt wurde, die ich jetzt schon zweimal in meinem Kopf gehört hatte.

„Wenn du den Wert meines Prinzen nicht siehst, ist deine einzige Strafe, ihn nie in all seiner Schönheit erleben zu dürfen", erwiderte Luzifer mit leicht wütender Stimme. Aber es war nicht die Art von Wut, die mir Angst einjagte. Es war eine andere. Die Art von Wut, mit der ein Mann sprach, der besitzergreifend von seinem Gefährten war.

Er drehte mich herum und ein neues Lied begann zu spielen. Jetzt schienen seine Bewegungen etwas schroffer als noch gerade eben. Nicht grob, aber dominant. Als wollte er mich gefügig machen.

„Melek ist ein Geschenk des Himmels", sagte er zu mir. „Eine wunderschöne Seele. Mag sein, dass ich seine Taten nicht immer gutheiße, aber alles, was er tut, hat seinen Grund. Er hegt keine bösen Absichten. Er ist rein. Und die Spielchen, die er mit dir getrieben hat, sind dir alle zugutegekommen."

„Sie haben dich wütend gemacht", wandte ich ein.

„Ja, haben sie", stimmte er zu. „Aber das liegt daran, dass Melek mich absichtlich an meine Grenzen treibt. Er glaubt, dass du an unsere Zukunft gebunden bist. Manchmal verstehe ich, warum. Im Augenblick aber nicht."

Das ließ mich erschaudern. „Du sagst das, als wäre es eine Beleidigung."

„Weil es eine ist", entgegnete er, bevor er mich ein weiteres Mal rückwärts zu Boden sinken ließ und seine Nase mit meiner berührte. „Du weist mein Herzblatt ab. Und ich finde, es ist dumm von dir."

„Ich habe ihn nicht abgewiesen."

„Beansprucht hast du ihn aber auch nicht."

Ich krallte mich an Luzifers Aufschlägen fest und presste unsere Körper aneinander, während er uns wieder aufrichtete. „Es gestaltet sich schwierig, jemanden zu beanspruchen, der immerzu Spielchen treibt."

„Dann mach die Augen auf und begreife endlich, dass er kein Spiel gespielt hat, seit du hier angekommen bist. Er hat versucht, dabei zu helfen, deine Sicherheit zu gewährleisten, damit ich mich genug beruhigen konnte, um Verstand walten zu lassen." Er wirbelte mich herum und presste seine Brust abermals an meinen Rücken. „Er ist dein Schutzengel,

Camillia. Entweder siehst du das ein oder zeigst dich gütig und weist ihn ab."

Er ließ mich los, machte einen Schritt um mich herum und beendete damit unseren Tanz.

Ich griff instinktiv nach seiner Hand, weil ich ihm nicht das letzte Wort überlassen wollte, woraufhin eine tosende Energie an meinem Arm hochschoss. Wir beide sahen an die Stelle, wo unsere Körper sich berührten, und er runzelte die Stirn.

Ich wollte loslassen, doch es gelang mir nicht. Meine Hand schien an ihm zu kleben.

„Was ist das?", wollte er wissen.

„Ich ... ich weiß es nicht." Ich versuchte, einen Schritt zurückzumachen, aber meine Beine widersetzten sich.

Nein. Nicht meine Beine ... meine *Schuhe*.

„Es ist dieses ... dieses *Kleid*", zischte ich und führte meine freie Hand an den Stoff, um zu versuchen, ihn wegzuziehen.

Luzifer sah das Kleid mit gefurchter Stirn an, dann streckte er seine Hand ebenfalls danach aus. Mit einem Knurren auf den Lippen riss er die Hand zurück. Das Kleid blieb an ihm haften und eiskalte Kraft wirbelte durch jede einzelne meiner Nervenzellen.

Ich erschauderte. Die Empfindung war überwältigend und nahm jeden Zentimeter meines Körpers ein.

*Az! Ajax!*, dachte ich und sah mich in der Menge nach ihnen um.

Stattdessen blickte ich einem Gespenst in die Augen.

Einem Gespenst, das ich ... seit Ewigkeiten nicht mehr gesehen hatte.

Aber diese eisblauen Augen gehörten ohne jeden Zweifel zu Mystika De la Croix. *Meiner Mutter.*

„*Camillia!*", knurrte Luzifer, was mich zu ihm zurückblicken ließ.

Ich rang nach Luft. Der schmerzgeplagte Ausdruck und

die knirschenden Zähne sahen dem Mann, mit dem ich gerade eben getanzt hatte, überhaupt nicht ähnlich.

Doch es war die seltsame weiße Haarlocke, die meine Aufmerksamkeit auf sich zog.

Sie erinnerte mich an die Quelle.

Und sie hob sich merklich vom sonst dunklen Haarschopf ab.

„Was ...?" I... ich hatte nicht ...

Seine Hand klebte noch immer an meiner, in seiner anderen hielt er mein Kleid.

Das jetzt *glühte*.

Ein goldenes Flackern. Weiße Funken. *Eiskalte Energie.*

Ich atmete tief ein und die Kraft schien tief in meine Adern zu dringen. Sie erinnerte mich an damals, als ich mir seine Quelle geliehen hatte, um das Portal zu reparieren. Aber das hier war anders. Es geschah nicht mit Absicht. Es ... es war *erzwungen*.

*Es ist die Magie im Kleid*, dachte ich abermals und versuchte umgehend, mich an den Strang zu heften, der mir vorhin aufgefallen war. Die kalte Kraft erinnerte mich an Melek, aber sie konnte nicht von ihm stammen. Er würde Luzifer so etwas nie antun.

„*Verdammt!*", gab der Höllenfeen-König zähneknirschend von sich und versuchte nach wie vor, sich davon zu befreien, was sich zwischen uns abspielte.

Alles war so schnell geschehen. Die Menge schien erst jetzt zu bemerken, dass etwas nicht stimmte. *Etwas stinkt hier bis zum Himmel*, ging mir durch den Kopf und ich suchte abermals nach meinen Gefährten.

Die drei kamen jetzt auf uns zu.

Ich durfte nicht zulassen, dass sie mich und Luzifer erreichten.

Wenn sie uns berührten, könnten sie auch in das, was auch immer das hier war, gesogen werden.

„Bring uns ins Reich der Höllenfeen!", befahl ich Luzifer.

Er funkelte mich an. „Nein. Ich werde dich auf keinen Fall in die Nähe meiner Quelle lassen."

„Ich weiß nicht, was hier los ist!", fauchte ich. „Und ich will nicht riskieren, dass Az, Ajax und Melek in, was auch immer zum Teufel das hier ist, reingezogen werden!"

Sein Blick wanderte zu den drei Feen, die versuchten, sich ihren Weg durch die Menge zu uns zu bahnen. In der Zwischenzeit blickte ich zum Geist, der ganz in der Nähe schwebte.

Sie war immer noch hier.

Ihr blonder Haarschopf wallte, als würde eine Brise durch ihn streifen.

Sie warf mir mit aufeinandergepressten Lippen einen missbilligenden, durchdringenden Blick zu.

Im nächsten Augenblick war ihr Gesicht nicht mehr zu erkennen, weil jemand direkt durch ihre ätherische Gestalt lief.

*Das ist ein Gespenst, verdammt*, dachte ich und versuchte, mir das Bild aus dem Kopf zu schlagen. *Ich verliere den Verstand.*

Die Kraftstränge um mich herum wuchsen rapide und die eiskalte Empfindung bereitete mir Gänsehaut an Armen und Beinen.

Ich verfolgte die Energie und suchte wiederholt nach der Quelle des Bannes, den ich auflösen wollte.

*Zakkai*, dämmerte mir und ich sah mich in der Menge nach ihm um.

Aber es waren zu viele Feen da.

Und alles spielte sich im Bruchteil weniger Sekunden ab.

„Luzifer!", schrie ich, als er abermals versuchte, sich von mir loszureißen, doch das ließ nur noch mehr von seiner Kraft in mich schießen. *Durch* mich.

Ich konnte sie durch mein Wesen kursieren und an eine

tief sitzende Stelle flitzen spüren. In eine Höhle, die ich nicht ganz verstand.

Aber diese Höhle war mit der magischen Energie verbunden, die mein Kleid umgab. Jetzt konnte ich die Energiestränge sehen. Sie waren fast schon greifbar.

Ich zog an einem davon und Luzifer legte die Arme um mich. „Halt dich an mir fest!", verlangte er.

Dann verschwand die Welt.

Und Luzifers Berührung verblasste.

Die Energie, aber, blieb bestehen und hüllte mich in eine eiskalte Nebelwolke ein.

Die frostigen Schwaden wanden sich, pulsierten und schlugen auf meine Seele ein. Sie waren wütend und eiskalt, stürmisch und Furcht einflößend.

Ich riss trotzdem an den nebelartigen Schwaden, entschlossen, mich aus ihrem eiskalten Griff zu befreien.

Plötzlich durchfuhr mich eine gleißende Hitze und entlockte mir einen Schrei, weil feurige Finger sich in meine Seele zu krallen schienen. Ich schob die Wärme entschlossen weg – wollte nichts davon haben.

Nur das Eis.

Der Bann.

*Das elende Kleid.*

Ich riss am Stoff. Alles drehte sich und die Energieschwaden um mich herum zerbarsten. Ich konnte spüren, dass sie scheiterten. Konnte die unsichtbaren Gitterstäbe um mich herum wegen der Wucht meines erbitterten Kampfes erzittern spüren.

*Nur noch ein kleines Stückchen mehr,* dachte ich und schlug mit meiner Willenskraft auf die jetzt sichtbare Energie ein und riss mir die Kette vom Hals.

Sie schnellte nicht zurück an ihren Bestimmungsort.

Die Ohrringe mussten als Nächstes dran glauben.

Sie hefteten sich nicht wieder an meine Ohren.

Dann konzentrierte ich mich auf die Überreste des goldenen Materials und zerstörte die Stränge mit meinen Fingern und mithilfe meiner Gedankenkraft.

Alles hing miteinander zusammen – der sich um mich schlingende Bann, die kalte Energie, der *Siphon*.

Ich tauchte tief in den Brunnen in mir, fand Luzifers Energie darin und zog sie mit aller Kraft aus mir. Damit zerstörte ich auch die letzten verbleibenden Gitterstäbe meines energetischen Gefängnisses.

Es entzündete sich ein gleißendes Licht, das mich blinzeln ließ.

Ich war nirgendwo und zugleich irgendwo.

Ich schwebte. War verloren. Hatte meinen physischen Körper abgelegt.

Ich öffnete und schloss meine Augen, sah aber nur Weiß. Pures, blendendes *Weiß*.

Alles war stumm.

Still.

Und kalt.

*So verdammt kalt ...*

Dann trat jemand ins Licht. Jemand, der über wunderschöne weiße Flügel verfügte.

Ich sah den Engel blinzelnd an und war erschrocken, sie vor mir stehen zu sehen.

Jetzt befand sie sich nicht mehr in ihrem überirdischen Zustand wie vorhin auf dem Interreichsfeenball. Ihr geisterähnlicher Körper schien jetzt greifbar.

„M... Mama?", sagte ich mit rauer Stimme, weil ich so lange nichts gesagt hatte. Oder vielleicht lag es daran, dass ich unendlich lange geschrien hatte. Ich wusste es nicht. Ich konnte mich nicht einmal erinnern, warum ich geschrien hatte oder wie ich hier gelandet war.

*Vielleicht bin ich tot?*

„Hallo Camillia", begrüßte mich meine Mutter, was

meinen Blick zu ihr zurückwandern ließ. „Willkommen im Nirgendland."

„Im Nirgendland?", wiederholte ich.

Sie warf mir ein Lächeln zu. „Ja, Schätzchen. *Im Nirgendland.*"

# KAPITEL 14

## TYPHOS

Meine Haare flatterten im Wind und mein Magen verkrampfte sich. Diese Empfindung des freien Falls rüttelte das Gefühl in mir wach, schwerelos und zugleich hilflos zu sein.

Es war eine Empfindung, die ich nicht gewohnt war, an die ich mich aber nur zu gut erinnerte.

Ab und an ließen meine Albträume die alten Erinnerungen hochkommen und führten mir wieder den Tag vor Augen, an dem alles geendet und mein neues Leben seinen Anfang genommen hatte.

Flammen verzehrten mich und verwandelten mich in eine Feuerkugel, während meine Quelle sich in meiner Kraft sonnte. Genau so hatte ich sie vor langer Zeit geschaffen.

Jetzt hatte sie aus unerfindlichen Gründen zu ihrer alten Macht zurückgefunden, war aber überhaupt nicht erfreut darüber.

Sie war wütend.

*Camillia*, dachte ich wehmütig. Langsam reimte ich mir zusammen, was sie getan hatte.

Ich hatte meine Quelle nicht zurückerobert.

Sie hatte sie mir *zurückgegeben*.

*Kleine Verführerin. Ich habe mich gehörig in dir getäuscht.*

Sie hatte nicht einmal realisiert, was für ein mächtiger Kraftausstoß gefolgt hatte, nachdem sie die eiskalte Energie ihres Kleids auseinandergenommen hatte. Das hatte uns aneinandergebunden und sie gezwungen, meine Kraft in ein klaffendes Loch in ihrer Seele zu leiten.

Ich hatte es gespürt – hatte *gewusst*, dass nicht sie die Kontrolle hatte.

„*Halte durch!*", hatte ich ihr zugerufen, sobald der Weg nach Hause von mir geöffnet worden war.

Und dann hatte ich versucht, sie mitzunehmen.

Doch sie hatte die Verbindung gekappt, all meine Kraft in mich zurückgeleitet und damit eine Energiewelle durch mein Gebiet gesandt.

Ich war nicht darauf vorbereitet gewesen, meine Kraft zurückzuerhalten, und darum war sie an mir abgeprallt.

*Und jetzt falle ich schon wieder.*

Ich wappnete mich, schloss die Augen und akzeptierte, was gleich geschehen würde.

Auf meinen Fall würde die Landung folgen.

Und die würde wehtun.

Auf meinen Ohren breitete sich Druck aus, als ich die Grenze zum Reich der Höllenfeen überquerte, und dann erwachte das Inferno meiner Quelle zum Leben.

Das Brüllen, das durch mein Gebiet sauste, würde man über Tausende Meilen hinweg hören – das Brüllen eines fallenden Königs der Höllenfeen.

Und dann folgten die alles einnehmenden Schmerzen.

Stein und Felsen zersprangen um mich herum und mein Körper schlug auf dem unnachgiebigen Erdboden auf.

Oder war es ein Gebäude?

*Oh, das ist mein Palast*, realisierte ich, als ich einen Blick auf den Horizont erhaschte, während die Mauern vor mir zerbröselten.

Also würde ich wieder am selben Ort aufprallen, wie anlässlich meines ersten Falls.

Irgendwie war es passend.

Ich fiel durch Mauern und Stein. Meine Quelle suchte nach der mir bestens bekannten Mulde. Ich hatte meinen Palast absichtlich auf ihr geschaffen. Der Ort stellte ein Denkmal dar, das daran erinnerte, wie tief ich einst gefallen war.

Meine große, prächtige Hauptstadt war auf diesem heiligen Krater errichtet worden. Was aber niemand wusste, war, dass mein Fall eine Höhle unter der feurigen Atmosphäre des Königreichs der Höllenfeen geschaffen hatte.

Zum Glück schien ich diese geheime Höhle heute nicht zu besuchen. Mein Fall hatte es zwar in sich gehabt, aber der Aufprall war nicht *so* wuchtig gewesen.

In meinem Mund sammelte sich Blut und jeder einzelne Knochen in meinem Körper zersplitterte. Ich würde binnen weniger Augenblicke heilen, aber bevor das geschah, würde die Kollision meinen physischen Körper zerstören.

Ich nahm es wutentbrannt hin.

Um wieder vollständig zu werden, musste ich mich zuerst den Schmerzen unterziehen.

Meiner sich verkrampfenden Lunge entrang sich ein Zischen, als der Stein um mich herum explodierte und sich in Wände aus Höllenfeuer verwandelte, ehe er zu Staub zerfiel, der durch die Luft wirbelte. Mein Palast würde nur zu einem Teil durch meinen Fall dezimiert werden.

Das Höllenfeuer entstammte der Kraft meiner Quelle. Es würde ewig währen.

Ganz wie ich.

Meine Knochen fügten sich binnen Sekunden, die sich wie Stunden anfühlten, wieder zusammen und all meine

Organe rückten wieder an ihren Platz. Mein Körper fügte sich wieder zusammen.

*Wie zum Teufel konnte das passieren?*, fragte ich mich und starrte die Statue an, die auf wundersame Weise unversehrt war. Der Stein stellte meine aufrecht stehende Gestalt lebensecht dar und durch den roten Marmor schlängelten sich goldene Fäden. Mein Gesicht war schmerzverzerrt – wegen meines Falls und der Schrecken, die ich durchlebt hatte.

Der Schmerz war nicht ausschließlich physischer Natur gewesen, auch wenn die Statue blutende Wunden am Rücken hatte.

Es gab da noch eine emotionale Wunde, die nie verheilt war.

Ich war vor der Tür zu meinem persönlichen Flügel angelangt, genauer gesagt da, wo mein Aufprall den Stein warmbehielt.

Das geschmolzene Material war das Fundament dieses gesamten Reichs. Ich hatte es aus Schutt und Asche erbaut und eine neue Welt geschaffen, in der jene, die von ihren Vertrauten verstoßen worden waren, Zuflucht suchen konnten.

Geschmolzener Hass und *Entschlossenheit* – daraus bestand mein Reich.

*Hier wird euch niemand verstoßen.*

Genau daraus war die Statue gemacht. Der Boden unter meinen Füßen zog sich meilenweit in die Ferne und ich hatte meinen Palast darum herum gebaut. Der zerbröckelte Balkon bot Aussicht auf eine Stadt, die aus nichts weiter als Verzweiflung und Schmerz entstanden war.

Jetzt hatte ich das Gefühl, ein weiteres Mal wiedergeboren zu werden. Am Tag meines Falls hatte ich alles verloren.

Dieses Mal war es nicht ich, der das Opfer gebracht hatte.

Sondern Camillia.

*Wo ist sie?* Als ich meine Hände in den geschmolzenen

Stein steckte, verfestigte er sich um mich herum. Ich krabbelte auf Händen und Füßen weiter.

*Überall.*

Ich blähte die Nasenflügel, als mir ihr penetranter Rosengeruch in die Nase stieg. Dieses Mal wohnte ihm eine Spur Ambrosia und Feuer inne.

*Eine Mischung aus Melek und mir.*

Es war eine berauschende Kombination, die tief in meiner Seele, welche sich seltsam vollständig anfühlte, eine Sehnsucht erweckte.

So hatte ich mich nicht mehr gefühlt seit …

Bevor ich von Camillia De la Croix gewusst und sie mit meiner Quelle gespielt hatte.

*Weil sie sie mir zurückgegeben hat.*

Die ganze Zeit über hatte sie meine Quelle in den Händen gehalten, aber jetzt hatte ich Gewissheit, dass sie es nicht bewusst getan hatte.

Jemand hatte von ihrer Fähigkeit Gebrauch gemacht, meine Kraft abschöpfen zu können, aber das hatte sie erst *im selben Augenblick* erfahren wie ich.

Und sie hatte zurückgekämpft.

*Wie ich es von einer zukünftigen Königin erwarten würde.*

Der Gedanke kam mir wie aus Reflex und überraschte mich. Sie hätte nicht mein sein sollen. Sie gehörte zu Melek. Zu Ajax. Zu Az. Nicht zu mir. Ich wollte sie nicht.

Zumindest … *sollte* ich sie nicht wollen.

Aber ihre Loyalität war ungebrochen und ihre Würde strahlte wie ein Leuchtfeuer, das meine Seele gern erwidern wollte.

Sie hatte meine Quelle gerettet. Hatte sie zurück in mich geleitet. Hatte durch ihre Taten bewiesen, dass sie es so gemeint hatte, als sie sagte, sie wollte meine Kraft nicht.

Das alles könnte nach wie vor ein Trick sein. Ein gefährliches Spiel, um mich in ihren inneren Zirkel zu locken.

Aber ich hatte ihren Gesichtsausdruck gesehen – die Angst, als sie realisiert hatte, was geschah.

Und allem voran ihre *Wut*.

Sie hatte nicht dafür benutzt werden wollen und die Magie deswegen in mich zurückgestoßen.

Seit wir uns zum ersten Mal begegnet waren, hatte sie immer ihre Unschuld beteuert. Ich hatte mich nur geweigert, es einzusehen, weil sie in der Lage war, in meine Seele vorzudringen und meine Kraft für ihre Zwecke zu benutzen.

Aber sie hatte diese Kraft nie zu ihrem eigenen Vorteil verwendet. Nicht wirklich.

Camillia hatte nur versucht, zu überleben.

Sie hatte das Portal geschlossen, das mein Volk umgebracht hätte.

Sie hatte sich mir nie frei heraus widersetzt. Sie hatte meinen Befehlen Folge geleistet – wenn auch nur, um jene zu beschützen, die sie liebte.

Ajax und Azazel waren Teil meines inneren Zirkels. Sie zu verführen, war keine Taktik gewesen, um mich zu kontrollieren – es war der natürliche Lauf der Dinge für eine Frau gewesen, die mein eigener Prinz als seine Gefährtin für die Ewigkeit auserwählt hatte. Allein die Tatsache, dass sie sich noch nicht vollständig mit ihm verbunden hatte – dass sie sogar den Anschein machte, es nicht zu wollen –, bewies, dass sie keine Absichten hegte, von mir zu stehlen.

Denn wenn sie mir wirklich wehtun wollte, würde sie Melek benutzen. Sie hätte sein Angebot angenommen, ohne zu zögern, und ihn schon vor langer Zeit beansprucht und mich dann von innen zerstört.

Ihr Zögern allein bewies, dass sie ihre Entscheidungen gut überlegt fällte. Ihr war nicht klar, was Melek ihr zu bieten hatte. Noch nicht.

Die Ironie an der Sache war, dass sie ihren eigenen Wert nicht erkannte – geschweige denn, wer sie wirklich war.

Die zukünftige Höllenfeen-Königin, wenn Melek seinen Willen bekäme.

Und sie kämpfte wie eine.

Camillia De la Croix hatte dieses verdammte Kleid auseinandergenommen – es *absorbiert* – und einen Weg gefunden, mir die Kraft meiner Quelle zurückzugeben. Dann war sie buchstäblich explodiert und hatte damit ihre Macht demonstriert.

Melek hatte sich seine Gefährtin mit Bedacht ausgesucht, und jetzt endlich verstand ich alles, was er mir versucht hatte, vor Augen zu führen.

Camillia war nicht meine Feindin.

Sie war die mächtigste Verbündete, die ich mir wünschen konnte.

*Also, wo ist die kleine Verführerin jetzt?*

Als ich meinen Palast nach einer Spur von ihr absuchte, erblickte ich nur meinen persönlichen Wachmann. Meine Höllenhunde warteten wie lauernde Albträume am Rande der in Nebel gehüllten Zerstörung und schauten mich neugierig, nicht etwa besorgt, an.

Sie kamen nicht auf mich zu, sondern warteten auf einen Befehl von mir. Ihre spitzen Ohren waren in meine Richtung gedreht. Die feurigen Enden waren die einzigen Teile von ihnen, die sich bewegten, während sie mich mit ihren rotglühenden Augen erwartungsvoll ansahen.

Nach der Wucht meines zweiten Aufpralls fühlte sich alles beunruhigend still an.

Der Rest meines Reiches würde auf meinen Befehl warten – auf meine Anweisungen und auf meine Rückversicherungen.

Sie würden wissen wollen, was sich gerade zugetragen hatte.

Melek erschien wie aufs Stichwort in einem Schwall

glitzernder goldener Federn. „Typhos!", keuchte er. „Nimm meine Hand."

Er streckte seine Hand aus, ohne zu zögern, und schritt über den sich abkühlenden Stein.

Ich starrte auf seine Finger. Genauso war es schon beim ersten Mal geschehen.

Aber jetzt wusste ich, dass Melek mich nicht hintergangen hatte. Als er mir seine Hand vor so langer Zeit angeboten hatte, hatte ich sie von mir gestoßen.

Dieses Mal griff ich danach.

Mein Prinz warf mir ein Lächeln zu, das mir das Herz brach, denn diese kleine Nachstellung heilte etwas in ihm. Wir sprachen selten über die Tricks, die er damals angewendet hatte. Diese Tricks hatten mir das Leben gerettet, aber dennoch wehgetan.

Sein vermeintlicher Verrat hatte mich gebrochen.

Aber meine Ablehnung hatte dasselbe mit ihm angerichtet.

Diese tief sitzende Wunde hatte ich nie ganz heilen können, und doch waren wir jetzt hier und befassten uns mit ihr.

Dank Camillia De la Croix.

Melek und ich hielten lange noch Händchen, nachdem ich aufgestanden war. Mein Anzug war mir vom Körper gebrannt worden, aber ich war nicht länger kaputt. Ich litt nicht mehr unter dem Verlust meiner Flügel wie bei meinem ersten Fall. Stattdessen loderte an ihrer Stelle ein Feuerrausch wie eine eindringliche Erinnerung.

Die Kraft meiner Quelle rauschte über meine Haut und heilte mich mit ihren feurigen Wellen, die ich in den goldenen Energiefäden erkannte, die durch meine Adern schossen.

*Wie bei der Statue*, dachte ich staunend.

Als wollte sie meine Rückkehr an die Macht vervollständigen, breitete sich an meinem Rücken eine Hitze aus und meine feurigen Gliedmaßen breiteten sich zu ihrer ganzen Pracht aus.

Ich seufzte, fühlte mich erneuert. Satt. Erfüllt.

Und endlich begann auch meine Quelle sich zu beruhigen. Ihr Kern pulsierte im Takt eines sanften Herzschlags und schien erfreut über das wiederhergestellte Gleichgewicht.

„Wo ist Camillia?", fragte ich, denn obwohl ihre Essenz überall zu spüren war, war sie ganz offensichtlich nicht physisch hier.

Und ich hatte Fragen – und Bedenken. Sie hatte eine beeindruckende Unmenge an Kraft ausgestoßen.

Melek war allein erschienen, was mich umso mehr besorgte.

*Was, wenn …?*

In der Luft kringelten sich Schatten und kurz darauf erschien Ajax, dicht gefolgt von der feurigen Aschewolke meines Kommandanten.

Die beiden starrten mich kurz an und mir dämmerte erst jetzt, dass sie mich noch nie so gesehen hatten.

Wiedergeboren.

Neu.

In meiner ungeschönten Form als König der Höllenfeen.

Meine Haare wallten, wie durch die Hand einer unsichtbaren Brise, und Kraft rauschte durch meine Adern. Melek hatte meine Hand losgelassen und streckte seine Finger nach mir aus, ignorierte die zischende Energie und nahm eine Haarlocke zwischen die Finger.

Meine Strähnen waren dunkel, doch das Stück, das er jetzt in der Hand hielt, hatte sich weiß verfärbt.

*Kommt das davon, was immer Camillia mit mir gemacht hat?*

Nicht, als sie die Quelle zurückgegeben hat, sondern vorher. Als sie sie mir *genommen* hatte.

Und jetzt, wo mein innerer Zirkel hier war, wurde offensichtlich, dass Camillia ... fehlte.

All meine Männer schienen gleichzeitig zur selben Einsicht zu kommen. Ajax' Augen wurden groß wie Untertassen und Azazel neigte seinen Kopf zur Seite, während seine Iriden einen tiefschwarzen Farbton annahmen.

Melek biss die Zähne zusammen, ehe er sich zu Wort meldete: „Sie ist nicht bei dir?"

„Sie ist im Ödland", verkündete Ajax und überraschte mich mit dieser vagen Aussage, bevor er sich in herumwirbelnde Schatten auflöste.

Mein Kommandant zog die Stirn kraus. „Das stimmt nicht. Sie ist immer noch im Reich der Mitternachtsfeen", murmelte er, bevor er in einen Aschehaufen zerfiel und ohne jede Frage zurück ins Reich reiste, in dem wir uns gerade noch aufgehalten hatten.

Melek neigte das Kinn und wandte seinen Blick von meinem Palast ab. „Ich spüre sie auch irgendwo anders. Ich spüre sie ..." Er runzelte die Stirn und sah mich dann an. „Warum sollte sie auf dem Höllenfeen-Campus sein? Dort spüre ich sie, kann sie aber nicht mit meinen Gedanken erreichen. Ich kann sie nur spüren."

Etwas stimmte nicht – denn ich spürte Camillia auch.

Nämlich hier.

Überall.

„Geh", sagte ich zu ihm, denn wenn meine Männer sich von diesen Orten angezogen fühlten, gab es auf das Rätsel, das sie darstellten, vielleicht eine Antwort. „Und lass mich wissen, was du findest, mein Prinz." Ich packte ihn am Hals und legte meine Stirn an seine. „Aber bitte, Liebster, sei vorsichtig."

Er brauchte nicht laut auszusprechen, was mir durch den Kopf ging. Er wusste es.

Er hatte es bereits gewusst. Vermutlich lange vor mir.

*Wir haben einen unbekannten Feind, der von Anfang an die Fäden in der Hand hatte.*

Und es beängstigte mich, wie nah dran er war, zu gewinnen.

Melek grinste. „Wann bin ich je in Schwierigkeiten geraten, mein König?"

Mit dieser verspielten Gegenbemerkung verschwand er.

Und in meiner Seele breitete sich ein mulmiges Gefühl aus.

Zum ersten Mal, seit ich Camillia De la Croix begegnet war, wünschte ich mir, dass ich das sanfte Ziehen ihrer zierlichen kleinen Finger an meiner Energie wieder spüren könnte, weil mir das wenigstens bestätigen würde, dass sie noch hier war.

Dass sie lebte.

Dass sie *in Sicherheit* war.

Aber Letzteres war nicht zutreffend. Ich konnte es tief in meiner Seele spüren. Camillia De la Croix steckte in Schwierigkeiten.

Und es war meine Aufgabe, sie zu finden.

*Wo auch immer du bist, kleine Verführerin, wir werden dich bald finden. Das verspreche ich dir.*

# KAPITEL 15

## CAMI

Weiss.

Porzellanverkleidung.

Strahlend blauer Himmel.

Kristallklares Glas.

Leuchtende, begrünte Höfe mit lebendigen Blumen und summenden Bienen.

*Nirgendland.*

So hatte meine Mutter es während unseres Rundgangs genannt. Ein Rundgang, dem zugestimmt zu haben ich mich nicht erinnerte. Aber das musste ich wohl, da sie mich gerade überallhin mitgenommen und mir ihr Zuhause gezeigt hatte.

Oder war es *unser* Zuhause?

Ich war immer noch nicht sicher, wie ich hier gelandet war. Aber das war bei meinen Eltern ziemlich normal. Sie hatten mich oft ohne irgendeine Erklärung an irgendwelche Orte geschleppt. Ich war in meinem Bett eingeschlafen und inmitten eines brennenden Felds aufgewacht.

Wo wahllose Ausflüge betroffen waren, schien dieser hier bisher ganz in Ordnung.

Alle, die wir passierten, nickten mir zur Begrüßung zu.

Die glitzernden Flügel an ihren Rücken bestätigten mir, dass sie allesamt übernatürlich waren. Ich musterte einige der Federn, was eine Erinnerung irgendwo in meinem Hinterkopf erblühen ließ. Eine, die weiße Federn beinhaltete, die ins Goldene spielten.

Doch bevor ich sie recht erfassen konnte, bogen wir um eine Ecke und bewunderten den Brunnen, der um eine Frauenstatue errichtet worden war. Sie stand in der Mitte des Gebildes und streckte die Arme gen Himmel, als würde sie ihn preisen.

So ... so etwas hatte ich doch schon einmal irgendwo gesehen. Eine Statue voller Kraft, die aber männlich gewesen war und an der Stelle, wo bei dieser Statue Flügel zu sehen waren, Narben hatte.

Ich legte die Stirn in Falten. *Warum ...?*

„Das mit deinem Vater tut mir so leid, Schätzchen", meinte meine Mutter, was mich ins Grübeln geraten ließ.

„Mein Vater?", wiederholte ich. Ein grauer Schatten legte sich über den Brunnen, was ihn für den Bruchteil einer Sekunde verrußt und verbrannt aussehen ließ.

Als ich das nächste Mal blinzelte, wurde alles weißgewaschen.

*Seltsam.*

Meine Mutter räusperte sich. „Na ja, ja. Sein Tod. Aber ich will, dass du weißt, dass er ein notwendiges Übel war."

„Papa ist tot?", fragte ich und wusste nicht, wie wir auf dieses Thema zu sprechen gekommen waren.

Hatte ich bereits von seinem Tod gewusst?

Hatten wir vorhin darüber gesprochen?

Ich ... ich war nicht sicher. Ich konnte mich an die meisten Dinge nicht mehr erinnern. *Zum Beispiel, wie ich hier gelandet bin*, dachte ich zum millionsten Mal. *Wo bin ich? Was ist das Nirgendland? Warum fühle ich mich so verloren?*

„Hast du auch nur ein Wort von dem gehört, was ich eben

gesagt habe?", wollte meine Mutter mit einem Tonfall wissen, der mir nur allzu bekannt war.

„Tut mir leid", erwiderte ich postwendend und blickte zu Boden. „Ich ... ich habe das Gefühl, nicht ich selbst zu sein."

Nichts hiervon ergab irgendeinen Sinn. Ich war nicht einmal sicher, wie ich hier gelandet war. *Oder warum ...?*

Ich zog die Stirn kraus, musterte das weiße Kleid meiner Mutter und ... „Warum hast du Flügel?", platzte mir heraus.

Sie presste die Lippen aufeinander, ihr Ausdruck das Sinnbild von Enttäuschung. „Ich bin eine Engelsfee, Camillia. Also wirklich, wie es dir gelungen ist, trotz deiner Naivität so lange zu überleben, ist mir ein Rätsel."

Ich runzelte die Stirn. *Engelsfee.* Das hörte sich bekannt an. Engelshafte Wesen. Ursprüngliche Feen. Etwas von wegen Licht und das Zerbrechen einer Quelle ...

*Und einer Engelsfee, die gefallen ist ...*

Ich sah abermals zur Statue im Brunnen. Die weiblichen Kurven erschienen mir fehl am Platz. Die Statue hätte männlich sein sollen. Hätte gequält aussehen sollen. Hätte sich krümmen sollen. Hätte über angespannte Muskeln und Blutstropfen an der Stelle verfügen sollen, wo einst Flügel gewesen waren.

Wieder färbte sich alles grau und die Visage verdunkelte sich, bevor sie abermals erhellt wurde.

*Was ist das?*, fragte ich mich und sah wiederholt hoch. Vom wolkenlosen Himmel konnten die Schatten nicht stammen. Und doch ...

Meine Mutter schnippte mit dem Finger vor meiner Nase. „Wenn du willst, dass ich es dir erkläre, musst du mir zuhören."

Ich wollte gerade eine Entschuldigung von mir geben, ließ es aber sein, weil ich die Zähne so fest zusammenbiss. Es war, als würde mein Körper sich weigern, die Worte auszusprechen, obwohl ich sie in Gedanken schrie.

Eine leise Stimme flüsterte: *Etwas stimmt hier nicht.*

Ich klammerte mich an diese leise Stimme und wollte wissen, was sie zu bedeuten hatte.

„Wie ich schon sagte ... Dein Vater war ein Mittel zum Zweck. Ich habe ihn verführt, um dich zu erschaffen. Er hat den Handel auf meinen Wunsch abgeschlossen. Und dann hat er mir geholfen, dich auszubilden. Danach ... na ja, gab es keinen Grund mehr, ihn zu behalten." Sie zuckte mit den Schultern, als würde alles, was sie gerade gesagt hatte, komplett Sinn ergeben. Ich verstand nur Bahnhof. „Man hätte ihn hier sowieso nicht eingelassen."

Sie deutete um sich und stellte ihr Nirgendland erneut zur Schau.

So perfekt. So rein. So still.

*Was ist mit all den anderen Feen geschehen?*, wunderte ich mich mit Blick zum kristallblauen Himmel. *Fliegen sie?*

*Und wann sind meiner Mutter Flügel gewachsen? Sie ist doch sterblich ...*

Ich stellte die Frage um ein Haar laut, aber sie sprach bereits weiter und sagte etwas über meine Bestimmung.

„Du hättest deinen Auftrag mittlerweile erfüllen sollen", meinte sie.

*Was für ein Auftrag?* Die Frage lag mir auf der Zunge, doch ich schluckte sie runter, als der Himmel sich zu verändern begann und einen finsteren Braunton annahm. Ich sah mit offen stehendem Mund hoch und erschrak, als das Firmament wieder diesen Blauton von vorhin annahm. *Wie ...?*

„Du wurdest hierfür geschaffen, Camillia. Ich weiß nicht, was so lange dauert, die Aufgabe zu erfüllen", meinte sie kopfschüttelnd. „Na, deine Großmutter wird bald hier sein und dich unter die Lupe nehmen. Vielleicht brauchst du nur den richtigen Anstoß."

Sie lief weiter und führte mich auf einen Torbogen zu, der

sich zwischen zwei der makellosen Gebäude erstreckte. Der weiße Stein war mit Blumen und Winden bedeckt und das Grün bildete ein Wort, das ich nicht recht lesen konnte. Es war direkt da, geradeso außer Reichweite meines Verstands, aber je mehr ich mich darauf konzentrierte, desto unleserlicher wurde es.

*Merkwürdig*, dachte ich stirnrunzelnd.

„*Camillia!*", zischte meine Mutter.

Ich blinzelte.

Oh.

Ich hatte angehalten.

Eiligen Schrittes und mit mulmigem Gefühl in der Magengrube ging ich ihr hinterher. Sie brachte mich ohne jeden Zweifel zu einer weiteren berüchtigten Übung. Vielleicht war das auch der Grund für die flackernden Schatten.

Würde ein Sturm aufziehen? Ein Tornado? Etwas Zerstörerisches, gegen das ich Magie einsetzen müsste?

*Wenigstens scheinen wir die Einzigen vor Ort zu sein*, dachte ich. Alle anderen waren verschwunden.

Obwohl ... es schon irgendwie seltsam war, diese übermäßig reinen Straßen allein mit meiner geflügelten Mutter hinabzuschreiten.

*Träume ich?*, fragte ich mich.

Gut möglich.

Vor allem, weil meine Mutter tot war.

Ich hielt abermals inne. *Meine Mutter ist tot.* Diese Einsicht traf mich wie ein Schlag und ließ meinen Atem schneller gehen.

„Ich bin nicht tot, Camillia", wandte sie ein und drehte sich abermals mit entnervtem Gesichtsausdruck zu mir um.

*Habe ich das laut gesagt?*, wunderte ich mich, erschrocken über ihre unerwartete Antwort.

„Ich bin eine Engelsfee, keine Sterbliche", fuhr sie fort.

„Und du bist eine Mischrassige, aber deine Engelsfeengene sind stärker als deine Höllenfeengene. Sobald du deinen Auftrag erfüllst, wird deine Großmutter sicherstellen, dass du ein Reinblut bist, indem sie diese liederliche Seite von dir zu Asche verbrennen wird."

„Was für eine Aufgabe?", platzte mir heraus, und ich fühlte mich komplett verloren. Zwar hörte ich, was sie sagte, aber was sie da von sich gab, war zu unglaublich, um es fassen zu können.

„Du sollst die Engelsfeenquelle zurückerobern", erwiderte sie, als läge die Antwort auf der Hand. „Du bist ein Siphon, Schätzchen. Kreiert aus meinem und dem Blut von einer seiner Höllenfeen-Schöpfungen. Du wurdest geschaffen, um das Licht zu absorbieren und die Engelsfeen wieder aufleben zu lassen."

Sie machte einen Schritt nach vorn und legte ihre Hand an meine Wange. Die liebevolle Geste fühlte sich befremdlich an.

Meine Mutter hatte es nie gemocht, mich zu berühren.

Und ich mochte es nicht, von ihr berührt zu werden.

„Es ist eine beeindruckende Gabe", murmelte sie. „Aber sie muss richtig angewendet werden."

Den letzten Teil sagte sie mit dem für sie typischen genervten Tonfall und ließ dann ihre Hand sinken.

„Echt jetzt, Camillia, ich habe keine Ahnung, was du dir auf dieser Tanzfläche gedacht hast. Du hättest dich nur ein paar weitere Minuten an ihm festklammern müssen, damit die Banne ihren Teil beitragen und ihn hätten schwächen können."

*Banne?*

Und wer war dieser *er*, von dem sie da sprach?

„Stattdessen hast du das Licht zurück in ihn geleitet und ihm zurück auf seinen Thron geholfen", meinte sie kopfschüttelnd. „Deine Großmutter wird sehr enttäuscht von dir sein."

„Großmutter", wiederholte eine Frauenstimme mit einem verächtlichen Schnauben. „Meine Feen, ich hasse diese Bezeichnung."

Meine Mutter zuckte zusammen und ihr Blick wanderte nach oben. Eine schwarzhaarige Frau mit wunderschönen Flügeln, die über goldene Enden verfügten, schwebte auf uns zu.

Sie ähnelte der weiblichen Statue in der Mitte des Brunnens, aber es war nicht sie, was mir ins Auge stach. Es war der flackernde Himmel hinter ihr.

*Er ist rauchig und schwarz, nicht blau.*

Mit dem nächsten Wimpernschlag zog ein wunderschöner Tag auf.

*Wie bizarr …*

„Tut mir leid", sagte meine Mutter, ihr Blick auf den Engel gerichtet, der jetzt den Boden berührte.

Ich starrte sie an. Sie kam mir so bekannt vor, dass mein Magen sich verkrampfte. *Ich kenne sie*, wurde mir bewusst. Aber ich hatte nicht den geringsten Schimmer, woher. Ich war mir ganz sicher, dass ich ihr noch nie zuvor begegnet war.

Aber etwas an ihren Augen …

Sie waren grau und in ihnen lauerte ein eindringlicher Blick.

Ein unbarmherziger.

*So, so grausam.*

Ich … ich war nicht sicher, woher ich das wusste. Sie sah nicht besonders bösartig aus, aber etwas an ihr schien mir niederträchtig. Es war eine instinktive Reaktion, die ich nicht erklären konnte. Alles, was ich tun wollte, war, *wegzurennen*.

Nein.

Ich wollte nicht wegrennen.

Ich wollte *kämpfen*.

Die widersprüchlichen Eingebungen ließen mich die Stirn

in Falten legen. Ein Teil von mir wollte flüchten, der andere wollte dieser Frau wehtun.

*Woher kommt das denn jetzt?*, fragte ich mich, ganz benommen von den verrückten Instinkten, die in mir wüteten. *Woher kenne ich diese Frau?*

*Großmutter*, erwiderte eine Stimme postwendend. Denn genau so hatte meine Mutter die Frau genannt, was diese wiederum hatte schnauben lassen. *Das hier ist meine Großmutter.*

Aber ... ich war ihr noch nie begegnet.

Und doch kannte ich sie. Tief drinnen erkannte meine Seele ihre. Und ich konnte sie nicht ausstehen.

„Lass dich ansehen, Camillia", meinte die Frau, die ein paar wenige Meter entfernt stand und deren Flügel im Handumdrehen verschwanden. „Du hast diesem Kleid ganz schön übel mitgespielt."

Stirnrunzelnd sah ich am goldenen Stoff herunter, der in Fetzen von meinem Körper hing. *Ähm, das ... hm.* Zwar waren die entscheidenden Stellen bedeckt, aber ansonsten war ich nackt.

„Sie hat gegen die Banne angekämpft", erklärte meine Mutter.

„Ja, das weiß ich. Ich habe zugesehen", meinte meine Großmutter seufzend. Eine komische Bezeichnung für diese Fremde, die aber gar keine Fremde war. „Ich weiß, dass wir beschlossen haben, sie nicht einzuführen, damit sie sich besser eingeben und nicht auffallen wird, aber ganz offensichtlich ist sie etwas zu unwissend."

„Pierre und ich haben alle Übungen mit ihr gemacht, die du empfohlen hast", erwiderte meine Mutter hörbar beunruhigt. „Ich weiß nicht, wie wir sie besser hätten vorbereiten können."

Die Frau mit dem unbarmherzigen Blick winkte ab. „Die

Ausreden kannst du dir sparen, Mystika. Ich will Lösungsvorschläge."

„Wir sollten ihr alles sagen und erklären, was auf dem Spiel steht", erwiderte meine Mutter umgehend. „Er weiß bereits, dass sie eine Bedrohung darstellt. Aber er kann sie nicht töten."

„In den Kerker werfen kann er sie aber allemal", erwiderte die Frau. „Und wir wissen, wie sehr er seine Gefängnisse mag."

*Von wem sprechen wir?*, fragte ich mich und starrte die beiden abwechselnd an.

Mir entgingen entscheidende Details.

Teufel, mir entgingen mehr als nur ein paar simple Details.

*Warum fühlen sich meine Gedanken so diffus an?*

*Wo zum Teufel bin ich?*

*Und warum kenne ich diese Frau?*

„Einen Grund mehr, ihr alles zu sagen, damit sie auf einen Kampf mit ihm vorbereitet werden kann. Sie hat ihn bereits erheblich geschwächt. Es wird nicht viel nötig sein, um es zu Ende zu bringen."

Die Frau schüttelte den Kopf und verneinte. „Wir müssen die Sache richtig angehen. Das Licht abschöpfen und dann verhandeln. Du weißt, dass Vereinbarungen der Dreh- und Angelpunkt sind, Schätzchen."

Ich kniff die Augen zusammen. *Schätzchen* ... So nannte meine Mutter mich immer. Es hörte sich süß an, aber es war immer bevormundend gemeint. Und wie es schien, hatte sie es von dieser Frau gelernt.

„Woher kenne ich dich?", wollte ich wissen und schaffte es irgendwie doch noch, meine Stimme zu finden. Ich hörte mich stark an, was mich freute.

Die Aussage hatte die gegenteilige Wirkung auf den schwarzhaarigen Engel vor mir.

Sie warf mir einen so tödlichen Blick zu, dass ich um ein

Haar einen Schritt zurückwich. „Ich bin dein Fleisch und Blut, Kleine. Deswegen kennst du mich."

Ich schüttelte zunächst den Kopf, hielt aber inne, als sie mich mit zusammengekniffenen Augen ansah.

Wow, wenn Blicke töten könnten, wäre ich geliefert.

Etwas an diesem Gedanken rüttelte eine Unmenge an Regeln in meinem Bewusstsein wach.

*Höllenfeenregel Nummer zwei: Ziehe keine Aufmerksamkeit auf dich.*

*Höllenfeenregel Nummer drei: Kenne deinen Feind, bevor du dich ihm stellst.*

*Höllenfeenregel Nummer eins: Stirb nicht.*

Sie waren nicht in der richtigen Reihenfolge, aber das spielte keine Rolle. Sie fanden alle Anwendung.

„Entschuldige dich bei deiner Großmutter, Camillia", verlangte meine Mutter.

„Ach, das reicht jetzt mit den Familienbezeichnungen", gab die Frau zähneknirschend von sich.

„Entschuldige bitte, Vivaxia", erwiderte meine Mutter. „Entschuldige dich bei unserer Engelsfeen-Königin, Camillia. Auf der Stelle."

Ich öffnete meinen Mund, um genau das zu tun, aber die Worte ... die Worte blieben mir im Hals stecken.

Denn dieser Name – *Vivaxia* – sagte mir etwas.

Etwas Wichtiges.

Etwas *Katastrophales*.

Ich starrte sie an. Musterte ihr graziles, wunderschönes Antlitz. Ihre charmanten Gesichtszüge. Ihr bekanntes Gesicht. *Ihre unbarmherzigen Augen.*

*Vivaxia*, wiederholte ich in Gedanken. *Vivaxia ... Vivaxia ...* Ich riss die Augen auf. „*Vivaxia!*"

Die Engelsfee, die Luzifers Fall herbeigeführt hatte.

Die Engelsfee, die Az wie ein *Tier* behandelt hatte.

Ich erkannte sie wegen meines Gefährten. Oder vielleicht

wegen Az und dem Höllenfeen-König. Vielleicht sogar wegen Luzifers Buch, Vita.

Ganz egal woher, ich wusste ganz genau, wer dieses Miststück war. Meine Seele erkannte ihre dunkle Aura allein deswegen, weil wir ihr nahe waren.

*Oh, Teufel, nein.*

„Bei dir werde ich mich *nie* entschuldigen, verdammt noch mal!", spie ich wutentbrannt, als es mir endlich dämmerte, was hier los war. Als all meine Erinnerungen zu mir zurückkehrten. Als mir alles, was ich gerade durchgemacht hatte, wieder einfiel und sich in mein Herz und meine *Seele* fraß.

Ich wollte diese Frau umbringen.

Sie in Stücke reißen.

*Sie. Verdammt. Noch. Mal. In. Stücke. Reißen.*

Mit ausgestreckten Händen rannte ich auf sie zu und schrie, wutentbrannt darüber, was sie Az angetan hatte. Darüber, was sie Luzifer angetan hatte.

Nur, um dann gegen eine unsichtbare Wand zu prallen.

„Ts, ts, ts. Das ist aber sehr unhöflich, Camillia. Ich habe dir das Leben und einen Sinn geschenkt. Und so dankst du mir dafür?"

„Dir danken?" Ich musste ein Lachen unterdrücken. „Ich will dich umbringen."

Sie verdrehte die Augen, als wäre ich nichts weiter als eine nervige Fliege. Dann bewegte sie ihr Handgelenk und ließ mich über die perlweiße Straße und in die Fassade eines Gebäudes segeln.

Bevor ich eine Bewegung machen konnte, wurde ich von silbernen Seilen gefesselt.

Dann verschwand die Schimäre. Der Schleier lichtete sich und zeigte, wo wir wirklich waren.

Jetzt gab es keine klaren Grenzen mehr. Keinen blauen Himmel. Keine grünen Wiesen.

Das Einzige, was ich sah, war ein Meer aus grau.

Rauch. Verschmutzung. Eine Welt, die in den Schein einer verdunkelten Sonne gehüllt war.

Und vor mir stand eine Frau, in deren Augen Sturmwolken zu wüten schienen. Ihr innerer Aufruhr war deutlich spürbar.

Meine Mutter war mit merkwürdig panischem Ausdruck in Deckung gegangen.

Doch die andere Frau stand mit königlicher Haltung und einem gelangweilten Ausdruck vor mir.

„Also gut, Camillia. Wie ich sehe, musst du dringend lernen, Respekt vor deinen Ältesten zu haben." In ihrer Hand materialisierte sich eine Feder, über deren goldenes Ende sie mit ihrem manikürten Finger strich. „Lass uns anfangen."

# KAPITEL 16
## MELEK

Nervös trat ich durch die Flügeltüren in die Bibliothek. Sobald ich drinnen angekommen war, hielt ich inne und ließ die kühle Luft von der kathedralenähnlichen Decke hinunterschweben.

Die sinkende Temperatur war auf die Fantasiewesen zurückzuführen. Sie kicherten und raunten, sprachen aber nicht direkt mit mir.

Vielleicht konnten sie meine Stimmung spüren – oder aber *Camillia*.

Aus welchem Grund auch immer hielten sie Abstand. Eine weise Entscheidung.

Mir war nicht zum Spielen zumute. Etwas, das für gewöhnlich höchst selten vorkam. Aber nichts am heutigen Tag war gewöhnlich.

Verfedert, die gesamte vergangene Woche war betrüblich gewesen. Zugang zu Camillias Gedanken zu bekommen, nur um ausgesperrt zu werden, musste eine der schlimmsten Bestrafungen sein, die man einem Mann auferlegen konnte.

Und ich war nicht einmal sicher, *warum* sie das Verlangen verspürt hatte, mich auszusperren.

Alles, was ich getan hatte, war dazu gedacht gewesen, ihr zu helfen, und nicht, ihr wehzutun. Trotzdem hatte sie sonnenklar gemacht, dass sie mir nicht traute. Zur Hölle, ich war nicht einmal sicher, ob sie mich *mochte*.

Was ein ziemlich nerviger kleiner Umstand war.

*Alle* mochten mich.

Ich war nett. Liebenswürdig. Gut aussehend. Witzig. Selbstbewusst.

Oder zumindest war ich das einmal gewesen.

Camillia hatte mich in vielerlei Hinsicht an mir zweifeln lassen, was vermutlich auch erklärte, warum sogar ich jetzt kein Vertrauen mehr in mich hatte.

Denn ... Ich konnte sie hier *spüren*. Und doch traute ich meinen Instinkten nicht über den Weg.

Vielleicht waren meine Unsicherheiten auch darauf zurückzuführen, dass ich Luzifer zum zweiten Mal fallen sehen hatte.

*Wenn das mal kein Auslöser ist.*

*Aber dieses Mal hat er nach meiner Hand gegriffen ...*

Vor Ionen war die Situation einiges prekärer gewesen. Es war weniger Vertrauen da gewesen.

Aber heute Nacht waren wir eins. Seine Kraft war buchstäblich aus ihm geströmt und hatte das ganze Reich eingenommen.

Es war ganz anders als bei seinem ersten Fall. Dieses Mal war es mehr wie eine Kraftexplosion von oben gewesen, und mein König hatte sich fast den gesamten Weg hinab ins Reich der Höllenfeen seiner Teleportationsfähigkeiten bedient, bevor er die Kontrolle verloren und aus dem wolkenlosen Himmel gefallen war.

Sein Fall aus dem Reich der Engelsfeen war aus viel größerer Entfernung erfolgt. Und der Schaden, den dieser Vorfall angerichtet hatte, weitaus katastrophaler. Gleichzeitig hatte er für eine Wiedergeburt gestanden und seine wunderschöne Kraft hatte sich in alle Richtungen ausgebreitet, um alles wieder aufzubauen.

Heute Abend hatte er nicht dieselbe zerbrochene Haltung an den Tag gelegt. Ihn auf seinen Knien zu sehen, war unglaublich gewesen. Ermächtigend. Der Aufstieg des Höllenfeen-Königs.

Er schien noch mächtiger zu sein als in meiner Erinnerung, als hätte Camillia so viel mehr getan, als ihm seine Quelle zurückzugeben. Es war, als hätte sie diese uralte Kluft überbrückt, die immer zwischen uns gestanden hatte.

Oder zumindest hatte sie den Heilungsprozess ins Leben gerufen, von dem mir nicht bewusst gewesen war, dass wir ihn brauchten.

Ich schuldete Camillia so viel und würde meine Schulden begleichen, sobald ich sie fand. *Bist du überhaupt hier?*, fragte ich mich und lief durch die Bibliothek, um nach meinem Engelchen zu suchen.

Ajax hatte sie im Ödland gespürt.

Azazel war ins Reich der Mitternachtsfeen verschwunden.

Aber ich war mir sicher, dass sie hier war. Zumindest, bis ich hier angekommen war. Denn jetzt ... jetzt war ich mir fast sicher, dass sie sich überhaupt gar nicht hier aufhielt.

„Prinz Melek?", flötete eine Frauenstimme.

Ich erschrak, als ich nach unten blickte und in der Mitte des Zimmers eine Frau hocken sah, die mir völlig entgangen war. Eine weitere Frau saß ihr gegenüber und starrte mich mit weit aufgerissenen Augen an.

Ihre Uniformen verrieten mir, dass sie Höllenfeenbrautkandidatinnen waren, aber keine von ihnen diejenige, nach der ich suchte.

„Kandidatin zweiundzwanzig", begrüßte ich die Frau mit silberfarbenem Haar, das zu einem Pferdeschwanz zurückgebunden war, der ihre spitzen Ohren freilegte. Sie legte eine königliche Ausstrahlung an den Tag, die mich an

Camillias Seele erinnerte, aber dort hörten ihre Gemeinsamkeiten auch schon auf.

„Feyre vom Haus des Eisens", korrigierte sie mich, wobei ich mir gut vorstellen konnte, dass das weniger als Berichtigung gemeint war und eher als eine hoffnungsvolle Vorstellung.

Die Brautproben waren fürs Erste pausiert worden, weil das Marschland zuerst wiederaufgebaut werden musste. Das mysteriöse Portal, das sich in der Nähe der Nagahöhle aufgetan hatte, war kein Zufall gewesen. Es war direkt vor der Naga-Probe geschehen, also würden wohl alle Proben, die wir als Nächstes planten, zu einer Zielscheibe werden.

Was wiederum bedeutete, dass die Brautspiele bis auf Weiteres pausiert werden mussten, bis wir herausgefunden hatten, wer hinter alledem steckte. Eine Tatsache, die viele der Höllenfeen und Albtraumfeen aufgebracht hatte. Aber unsere Leutnants verstanden und stimmten Tys Entscheidung zu.

Wir würden den Übeltäter finden, und zwar bald.

Ich ahnte, dass, wer auch immer dieses Portal im Marschland geöffnet hatte – jenes, das zum Tod von Albtraumfeen und mindestens sechs Höllenfeenbräuten geführt hatte – auch dafür verantwortlich war, was gerade mit Camillia geschehen war.

Alles war miteinander verflochten.

*Ich muss sie finden.*

„Und ich bin ...", begann die andere Frau, aber ich ließ sie mit einer knappen Verbeugung verstummen.

„Tut mir leid, meine Damen, aber ich habe eine dringende Angelegenheit zu erledigen. Bitte, lest weiter und bereitet euch auf die nächste Probe vor."

„Aber wann ...?"

Ein Fantasiewesen zupfte an Feyres Pferdeschwanz, was sie fluchen ließ und mir eine Gelegenheit einräumte, mich aus dem Staub zu machen.

*Danke*, dachte ich zu den kichernden Wesen und wusste sie jetzt noch mehr zu schätzen.

Ich hegte keine Absichten, die Höllenfeenbraut-kandidatinnen zu verärgern, erst recht nicht jene, die es so weit gebracht hatten. Aber bis ich Camillia fand, würde ich sowieso keine Antworten für sie haben.

Dieses unablässige nervöse Gefühl wurde noch stärker, als ich beim Korridor ankam, in dem mehrere Bücher standen, durch die ich zuvor schon geblättert hatte. Eine seltsame Erkenntnis, wo ich die tieferen Ebenen dieser Bibliothek doch nicht oft frequentierte. Ich hatte meine eigene Bibliothek im Palast, weshalb ich dieser hier eigentlich keine Besuche abzustatten brauchte.

Aber vor langer Zeit hatte ich mich von diesem Gang angezogen gefühlt – und von der Schönheit, die am Tisch am Ende davon gesessen hatte.

„Hier habe ich dich zum ersten Mal gesehen", flüsterte ich und ließ meine Finger langsam an der Tischkante entlanggleiten.

Die Frau mit dunkelblondem Haar, die Vita las – ein Buch, das nur Ty höchstpersönlich entziffern konnte –, hatte einen bleibenden Eindruck hinterlassen.

*Was hast du herausgefunden, kleiner Prinz?*, fragte Ty in meine Gedanken. *Ich habe gerade ein sehr starkes Gefühl der Sehnsucht von dir vernommen. Ist Camillia dort? Hast du etwas in Erfahrung bringen können?*

Anstatt ihm zu antworten, teleportierte ich mich zurück in den Palast. Der Wärter des Höllenfeen-Königs und der Kommandant waren bereits bei ihm und standen auf dem breiten Balkon, der sein Königreich überblickte.

Ajax knirschte mit den Zähnen und in Azazels Augen wütete ein Sturm aus Violett und Schwarz. Beide waren unruhig und sahen mich jetzt suchend an.

Mir schwante, was das bedeutete.

Ich sah meinen König an und eröffnete ihm das Neuste. Ich war es, der all die Fäden gesponnen hatte – der da gewesen war, als sich jeder von uns in Camillia De la Croix verliebt hatte.

„Ich weiß, warum wir sie an verschiedenen Orten gespürt haben", erklärte ich. „Ich habe sie in der Bibliothek gespürt, weil ich ihr dort zum ersten Mal begegnet bin."

Ajax legte die Stirn in Falten. „Ich verstehe nicht."

„Dort habe ich mich in Camillia verliebt", verdeutlichte ich und sah ihm in die Augen.

Die Runzeln an seiner Stirn vertieften sich. „Aber mich hat es ins Ödland gezogen. Camillia und ich waren nie zusammen dort."

„Das stimmt", erwiderte ich, „aber was ist mit dir geschehen, nachdem Camillia dort gewesen ist? Als du dachtest, sie wäre ums Leben gekommen?"

Er wurde ganz blass um die Nase und seine Augen traten hervor. „Ich war am Boden zerstört."

„Weil du dich in sie verliebt hast", meinte Ty nachdenklich, der meinem Gedankengang folgte. „Ihr alle wurdet an Orte gezogen, die von emotionaler Wichtigkeit für euch sind."

Ich nickte.

Ajax sah Azazel an. „Du hast sie im Königreich der Mitternachtsfeen gespürt. War es dort ...?"

„... wo ich aufgehört habe, gegen meinen Phönix anzukämpfen", meinte der Kommandant mit ernster Miene.

Typhos zog die Stirn kraus und sah zurück zu seinem Palast. Genauer gesagt zur Statue, die neben einem dampfenden Krater stand.

Ich brauchte ihn nicht zu fragen, was das zu bedeuten hatte.

Er hatte sie endlich angenommen.

Hier.

Heute Abend.

Zum ersten Mal.

Und es jagte mir eine Heidenangst ein, dass ich endlich gewonnen hatte. Dass es mir endlich gelungen war, Ty zu überzeugen, dass sie einen Platz an unserer Seite hatte, als sie ...

„Es ist das Gefährtenband, das wir spüren", unterbrach Ty meinen Gedankengang, bevor ich ihn zu Ende führen konnte.

„Ja. Unsere ursprüngliche Verbindung zu Camillia De la Croix." Ich war nicht sicher, ob sie von ruchloser Magie kreiert worden war oder es nur an unseren Seelen lag, die unsere verschollene Gefährtin zu finden versuchten.

Ty biss die Zähne zusammen und blickte auf sein Königreich. „Wenn dem so ist ... Wo ist sie?"

Ich schüttelte den Kopf. „Ich habe nicht die geringste Ahnung ..."

# KAPITEL 17

## CAMI

In Vivaxias eiskalten Augen brodelten niederträchtige Absichten. Sie schwang ihre Feder durch die Luft und schrieb goldfarbene Zaubersprüche damit, die meine Haut bei Kontakt versengten.

Sie knirschte mit den Zähnen, als ich weder schrie noch sonst einen Laut von mir gab. Als ich mich nicht *unterwarf*.

Meine Mutter stand mit verwirrtem Ausdruck hinter ihr. „Warum zeigt der Bann keine Wirkung?"

„Weil dein Kind ein Sturkopf ist."

Die nicht zu überhörende Verärgerung der alten Frau brachte mich beinahe zum Lächeln. Jede Bewegung, die sie in der Luft ausführte, erinnerte mich daran, wie Ajax seinen Zauberstab auf ähnliche Art und Weise schwang. Und die silbernen Fesseln, die mich ans Gebäude ketteten, erinnerten mich an die Schlangenreben, die er einmal benutzt hatte, um mich an einen Stuhl zu binden.

Tatsächlich rief mir diese ganze Situation in Erinnerung, was damals im Reich der Mitternachtsfeen geschehen war.

Wie Az und Ajax mich vernommen hatten.

Was dazu geführt hatte, dass sie mir am Ende glaubten.

*Und jetzt gehören sie mir.*

Ich konnte sie weder hören noch spüren. Ich war nicht sicher, warum. Meine Erinnerungen an sie verschwammen auch immer wieder. Ich hatte mich überhaupt nicht an sie erinnern können, während ich mit meiner Mutter durch ihre verdrehte Version des Nirgendlandes spaziert war.

Vivaxias Namen hatte alles schlagartig an die Oberfläche geholt.

Aber ich konnte spüren, wie mir das Wissen entglitt und einer erzwungenen Folgebereitschaft Platz machte.

Und dann zog Vivaxias Feder wieder meinen Blick auf sich, was mich abermals an Ajax' Zauberstab denken ließ, und so setzte sich der Kreislauf fort.

Es schien ziemlich offensichtlich, dass der Bann meine Erinnerungen an die Vergangenheit verändern oder mich vielleicht dazu treiben sollte, sie komplett zu vergessen.

Aber ich weigerte mich.

Also war ich vielleicht wirklich ein Sturkopf. Denn diese Engelsfee konnte mich kreuzweise.

Wenn meine Hände nicht gefesselt gewesen wären, hätte ich noch einmal versucht, ihr einen Haken zu verpassen.

Sie kniff die Augen zusammen, als könnte sie mir mein Verlangen ansehen. „Ich habe dich geschaffen, Kindchen. Du wirst tun, was ich dir sage."

„Wenn du glaubst, dass ich das tun werde, hast du dich geschnitten", schoss ich zurück.

„*Camillia*", zischte meine Mutter. „So habe ich dich aber nicht erzogen."

„Nein, du hast mir durch mehrere Prüfungen beigebracht, unabhängig zu sein", informierte ich sie freiheraus. „Du hast mir beigebracht, mich vor dem Verlassenwerden zu fürchten und es zugleich anzunehmen. Und du hast mir beigebracht, dass ich niemandem trauen soll. Vor allem nicht dir oder Papa."

Sie erschauderte.

Aber das war mir egal.

Ich war als Kind den Folter-ähnlichen Erziehungsmethoden meiner Eltern ausgesetzt gewesen. An diesem Gebäude festgebunden zu sein, jagte mir kein bisschen Angst ein und brachte mich auch nicht dazu, mich unterwerfen zu wollen. Es trieb mich an, zu *kämpfen*.

Und genau das tat ich, als Vivaxia eine weitere Zauberformel anwandte.

Anstatt ihre Stimme den Bann sprechen zu hören, vernahm ich Ajax. Ich spürte ihn. Seine Magie. Seine Kraft. Unser Band. Ich konnte ihn nur nicht *hören*.

Auch Az war da. Seine Kraft rauschte durch meine Adern und sein Phönixfeuer brannte in meinem Herzen.

*Warum kann ich keinen von euch hören?*, fragte ich mich und untersuchte die Blockaden in meinem Kopf. Sie fühlten sich fremd und klebrig an. Die Spinnennetz ähnliche Substanz stammte nicht von mir.

Ich blendete Vivaxia und ihre Fremdworte aus und konzentrierte mich stattdessen darauf, das Netz zu entwirren. Darauf, meine Gefährten zu finden. Darauf, aus diesem Schlamassel, in den ich mich geritten hatte, rauszukommen.

Alles, während ich Sinn aus den kryptischen Aussagen meiner Mutter zu machen versuchte.

Bisher hatte ich geglaubt, in einem Traum gefangen zu sein und hatte nicht ganz jedes Wort verstanden, das sie gesagt hatte. Doch jetzt dämmerte es mir, dass das hier *echt* war und ich überhaupt gar nicht träumte, und dass meine Mutter ... *keine Sterbliche ist.*

Bei diesem Gedanken rann es mir kalt den Rücken hinunter und ich haderte damit, anzunehmen, was direkt vor mir stand.

Zwei Engelsfeen.

Das bedeutete, dass ich zu einem Teil eine Engelsfee war.

*Kann ich Vita deshalb lesen?*, fragte ich mich. *Fühlte sich Melek deshalb zu mir hingezogen? Hat Melek es gewusst?*

Der Gedanke daran ließ mich wundern, ob ich ihn irgendwie erreichen konnte. Die Blockaden, die ich zwischen uns errichtet hatte, waren immer noch da. Az hatte mir geholfen, die Struktur zu schaffen, und sie hielt bemerkenswert gut stand. Wie es schien, hatte er das durch seine Verbindung mit Luzifer gelernt.

Ich würde später eingehender darüber nachdenken.

Fürs Erste konzentrierte ich mich auf diese Blockaden und versuchte, sie Stück für Stück abzubauen. Diese klebrige Substanz gab es hier nicht, nur die Schranke, die ich unter Az' Anleitung erbaut hatte.

Ein Rascheln ließ meine Aufmerksamkeit zurück zu Vivaxia schnellen, deren Flügel wegen ihrer überschäumenden Emotionen aus ihrem Rücken geschossen waren.

Die weißen Federn von vorhin waren jetzt rabenschwarz.

*Fast so wie Luzifers zerstörten Gliedmaße*, realisierte ich und dachte an seine mächtige Gestalt zurück, die ich an jenem Tag im Marschland gesehen hatte. Als er versucht hatte, das Portal zu verschließen. Doch die Frau hatte immer noch einige Federn übrig und die feurigen Überreste flatterten wie ein Schwarm zorniger Feuerkäfer im Wind. *Meine Großmutter.*

Diese Tatsache war noch nicht ganz durchgedrungen, weil mein Kopf nicht wahrhaben wollte, dass wir miteinander verwandt waren. Und auch nicht, dass sie mich *geschaffen* hatte.

*Dass ich ein Siphon bin*, dachte ich zitternd.

Bei den Feen, das bedeutete, dass ich wirklich eine Bedrohung für Luzifer gewesen war. Für seine *Quelle*. Ich war nicht ganz sicher, was ein Siphon zu sein beinhaltete, aber es schien ziemlich offensichtlich, dass ich dazu gemacht worden war, Luzifers Licht zu stehlen. Seine Quelle zu zerstören.

„*Du bist ein Siphon, Schätzchen*", hatte meine Mutter

gesagt. *„Kreiert aus meinem und dem Blut von einer seiner Höllenfeen-Schöpfungen. Du wurdest geschaffen, um das Licht zu absorbieren und die Engelsfeen wiederherzustellen."*

Ich wusste nicht so recht, wie das funktionieren sollte, und ich wollte es auch nicht herausfinden.

„Hör mir zu, Kleine", knurrte Vivaxia. „Du wirst meinen Befehl befolgen und *tun, was ich sage.*"

Mein Rücken krümmte sich, als ein Blitzschlag purer, unverfälschter Kraft mich mitten in die Brust traf und ein Feuer in mir entzündete, das mich nach Atem ringen ließ und alles weißwusch.

Weiße Gebäude.

Perfekte Bordsteine.

Ein glitzernder Brunnen.

Weiße Flügel mit goldenen Spitzen.

Letzteres ließ mich die Stirn krausziehen, weil Vivaxia eine neue Gestalt angenommen hatte. Eine falsche.

*Melek*, dachte ich benommen. *Das sind Meleks Flügel.*

Ein weiterer Energieschub raubte mir den Atem und immer wieder zog vor meinen Augen die Realität, dann wieder eine Scheinwelt auf. *Grau und weiß. Verschmutzt, dann wieder rein. Feurige Federn und goldene Spitzen.*

Ich blinzelte, schüttelte den Kopf und versuchte, ihn damit zu klären.

Aber dann tauchte ein wunderschönes Gesicht – weiblich und engelsgleich und gütig – vor mir auf.

*Nein, gütig ist sie nicht*, flüsterte ein Teil von mir. *Diese grauen Augen sind unbarmherzig. Niederträchtig. Sie versprühen das pure Böse.*

Aber das Wesen lächelte mich an, als wäre es zufrieden mit mir. Und das wiederum brachte mich zum Lächeln, weil es mir gefiel, dass es mir Zuneigung schenkte. Dass es mich *akzeptierte.*

„Schon viel besser", flötete es und steckte die Feder zurück in den Flügel.

*Eine weiße Feder mit goldenem Ende*, wiederholte ich. *Melek* ...

„Also, wo waren wir?", fragte die Frau, deren Name mir entfallen war.

Ich kannte sie. Erkannte sie wieder. Aber meine Erinnerung an sie war etwas verschwommen.

„Mir ist klar, dass du einen Teil von deinem Vater in dir trägst, und das könnte dich den Höllenbiestern zugewandt machen, aber du musst die Hierarchien dieser Welt verstehen, Schätzchen. Engelsfeen haben das alles überhaupt möglich gemacht. Wir sind die Götter dieser Welt. Die Schöpfer. Unsere Art ist jener der anderen überlegen."

Ich ließ mir ihre Worte durch den Kopf gehen und wollte ihn zustimmend neigen.

Aber die leise Stimme in mir, die diese Federn wiedererkannte, widersprach jedem einzelnen ihrer Worte. *Das ist alles nur Fassade. Eine Lüge. Hör nicht auf sie.*

Ich folgte diesem Gedankenstrang, der meine Instinkte in Alarmbereitschaft versetzt hatte.

*Melek*, flüsterten meine Gedanken.

*Wer?*, fragte ich mich. Dann blinzelte ich. *Ja, genau. Melek.*

Engelsfee.

*Meine* Engelsfee.

Ich wandte mich wieder der Mauer zwischen uns zu und zog die Steine weg, während Vivaxia davon plapperte, wie glorreich ihre – *unsere* – Art war.

„Aber unsere Überlegenheit zieht auch einen gewissen Grad an Verantwortung nach sich. Wir müssen jene beschützen, die schwächer sind als wir. Leider kann für immer zu leben gewisse Moralvorstellungen und Perspektiven verzerren. Und leider ist genau das bei Typhos Luzifer geschehen."

Ich stellte mich unwissend, weil ich ahnte, dass sie der Grund war, warum ich immer wieder Dinge vergaß und die Welt um uns immer wieder von weiß zu grau wechselte.

Vivaxia wollte ganz offensichtlich, dass ich ihr ihre Lügen abnahm.

Das würde ich nicht, aber ich würde Interesse heucheln, wenn sie dann aufhörte, hirnbetäubende Banne in meine Richtung zu senden. Denn die Welt um uns herum war nach wie vor weißgewaschen, was darauf hindeutete, dass ich kurz davorstand, ihrem Bann komplett zum Opfer zu fallen.

Das durfte ich nicht zulassen.

Ich weigerte mich.

*Komm schon*, dachte ich und konzentrierte mich auf die Mauer in meinen Gedanken. *Lass mich durch.*

„Irgendwann ist er seinen eigenen Schöpfungen erlegen", sagte sie mit einem dramatischen Seufzer. „Weißt du, seine unnatürlichen Biester haben sein Urteilsvermögen getrübt und sein Bewusstsein verändert. Es ist, als hätte er völlig vergessen, wie und warum er sie alle geschaffen hat. Es ist wirklich bedauerlich."

Ich legte die Stirn in Falten, weil der letzte Teil sich nicht richtig anhörte. „Geschaffen?" Redete sie da von den dunklen Seelen, die er zur Strafe in Albtraumfeen verwandelt hatte?

„Na ja, ja. Hat er nicht erwähnt, dass er gern Formwandlerfeen als Haustiere hielt?" Sie lachte. Der hohe Klang ihrer Stimme irritierte meine Sinne. „Typhos war der König der Abscheulichkeiten, weshalb er am Ende mit ihnen zusammen in eine Grube gefallen ist."

Das stimmte nicht mit der Geschichte überein, die man mir erzählt hatte.

Na ja, einiges davon hörte sich bekannt an – dass er in das, was heute das Reich der Höllenfeen war, fiel, aber es war nicht er, der Formwandlerfeen zu seinen Haustieren gemacht hatte, sondern Vivaxia.

„Es ist nur richtig, dass er seinen eigenen Schlamassel regiert, schätze ich, aber es wäre mir lieber, wenn er wieder in den Himmel zurückkehrt und das Licht an seinen rechtmäßigen Platz bringt", fuhr sie fort. „Mit dem Leben zu spielen, wie er es getan hat, war ein Fehler, aber ich glaube, er wurde jetzt lange genug bestraft."

Ich kämpfte gegen den Drang an, sie fassungslos anzustarren.

Sie ließ es sich anhören, als hätte Luzifer sämtliche Albtraumfeen kreiert, aber Az hatte mir erzählt, dass viele der Engelsfeen gern mit Seelen und dem Leben gespielt hatten und darum auch verschiedene Formwandlerfeen geschaffen und als Haustiere gehalten hatten.

„Wie ich sehe, hat man dich darüber im Dunkeln gelassen", meinte sie mit traurigem Tonfall. „Lass mich raten ... Er hat dir erzählt, dass ein Handel mit mir zu seinen Fall geführt hat?"

Als ich nicht antwortete, stieß sie einen weiteren Seufzer aus.

„Der ‚Handel', auf den er sich bezieht, ist einer, den alle Engelsfeen bei ihrer Geburt eingehen. Das Leben zu beschützen und in Ehren zu halten. Es ist vielmehr ein Schwur, aber die Bezeichnung ist unwichtig. Nur die Moral dahinter zählt. Und er hat mit dieser Moral gebrochen, als er beschlossen hat, Seelen zu seiner Unterhaltung zu schaffen."

Sie hielt inne und ihre Energie sauste summend um mich herum.

Die Welt wurde von helleren, pulsierenden Weiß-, Blau- und Grüntönen eingenommen und ich war versucht, meine Hand zu heben, um meine Augen vor der gleißenden Sonne zu schützen.

Aber immer wieder trat der trübe Himmel in Sicht und

verschwand dann erneut, was mich daran erinnerte, dass ich mir das hier bloß einbildete.

Dass sie mir eine gut durchdachte Lüge erzählte.

Eine, die Luzifer als den Schuldigen darstellte und nicht sie.

Vor ein paar Monaten hätte ich ihr vielleicht geglaubt, aber ihre Geschichte stimmte nicht mit dem überein, was ich durch Vita erfahren hatte – oder dem, was Melek und Az mir beide über Luzifer erzählt hatten.

*Er würde nichts tun, von dem sie behauptet, er hätte es getan*, dachte ich und wandte mich wieder der Schranke in meinem Kopf zu. Ich war schon fast vollständig durch sie gedrungen. *Ich darf ihr nicht glauben. Ich* werde *ihr nicht glauben.*

Auch wenn ihre Worte irgendwo tief in mir Widerhall fanden.

Auch wenn meine Mutter mit reumütigem Ausdruck direkt hinter Vivaxia stand.

Auch wenn … mein Herz ein kleines Stück brach, wenn ich daran dachte, dass Typhos seinen Fall verdient hatte.

„Es hat ewig gedauert, all seine Experimente einzusammeln und ihnen ein neues Zuhause zu geben", informierte mich meine Großmutter mit leicht bekümmertem Tonfall. „Sie waren alle so kaputt und ihre Seelen zu Unterhaltungszwecken umgewandelt worden."

Ihr Blick wanderte zu Boden und ein Ausdruck des Bedauerns zog auf ihrem Engelsgesicht auf.

Aber diese Traurigkeit reichte nicht bis in ihre Augen. Was seltsam war, weil ich Tränen darin erkennen konnte, als sie mich erneut ansah. In ihren Augen war aufrichtiges Bedauern zu erkennen, aber ich sah nur die Unbarmherzigkeit, die tief darunter vergraben lag. Es war, als hätten sich diese grauen Iriden in mein Gedächtnis eingebrannt und würden meine Sicht auf den Anblick vor mir verzerren.

„Wir konnten sie nicht umbringen", sagte sie und schluckte hart. „Wir ... wir haben es einfach nicht übers Herz gebracht. Also haben wir ihnen ein neues Zuhause gegeben und Typhos dann zu ihnen geschickt. In der Hoffnung, dass er aus seinen Fehlern lernen würde."

Ich musterte sie und versuchte, Wahrheit von Lüge zu unterscheiden. Ihre Geschichte war Luzifers Vergangenheit so ähnlich und doch ... völlig anders.

*Was, wenn ihre Version stimmt?*, fragte ich mich. *Was, wenn ... was, wenn mein Urteilsvermögen von meinen Gefährtenbändern getrübt wurde?*

„Stattdessen wuchs seine Machtgier nur noch", fuhr sie fort. „Er fing an, Haustiere aus allen Feenreichen zu sammeln, und bot ihnen ein Königreich an, in dem sie hausen konnten, solange sie sich seinem Willen fügten. Darum hat er Frauen verboten, das Reich zu betreten – um die Massen zu kontrollieren und sicherzustellen, dass seine Untertanen sich nie mit jemandem verbanden."

Meine Mutter, die hinter ihr stand, nickte. „Das ist die Wahrheit, Camillia. Dein Vater hat mir alles erzählt. Luzifer hat keine Gefährten eingelassen, damit seine Höllenfeen ihm treu blieben."

„Und es hat funktioniert", ergänzte meine Großmutter. „Eine lange Zeit."

„Bis einige der Höllenfeen und Albtraumfeen anfingen, Luzifers wahren Beweggründe zu hinterfragen. Warum er sie unverpaart ließ", murmelte meine Mutter. „Und dann hat Luzifer die Brautspiele ins Leben gerufen."

„Es war wirklich ein brillanter Schachzug." Meine Großmutter – *nein*, dachte ich, *Vivaxia* – hörte sich fast schon stolz an. Als würde sie Luzifers Entscheidung respektieren. „Wie mit allem anderen hat er alles perfekt geplant und kontrolliert. Und er hat die Spiele benutzt, um jene zu bestrafen, die sich von ihm abgewendet haben."

„Zum Beispiel deinen Vater", fügte meine Mutter hinzu. „Er wollte das Reich der Höllenfeen verlassen, und das konnte er nur, indem die Seele seiner Tochter an den Teufel verkaufte. Deine Seele."

Ich dachte einen Augenblick darüber nach und erinnerte mich an die Vereinbarung, die ich gelesen und die über mein Schicksal bestimmt hatte.

Die Zusammenfassung meiner Mutter stimmte mit dem überein, was auf dem Schriftstück verfasst worden war. Mein Vater hatte seine Freiheit über meine gestellt.

Aber etwas an dieser Erklärung fühlte sich falsch an. Und sie passte auch nicht zu dem, was sie während unseres Rundgangs gesagt hatte. Sie hatte mir erzählt, dass sie meinen Vater benutzt hatte, um mich zu schaffen ... und ihn dann überzeugt hatte, den Handel mit Luzifer zu schlagen.

Welche Geschichte stimmte nun?

Die Welt flackerte erneut und ich suchte fieberhaft nach der Wahrheit. Suchte meinen *Verstand*.

Ich hatte vorhin doch etwas getan. Etwas in mir. *Ich habe gegen eine Wand geschlagen ...*

Als der Gedanke einsickerte, riss ich beinahe die Augen auf. Ich war einem hypnoseähnlichen Zustand verfallen und hatte Vivaxias Worten gelauscht und ihnen Glauben geschenkt. Hatte angezweifelt, was ich wusste. Hatte daran gezweifelt, ob Az und Melek mir die Wahrheit gesagt hatten.

*Typhos ist seit Tausenden von Jahren ihr Gefährte*, flüsterte ein Teil von mir. *Sie würden für ihn lügen.*

Ich stimmte um ein Haar zu. Ein gefährlicher Gedanke.

Aber dass die Stimme *Typhos* im Satz verwendet hatte, ließ mich innehalten.

Ich nannte ihn nicht Typhos.

Ich nannte ihn Luzifer.

Ich biss die Zähne zusammen. Etwas – oder *jemand* – war in meinem Kopf.

Um mich herum schwirrte Magie und durch meine Adern rauschte fremde Energie.

*Die Mauer*, dachte ich und ging in Gedanken darauf zu, während Vivaxia weiter von Typhos' Fall leierte und darüber sprach, wie verheerend er gewesen und was im Nachgang zu seiner Bestrafung geschehen war.

„Er hat all unsere Schwüre gebrochen, aber die Quelle glaubte trotzdem an ihn. *Wir* glaubten trotzdem noch an ihn", sagte sie. Ihr niedergeschlagener Tonfall zog meinen Fokus um ein Haar zurück auf das Gespräch. „Also ist unser Licht Typhos in die Dunkelheit gefolgt und hat versucht, ihm einen neuen Lebenszweck zu schenken. Aber er hat seine Sünden nie wiedergutgemacht. Stattdessen hat er unser Licht behalten und unsere Quelle ..."

Das Firmament veränderte sich abermals und wieder trat dieser verschmutzte Himmel in Sicht. Die Grautöne beunruhigten mich.

„Unsere Quelle ist seiner Selbstsucht wegen zerbrochen", flüsterte sie. „Er hat sich geweigert, zu uns zurückzukommen. Hat sich geweigert, auf das Licht zu hören. Und da sind wir nun. Kaputte Hüllen, die darauf warten, erneut in all unserem Glanze wiedergeboren zu werden."

Ich starrte zum trüben Himmel, zur verdunkelten Sonne, auf die gebrochenen Flügel an ihrem Rücken, und fragte mich, was hier die wahre Illusion war – das Nirgendland oder der vermeintliche Schmerz.

Vielleicht war beides gelogen.

Visionen waren dazu gemacht, zu manipulieren.

Ein Meer aus Unehrlichkeit, eingeschlossen in einer riesigen Flutwelle.

Diese Welle war Vivaxia.

Es waren ihre Augen, die sie verrieten. Ganz egal, wie viele Tränen sie vergoss und wie viele traurige Blicke sie mir zuwarf, sie konnte das Böse, das in ihr schwelte, nicht verbergen.

Ich stieß durch die Überreste der Schranke, die ich zusammen mit Az geschaffen hatte, und spürte Meleks Wärme umgehend in mir.

*Camillia!*, keuchte er. *Verdammt, wo bist du? Was ist passiert? Geht es dir gut?*

*Ich bin bei Vivaxia*, sagte ich zu ihm. *Sie stellt etwas mit meinem Kopf an. Ich ...*

Eine Hitze rauschte durch meine Adern und ließ mich schockiert verstummen, bevor etwas auf meinen Rücken traf. Ich blinzelte verwirrt und dann ging alles um mich herum in Flammen auf.

Ich riss die Augen auf und machte instinktiv ein paar Schritte zurück.

Und ich ... ich *bewegte* mich.

Es gab keine Mauer mehr. Keine magischen Fesseln.

Nur Flammen, die bedrohlich im Wind tanzten.

Und ein Engel, der mit großen *schwarzen* Flügeln über allem schwebte. Ihr farblich dazu passendes Haar flatterte in einem stürmischen Wind und in ihren eiskalten Augen waberte ein wutentbrannter Ausdruck. „Du wirst uns helfen, den Fehler zu berichtigen", sprach Vivaxia. Ihre Stimme wurde von den heulenden Winden zu mir getragen, die mich mit ihren unangenehmen Energiewellen umgarnten. „Oder du landest in seinem Gefängnis. Für immer."

Sie schlug einmal mit ihren riesigen Flügeln und sandte damit einen Windstoß in meine Richtung, der mich zurückstolpern ließ.

Ich breitete die Arme weit aus und versuchte fieberhaft, nach etwas zu greifen, aber ihre Windstöße waren zu mächtig und ihre Energie wie eine heiße Welle, die über mir zusammenschlug, jeden Zentimeter von mir einnahm und meine Seele verbrannte.

Ich versuchte, mein Gesicht zu schützen, meinen Körper vor ihren wütenden Heulern zu bewahren.

Und so drehte ich mich in die entgegengesetzte Richtung.

Etwas Bekanntes stach mir ins Auge. Etwas, das ich in Gedanken, nicht in der Realität, gesehen hatte. *Ein Krater am Boden, der von schwarzen Brandspuren umgeben ist.*

*Die Stelle, an der Luzifer nach seinem Fall aufgeschlagen ist*, dämmerte mir. Das Bild stimmte eins zu eins mit dem überein, was sein Buch, Vita, mir damals gezeigt hatte.

*Spring!*, rief Melek mir zu. Plötzlich stand unsere Verbindung weit offen. *Spring, Cami. Spring!*

Ich ... ich war nicht sicher. Ich ...

Funken der Macht schimmerten in der Luft und um das Loch herum entzündeten sich Flammen ..., als würde Vivaxia versuchen, es vor mir zu verbergen.

Oder vielleicht versuchte sie tatsächlich, mich mit gekonnt eingesetzten Illusionen in die Irre zu führen.

Aber eines stand fest: Ich musste weg von Vivaxia. Von meiner Mutter. Von hier. *Dem Reich der Engelsfeen entfliehen*, dachte ich und erschauderte, als meine Adern von einem eiskalten Gefühl eingenommen wurden.

*Höllenfeenregel Nummer dreizehn: Nichts ist, wie es scheint.*

*Scheiß drauf*, sagte ich mir und rannte auf das Loch zu. Was hatte ich schon zu verlieren?

Vivaxia, die hinter mir schwebte, stieß ein Kreischen aus, das mich an einen Raubvogel erinnerte.

Ich blendete sie aus.

Ich blendete alles aus.

Sprang über das Feuer.

*Und fiel ins schwarze Loch.*

# KAPITEL 18

## MELEK

Ich schlug mit den Flügeln und hatte das Gefühl, dass mir das Herz gleich aus der Brust springen würde.

*Ich komme, Cami!*, versprach ich ihr. *Ich werde dich auffangen.*

Nichts.

Nur ein statisches Rauschen.

Als hätte ihr Hirn sich ausgeschaltet.

*Verdammt*, dachte ich.

*Was ist hier los?*, wollte Ty wissen. *Ich kann deine Panik spüren.*

*Cami fällt gerade vom Himmel!*, schrie ich ihm zu. *Sie wurde von Vivaxia gefangen gehalten. Sie ist gesprungen, Ty! Sie ist verdammt noch mal gesprungen.*

Genau das hatte ich ihr aufgetragen, weil ich wusste, dass sie dann hier landen würde. Aber das ließ meinen Magen beim Gedanken daran, dass sie *fiel*, sich nicht weniger verkrampfen.

Das hier würde nicht so ablaufen wie damals, als Ty aus dem Reich der Mitternachtsfeen gefallen war.

Das hier war völlig anders.

Sie stürzte aus einem Reich, das über uns allen schwebte.

Ein Reich, das eigentlich nicht existieren sollte, es aber dennoch tat. Und die Distanz dazwischen ließ sich nicht in Zeit oder Raum messen.

Cami fiel aus dem Himmel.

Genau wie Ty damals.

Mit gebrochenen und zerfetzten Flügeln.

Von Flammen eingenommen.

*Und überall war Blut.*

Ich schluckte hart und versuchte, das lebendige Bild abzuschütteln, weil der vergangene Schmerz drohte, mich aus der Bahn zu werfen.

*Az und ich sind auf dem Weg zu dir*, sagte Ty zu mir.

Ich bauschte meine Federn auf und wurde von meiner himmlischen Magie eingehüllt, dann wandelte ich auf direktem Wege ins Zentrum des roten Himmels und suchte den Horizont fieberhaft nach Camillia ab.

Die beiden Sonnen knallten. Ihre Farben leuchteten hell und die beiden Himmelskörper breiteten ihren Schein auf jeden Zentimeter des Königreichs der Höllenfeen aus.

In der Ferne war Luzifers Palast zu erkennen und glitzerte wie ein Leuchtfeuer. Es könnte gut sein, dass Camillia dort – wo Ty damals gelandet war – auftauchen würde. Ich trug ihm mittels Gedankenkraft auf, dass er sich über unserem Zuhause positionieren sollte, nur für den Fall, dass sie auch dort landete.

Er erwiderte nichts, tauchte bloß an seiner Position auf. Die feurigen Flügel an seinem Rücken glühten. Az' schwarzer Phönix krähte, als er sich in der Nähe hinabsenkte. Das mächtige Wesen suchte nach Cami, *jagte* unsere Gefährtin. Seine Ortungsfähigkeiten würden ihm vielleicht dabei behilflich sein, sie noch vor mir zu finden, weil sein Gespür durch ihre Verbindung noch besser war.

Aber wenn ich sie nicht spüren konnte, war er vielleicht auch nicht in der Lage dazu.

*Komm schon, Engelchen. Wo bist du?*, dachte ich. Unsere blockierte Verbindung brach mir das Herz. Wir waren nicht vollständig miteinander verbunden. Unsere Seelen waren nur lose aneinandergeknüpft, und im Augenblick tat dieser Umstand so viel mehr weh, als er sollte.

Ich wollte sie.

Verzehrte mich nach ihr.

Vielleicht ... *liebte* ich sie sogar.

Ich war seit dem Tag in der Bibliothek besessen von ihr. Sie war das aufregende neue Kapitel in meinem Leben. Die Gefährtin, von der ich nicht einmal gewusst hatte, dass ich sie brauchte.

*Wir werden sie finden*, versprach Ty mir.

*Ich weiß.*

Ich machte mir nur Sorgen, dass sie vielleicht unwiderruflich kaputt wäre, wenn wir sie aufgespürt hatten.

Ihre Gene waren mir immer noch ein Rätsel und ihre Unsterblichkeit eine Unbekannte. *Was, wenn der Fall sie umbringt?*, fragte ich mich. *Was, wenn ich sie in den Tod gestürzt habe?*

*Hör auf!*, zischte Ty in meine Gedanken. *Sie wird es überleben.*

Trotz seiner Worte spürte ich seine zunehmende Sorge. In Gedanken setzte er alle einzelnen Puzzleteile zusammen.

Er hatte diesen Fall schon erlebt. Er wusste, wie er sich anfühlte.

Und er wusste auch, dass eine Sterbliche ihn nicht überleben würde.

*Wir werden sie auffangen*, schwor er. *Ich habe dich noch nie im Stich gelassen, Melek, und ich werde auch jetzt nicht damit anf...*

Er verstummte urplötzlich und jagte gen Himmel, wo Cami jetzt endlich zu sehen war und direkt auf ihn zuschoss. Ich breitete meine Flügel aus und teleportierte mich in

Engelsform an seine Seite, gerade, als er unseren Engel gekonnt auffing.

Ich atmete erleichtert auf.

Dann erfasste mich eine erschreckende Einsicht.

„Sie atmet nicht!", schrie ich und versuchte damit, das Rauschen zu übertönen, das unsere Flügel generierten.

Ty erwiderte nichts, verschwand lediglich mit ihr und teilte mir in Gedanken mit, dass er sich in unsere Suite teleportiert hatte. Ich folgte ihm mit brechendem Herzen.

*Sie kann nicht tot sein.* Ich spürte ihre Seele immer noch. *Sie wird überleben. Sie muss überleben, verdammt!*

„Melek", sagte Ty mit leicht dominantem Tonfall, der mich dazu anhielt, zu ihm zu blicken. „Hör mir zu. Ihr Herz schlägt noch. Sie heilt bereits. Sie wird wieder werden."

Er legte sie auf unser Bett. Az materialisierte sich, Ajax direkt neben ihm, und die beiden sahen sich suchend im Zimmer um.

„Sie lebt", informierte Ty sie, bevor sie auf das Bett zustürmen konnten. „Gebt ihr einfach etwas Zeit. Der Fall ... er ist brutal. Aber sie ist stärker, als wir alle gedacht haben."

Seine Gedanken verrieten mir, warum das so war, wie das sein konnte. *Engelsfeengene,* ging ihm durch den Kopf. *Ist es die Verbindung zu Melek? Oder sind sie auf etwas ganz anderes zurückzuführen? Und was spüre ich da ...?*

Er verstummte und ließ seinen Blick über ihren mehrheitlich nackten Körper wandern. Es war nicht der Blick eines Mannes, der eine Frau interessiert beäugte, sondern ein neugieriger, als versuchte er, Informationen über ihre Herkunft zu finden.

Er presste die Lippen leicht aufeinander, griff nach einer Decke neben unserem Bett und verhüllte Cami damit. „Jetzt atmet sie", ließ er mich wissen. „Der Fall hat ihr nur den Atem verschlagen."

„Wie ist das möglich?", wollte ich wissen. „Als du gefallen bist ..."

„Bin ich in den Höllengruben gelandet", meinte er, ohne meinen Blick zu erwidern. „Sie hingegen auf einem Kissen aus Kraft." Erst jetzt sah er mich an. „Ich habe sie mit meiner Energie aufgefangen, bevor sie in meinen Armen gelandet ist."

Az machte einen Schritt nach vorn. Sein Phönix war in seinem feurigen Blick zu erkennen. Im nächsten Augenblick entspannte er sich und riss Ajax dann in eine Umarmung. Die Mitternachtsfee klammerte sich an ihn und zeigte eine emotionale Seite, die ich an ihm noch nie gesehen hatte, ich aber absolut verstand.

Wir hatten sie um ein Haar verloren.

Ich konnte es in meinem Herzen, meiner *Seele* spüren.

„Sie war bei Vivaxia", keuchte ich. „Ich verstehe nicht, wie das möglich ist. Das Reich der Engelsfeen ... wurde zerstört."

Und doch ... hatte ich Camillias Standort in meiner Seele *spüren* können. Ihre Gedanken hatten mich mit allen visuellen Details versorgt und offengelegt, wo sie hingebracht worden war.

„Nicht so zerstört, wie wir gedacht haben", murmelte Ty und strich sich mit der Hand übers Gesicht. Er hatte einen Schritt vom Bett weggemacht, stand aber immer noch am nächsten bei Cami und ballte und entspannte seine Hand abwechselnd, als würde er gegen das Verlangen ankämpfen, sie zu berühren. „Sie stecken hinter alledem. Die Portale. Die Angriffe. *Cami.*"

Ich schluckte hart und verabscheute es, dass er recht hatte. Aber es war so schlüssig, dass ich es nicht bestreiten konnte.

Sie besaß die Kräfte einer Engelsfee, so viel war mir von Anfang an klar gewesen. Doch ich hatte geglaubt, Vita hätte sie als Tys potenzielle Gefährtin auserwählt.

Jetzt ... jetzt war ich mir nicht mehr so sicher, was ich glauben sollte.

Ich hatte nicht genug Zugriff auf Camis Gedankengut gehabt, um zu verstehen, was mit Vivaxia vorgefallen oder wie sie dort gelandet war, aber ich hatte ihre Angst und den inneren Aufruhr gespürt. Sie hatte nicht dort sein wollen. Das musste doch etwas zu bedeuten haben, richtig?

„Ich glaube nicht, dass sie ..." Ich verstummte und schluckte. „Sie arbeitet nicht mit ihnen zusammen, Ty."

Er warf mir einen Blick zu. In seinen saphirblauen Augen schienen die dunklen Wogen eines Ozeans zu brausen. „Das weiß ich."

Ich blinzelte ihn überrascht an. „Du ... du weißt es?" Das hatte er schon gesagt, als ihm gedämmert hatte, dass sie unschuldig war. Aber ... aus dem Reich der Engelsfeen zu fallen, nachdem sie zugegeben hatte, bei Vivaxia gewesen zu sein ..., war ziemlich belastend.

„Ich werde es mit Sicherheit sagen können, sobald sie aufwacht", stellte er klar. „Aber sie ist eine Spielfigur – nur ein weiteres Haustier. Und mir ist bestens bekannt, wie Vivaxia ihre Haustiere zähmt."

„Du glaubst, sie ist ein Spielball", überlieferte Az. „Wie ich es war."

Ty sah ihn einen Augenblick lang an. „Wir werden es herausfinden, wenn sie aufwacht", bekräftigte er. „Bis dahin habe ich einiges nachzulesen." Ein Schnippen mit dem Finger, dann erschien sein Buch. Er griff nach dem schwebenden Objekt. „Ihr drei behaltet sie im Auge. Benachrichtigt mich, wenn sie wach ist. Ich bin in meinem Büro."

Er verschwand, bevor einer von uns etwas entgegnen konnte, und seine Energie streifte meine Seele flüchtig. *Warum rennst du davon?*, fragte ich ihn, verstört über seinen abrupten Abgang.

*Weil es nicht meine Aufgabe ist, sie zu heilen*, antwortete er knapp. *Und im Moment bin ich zu versucht, um etwas daran zu ändern.*

Ich zog die Augenbrauen hoch. *Ausgerechnet jetzt fühlst du dich zu ihr hingezogen? Wenn sie bewusstlos in unserem Bett liegt?*

*Wir beide wissen, dass ich mich von ihr angezogen gefühlt habe, seit du sie ausgesucht hast,* entgegnete er und sagte dann nichts mehr.

Ein Teil von mir wollte nachhaken und ihn dazu anhalten, mir mehr zu verraten.

Aber für einmal war ich zu erschöpft, es zu versuchen. Zu eingenommen von der Frau auf dem Bett. Zu erschrocken über ihren Fall, um Gedanken zu pflanzen oder Fäden zu spinnen.

Das Einzige, was ich wollte, war, sie ihre Augen öffnen zu sehen.

Und zu erfahren, wie zur Hölle sie im Reich der Engelsfeen gelandet war.

## KAPITEL 19

## AZ

*Vivaxia hat Cami festgehalten.*

Dieser Gedanke, angetrieben von Meleks Aussage, steckte meine Seele in Flammen und ließ die Worte immer und immer wieder durch meinen Kopf rauschen.

Mein Phönix wollte jagen. Zerstören. *Plündern.*

Aber mein Kopf, mein Herz und meine Seele konnten Cami nicht von der Seite weichen. Nicht, wenn sie sich in diesem Zustand befand. Nicht jetzt.

Stattdessen wanderte ich also die feurigen Korridore von Typhos' Palast hinunter. Unser Zuhause. Unsere Vergangenheit. Unsere Gegenwart. Unsere Zukunft.

Denn Cami würde aufwachen. Hoffentlich bald.

*Sie ist in Sicherheit. Sie ist hier.*

*Aber sie befand sich in den Fängen von Vivaxia ...*

Es gab so viele schreckliche Dinge, die diese Engelsfee Cami angetan haben könnte. Ich konnte ihre verweilende Magie in der Luft spüren. Ihr Duft ließ Albträume an die Oberfläche treten. Entsetzliche Erinnerungen. *Ängste.*

Mit einem Knurren beschleunigte ich mein Tempo.

Die Höllenhunde hielten, schlau wie sie waren, Abstand

und konnten meinen brodelnden Zorn ohne jeden Zweifel spüren.

Mir war nicht klar gewesen, wohin ich ging, bis ich um eine gewisse Ecke bog. Ganz offensichtlich wurde ich von meiner Seele geleitet. Typhos und ich hatten einiges zu besprechen. Ich hatte ihn über eine Woche lang ausgesperrt und ihn nur während des Balls eingelassen, damit ich seine Absichten mit Camillia überwachen konnte.

Der König der Höllenfeen und ich hatten uns zerstritten.

Es gefiel mir nicht.

Meinem Phönix genauso wenig. Vor allem jetzt nicht.

Unser Bündnis, unsere *Vergangenheit* war jetzt wichtiger als je zuvor.

Darum war es absolut nachvollziehbar, warum meine Instinkte mich zu seinem Büro geführt hatten. Ich hätte einfach mittels einer Aschewolke hierherreisen können, aber der Spaziergang hatte mir geholfen, diesen Albtraum behafteten Nebel in meinem Kopf etwas zu klären. Zumindest ein kleines bisschen.

*Elende Vivaxia.* Ich hatte sie eine Ewigkeit lang verabscheut und wollte sie schon seit Tausenden von Jahren tot sehen.

Aber ihr neuster Streich – *meine Gefährtin zu entführen* – brachte mich dazu, sie in Stücke reißen zu wollen. Ihr Schreie zu entlocken. Sie äonenlang zu foltern, bis sie winselnd um den Tod flehte.

Aber zuerst musste ich herausfinden, was zum Teufel sie Cami angetan hatte. Denn dieser elende blumige Geruch verweilte noch immer in meiner Nase. Meine Gefährtin war über und über voll mit Vivaxias Malen.

Typhos hatte ihn ohne jeden Zweifel auch vernommen.

*Wenn Vivaxia ihr wehgetan hat ...*

Der Phönix in mir fauchte allein beim Gedanken daran und war wutentbrannt darüber, dass wir nichts gegen

Schmähung von diesem Kaliber unternahmen. Das Einzige, was ich tun konnte, war, ihn mit Fantasien darüber zu versorgen, wie wir diese elende Engelsfee quälen würden, wenn wir sie erst einmal aufgespürt hatten.

*Ich werde diesem Miststück den Hals mit bloßen Händen umdrehen, ihr dann die Augen ausstechen und ihr nur ihren Mund lassen, um zu schreien.*

Das war eine der vielen Arten, auf die Vivaxia mich hatte sterben lassen. Es war nur gerecht, dass ich den Gefallen erwiderte.

*Du hast mir alles beigebracht, was ich über den Tod weiß,* dachte ich in ihre Richtung. *Du allein trägst Schuld daran, Vivaxia*-Schätzchen.

Dieser elende Kosename.

Ihre verdammte *Stimme.*

Ich schüttelte den Kopf, um mich von den Gedanken zu befreien. Aber ihr Duft verweilte. Provozierte. Und versprach nach wie vor, dass mehr folgen würde.

Genau deswegen mussten Typhos und ich auf derselben Seite stehen. Als Verbündete.

Aber ich wusste nicht, was er mit Cami oder Ajax vorhatte – ich hatte beide in Meleks Obhut gelassen.

Ajax wusste vermutlich, wohin mich mein Weg führte, ohne dass ich es ihm gesagt hatte, aber ich flüsterte es ihm dennoch in Gedanken zu. Dann fragte ich: *Benimmt sich Melek?*

*Er sitzt neben ihr auf dem Bett und liest ein Buch,* erwiderte Ajax leise. *Er ist ... ungewöhnlich ruhig.*

*Hm.* Mir war auf dem Ball auch aufgefallen, dass Melek etwas reservierter geschienen hatte als sonst. Während unseres Gesprächs war mir aufgefallen, dass er nicht so sorglos gewesen war wie sonst und auch die neckischen Rätsel unterlassen hatte. *Lass mich wissen, wenn sich an der Lage etwas ändert.*

*Das werde ich*, versprach Ajax. *Und tu mir einen Gefallen. Sprich nicht für mich mit Luzifer. Ich kann mich um mich selbst kümmern.*

*Ja, das hast du klargemacht, Wärter*, flötete ich.

*Ich meine es ernst, Kommandant.*

*Ich werde mit ihm über Cami sprechen*, erwiderte ich. *Ich bin mir sicher, dass sie dasselbe wie du sagen würde, aber sie ist derzeit bewusstlos.*

Einen kurzen Augenblick lang sagte Ajax nichts. Dann antwortete er ganz leise: *Ich kann ihre Seele spüren. Sie lebt.*

*Das weiß ich.* Ich hatte unsere Verbindung auch überprüft. *Sie erholt sich.* Aber sie war auch in Vivaxias Geruch gehüllt und roch wie ein verdammter Engelsfeen-Blumenstrauß.

Ajax wusste auch, dass etwas nicht stimmte. Das brauchte ich ihm nicht zu sagen – er konnte es spüren. *Finde heraus, was Luzifer denkt*, sagte er schließlich. *Ich werde hier sein.*

Ich nickte. Zwar konnte er mich nicht sehen, aber vermutlich spürte er meine Zustimmung. Oder vielleicht wusste er, dass ich gerade vor Typhos' Büro angekommen war.

Anstatt mich mental anzukündigen, zog ich die Mauern wieder hoch und klopfte gegen die steinerne Tür.

„Komm rein", drang die knirschende Stimme des Höllenfeen-Königs durch den Stein.

Ich folgte der Einladung und trat ein.

Der piekfeine Wohnbereich war ordentlich und randvoll gefüllt mit Karten und Ordnern. Ein gefiederter Stift, der ganz in der Nähe in der Luft schwebte, sagte mir, dass sich in diesen Ordnern einige von Typhos' Vereinbarungen befanden, die er vielleicht gerade erst zu Papier gebracht hatte. Oder vielleicht war er schlichtweg nicht dazu gekommen, sie abzulegen.

„Ja, du kannst ihn freilassen", meinte Typhos, nicht aber zu mir. Er sprach mit dem König der Unseelie, der auf dem durchsichtigen Monitor an der Wand zu sehen war.

Erebus befand sich in einem genauso luxuriös eingerichteten Raum, wobei sein Büro gänzlich aus Spiegeln bestand. Massenhaft Spiegel. Jeder von ihnen schien das Licht anders einzufangen und brach es in regenbogenfarbige Muster, die in meinen empfindlichen Augen ein Brennen auslösten.

„Wir haben neue Informationen über die Person, die die Spiele manipuliert hat", fuhr Typhos fort. „Es war nicht die Fee, die du in deiner Gewalt hast. Er und mehreren anderen wurde eine Falle gestellt."

Erebus leckte sich die Lippen. „Bedeutet das, dass die Spiele fortgesetzt werden?"

„Bald", versprach Typhos, was mich überraschte. Aber vielleicht sollte es das nicht. Auch wenn Cami beinahe ums Leben gekommen war, auch wenn seine Quelle sich unter Beschuss befand, setzte er sein Volk immer an erste Stelle.

*Was ist mit seinem eigenen verdammten Gefährtenzirkel?*, fragte ich mich und biss die Zähne so fest zusammen, dass ein Schmerz durch sie jagte, während ich das Gespräch zwischen dem König der Höllenfeen und seinem Leutnant weiterverfolgte.

„Das freut mich", meinte Erebus lächelnd. „Was die Fee angeht ... Ich bin froh, dass ich ihn laufen lassen kann. Er ist der Vater einer der Höllenfeenbrautkandidatinnen – was bei uns als ehrenhafte Stellung angesehen wird, die ich wertschätzen und nicht bestrafen will."

„Das ist mir bewusst", erwiderte Typhos. „Wo wir gerade von Höllenfeenbrautkandidatinnen sprechen ... Konntest du diejenige aufspüren, die auf deinem Gebiet verschwunden ist?"

Das Licht um Erebus herum flackerte in gebrochenen Mustern, als würde er mit den kaum zu erkennenden Flügeln schlagen.

„Meine Soldaten sind in letzter Zeit schwierig zu

erreichen. Vielleicht macht es ihnen das Mädchen schwer." Er grinste und neigte den Kopf zur Seite – weniger vogelähnlich als ich es tun würde, eher verspielt. Man wusste nie so recht, ob Erebus nur sich selbst war oder etwas zu verbergen hatte. „Du hast in jedem Fall ein Händchen dafür, die Richtigen auszuwählen, mein König. Sobald ich sie in die Finger bekomme, wirst du der Erste sein, der davon erfährt."

„Hm", meinte Typhos und ließ nichts durchblicken, aber ich hatte das Gefühl, dass mir etwas entging.

Der Blick des Unseelie-Königs wanderte zu mir und ich trat bewusst ins Bild.

Ich war hier, um Typhos das Neuste über Camis Zustand zu erzählen, was offen gesagt wichtiger war als die Spielchen des Unseelie-Herrschers.

„Wie ich sehe, hast du Gesellschaft. Dann werde ich mich jetzt zurückziehen, Eure Majestät", verkündete Erebus mit höflichem Tonfall und neigte seinen Kopf. „Ich würde mich über ein Update, wann die Brautproben weitergeführt werden, sehr freuen."

Typhos nickte. „Und ich freue mich auf deine Berichte, Erebus."

Der Unseelie-König grinste ihn bloß an, dann wurde der Bildschirm schwarz.

Erst jetzt drehte sich Typhos zu mir um. „Tut mir leid. Ich habe nur all meine Leutnants auf den neuesten Stand gebracht, jetzt, wo wir mehr Informationen haben. Ich glaube, wir können davon ausgehen, dass Vivaxia und die Engelsfeen hinter den Angriffen auf unser Reich stecken."

Ich nickte und stimmte seiner Vermutung zu. „Wie es scheint, haben sie kein Interesse mehr daran, sich zu verstecken."

„Ganz recht", bemerkte er. In seinen Augen flackerte ein blaues Feuer.

Obwohl ich Typhos glaubte und verstand, dass er seine

Leutnants hatte ins Bild setzen müssen, wusste ich auch, dass er sich nicht nur deswegen in sein Büro zurückgezogen hatte. Er hatte Cami in der Luft abgefangen, die Frau mit seinem Körper und seiner Kraft ummantelt und sie dann in sein Bett gebracht.

Er hatte instinktiv gehandelt.

Nicht bewusst.

Und ich ahnte, dass er versuchte, diese Einsicht zu verdauen – vielleicht brütete er sogar etwas über die unbewusste Entscheidung, sie in sein inneres Heiligtum gebracht zu haben.

Er musterte mich einen Augenblick lang, dann deutete er mit der Hand auf den Ledersessel neben einem Kamin, der das große Büro mit Höllenfeuer erleuchtete. „Lass uns reden, Azazel. Wie geht es Camillia?"

Eine interessante Frage, wo Melek ihn doch bestimmt mit mentalen Updates über ihren Zustand versorgte, wie Ajax es bei mir tat.

Also beschloss ich, die Frage zu übergehen und selbst eine zu stellen. „Gibt es einen Grund, warum du mich dein Gespräch mit Erebus hast mithören lassen?"

Typhos schenkte sich ein Glas flammenden Whisky ein, von dem er immer eine Flasche in seinem persönlichen Vorrat stehen hatte. Dann füllte er auch ein Glas für mich.

Ich griff danach und nippte am Getränk, während ich seine Antwort abwartete.

Er meldete sich nicht umgehend zu Wort. Stattdessen machte er es sich in seinem Ledersessel gemütlich. Sein muskelbepackter Körper nahm das gesamte Möbel ein und sein schwarzes Haar breitete sich hinter ihm aus. Die weiße Haarlocke, die in sein Gesicht fiel, war eine interessante Ergänzung, die ihn irgendwie zugänglicher machte.

„Zwischen Erebus und der ausgerissenen Braut, die du während des Chaos mit dem Portal verloren hast, ist etwas im

Gange." Er sah mir in die Augen und war sich im Klaren darüber, dass seine Worte etwas in mir auslösten. „Erinnerst du dich daran?"

Die Andeutung, dass mein Phönix und ich eine Zielperson *verloren* hatten, ließ mich erschaudern. „Ich habe sie nicht *verloren*", knurrte ich mit zusammengebissenen Zähnen. „Die Unseelie haben mich bewusst davon abgehalten, sie aufzuspüren."

Und außerdem war ich von Cami abgelenkt gewesen, die Typhos' Kraft in sich aufgenommen hatte, um den Vortex am Firmament zu schließen.

Aber der erstgenannte Grund war der wichtigere. Die Braut zu schnappen, hätte ein Unterfangen von wenigen Sekunden sein wollen, und trotzdem war sie mit der Hilfe der Unseelie, die sich in ihrer Nähe befunden hatten, verschwunden.

„Kannst du beweisen, dass sie ihre Hände im Spiel hatten?", wollte Typhos wissen.

„Ob ich es beweisen kann? Natürlich nicht", gab ich zu. „Aber das ist die einzige Erklärung. Warum sonst hätte ich sie nicht aufspüren können? Und außerdem weißt du ja, wie die Unseelie sind. Sie sind noch hinterhältiger als Melek."

Aber deswegen war ich auch nicht hier.

Ich hatte das Gespräch mit meiner Frage, warum er mich während seines Gesprächs mit Erebus hereingebeten hatte, wohl ungewollt in diese Richtung gelenkt. Offensichtlich wollte er, dass ich die Unterhaltung mitverfolgte, und doch hatte er mir immer noch nicht verraten, warum.

Typhos stieß einen Seufzer aus. „Da hast du recht. Aber sie sind loyal."

Dagegen gab es nichts einzuwenden, also erwiderte ich nichts.

Denn, ja, sie waren loyale Albtraumfeen. Das würde ich auch nicht dementieren. Ich teilte seine Meinung.

„Wie du weißt, lege ich großen Wert auf Loyalität", fuhr er fort. „Aber in letzter Zeit habe ich begonnen, an diesem Grundsatz zu zweifeln."

Ich zog eine Augenbraue hoch. „Hast du mir etwas vorzuwerfen, Typhos?", fragte ich. „Zweifelst du vielleicht an *meiner* Treue, weil ich dich aus meinen Gedanken gesperrt und die Frau zu meiner Gefährtin gemacht habe, die du als Feindin ansiehst?"

Er kniff die Augen zusammen und führte das Glas zwischen seine Lippen, ehe er einen großen, gezielten Schluck nahm. „Nein, Azazel. Ich vertraue dir. Aber alles, was geschehen ist, hat mich Treue in einem neuen Licht sehen lassen."

Ich wusste nicht recht, was er damit sagen wollte, also nippte ich stumm an meinem Getränk.

Er stellte das Glas ab. „Hades hat mich zur Einsicht gebracht, dass ich deinem Bruder gegenüber unfair war. Ich habe ihn freigelassen, während du weg warst."

„Oh." Das hatte ich nicht gewusst. „Hades hat in Malikis Namen mit dir gesprochen?"

Ich war nicht sicher, wie die Beziehung zwischen meinem Bruder und der Mythosfee aussah, aber ich hatte irgendwo aufgeschnappt, dass die beiden eine gemeinsame Vergangenheit verband. Eine, die bisher nicht von besonderem Interesse für mich gewesen war, jetzt aber meine Neugier weckte. Vielleicht würde ich meinem Bruder einen längst überfälligen Besuch abstatten, wenn dieser Albtraum erst einmal durchgestanden war.

„Hades hat sich mit mir getroffen", formulierte Typhos um. „Er hat bestätigt, was ich bereits wusste: dass die Engelsfeen mit den Portalen und dem Chaos in Verbindung stehen. Ihr Eingreifen hat mich die Treue aller anzweifeln lassen – selbst jene, die immer wieder bewiesen haben, dass sie die besten Absichten für unser Reich haben."

„Reden wir immer noch von den Unseelie?", fragte ich, weil ich seiner Logik nicht ganz folgen konnte.

„Ja und nein." Er griff nach seinem Glas und nippte abermals daran. „Du hast gefragt, warum ich dich mithören *lassen* habe. Ich wollte dir zeigen, dass ich meinen Fehler erkannt habe."

Ich lehnte mich nach vorn. „Sprich weiter."

An seinen Mundwinkeln zupfte ein Lächeln, vermutlich, weil meine ermutigenden Worte mir wohl eher als Forderung anstatt als Bitte über die Lippen gekommen waren. Unsere dominanten Persönlichkeiten führten nur selten zu einem Konflikt – vorwiegend, weil mein Phönix sich vor dem König der Höllenfeen verneigte.

Oder zumindest hatte er das bisher immer.

Cami und Ajax hatten das geändert.

Heilige Höllenfeuer, sie hatten *alles* verändert.

„Was ich damit sagen will, ist, dass ich gelernt habe, die Spielfiguren auf dem Brett nicht zu bestrafen. Sie wurden gegen ihren Willen manipuliert. Sie einzukerkern, ist falsch, auch wenn ich es aus einem Schutzinstinkt getan habe."

Mir schwante, dass er nicht länger von den Unseelie sprach.

Oder vielleicht schon, aber nur indirekt.

„Vivaxia hat endlich ihren Zug gemacht, nachdem sie uns Jahrtausende lang in Frieden gelassen hat, und sie benutzt jeden Trick, den sie kennt, um mich an meinem eigenen Glauben zweifeln zu lassen."

„Ist das wirklich so überraschend?", fragte ich. „Ein paar tausend Jahre sind nichts für Wesen mit einer Lebenserwartung wie wir."

„Das stimmt", meinte er. „Aber ihre Methoden und Wünsche sind nicht, worauf ich hinaus will."

„Worauf willst du dann hinaus?", fragte ich ihn, weil mir

nicht der Sinn nach Rätseln stand. Wenn dem so wäre, wäre ich bei Melek und nicht bei Typhos.

Aber wie es schien, war Melek genauso wenig danach.

„Ich will damit sagen, dass ich dir eine Entschuldigung schulde", erwiderte er, woraufhin mir beinahe das Glas aus der Hand rutschte.

Typhos Luzifer entschuldigte sich nur sehr selten.

Tatsächlich war ich mir fast sicher, dass er dieses Wort in meiner Anwesenheit das erste und letzte Mal während seines Versuchs, mich vor Vivaxia zu retten, ausgesprochen hatte.

„Eine Entschuldigung?", wiederholte ich, überzeugt davon, mich verhört zu haben.

Er richtete sich auf und goss mehr Whisky in sein Glas, sein Blick etwas unfokussiert. „Zwei Entschuldigungen in weniger als vierundzwanzig Stunden. Ich lasse wirklich nach."

Das Grinsen, das über sein Gesicht huschte, verriet mir, dass er entweder das Gesagte witzig fand oder Melek ihm gerade etwas zugeflüstert hatte.

Ich konnte mir gut vorstellen, dass es vermutlich eine Gegenbemerkung zu seiner Aussage, dass er *nachließe*, gewesen war. Ich bezweifelte stark, dass das stimmte. Der Stapel Handelsvereinbarungen ganz in der Nähe zeugte vom Gegenteil.

*Ist eine davon für Ajax?*, fragte ich mich. *Eine schriftliche Vereinbarung, die nur darauf wartet, unterzeichnet zu werden?*

Mein Mitternachtsfeengefährte hatte mich gebeten, nicht in seinem Namen zu sprechen, und das würde ich respektieren. Aber wenn ich eine Vereinbarung fand, die für ihn bestimmt war, würde ich sie ohne Umschweife in Flammen aufgehen lassen.

Aber das hier war der Höllenfeen-König. Seine Welt drehte sich um Vereinbarungen.

Sie waren mehr als nur bindende Verträge – sie waren seine Religion.

Jedes Wort war Gesetz, und wurden die Abmachungen gebrochen, erwartete die Gegenpartei Höllenfeuer.

Ajax würde nicht dasselbe Schicksal erleiden.

„Nach allem, was wir durchgemacht haben, hoffe ich, dass du weißt, wie viel du mir bedeutest", murmelte Typhos und richtete seinen Blick auf mich. „Du bist mein Gefährte, Azazel. Mehr als das. Du bist mein bester Freund. Ich hätte dich fragen sollen, was für Absichten du mit Ajax hast."

„Ja", stimmte ich zu, „hättest du."

Ein Nicken. „Tut mir leid. Es wird nicht wieder vorkommen."

Ich zog eine Augenbraue hoch. „Bedeutet das, dass der Handel vom Tisch ist?" Technisch gesehen sprach ich jetzt nicht in Ajax' Namen, sondern wollte nur wissen, was Typhos vorhatte.

Er antwortete nicht sofort, stattdessen schwenkte er den Inhalt seines Glases. „Es gibt keinen Handel, den es abzuschließen gibt. Ajax' Position in der Gesellschaft der Höllenfeen ist gesichert und er wurde bereits wieder als Wärter eingesetzt. Er ist dein Gefährte, und das macht ihn zu einer Höllenfee. Camillias Status wurde auch geändert. Sie ist jetzt eine Höllenfeengefährtin. Die beiden sind hier in Sicherheit und stehen unter meinem Schutz."

Ich wartete.

Als er nichts hinzufügte, hakte ich nach: „Im Austausch für …?"

„Nichts." Er nahm einen weiteren Schluck, dann stellte er sein Getränk wieder ab. „Wenn Ajax mich zu seinem Gefährten machen will, steht das Angebot nach wie vor. Aber die Entscheidung liegt ganz allein bei ihm und wenn es dazu kommt, dann nur, weil er es will."

„Du willst ihn immer noch zu deinem Gefährten machen?", fragte ich unsicher.

„Ich will ihn beschützen", erwiderte Typhos. „Ich begehre

ihn nicht so, wie du es tust. Aber ich respektiere ihn. Er liegt mir am Herzen. Und ich will ihn in meinem inneren Zirkel haben. Aber ich werde ihn nicht zwingen, sich mit mir zu verbinden."

Ich musterte meinen Höllenfeen-König-Gefährten. „Woher der plötzliche Sinneswandel?", wollte ich wissen. Nicht, weil ich ihm nicht glaubte – das tat ich ohne jeden Zweifel –, sondern weil ich seine Entscheidung nicht nachvollziehen konnte.

„Wie ich schon sagte, Azazel. Ich habe fälschlicherweise die Spielfiguren auf dem Bett bestraft und die Treue anderer angezweifelt, auch wenn ihre Taten Bände sprechen, was ihre Absichten anbelangt. Dieses ganze Chaos mit Vivaxia hat Unruhe gestiftet. Das hat jetzt ein Ende."

Ich leerte das Glas, dann lehnte ich mich in den Sessel gegenüber von ihm zurück. „Also, was heißt das für uns? Was heißt das für Camillia?"

„Ich werde sie ausbilden", erwiderte er überraschenderweise. „Keine Bestrafungen mehr. Keine Drohungen mehr. Kein Anzweifeln ihrer Absichten mehr. Jetzt ist mir klar, was sie ist. Ich sehe, was für Fehler ich begangen habe, was sie betrifft. Und ich werde Wiedergutmachung leisten. Aber vorher werde ich ihr alles beibringen, was ich weiß."

„Warum?", wollte ich wissen. „Damit du sie gegen Vivaxia einsetzen kannst?"

„Nein. Sie ist kein Spielzeug und auch keine Waffe und ich werde sie nicht wie eine Spielfigur behandeln. Ich bin nicht wie Vivaxia. Und dass du meine Absichten anzweifelst, zeigt mir, wie angeschlagen unser Gefährtenzirkel ist. Ich werde es wieder richten, angefangen damit, dass ich den Bann entwirre, den Vivaxia in Camillia festgesetzt hat."

Ich lehnte mich nach vorn, weil ich daran hängen

geblieben war, was er eben gesagt hatte, und ging auf den letzten Satz ein. „Du spürst die Magie also auch."

„Selbstverständlich. Der Gestank klebt förmlich an ihr."

„Sie riecht wie ein Strauß verrottender Blumen", murmelte ich.

„Der Geruch, der Vivaxia auszeichnet", flötete er. „Wir werden unschädlich machen, was auch immer sie in Camillia zurückgelassen hat, und deine Gefährtin mit Wissen und Fähigkeiten ausstatten, damit sie sich das nächste Mal anständig verteidigen kann. Das hätte ich schon tun sollen, als ich ihr begegnet bin. Stattdessen habe ich versucht, sie einzuschließen."

„Zu deinem Schutz", überlieferte ich und erinnerte mich an die vorherigen Kommentare daran, was er mit all den Spielfiguren getan hatte.

„Du fühlst dich schuldig dafür, was du ihr angetan hast."

„Schuldgefühle führen zu nichts", erwiderte er und sein Blick fiel auf sein Glas. „Ich habe einen Fehler gemacht und stehe dazu. Ich entschuldige mich dafür. Und jetzt werde ich es wiedergutmachen." Als er zu mir hochblickte, glaubte ich Flutwellen in seinen Iriden tosen zu sehen. „Kannst du mir vergeben?"

Ich starrte ihn an. „Würdest du jemandem dafür verzeihen, wenn er versucht hätte, Melek in ein Gefährtenband zu zwingen?"

An seinen Mundwinkeln zupfte ein Lächeln. „Er hat mich etwas ähnliches gefragt."

„Und was hast du geantwortet?"

„Dass ich das Arschloch umbringen würde."

Ich lächelte um ein Haar. „Ich schätze, so kann man es auch ausdrücken."

„Willst du damit sagen, dass du mein Herz mit deinem Flammenschwert durchbohren musst?", fragte er mit hochgezogener Augenbraue. „Wären wir dann quitt?"

„Nicht einmal annähernd", erwiderte ich. „Aber ich werde es als Option für später berücksichtigen."

„Für später?", wiederholte er.

„Wir haben jetzt wichtigere Dinge zu erledigen", sagte ich zu ihm. „Zum Beispiel Cami dabei helfen, Vivaxia zu besiegen." Ich stand auf. „Wenn uns das gelungen ist, werde ich darüber nachdenken, dich zu erstechen."

Er lächelte. „Abgemacht."

„Freu dich nicht zu früh, Typhos. Du weißt, dass ich dafür sorgen werde, dass es wehtut."

„Du weißt schon, dass mich das noch mehr reizt, oder?", entgegnete er und stand auf.

Ich schüttelte den Kopf. „Du bist ein Sadist, kein Masochist."

Er zog eine seiner perfekt geformten Augenbrauen hoch. „Hat da jemand mit Melek über meine Vorlieben gesprochen?"

„Ich bin schon lange genug in deinem Kopf, um es zu wissen", schoss ich zurück. „Aber wenn du Cami wehtust, werde ich dich wirklich umbringen." Den letzten Satz sagte ich mit ernstem Tonfall.

Er hob die Hände hoch. „Ich hege keine Absichten, Hand an deine Gefährtin zu legen."

Ich musterte ihn einen langen Augenblick und dachte an alles zurück, worüber wir gesprochen hatten. „Hm, das werden wir ja sehen." Denn für mich war ziemlich offensichtlich, dass er sich in Cami verliebte, wie es der Rest von uns bereits hatte.

„Wir werden gar nichts sehen", informierte er mich ausdruckslos.

Ich nickte. „Alles klar." Wenn er sich das lange genug einreden würde, würde er vielleicht daran glauben.

*Az*, sagte Ajax, was umgehend meine Aufmerksamkeit auf ihn zog. *Sie regt sich.*

Melek musste Typhos etwas ähnliches übermittelt haben, denn er spannte seinen Körper an.

Wir tauschten einen Blick aus, waren wieder auf einer Wellenlänge. „Lass uns gehen", meinte Typhos und verschwand dann in einem Schwall herumwirbelnder Funken.

Ich folgte ihm umgehend.

*Es ist höchste Zeit, die Augen zu öffnen, kleine Kämpferin,* dachte ich. In der nächsten Sekunde materialisierte sich das Schlafzimmer um mich herum. *Wir haben viel zu bereden.*

# KAPITEL 20

## CAMI

*Mмммн, Zimt und Sünde.* Was für ein süchtig machender Geruch. Ich wollte mich darin wälzen, darin treiben, darin *leben.*

Ich atmete tief ein und als ein noch köstlicheres Aroma meine Sinne betörte, erwachte in mir etwas zum Leben. Tanne. Pfefferminze. Lagerfeuer.

Die vereinten Gerüche gaben mir das Gefühl, eine heiße Pfefferminzschokolade in einer Hütte im Wald zu schlürfen.

Dekadent.

Entspannend.

*Sicher.*

Ich stieß ein Stöhnen aus. Die seidenen Laken, in die ich gehüllt war, fühlten sich himmlisch sanft an. Ich kannte dieses Bett. Aus meinen Träumen.

Und darum überraschte es mich auch nicht, zwei saphirblaue Augen auf mich hinabstarren zu sehen.

Typhos Luzifer.

Meine ultimative Versuchung.

Sein wunderschönes Gesicht wurde von seinem schwarzen Haar eingerahmt. Die weiße Strähne in seiner Mähne war eine neue Ergänzung, die ihm gut stand. Er biss die Zähne zusammen und musterte mich eindringlich.

„Du trägst ein Oberteil", sagte ich, etwas überrascht über sein Outfit, und noch überraschter von der heiseren Beschaffenheit meiner Stimme. Vielleicht sollte sich das sinnlich anhören. Träume waren manchmal echt schräg.

Er zog eine Augenbraue hoch. „Wäre es dir lieber, wenn ich ohne Hemd vor dir stehe?"

Auf meinen Lippen zog ein Lächeln auf. „Na ja, normalerweise tust du das ..." Ich sah an seinem Hemd hinab, dessen Ärmel an die Ellbogen hochgekrempelt waren. „Aber das geht auch."

Er ließ sich langsam neben mir aufs Bett sinken. Anders als sonst war er heute nicht so direkt. Natürlich fingen meine Träume meistens auch damit an, dass er nackt über mir schwebte.

Aber das hier war eine nette Abwechslung.

Ich streckte meine Hand nach Luzifer aus und fragte mich, was sonst noch anders an ihm sein könnte.

Für gewöhnlich fesselte er mich, aber jetzt waren meine Hände frei und ich hatte fest vor, diesen Umstand voll auszuschöpfen.

Er zog die Augenbrauen hoch, als ich meine Hand an seinen Hals führte und sie dann an seinen Nacken gleiten ließ, ehe ich mich etwas aufrichtete. Dann zog ich ihn mit aller Kraft zu mir.

Sein Name kam mir über die Lippen, dann küsste ich ihn. Sein Körper fühlte sich merkwürdig starr an. Vermutlich, weil ich die Führung übernommen hatte.

Luzifer mochte es, wenn er das Zepter in der Hand hielt.

Pech gehabt. Das hier war mein Traum und er hatte mich noch nicht gefesselt. „Du solltest mir keine Freiheiten einräumen, wenn du nicht willst, dass ich das Steuer übernehme", sagte ich, noch immer mit Reibeisenstimme, an seinen Mund gedrückt.

Irgendwie fühlte ich mich auch etwas schwach. Als hätte ich gerade ein ziemlich anspruchsvolles Workout hinter mich gebracht.

Vielleicht gab es einen Teil von diesem Traum, an den ich mich nicht erinnerte.

Aber *das hier* würde ohne jede Frage in mein Langzeitgedächtnis übergehen.

Ich schob meine Zunge zwischen Luzifers Lippen und verlangte damit wortlos, dass er mich zurückküsste.

Doch das tat er nicht.

Nicht direkt.

Stattdessen legte er seine Hand an meine Wange und schob mich sanft etwas zurück. „Camillia."

„Luzifer." Ich lehnte mich nach vorn, um ihn erneut zu küssen, und dieses Mal stieß er ein *Knurren* aus.

Ich lächelte, zufrieden darüber, ihn bewusst provoziert zu haben. Denn ich wusste, was folgen würde.

Doch dann ließ mich eine überraschende Bewegung zu meiner Linken innehalten. Ich ließ meinen Blick in die Richtung wandern und sah Melek gegen das Kopfteil gelehnt neben mir sitzen. Seine Beine waren an den Fußknöcheln übereinandergeschlagen. „Hallo, Engelchen."

*Oh.*

Ich hatte noch nie von Melek und Luzifer zusammen geträumt.

Es folgte das Räuspern einer dritten Person, was meinen Blick zu Az wandern ließ. Er stand zusammen mit Ajax am Fuß des Betts.

*Alle vier?*, dachte ich mit krampfendem Magen. *Na gut. Ich schaffe das.*

*Cami*, murmelte Ajax in meine Gedanken.

*Schhh*, erwiderte ich mittels unseres Bandes. *Ich muss einen klaren Gedanken fassen.*

Az und Ajax hatten mich auf Analspielchen vorbereitet. Aber das war in der Realität gewesen.

In der Traumwelt ... Ja. Hier konnte ich mit allem umgehen. Was bedeutete, dass drei Männer gleichzeitig in mir zu haben, kein Problem sein würde. Ich müsste bloß meine Hand am Vierten benutzen.

*Bei den Feen, ich kann nicht glauben, dass ich überhaupt mit diesem Gedanken spiele ...*

Aber in Träumen konnte mir nichts passieren.

Und das stimmte mich zuversichtlich, sodass ich mich abermals zu Luzifer lehnte. Er ließ seine Hand in meinen Haarschopf wandern und seine Berührung wurde mit jeder Sekunde dominanter.

Er würde mich ohne jeden Zweifel bald fesseln.

Vielleicht würde er mich sogar zwingen, alle drei Männer in mir aufzunehmen, während er zusah.

Bei diesem Gedanken presste ich die Schenkel aneinander. Mein Körper wollte spielen.

„Camillia", sagte er an meinen Mund gepresst.

„Hör auf zu reden und küss mich", verlangte ich.

Sein Griff in meinem Haar wurde fester. Der Höllenfeen-König wusste meine Bemerkung nicht zu schätzen.

Und bestrafte mich mit seiner *Zunge*.

Heilige Feen.

Wir hatten uns in meinen Träumen jetzt schon dutzende Male geküsst, aber nie so.

Sein zimtiger Geruch rauschte mit einem Brennen durch mich. Das Aroma erinnerte mich an eine flackernde Kerze. Ich atmete tief ein und genoss seinen Geschmack. Seine Stärke. Seine männliche Aura. Seine *Potenz*.

Sie umgarnte mich, nahm mich ein, überwältigte mich, *beanspruchte* mich.

Wow, diese Fee war ein unverschämt guter Küsser.

Ich hatte mich derart in ihm verloren, dass ich Az und Ajax nicht hören konnte. Sie sprachen beide in meinen Kopf, doch ihre Worte waren angesichts der tosenden Wolke des Verlangens nicht zu vernehmen.

Der Kuss war niederschmetternd.

Er ruinierte mich für alles und jeden anderen.

Er überwältigte mich. Zeichnete mich. Fesselte mich.

Und dann war er auch schon wieder vorbei.

Luzifer machte sich seine Hand, die in meinem Haar lag, zunutze und hielt mich damit auf Abstand, als ich versuchte, mich auf ihn zu werfen. Das Blau seiner Augen war jetzt einem lustvollen Schwarz gewichen.

Sie sahen so viel intensiver aus als in meinen anderen Träumen. Vermutlich, weil sein dunkles Hemd seine wunderschönen Augen betonte.

*Cami*, versuchte Ajax es erneut. *Hast du gehört, was ich gesagt habe?*

Mein Blick wanderte zu ihm und an meinen Mundwinkeln zupfte ein Lächeln. „Ich war anderweitig beschäftigt."

Er erwiderte das Lächeln nicht. „Das sehe ich."

„Geht es dir gut?", wollte Az mit besorgtem Tonfall wissen.

Ich stieß ein Lachen aus. „Es geht mir fantastisch."

An Luzifers Mundwinkeln zupfte ein Lächeln. „Ach, wirklich?"

„Ja", zischte ich und streckte die Arme über den Kopf. „Und jetzt, zieh dein Hemd aus." Denn ich wollte seinen muskulösen Oberkörper erforschen – etwas, das mir in den vorangegangenen Träumen immer verwehrt geblieben war, weil er dazu neigte, mich zu fesseln.

Er zog eine Augenbraue hoch. „Warum sollte ich das tun?"

„Weil du das immer tust."

„Tue ich das?" Er neigte den Kopf zur Seite. „Wann denn?"

„In meinen Träumen", erwiderte ich lachend. „Obwohl ich zugeben muss, dass es mir gefällt, meine Hände frei bewegen zu können. Ist eine nette Abwechslung."

„Bist du normalerweise gefesselt, Engelchen?", fragte Melek, woraufhin mein Blick zu ihm und dem angeheizten Ausdruck in seinen Augen wanderte.

„Du bist wach, Cami", fiel Ajax mir ins Wort, bevor ich auf Meleks Frage antworten konnte. „Das hier ist kein Traum."

Ich öffnete meinen Mund, schloss ihn dann aber wortlos wieder. *Wie bitte?*

*Das habe ich dir versucht zu sagen. Das hier geschieht gerade wirklich*, beteuerte er mittels unserer Verbindung. *Du bist hellwach.*

Ich sah ihn, dann Az an.

„Du bist aus dem Reich der Engelsfeen gefallen", erklärte Az. Seine Aussage hatte denselben Effekt wie ein Eimer voller eiskaltem Wasser. „Typhos hat dich aufgefangen, aber du warst stundenlang bewusstlos. Wir sind im Augenblick in Typhos' und Meleks Suite."

„Wir sollten sie in die königliche Suite umbenennen", bemerkte Melek im Plauderton. „Irgendetwas sagt mir, dass wir in den kommenden Tagen und Wochen alle mehr Zeit hier verbringen werden."

Ich sah blinzelnd von Az zu Melek, dann zurück zu Ajax und Az.

Und irgendwann ... zu Luzifer. „Um der Feen willen ..." Ich ... ich hatte ihn *geküsst*. Seine Hand lag noch immer in meinem Haar und sein Mund war nur eine Haaresbreite von meinem entfernt. „*Oh.*"

Diese Fee würde mich umbringen.

Auf schreckliche, *schmerzhafte* Weise.

Er blähte die Nasenflügel und presste die Lippen aufeinander. „Atme, Camillia."

Ich tat es nicht.

Wozu auch? Mein Leben war sowieso vorbei. Mit jeder Sekunde, die verstrich, traten Erinnerungen an die Oberfläche. Angefangen mit unserem Tanz bis über zu diesem Loch, in das ich mich geworfen hatte.

Danach hatte ich nichts mehr gespürt. Nur Leere.

Bis ich in diesem Bett aufgewacht war und dachte, ich träumte.

„Tut mir leid", schaffte ich mit dem letzten bisschen Sauerstoff in der Lunge von mir zu geben. Es hörte sich ziemlich kleinlaut und traurig im Vergleich zu der Entschuldigung an, die ich ihm schuldete. Aber ich hatte keine Luft mehr übrig, um etwas hinzuzufügen.

„*Atme*", verlangte er. Sein fordernder Tonfall traf mich mitten in die Brust und zwang mich, einzuatmen. „Braves Mädchen, Cami. Tu es noch mal."

Sein Lob brachte mich dazu, ihm zu gehorchen. Mein Bedürfnis, ihm zu gefallen, war ein einzigartiges Verlangen, das ich nicht zu eingehend analysieren wollte. Denn ich bezweifelte, dass mir dessen Ursprung gefallen würde.

Nachdem ich mehrere weitere Atemzüge genommen hatte, lobte er mich erneut.

Dann sagte er: „Erzähl mir, was passiert ist. Wie bist du im Reich der Engelsfeen gelandet? Und was wollte Vivaxia?"

Ich gaffte ihn an. Wie sollte ich das beantworten? *Wenn ich ihm offenbare, dass ich ein Siphon bin, wird er mich umbringen.*

*Er weiß es bereits*, erwiderte Az leise. *Er weiß, dass Vivaxia dich benutzt hat. Er will dir helfen.*

Mir rutschte beinahe ein Lachen heraus.

Denn das war unmöglich.

Und allein der Gedanke daran, dass es wahr sein könnte, ließ mich wundern, ob das alles ein weiterer Traum war.

„Ich werde dich nicht umbringen, Camillia", bemerkte Luzifer kurz darauf, was mich darauf schließen ließ, dass Az ihm meine Gedanken übermittelt hatte.

Oder vielleicht war es Melek gewesen.

Unsere Verbindung stand jetzt wieder weit offen, aber er hatte noch nicht versucht, erneut mit mir zu sprechen. Das kam mir merkwürdig vor. *Früher hat er pausenlos mit mir geredet...*

*Und du hast mich daraufhin ausgesperrt*, erwiderte Melek. Der für ihn sonst typische verspielte Tonfall fehlte. *Es wäre mir lieber, wenn ich mir nicht wieder dieselbe Strafe einhandeln würde. Deswegen versuche ich, dich in Ruhe zu lassen.*

Ich sah ihn überrascht an. Das Wort *Strafe* hatte mich kalt erwischt.

„Es tut mir leid", sagte er hörbar. „Ich werde unsere Verbindung erst wieder benutzen, wenn es dir genehm ist."

Ich runzelte die Stirn. Melek schien ... anders. Verletzt? Gepeinigt? Unsicher?

*Ist Melek auf dem Ball etwas zugestoßen?*, fragte ich Az und Ajax. Meine Gedanken verbanden sich mühelos mit ihren. Endlich hatte ich den Dreh mit all den Gefährtenbändern raus. *Warum wirkt er so ... niedergeschlagen?*

Ich blinzelte, denn das letzte Wort erinnerte mich daran, was Luzifer mir auf der Tanzfläche gesagt hatte. Mein Blick wanderte umgehend zu seiner schwer zu lesenden Miene und mein Herz setzte einen Schlag aus.

Er hatte wissen wollen, was passiert war. Wie ich im Reich der Engelsfeen gelandet war. Was Vivaxia gesagt hatte. Und er hatte gerade beteuert, dass er mich nicht umbringen würde.

Vermutlich, weil er es nicht konnte.

Aber einsperren konnte er mich allemal.

Wie Vivaxia gesagt hatte.

Wie er es zuvor schon getan hatte.

*Oh, bei den Feen, ich habe ihn geküsst ... Ich meine, so richtig. In der echten Welt.* Und seine Hand lag immer noch in meinem Haar.

Er hatte mich zwar zu Melek blicken, jedoch nicht von mir abgelassen.

Warum? Fesselte er mich? Hielt er mich fest? Bereitete er sich darauf vor, mich zu erwürgen?

„Camillia", sagte er, was meinen Blick auf seine Lippen wandern ließ. Die Lippen, die ich gerade geküsst hatte.

*Verdammt.* „Es tut mir leid!", platzte mir heraus. „Ich dachte, ich träume."

Er ließ meine Haare los, woraufhin mir ein eiskalter Schauer über den Rücken lief. Dann griff er nach meinem Kinn und führte meinen Blick von seinen Lippen weg zu seinen Augen, in denen ein intensiver Ausdruck stand.

„Du schuldest mir keine Entschuldigung, Kleine." Sein sanftmütiger Tonfall passte nicht zum König, den ich kannte. Vor dem ich mich *fürchtete.* „Aber ich würde gern wissen, was Vivaxia zu dir gesagt hat."

Ich erschauderte. „Du wirst mich einsperren."

Er zog die Stirn kraus. „Weil du ein Siphon bist?"

Ich sah ihn erschrocken an. *Er weiß, dass ich ein Siphon bin.* Zwar hatte Az mir das schon gesagt, aber es von Luzifers Lippen zu hören, machte es unmissverständlich klar.

Luzifer ließ von meinem Kinn ab und richtete sich leicht auf. „Ich habe gespürt, wie du gegen die Anziehung angekämpft hast, Camillia. Du hast mein Licht zurück in mich gestoßen, obwohl du es mir hättest nehmen können. Vielleicht war das nur Show, aber das bezweifle ich. Ich glaube, Vivaxia benutzt dich, um mir Schaden zuzufügen. Willst du mich vom Gegenteil überzeugen?"

Der subtile Befehlston, der diesen drei Worten

mitschwang, ließ mich die Stirn runzeln. „Ich soll dich davon überzeugen, dass ich dir wehtun will?"

„Klar." Er starrte mich an. „Ich höre?"

„Ich will dir nicht wehtun", schnauzte ich. Ich hatte dieses bescheuerte Hin und Her zwischen uns satt. „Und ich will deine Quelle nicht. Aber offenbar wurde ich geschaffen, um dein Licht zu absorbieren und das Reich der Engelsfeen in den alten Zustand zu versetzen. Denn Vivaxia zufolge hast du ihre Quelle zerstört, als du dich geweigert hast, deine Sünden wiedergutzumachen."

Den letzten Teil gab ich um ein Haar mit den Augen rollend von mir. Laut ausgesprochen, hörte es sich fast so irrsinnig an, wie vorhin, als es mir erzählt worden war.

Luzifers Miene verdüsterte sich. „Hat sie dir das gesagt?"

„Ja. Sie meinte, du hättest alle Albtraumfeen und Höllenfeen nur zu deiner Unterhaltung geschaffen und damit einen *Schwur* – keinen *Handel*, übrigens – gebrochen. Den Schwur, das Leben zu schützen. Also wurdest du zur Strafe verstoßen, aber das Licht ist dir gefolgt, um dir dabei zu helfen, Wiedergutmachung zu leisten. Als du dich geweigert hast, ist das Reich der Engelsfeen zerfallen."

Es überraschte mich, dass ich mir all das hatte merken können, obwohl mein Erlebnis im Reich der Engelsfeen so merkwürdig gewesen war.

„Oh, und wenn ich schon vom Hundertsten ins Tausendste komme ... Vivaxia ist offenbar meine Großmutter." Wenn ich schon dabei war, konnte ich auch dieses nette Informationsschnipsel bekanntmachen. „Und meine Mutter lebt, aber mein Vater ist tot."

Nachdem ich den letzten Teil von mir gegeben hatte, presste ich die Lippen aufeinander.

Ich mochte meine Eltern nicht besonders, aber ... aber ich ...

Ich räusperte mich. „Mir wurde nicht gesagt, was mit ihm

geschehen ist, aber ich glaube, Vivaxia hat seinen Tod angeordnet?"

Ich formulierte das als Frage, weil meine Mutter Andeutungen gemacht hatte, dass sein Ableben unumgänglich gewesen war.

Ich schüttelte den Kopf.

Alles, was sie, was Vivaxia gesagt hatte ... Das war ... ganz schön viel.

„Sie haben mir erzählt, dass ich geschaffen wurde, um dein Licht zu stehlen und ihr Reich wiederaufzubauen." Ich hatte nicht die geringste Ahnung, wie das alles gehen sollte, oder wie ich es verhindern konnte. „Vivaxia hat immer wieder versucht, mich mit einem Bann zu belegen, der meine Realität verzerrte. Immer wieder vergaß ich Dinge, sah Schimären und ... und ..."

Ich war nicht sicher, was ich dem noch hinzufügen sollte oder was mich überhaupt dazu gebracht hatte, endlos zu plappern. Aber ich hatte meinen Teil gesagt.

„Ich will deine Quelle nicht", fasste ich zusammen. „Ich will kein Siphon sein. Und ich glaube, ich hasse meine Mutter."

Ich presste die Lippen aufeinander und verstummte.

Keiner sagte etwas, was meinen Magen sich verkrampfen ließ.

*Ihre Erzfeindin ist meine Großmutter.* Natürlich hatten sie dem nichts hinzuzufügen. Sie hassten mich jetzt vermutlich auch. Wie sie es sollten.

Vivaxia hatte Az eingesperrt und ihn wie ein Tier im Käfig gehalten.

Sie hatte Luzifer hinters Licht geführt und seinen Fall herbeigeführt.

Und ich war mir fast sicher, dass sie auch etwas mit den Sicherheitsproblemen im Reich der Höllenfeen zu tun hatte. Obwohl ... der Teil war nicht zur Sprache gekommen. Trotzdem schien es ...

„Glaubst du ihr?", wollte Luzifer mit sanfter Stimme wissen. „Glaubst du, dass ich all diese Feen mit schlechten Absichten erschaffen habe?"

Ich sah zu ihm hoch. „Ob ich ihr glaube?", wiederholte ich mit hochgezogenen Augenbrauen.

„Ja. Glaubst du ihr?", fragte er erneut.

„Echt jetzt?" Ich schnaubte und stieß ein humorloses Lachen aus. „Warum zum Teufel würde ich ihr auch nur ein Wort glauben? Dieses Miststück hat mich kreiert, um dir wehzutun. Ganz zu schweigen von den schrecklichen Dingen, die sie Az angetan hat. Und jetzt erwartet sie, dass ich mich ihrem Willen beuge? Dass ich dir dein Licht raube und ihr Reich wiederaufbaue?" Meiner Kehle entrang sich ein weiteres Lachen. „Das kann sie vergessen."

Er lächelte, was mich erstarren ließ. Denn schon wie damals, als wir getanzt hatten, raubte mir dieser Ausdruck den Atem.

Gleichzeitig beängstigte er mich auch.

Denn ein zufriedener Luzifer verhieß nichts Gutes. Nicht in dieser Lage. Nicht nach allem, was ich ihm anvertraut hatte.

Vermutlich hatte er gerade beschlossen, was er mit mir machen würde.

„Du wirst mich bestrafen, richtig?", fragte ich und schluckte nervös.

Ich konnte ihm nicht verübeln, was auch immer er vorhatte. Ich stellte ganz offensichtlich eine Bedrohung dar. Und ich hatte keine Ahnung, was Vivaxia mit all ihren Bannen mit mir gemacht hatte. Vielleicht hatten sie mir das Gehirn waschen sollen, aber ich ahnte, dass sie noch einen anderen Zweck erfüllten. Sie kam mir wie eine meisterhafte Schachspielerin vor, die immer zehn Schritte vorausdachte.

Ganz wie Typhos Luzifer.

„Oh, Camillia, ich schätze, das werde ich", murmelte er

und lehnte sich nach vorn, um mir eine Haarsträhne hinters Ohr zu streifen. „Aber nicht so, wie du es dir vorstellst."

Ich zog die Stirn kraus. „Ich verstehe nicht." Ziemlich alles, was er tat, verängstigte mich.

„Ich werde dir beibringen, wie du meine Quelle benutzen kannst", erwiderte er. „Es wird nicht einfach sein, und vermutlich wird es wehtun. Es wird eine Bestrafung, wie du gesagt hast, für die Gabe sein, die in dir schlummert."

*Wie bitte?* Ich sah ihn ungläubig an. Denn ich verstand immer noch nicht.

„Vivaxia will dich als Schachfigur benutzen", fuhr er fort und strich mir mit den Fingerknöcheln an der Kinnlinie entlang. „Also werde ich ihr etwas entgegensetzen."

„Wie?", keuchte ich neugierig, fürchtete mich aber auch vor der Antwort.

Erst recht, weil auf seinen Lippen wiederholt ein Lächeln aufgezogen war, das bis in seine dunkelblauen Augen reichte.

„Indem ich deine Position auf dem Brett ändere", erwiderte er. Seine Wortwahl passte zu meinen Gedanken über Vivaxia und dass sie eine Schachmeisterin war.

Denn wie es schien, war Luzifer genauso bewandert in diesem Spiel.

Und ganz begierig darauf, den nächsten Zug zu machen.

„Wenn wir mit dem Training fertig sind, wirst du nicht nur irgendeine Spielfigur sein, Camillia De la Croix, sondern eine Königin. *Unsere* Königin. Und zusammen werden wir Vivaxia ausschalten und das Reich der Engelsfeen ein für alle Mal zerstören."

# KAPITEL 21

# MELEK

Iᴄʜ ɢɪɴɢ in meinem Schlafzimmer auf und ab und ließ das Rauschen des Wassers meine Sinne betören.

*Cami ist nackt und feucht. In. Meiner. Dusche.*

Ich konnte mir lebhaft vorstellen, wie sie unter den verschiedenen Brausen stand, die Tropfen an ihrem wunderschönen Körper hinabrannen und die Überreste des Reiches der Engelfeen wegwuschen.

Leider roch sie nach wie vor nach Vivaxia. Selbst aus sicherer Entfernung musste ich angesichts des Geruchs von toten Rosen die Nase krausziehen.

Sie hatte definitiv etwas mit Camillia gemacht. Was dieses *etwas* war, würden wir noch herausfinden.

Ty, Ajax und Az diskutierten gerade darüber. Eine interessante Entwicklung ihres Gesprächsthemas, nachdem Ty Ajax darüber informiert hatte, dass er ihn wieder als Wärter eingesetzt hatte. Und zwar ohne weitere Bedingungen.

Ich konnte Ajax' Gedanken nicht lesen, ahnte aber, dass er schockiert über die neuesten Entwicklungen war.

Tys Gedanken zufolge hatte der Wärter aber keine Gefühlsregung gezeigt.

Was Ty natürlich gefallen hatte.

Es gefiel ihm, dass Ajax eine starke Fee war. Und mir auch.

Jetzt besprachen die drei mögliche nächste Schritte hinsichtlich Camillia. Etwas, das ich nur meiner Verbindung zu Ty wegen wusste.

„Wir müssen reden", hatte Ty vor ungefähr dreißig Minuten zu Ajax gesagt.

„Der Handel", erwiderte Ajax.

„Ganz genau." Ty und Az hatten einen Blick ausgetauscht, bevor Ty das gesagt hatte. „Lass uns einen Spaziergang machen. Ich würde gern deine Meinung zu ein paar Dingen einholen."

„Was ist mit Cami?", hatte Ajax gefragt, nachdem unsere Gefährtin sich gerade in die Dusche begeben hatte.

„Melek", hatte Ty geantwortet, „kannst du ein Auge auf Camillia haben?"

Sein Tonfall hatte offengelegt, dass das nicht wirklich eine Frage und viel mehr eine Bitte war, aber seine Gedanken hatten meine dabei sanft gestreift – im Wissen, dass ich mich in Camillias Nähe im Augenblick nicht wohlfühlte.

Trotzdem hatte ich eingewilligt und war hier geblieben. Hier war ich von größtem Nutzen – wenn Camillia es mir erlaubte, zumindest.

Und so waren die drei losgezogen, einen Spaziergang im Hof des Palasts zu machen. Ajax mochte den Grund dafür nicht kennen, ich aber schon. Ty wollte, dass jeder sie zusammen sah. Dass sie wussten, dass Ajax in den inneren Zirkel aufgenommen worden war. Dass er mehr als nur ein Wärter war: Tys Vertrauter. Sein Freund. Ein Wesen, das seinen Respekt verdiente.

Weil die Höllenfeen in unserem Königreich gern die Gerüchteküche zum Brodeln brachten, würde es sich schnell herumsprechen.

Und Ajax würde bald schon begreifen, wie wichtig ihr Spaziergang war.

Aber Ty, produktiv wie immer, nutzte die Gelegenheit nicht nur, um Ajax' Status klarzumachen, sondern auch, um darüber zu sprechen, was er in Camillia gespürt hatte.

*„Vielleicht sollten wir Zakkais Rat einholen"*, hatte Ajax gerade vorgeschlagen. Die Worte spielten mit den Gedanken meines Königs, der sich den Vorschlag durch den Kopf gehen ließ. *„Wenn jemand einen Bann brechen kann, dann er."*

Damit hatte er nicht unrecht, und genau das wollte ich Ty einflüstern, doch dann wurde der Duschhahn zugedreht.

Ich schluckte hart und mein Körper fühlte sich plötzlich ganz starr an.

Als Cami sich in die Dusche begeben hatte, waren wir alle hier draußen gewesen. Sie hatte keine Ahnung, dass ich der Einzige war, der sie hier draußen erwartete, und ich wusste nicht recht, wie sie darauf reagieren würde.

Ich musterte das Essen, das ich bestellt hatte. Das Tablett war vor wenigen Minuten erschienen. Cami war bestimmt hungrig, aber ich war nicht sicher, ob ihr schmecken würde, was ich bestellt hatte.

*Das ist doch lächerlich*, sagte ich zu mir.

In meinem ganzen Leben hatte ich mich noch nie so verunsichert wegen etwas oder jemandem gefühlt. Dieses fehlende Selbstbewusstsein würde mich noch umbringen. Diese Ungewissheit in Bezug auf Cami würde mich noch wahnsinnig machen. Und dieses ...

Die Tür wurde geöffnet und lenkte mich von meiner inneren Unruhe ab, weil ein gewisser Engel gerade ihren Kopf herausgestreckt hatte und sich jetzt umsah. Wassertropfen lagen in ihrem dunkelblonden Haar. Das verlockende Schimmern der Tropfen bahnte sich einen Weg an ihrem Hals und ihrem Schlüsselbein herab zu ihrer Brust, gegen die sie ein Handtuch drückte.

„Ähm." Sie presste die Lippen aufeinander und musterte den leeren Raum.

„Sie sind spazieren gegangen", erklärte ich mit etwas belegterer Stimme als beabsichtigt. Ich räusperte mich und hasste diese Unsicherheit, die mich in ihrem eisernen Griff hatte, einmal mehr. So war ich sonst nie. So war ich nicht gestrickt. So wollte und sollte ich in ihrer Anwesenheit nicht sein.

Sie hatte mich aus ihrem Kopf gesperrt, weil sie mir nicht vertraute.

Na gut.

Genug gebrütet.

Trotzdem konnte ich offensichtlich nicht damit aufhören, denn es hatte echt wehgetan, derart von ihr abgeschnitten zu werden. Und dann hatte sie geglaubt, ich hätte ihr Kleid verzaubert, und war dessen noch überzeugt gewesen, nachdem ich dementiert hatte, etwas damit zu tun gehabt zu haben.

Offensichtlich hatte ich sie mit meinen sinnlichen Einladungen zu weit getrieben, aber das ...

*So bin ich nun einmal*, dachte ich.

Und wenn Cami das nicht wollte – mich nicht *akzeptierte* –, dann ... wusste ich nicht, wie ich weiterverfahren sollte.

„Melek?", fragte Cami, was meinen Blick zu ihr wandern ließ. Offensichtlich hatte ich auf den kunstvoll verzierten Teppich unter meinen Füßen gestarrt, was seltsam war, wo doch eine fast nackte Cami in der Tür zum Badezimmer stand.

Sie war durch die Tür geschlüpft und ihr Kopf war nicht länger zur Seite geneigt. Jetzt stand sie aufrecht und mit nichts weiter als einem Handtuch bekleidet vor mir.

Als mir auffiel, dass der weiche Stoff wie ein fluffiges weißes Kleid um ihren Körper geschlungen war und bis weit unter ihre Knie reichte, zupfte ein Lächeln an meinen Mundwinkeln. Sie hatte sich das Handtuch ausgesucht, das

Ty sonst immer um seinen Körper schlang, und er war weit über dreißig Zentimeter größer als die eins fünfundsechzig große Frau, weshalb der Stoff eher einer Decke als einem Handtuch glich.

Als sie sich räusperte, verblasste mein Grinsen. Vermutlich dachte sie, ich hätte sie beaugapfelt. Was ich vermutlich auch getan hätte, wenn ich besserer Stimmung gewesen wäre.

Ich war zu verloren in dieser Wolke der Ungewissheit, die wie ein dunkler Nebel über mir schwebte.

„Ich habe Essen für dich bestellt", sagte ich zu ihr. „Ich war mir nicht sicher, was du tragen willst oder ob es dir recht wäre, wenn ich die Sachen im anderen Zimmer durchging, also ... habe ich noch nichts angefasst. Wenn du mir sagst, was du brauchst, kann ich es dir besorgen. Oder du kannst es dir selbst besorgen. Oder ..."

Ich verstummte und fühlte mich wie ein echter Idiot dafür, endlos zu quasseln.

*So bin ich doch sonst nicht.*

*Dann hör auf, so verkopft zu sein, und zeig ihr, wer du bist,* knurrte Ty in meinen Kopf, der meine wirren Gedankengänge wohl mitgehört hatte. *Wenn sie dich abweist, ist sie nicht gut genug für dich.*

*Ich glaube, so funktioniert das nicht,* erwiderte ich. *Für gewöhnlich wird man abgewiesen, weil man den Standards des Gegenübers nicht gerecht wird.*

*Das wird bei ihr nicht passieren,* erwiderte er. *Wenn sie nicht sieht, wie wunderbar du bist, ist das ihre Schuld, nicht deine.*

*Das gute alte ‚Es liegt nicht an dir, sondern an mir', hm?* An jedem anderen Tag hätte ich vielleicht gelacht. Im Augenblick, aber, war mir überhaupt nicht zum Lachen zumute.

„Melek", wiederholte Cami, dieses Mal ein paar Schritte entfernt.

Ich hatte meinen Blick wieder instinktiv zu Boden gerichtet. Sie anzusehen, *tat weh*. Und ich wollte ihr nicht noch mehr Anlass geben, an meiner Treue zu zweifeln.

Ja, ich hatte Spielchen getrieben. Ich hatte uns alle in diesen Zirkel eingeflochten und zusammengeführt, weil ich wusste, dass wir dann alle erblühen würden. Wenn sie mich dafür hasste, war es nun einmal so. Ich konnte mich nicht entschuldigen, weil ich wusste, dass ich das Richtige getan hatte.

Sie mochte Vivaxias Enkelin sein – eine Behauptung, die ich anzweifelte, weil ich keinem Wort Glauben schenkte, das dieses Miststück von sich gab. Und es war möglich, dass Cami ein Siphon war, der unser Reich zerstören sollte, aber ich erkannte etwas tief in ihrer Seele, das ich nicht ignorieren konnte.

Es war seit diesem Augenblick in der Bibliothek da gewesen.

Eine Einsicht, deren Ursprung ich nicht ganz ermitteln konnte.

Ich ... wusste es einfach.

Sie gehörte mir. *Uns.* Sie war der Schlüssel, um das Reich der Höllenfeen ein für alle Mal zu einen.

Camillia De la Croix war eine verkappte Göttin, eine Königin, der es bestimmt war, zu herrschen. Ich musste ihr nur dabei helfen, das einzusehen. Ich hatte auch Ty helfen müssen, es zu erkennen.

Jetzt tat er das.

Ich spürte seine Akzeptanz tief in mir. Seine Neugier war endlich geweckt.

Wir waren in der Endphase unseres Spiels angelangt.

Beim alles entscheidenden Schachzug.

Der Augenblick, der uns hoffentlich alle vereinen würde.

Aber wenn Cami mir nicht dafür vergeben konnte, was für eine Rolle ich in dieser ganzen Angelegenheit hatte spielen müssen, würde ich außen vorgelassen. Halb verbunden für den Rest meines ewig währenden Lebens. Ich konnte sie nicht zum letzten Schritt zwingen. Ich würde sie nicht an mich binden, wenn sie das nicht wirklich wollte.

Und im Augenblick war ich mir ziemlich sicher, dass sie rein gar nichts mit mir zu tun haben wollte.

Weshalb ich mich auch pflichtbewusst aus ihren Gedanken hielt.

Ich wollte auch nicht riskieren, dass sie wieder diese mentale Mauer hochzog. Ich würde daran zerbrechen.

*Obwohl … ich vielleicht schon zerbrochen bin*, dachte ich und zog meine Mundwinkel nach unten. *Ich fühle mich überhaupt nicht wie ich selbst.*

Ich spürte etwas Warmes auf meiner Haut. Es war Cami, die ihre Hand an meine Wange legte. Es überraschte mich, dass sie mir so nahe gekommen war. Ich hatte meinen Blick von ihr abgewendet … *Schon wieder.*

„Es tut mir leid, dass ich dich beschuldigt habe, das Kleid verzaubert zu haben", meinte sie mit sanftem Tonfall. „Ich hätte dir glauben sollen, als du beteuert hast, dass du es nicht warst."

Ich zog die Schultern hoch, dann ließ ich sie wieder sinken. „Ich …"

Sie ließ die Hand an meine Lippen wandern. „Und es tut mir auch leid, dass ich dich aus meinen Gedanken gesperrt habe. Ich wollte nicht, dass du Wind vom Gegenangebot bekommst, das wir Luzifer unterbreiten wollten. Ich machte mir Sorgen, dass du es ihm offenbaren würdest, weil alles, was du tust, ihm zugutekommt."

„Das ist …"

„Das habe ich zumindest geglaubt", unterbrach sie mich und die Wärme ihres Körpers ging auf mich über, als sie noch näherkam. „Aber jetzt beginne ich alles etwas klarer zu sehen."

Ich legte die Stirn in Falten. *Tust du das?*, wollte ich

fragen. Doch ihre Hand war immer noch auf meinen Mund gelegt, also blieb ich still.

*Ja, tue ich*, erwiderte sie und überraschte mich nicht nur mit ihrer Antwort, sondern auch damit, dass sie Gebrauch von unserem Gefährtenband machte.

*Sie hat mich nicht wieder ausgesperrt*, wurde mir bewusst.

*Nein, habe ich nicht.* Ihre Antwort schockierte mich noch mehr.

Denn ich hatte ihr das nicht mittels unserer telepathischen Verbindung mitgeteilt.

Ich hatte es zu mir selbst gesagt.

Sie entfernte die Finger von meinen Lippen und legte mir die Hände ans Gesicht. „Es tut mir so leid, Melek. Ich lerne immer noch, wie diese Verbindungen funktionieren, und ähm, ich habe irgendwie all deine Gedanken gehört, seit ich das Zimmer betreten habe."

Ich runzelte die Stirn. „Sogar meine Unterhaltung mit Ty?"

Sie schüttelte den Kopf. „Nicht direkt. Ich konnte spüren, dass du mit ihm sprichst, aber ich konnte nicht hören, was gesagt wurde. Deine Gefühle habe ich aber gespürt und, na ja, ich habe genug mitbekommen, um mir denken zu können, worüber ihr euch unterhalten habt."

Ich starrte sie an.

Wir hatten uns auf der zweiten Ebene verbunden und damit unsere Gedanken miteinander verschmolzen, aber mir war nicht klar gewesen, wie offen ich ihr gegenüber gewesen war. Indem ich fieberhaft versucht hatte, ihre Gedanken nicht anzurühren, hatte ich aktiv versucht, mich nicht mit ihr zu verbinden. Aber ich hatte keine Schranke hochgezogen oder meine Gedanken vor ihren geschützt. Ich hatte ... ganz einfach gegen die Versuchung angekämpft, mich mental mit ihr zu vernetzen.

„Ich wollte all die Gedanken nicht mit dir teilen", gab ich

offen zu. „Ich ..." Ich atmete schwer aus und ließ meinen Kopf in den Nacken fallen.

„Verdammt, Cami. Ich fühle mich überhaupt nicht wie ich selbst." Ich wusste nicht recht, was ich sonst sagen sollte. Was mir auch überhaupt nicht ähnlich sah.

„Das weiß ich", flüsterte sie. „Aber ich habe eine Idee, wie ich dir helfen kann."

Mein Blick fiel auf ihren Mund, dann wanderte er langsam zurück zu ihren reizenden Augen. Sie war so schön, dass es wehtat. Ich wollte nichts lieber tun, als sie in meine Arme zu schließen und sie zu beanspruchen. Bei ihr zu sein. Sie sehen und erfahren lassen, wie ich ihr gegenüber empfand.

Sie hatte gesagt, dass ich alles für Ty tat.

Das stimmte zu einem gewissen Grad auch. Ich hatte sie als eine potenzielle Gefährtin für ihn gesehen, sie aber für mich selbst beansprucht. Ich hatte sie beansprucht, um sie zu beschützen. Hatte sie beansprucht, weil ich sie *wollte*.

Vielleicht wollte sie einwenden, dass ich sie kaum kannte, aber meine Seele hatte ihre direkt wiedererkannt. Und ich lebte schon zu lange, um eine derartige Verbindung zu ignorieren.

Also hatte ich sie in ein Gefährtenband gelockt, obwohl ich gewusst hatte, dass es nie gebrochen werden konnte. Obwohl mir klar gewesen war, dass sie für immer an meine Seele gebunden sein würde.

Wenn sie mich abwies, würde ich Schmerzen erleiden. Verdammt, es hatte bereits wehgetan, dass sie mich ausgesperrt hatte.

Aber ich konnte mit dem Schmerz leben, wenn sie durch meine Unsterblichkeit für immer beschützt wäre.

Cami sah mir mit suchendem Ausdruck in die Augen. „Endlich sehe ich dich, Melek. Dein wahres Ich hinter all den Rätseln. Der Mann, der seinem Herzen folgt, ganz egal, wie riskant der Weg auch sein mag. Du tust alles für Luzifer. Er ist der Mittelpunkt deines Universums. Seine Bedürfnisse und Verlangen gehen immer vor."

Stirnrunzelnd öffnete ich meinen Mund. Denn das stimmte so nicht. „Cami ..."

„Schhh", meinte sie und presste ihren Finger abermals auf meinen Mund. „Ich sehe auch, wie ich in das alles hineinpasse. Dass du mir dieselbe Fürsorge und Rücksicht entgegenbringst. Du hast seinen Zorn riskiert, als du mich beansprucht hast. Er ist nach wie vor der Mittelpunkt deiner Welt, aber irgendwann hast du mich diesem inneren Kreis hinzugefügt."

Ich schluckte hart. „Ich glaube, ich habe dich dorthin gebracht, sobald wir uns begegnet sind." Es war instinktiv geschehen. Ich hatte sie als meine Seelenverwandte erkannt. Meine fehlende Hälfte. Vielleicht lag es daran, was Vivaxia getan hatte. Oder vielleicht war es einfach Schicksal gewesen.

Ganz egal, was der Grund oder die Absicht auch gewesen war, jetzt waren wir hier.

Sie kreiste in meinem Orbit.

Und jetzt gingen auch ihre Bedürfnisse vor.

Sie und Ty auszubalancieren, war nicht einfach gewesen, aber jetzt waren wir endlich einer Meinung. Endlich arbeiteten wir zusammen. Endlich waren wir bereit, anzunehmen, was kommen würde.

Zumindest wenn Cami mich wollte.

„Das da. Genau das", sagte sie und ließ ihre Finger zurück in mein Haar gleiten. „Genau *das* kann ich wieder geradebiegen."

Ich starrte auf sie hinab und ließ die Hände an den Seiten hängen, während ich versuchte, nachzuvollziehen, was sie damit gemeint hatte. „Was willst du geradebiegen, Camillia?"

„Dich", erwiderte sie und stellte sich auf die Zehenspitzen. „Ich will meinen unerschrockenen Melek zurück. Der Mann, der mich immer wieder mit verruchten Gedanken neckt." Sie zog mein Gesicht zu sich und ließ ihre Lippen eine Haaresbreite entfernt von meinen verweilen. „Der Mann, der mir versprochen hat, mich mit seinen Seilen zu fesseln."

Sie strich mit ihrem Mund über meinen, was mich wie erstarrt an sie gepresst da stehen ließ.

Ich fürchtete mich davor, dass ich sie verschlingen würde, wenn ich mich bewegte oder auch nur einen Atemzug nahm.

Denn Cami hatte mich noch nie zuerst geküsst. Es war immer ich gewesen, der sich eine Umarmung erschlichen oder sie ausgetrickst hatte, damit ich von ihr kosten konnte.

Aber das hier ging von ihr aus.

Ihre Finger lagen in meinem Haar.

Ihre Oberweite war an meine Brust gepresst.

Ihre Lippen schwebten kaum spürbar über meinen.

„Der Mann, der meine Seele in Flammen steckt, wann immer er mich berührt", fuhr sie, jetzt im Flüsterton, fort. „Der Mann, dem ich einfach nicht widerstehen kann."

Wieder berührten unsere Münder sich flüchtig ... Zu flüchtig.

„Der Mann, den ich schon viel zu lange will und immer wieder abgewiesen habe. Der Mann, der Gefühle in mir auslöst, die ich nicht verspüren sollte."

Sie sah mir in die Augen und berührte meinen Mund nach jedem Wort, das sie sprach. „Der Melek, der mich mit seiner goldenen Essenz überschüttet, weil er tief drinnen weiß, dass es mir insgeheim gefällt."

Ich erschauderte und ihre Worte schienen etwas in mir zu heilen. Nicht komplett, aber teilweise. Genug, um mich dazu zu bewegen, meine Hände an ihre Hüften zu legen. „Das ist himmlische Magie", korrigierte ich sie. „Und du besitzt sie auch."

„Weil du sie an die Oberfläche geholt hast", setzte sie entgegen und legte mir die Arme um den Hals. „Az und Ajax sind ganz süchtig danach."

Ich schluckte hart. Meine Zunge sehnte sich nach einer Kostprobe. „Ich kann mir gut vorstellen, dass sie vorzüglich schmeckt."

Sie zuckte mit den Achseln. „Warum verschaffst du mir nicht einen Höhepunkt und findest es heraus?"

Ich starrte sie erregt und erschrocken zugleich an. „Mach dich nicht lustig über mich, Cami." Sie könnte mich jetzt ruinieren, die letzten Überreste meiner Entschlossenheit ausradieren und mich mit ihrer Abweisung töten. Wenn sie ...

„Ich mache mich nicht über dich lustig, Melek." Sie presste ihre Lippen entschlossen auf meine, bevor ich etwas erwidern oder überhaupt darüber nachdenken konnte.

Dann wich sie genauso schnell zurück, wie sie mich geküsst hatte, woraufhin mir das Herz in den Hals sprang.

Aber sie entfernte sich nicht.

Sie zog nur am Handtuch.

Ließ es zu Boden fallen.

Und neigte dann den Kopf zur Seite. „Komm und spiel mit mir, Melek. Fessel mich. Fick mich. Beanspruche mich. Tu, was immer du tun musst. Ich bin bereit."

# KAPITEL 22

## CAMI

Mir klopfte das Herz bis zum Hals.

Ich versuchte, selbstbewusst zu wirken, Melek dazu zu verleiten, mich zu nehmen.

Aber innendrin bangte ich.

Nicht, weil ich das hier nicht wollte, sondern weil ich gerade erst realisiert hatte, wie sehr ich das hier *brauchte*.

Bei den Feen ... Seine Gedanken zu hören ... seine Gefühle zu spüren ..., hatte etwas in mir hervortreten lassen. Etwas Zerbrechliches, aber unglaublich Wirkungsvolles.

Ich hatte in der Dusche angefangen, an ihn zu denken, und mich an sein zurückhaltendes Verhalten erinnert, während Luzifer seine Gedanken über mein Training mit den anderen geteilt hatte. Die Unterhaltung hatte sich kurzgehalten und war von seinen Bemerkungen darüber, mich zu einer Königin machen zu wollen, entzündet worden. Dieser Gedanke ließ mein Herz schneller schlagen.

Melek hatte sich für den Großteil des Gesprächs nicht zu Wort gemeldet.

Mir war die Traurigkeit aufgefallen, die in der Unterhaltung zwischen Luzifer und mir während unseres

Tanzes zur Sprache gekommen war, und ich hatte unter der Dusche darüber nachgesinnt, wobei ich mich mit Meleks Geist verbunden und gehört hatte, wie er sich und alles, was er tat, anzweifelte und versuchte, die perfekte Mahlzeit für mich zu finden. Er war mögliche Outfits mental durchgegangen und hatte dann alle verworfen, weil er mich nicht noch weiter wegstoßen wollte, als er ohnehin schon hatte.

Diese Zweifel waren noch stärker geworden, als ich aus dem Badezimmer gekommen und Melek seine Unsicherheit angesehen hatte, und sie ihm nehmen wollte.

Er benahm sich überhaupt nicht wie sonst.

Ich hatte ihm wehgetan. Wie es aussah, sehr sogar. Das war nicht meine Absicht gewesen. Ich hatte es so gemeint, als ich sagte, dass ich nicht darauf gebaut hatte, dass er Luzifer nichts vom Gegenangebot erzählen würde, aber das fühlte sich jetzt unwichtig an.

Wie ich durch Meleks Gedanken erfahren und durch Gedankenkraft von der Mitternachtsfee bestätigt bekommen hatte, hatte Luzifer Ajax ohne jegliche Bedingungen wieder als Wärter eingesetzt.

*Vertraust du ihm?*, hatte ich Ajax vor wenigen Minuten zugeflüstert. Denn ich ... ich begann zu glauben, dass Luzifer nur das Beste für uns alle wollte.

Klar, er hatte schreckliche Dinge getan. Dinge, für die ich ihm möglicherweise nie vergeben würde. Aber je besser ich ihn verstand, desto stärker fühlte ich mich zu ihm hingezogen.

Genau wie bei Melek.

Aber meine Anziehung zu Melek war durch meine Verbindung mit seinen Gedanken mächtiger. Denn jetzt sah ich ihn endlich. Sein wahres Ich.

Nicht die verunsicherte Fee, die fürchtete, mich zu verlieren.

Sondern den Mann unter der Oberfläche – der Mann, dem ich am Herzen *lag*. Der Mann, der eine Chance darauf haben wollte, mit mir zusammen zu sein. Der mich wertschätzen wollte. Der mir zeigen wollte, was es hieß, *ihm* zu gehören.

Ich wollte mehr über ihn erfahren. Herausfinden, was er damit meinte, wenn er mir versprach, mich zu verehren. Seine Fesseln zu erleben. Diese Verbindung zu genießen und herauszufinden, wohin sie führte.

Ich verbarg dieses Verlangen nicht vor Ajax und Az. Sie wussten davon. Und obwohl sie beide eine besitzergreifende Ader hatten, spürte ich tief drinnen, dass sie zustimmten.

Melek war bereits ein Teil von mir. Er war bereits auf einer so fortgeschrittenen Ebene an mich gebunden, dass das Band nicht ungeschehen gemacht werden konnte.

Und doch glaubte er, dass ich ihn abweisen wollte – dass ich ihn für immer aus meinen Gedanken sperren und ihn zwingen wollte, mit einem einseitigen Band zu leben.

Er war willens gewesen, das zu akzeptieren.

*Sie zu beschützen, ist das Einzige, was zählt,* hatte ein Teil von ihm geflüstert und mir seine wahren Gefühle verraten. Mir seine Absichten offenbart. Endlich hatte ich das Rätsel gelöst, das der Prinz der Höllenfeen verkörperte.

Und doch starrte er mich jetzt an, als wäre er nicht sicher, wie er weiterverfahren sollte.

Und einen Augenblick lang fragte ich mich, ob er mein Angebot ablehnen würde.

Es war eine Sekunde, die mir ein Gefühl dafür gab, wie sehr meine potenzielle Zurückweisung ihm zugesetzt hatte.

Es gefiel mir nicht, was für ein Gefühl das in mir auslöste – diese Unsicherheit, die sie in mir entfachte. Die Verwirrung, die meine Seele umgarnte.

Melek und ich waren bereits aneinandergebunden.

Es blieb nur die Flucht nach vorn.

Ich hatte geglaubt, dass er sich aus böswilliger Absicht mit mir verbunden hatte, um Luzifer beschützen zu können. Aber

Meleks Beweggründe reichten so viel tiefer. Er hatte es aus seinem Verständnis von Gerechtigkeitssinn getan. Seiner eigenen Version von Treue.

Und waren in sein ungebändigtes *Verlangen* getaucht.

Melek war eine Fee, die um das kämpfte, was er wollte, ließ sich den Kampf, den er führte, aber nie anmerken. Stattdessen benutzte er Spielchen, um seinen Gegner auf seine Seite zu ziehen.

Ich hatte gespielt.

Manche hätten behauptet, dass ich verloren hatte.

Aber als er einen Schritt auf mich zu machte und in seinen vielfarbigen Augen ein sündhaftes Versprechen waberte, wurde mir klar, dass das Gegenteil der Fall war.

Er schlang seine heiße Hand um meinen Hals und riss mich zu sich. Der seidige Stoff seines Anzugs fühlte sich luxuriös an meiner heißen Haut an und sein Kuss war ein Segen, den ich in den Untiefen meiner Seele spürte.

*Endlich*, keuchte ein Teil von ihm und fasste damit auch meinen Gedankengang in Worte.

Ich hatte seit unserer ersten Begegnung gegen diese Anziehung angekämpft. Der Mann verströmte puren Sex und sein Appeal war schwierig zu bestreiten gewesen. Aber jetzt musste ich nicht weiter dagegen ankämpfen.

Er gehörte mir.

Und ich ihm.

Und ich wollte, dass er mir zeigte, was das bedeutete.

Melek ließ seine brandheißen Hände besitzergreifend an meine Hüften wandern und führte mich blind durch sein Schlafzimmer. Als ich auf Kniehöhe gegen die Matratze stieß, lächelte ich ihn erleichtert an.

Doch dann machte er einen Schritt zurück, um mich eingehend zu mustern. „Ich kann dich noch nicht fesseln, Cami."

Ich blinzelte ihn an. „Oh." Und schluckte hart. „Okay. Ja.

Natürlich nicht. Ich ..." Ich begann mich nach dem Handtuch umzusehen, das ich abgelegt hatte, und hatte plötzlich das Gefühl, in Flammen zu stehen.

Doch bevor ich mich in Bewegung setzen konnte, packte er mich mit einer Hand an der Hüfte und griff mit der anderen nach meinem Kinn.

„Ich kann dich erst fesseln, wenn du mir vertraust", stellte er klar und zog mich mit diesen wunderschönen Augen in Bann.

Ich blinzelte abermals verwirrt. „Ich vertraue dir."

„Nicht voll und ganz", erwiderte er, was mich noch mehr kränkte. „Ich sage das nicht, um dir wehzutun, Liebste. Ich sage es, damit du weißt, dass ich deine Sicherheit immer über meine eigenen Bedürfnisse stellen werde. Ich werde dich immer beschützen und dir nie wehtun."

„Das weiß ich doch", erwiderte ich. „Ich habe dir doch gesagt, dass ich jetzt sehe, wer du bist. Ich *kenne* dich."

„Was bedeutet, dass wir auf dem rechten Weg sind", flüsterte er und legte seine Stirn an meine. „Ich will diesen Weg weiter verfolgen, Cami. Ich will dich unter meinen seidenen Fesseln spüren und dich dazu bringen, dich zu winden. Aber zuerst muss ich dir zeigen, was es heißt, mir zu gehören. Dein Vertrauen vollständig gewinnen. Und eines Tages, wenn du bereit bist, werden wir spielen."

Er küsste mich abermals, dieses Mal mit Absicht behaftet. Sinnlich. Mit dem süßesten Hauch Verführung. Als er sich von mir entfernte, keuchte ich und hoffte inständig, dass er beabsichtigte, mehr zu tun, als mich bloß zu küssen.

Denn ich wollte seinen Mund an anderen Stellen meines Körpers spüren.

Wie er mir mit den Händen über die Haut strich.

Die Wucht seiner Stöße zwischen meinen Beinen.

„Ich will das Band vervollständigen", sagte ich zu ihm.

„Ich will dir gehören." Obwohl ich keine Ahnung hatte, was dafür nötig war.

Ein Teil von mir hoffte, dass es Sex beinhaltete.

Auf seinen Lippen breitete sich ein Lächeln aus, als hätte er diesen Gedanken gehört. Und vermutlich hatte er das auch. Ich verbarg meine Empfindungen und Gedanken nicht vor ihm oder meinen anderen Gefährten.

Ich war einfach ich selbst.

Und vertraute darauf, saß meine Feen meine Gedanken respektieren und meine Verlangen stillen würden.

Az und Ajax hatten bereits mehr als nur einmal bewiesen, dass sie zu beidem in der Lage waren.

Und Melek ... Na ja, wie er bereits gesagt hatte ... wir befanden uns auf dem richtigen Weg.

Erneuerter Respekt und Verständnis erblühten in meinem Kopf und langsam begann ich zu verstehen, was seine Aussagen über Vertrauen und dass wir noch nicht ganz so weit waren, gemeint hatte.

Er hatte recht.

Aber ich wollte so weit sein.

Und der erste Schritt auf dieses Schicksal zu war, unser Band anzuerkennen. Es zu vervollständigen. Offiziell zu *Gefährten* zu werden.

„Ich würde ja fragen, ob du sicher bist, aber ich kann deinen Gedanken entnehmen, wie entschlossen du bist", keuchte Melek und schien sich meine Gesichtszüge einzuprägen.

Seine Gedanken offenbarten mir, dass er einfach nicht glauben konnte, dass das hier gerade wirklich geschah. Vor wenigen Augenblicken noch war er davon ausgegangen, ich hätte vor, ihn abzuweisen.

Jetzt bat ich ihn, mich für die Ewigkeit zu beanspruchen.

„Sag mir, was ich tun soll", erwiderte ich.

„Oh, diese Aussage ließe sich auf so viele Arten

interpretieren." Er küsste mich ein weiteres Mal und machte mir, seine Zunge an meine gepresst, dunkle Versprechen. Er entfernte sich nicht, blieb da, bis ich keuchte und ich voll und ganz auf ihn fokussiert war. Auf seine Nähe. Auf seinen wunderbaren Geruch. *Sündhaft gut*, dachte ich. *Wie die pure, unverfälschte Sünde.*

Er sah mich mit freudigem Ausdruck in den Augen an und in seinen vielfarbigen Iriden waberten verruchte Absichten.

Verruchte Absichten, die ich erleben wollte.

Denn ich hatte es satt, gegen diese Anziehung anzukämpfen. Wollte nicht länger verleugnen, wie ich fühlte.

Vielleicht hatte alles, was passiert war, mein Gehirn einmal kräftig durchgeschüttelt und mich gefügig gemacht. Oder aber es hatte einen neuen *Lebensmut* in mir entfacht.

Ich beschloss, daran zu glauben, dass es Letzteres war.

Mein ganzes Leben lang hatte ich um meine Freiheit gekämpft, hatte mich nach Unabhängigkeit und einem normalen Leben gesehnt. Etwas, das keine wahllosen Campingausflüge oder mitten in einem Waldbrand stehen gelassen zu werden beinhaltete. Aber es war mir nie bestimmt gewesen, ein normales Leben zu führen.

Ich war ich.

Zu einem Teil Engelsfee, zum anderen Teil Höllenfee.

Ein Siphon, wie es schien.

Auf den letzten Teil konnte ich verzichten. Ich würde nicht tun, wozu ich gemäß Vivaxia geschaffen worden war. Ich würde rebellieren. Ich würde meine eigenen Entscheidungen treffen.

Zum Beispiel, mich mit Melek verbinden.

Das war allein meine Entscheidung. Meine Wahl. Mein Schicksal.

„Wie vervollständigen wir unser Band?", wollte ich wissen. Ihm war klar, dass ich das gemeint hatte, als ich ihn fragte, was ich tun sollte, aber er hatte mich mit seinem Mund abgelenkt. Ich würde nicht zulassen, dass er meine Worte anders interpretierte als sie gemeint waren.

Keine Spielchen.

Keine Rätsel.

Nur wir beide.

Nur *das hier*.

Er wich ein Stück zurück, brachte seine Hände an die Aufschläge seiner Jacke, schob den Stoff von seinen Schultern und ließ ihn an seinen Armen hinabgleiten. „Wenn wir das hier tun, ist es nur fair, wenn ich auch nackt bin." Er legte die teuer aussehende Jacke über eine Stuhllehne, dann löste er seine Krawatte und zog sie sich über den Kopf.

Ich musste hart schlucken, als er seine Manschettenknöpfe öffnete und dann die Knöpfe durch die Knopflöcher seines dunklen Hemds fädelte. Tiefschwarz. Ein herber Kontrast zu den goldenen und weißen Federn, die ich letzte Woche gesehen hatte.

Die Federn in meiner Erinnerung, als ich im Trugbild des Reiches der Engelsfeen gefangen gewesen war.

Es war zu einem großen Teil Meleks Verdienst gewesen, dass ich Vivaxias Gedankenmanipulation nicht erlegen war. Meine Erinnerungen an ihn waren immer wieder an die Oberfläche getreten und hatten mir geholfen, die Scharade zu durchschauen und mich daran zu erinnern, wer ich war und wer meine Gefährten waren.

Auch Az hatte mich geerdet. Seine Geschichte über Vivaxia war so eindringlich und tiefschürfend, dass ich in der Lage gewesen war, die wahre Natur der Frau zu erkennen. Mich ihrer Vergangenheit zu entsinnen. Zu wissen, dass ihre Behauptungen, Luzifer zu kennen, erstunken und erlogen waren.

Und dann war da noch Ajax. Unsere Verbindung hatte mir als Anker gedient, der mich in der Realität geerdet hatte.

Aber es waren Meleks Federn gewesen, der ich mich als Erstes entsonnen hatte. Dann der Statue von Luzifer, die mir von Melek gezeigt worden war.

Es war ihm bestimmt, mir zu gehören. Mein Herz und meine Seele hatten ihn in einem entscheidenden Moment wiedererkannt.

Ich hatte ihm nicht wehtun oder ihm das Gefühl geben wollen, abgewiesen zu werden.

Jetzt hatte ich fest vor, ihn zu heilen. Den verspielten Melek wieder aufleben zu lassen, der vor Selbstbewusstsein nur so strotzte.

Einen Teil dieses Selbstbewusstseins kam durch, als er sein Hemd ablegte. Sein muskulöser Körper war der reinste Genuss. Er wusste, dass er schön war, aber ich bestätigte es ihm dennoch, indem ich meinen Gedankengang in Worte fasste.

Besonders seine Tattoos gefielen mir. Die Symbole waren himmlischer Natur und schienen einer anderen Welt zu entstammen. Sie glühten jetzt praktisch goldfarben, was eher darauf schließen ließ, dass sie seinen Engelsfeengenen entsprangen als Handwerkskunst, die er in seine Haut hatte kerben lassen.

Ich würde ihn später über die Male ausfragen.

Denn im Augenblick konnte ich mich nur auf seinen Gürtel konzentrieren – und wie er den besagten Gürtel löste.

„Nicht so schön wie du, Engelchen", murmelte er. Er ließ seinen Blick mit unverhohlenem Interesse an meinem Körper hinabwandern, ließ den Knopf seiner Hose durch das Knopfloch rutschen und zog den Reißverschluss herunter.

Es überraschte mich nicht im Geringsten, dass er nichts darunter trug. Es schien mir nur passend, dass Melek sich nichts aus Unterwäsche machte. Obwohl er in seidenen schwarzen Boxershorts unverschämt gut aussehen würde.

„Nächstes Mal", murmelte er, befreite sich von seinen

Schuhen und beugte sich hinunter, um sich den Rest auszuziehen.

Ich ging davon aus, dass sich dieses ‚Nächstes Mal‘ auf die seidenen Boxershorts bezog, an die ich derzeit dachte.

Aber als er sich aufrichtete und in all seinem nackten Glanze vor mir stand, fragte ich mich, ob Boxershorts vielleicht überflüssig sein würden. Denn, wow, Melek war … beeindruckend. In jeglicher Hinsicht.

*Das sind Dinge über Melek, von denen ich nichts wissen will*, knurrte Ajax in meine Gedanken.

*Tut mir leid*, erwiderte ich und haderte abermals damit, Kontrolle über die mentalen Verbindungen in meinem Kopf zu bewahren. Melek so zu sehen, hatte einen Kurzschluss in meinem Hirn herbeigeführt.

*Du machst mich eifersüchtig, kleine Kämpferin*, murmelte Az. *Muss ich mittels meiner Aschewolke herkommen und dich daran erinnern, wozu ich imstande bin?*

Der Gedanke daran, was Az mit mir anstellen konnte, ließ mich erschaudern und alles in mir schmolz dahin. *Sosehr ich deinen Schwanz liebe, muss ich Melek jetzt seinen Augenblick einräumen.* Ich hatte den Satz bewusst so formuliert, wie es Az gefallen würde.

Sein darauffolgendes Knurren sagte mir, dass meine Annahme richtig gewesen war und seine Zustimmung erwärmte unser Band. *Ich werde dich später zwingen, mir zu zeigen, wie sehr du meinen Schwanz liebst, während ich deinen Mund ficke.*

Das ließ mich hart schlucken. *Ich werde es für dich schreien*, versprach ich ihm.

*Braves Mädchen*, erwiderte er. *Jetzt geh und zeig Melek, was Ajax und ich dir beigebracht haben.*

Ajax stieß ein Geräusch aus, das nach Zustimmung klang, doch bevor er mich in Meleks Berührung entließ, ummantelte mich seine besitzergreifende Aura und drückte mir einen warmen Kuss auf.

„Sag ihnen, dass ich dich zum Glitzern bringen werde", hauchte Melek an meinen Mund gelehnt, seine Hände auf meinen Hüften. „Und vielleicht dürfen sie mir anschließend, dabei helfen, dich sauberzulecken."

Er zog mich in einen Kuss, bevor ich auf das äußerst lebendige Bild in meinem Kopf reagieren konnte, das seine Worte gerade gezeichnet hatten. Seine Umarmung war einnehmend und überwältigend.

Es fühlte sich an, als wären die vergangenen paar Monate ein sehr langes Vorspiel gewesen – als hätten wir eine Ewigkeit lang um das Unvermeidbare getanzt.

Er führte seine Zunge zwischen meine Lippen und hob mich aufs Bett.

Ehe ich mich versah, lag ich mit gespreizten Beinen unter ihm. Seine Flügel breiteten sich über uns aus und ähnelten einer weiß-goldenen Wolke.

Ich starrte seine wunderschöne, königliche und zugleich göttliche Form fasziniert an. Er war wunderschön und sündhaft heiß. Ein gefallener Engel, der auf die Erde gesandt worden war, um meine Seele zu beschmutzen.

Aber meine Seele gehörte bereits zu einem gewissen Teil ihm.

Und bald schon vollends.

„Mach mich zu deiner Gefährtin", flüsterte ich.

Er lächelte mich an. „Du hast ja keine Ahnung, wie sehr ich diese Worte von dir hören musste." Er presste seine Stirn an meine. „Ich begehre dich schon, seit ich dich an jenem Tag in der Bibliothek zum ersten Mal gesehen habe, Camillia De la Croix. Es war so hart, ein Gentleman zu sein, obwohl ich nichts lieber getan hätte, als dich auszuziehen und dich gegen die Regale gelehnt zu nehmen."

Der Gedanke brachte mich in Wallung. Hätte ich es zugelassen? Vielleicht. Wahrscheinlich. Denn ich war an jenem Tag genauso angetan von ihm gewesen. Klar, ich hatte auch Angst gehabt. Aber die Anziehung war ohne jeden Zweifel seit unserer ersten Begegnung da. Melek rollte sich auf seine Seite und stützte den Kopf auf der Hand auf. Seine Flügel verschwanden urplötzlich. „Die letzte Ebene eines Gefährtenbands bedarf des Austauschs von Blut von denselben Händen, die wir zuvor schon aufgeschnitten haben. Und außerdem müssen wir die uralte Zauberformel gemeinsam sprechen."

Ich starrte ihn an und wartete darauf, dass er fortfuhr. „Sonst noch etwas?"

Er schüttelte den Kopf. „Es ist ein ziemlich einfacher Prozess für unsere physischen Körper. Es sind unsere Seelen, die die harte Arbeit erledigen müssen."

Ich dachte kurz darüber nach. „Warum hört sich das wie eines deiner Rätsel an?"

„Weil es selbst für mich ein Mysterium ist", erwiderte er. „Wir werden uns in physischer Form verbinden, aber damit das Band erblühen kann, müssen sich auch unsere Seelen vereinen. Keiner von uns kann den Ausgang beeinflussen. Entweder werden unsere Seelen unsere verflochtenen Schicksale annehmen oder aber das Band wird unwiederbringlich zerbersten."

Das ließ mich die Augenbrauen hochziehen. „Du meinst, unsere Seelen könnten einander abweisen?"

Ein Nicken. „So funktionieren Bänder zwischen Engelsfeen. Es geht dabei darum, dass die himmlische Magie des einen mit der des anderen Gefährten zusammenpasst. Theoretisch begehren nicht alle Seelen das Gefährtenband."

„Also könnte es sein, dass wir gar keine Gefährten sind?", fragte ich plötzlich panisch. Das schien mir eine ziemlich große Sache zu sein.

Melek grinste mich nur an. „Wir sind Gefährten, Cami. Dessen bin ich mir sicher."

„Ich bin froh, dass du so überzeugt bist", murmelte ich.

In seiner Hand materialisierte sich ein Dolch. Derselbe mit Juwelen besetzte Dolch, der auf magische Art und Weise erschienen war, als wir die zweite Ebene des Gefährtenbandes erreicht hatten.

„Hab Vertrauen, Engelchen. Das ist der Schlüssel zu allem." Neben der ersten Klinge materialisierte sich eine zweite und er streckte sie mir hin. „Such dir eine aus. Dann fangen wir an."

## KAPITEL 23

## AJAX

*DAS ALLES FÜHLT sich so verdammt surreal an,* ging mir durch den Kopf, als ich mich im Reich der Höllenfeen umsah. Der Gedanke war weniger darauf zurückzuführen, dass ich hier war, sondern eher darauf, dass ich neben Luzifer stand.

Er behandelte mich wie ein Ebenbürtiger, lief neben und sprach mit mir. Er hatte mich zuvor schon ein bisschen so behandelt, aber nie so.

Und definitiv nicht seit dem Vorfall mit Cami in diesem Kettenkleid.

*Was zum Teufel machen wir hier eigentlich?,* fragte ich mich und sah mich abermals im feurigen Hof um, der den Palast des Höllenfeen-Königs umsäumte.

*Luzifer gibt ein Statement ab,* erwiderte Az, der meine Gedanken ganz offensichtlich mitgehört hatte.

*Was für ein Statement?,* wollte ich misstrauisch wissen. Denn die meisten von Luzifers ‚Statements' beinhalteten Bestrafungen, und ich war jetzt wirklich nicht in Stimmung für eine seiner berühmt-berüchtigten Lektionen.

*Die Art von Statement, die als Entschuldigung zu verstehen ist,* meinte Az.

Mir entfuhr um ein Haar ein höhnisches Schnauben. *Genau.* Typhos Luzifer entschuldigte sich nie. Dann müsste er zugeben, einen Fehler gemacht zu haben.

Klar, er hatte mir gesagt, dass ich mich nicht länger mit ihm verbinden musste – obwohl das Angebot, wie er gesagt hatte, nach wie vor stand, wenn ich das wollte. Aber das bedeutete nicht, dass ich ihm oder der Erklärung Glauben schenkte, die seiner Ansage gefolgt hatte.

„Jetzt sehe ich ein, dass es falsch war, zu verlangen, dass du dich unter diesen Umständen mit mir verbindest. Eine Fee sollte aus freien Stücken und nicht aus Pflichtgefühl zu meinem Gefährten werden", hatte er vorhin gesagt. „Aber ich will mich klar ausdrücken, Ajax: Ich will dich nach wie vor in meinem inneren Zirkel, habe jedoch eingesehen, dass ich die Erfüllung dieses Wunsches nicht erzwingen, sondern sie mir bloß mit Taten, die mir deine Treue einbringen, verdienen kann."

Kuro, der auf meiner Schulter saß und sein Federkleid aufplusterte, zog mich zurück in die Gegenwart. Er war kurz nach Luzifers Ankündigung aufgetaucht und hatte ohne jeden Zweifel auf meine innere Unruhe reagiert.

Denn das alles war zu gut, um wahr zu sein.

Und nur weil er seine Bedingungen geändert hatte, bedeutete das nicht, dass er nicht vorhatte, mich in irgendeiner Weise zu bestrafen. Ich hatte mich ihm widersetzt. Hatte Cami ihm vorgezogen. Ihn *verlassen.*

Er würde mich nicht ungestraft davonkommen lassen.

Das konnte er nicht.

Az seufzte in meine Gedanken, fügte aber nichts hinzu. Seine Verbindung zu Luzifer trübte sein Urteilsvermögen. Zumindest meiner Meinung nach.

Az verneinte und murmelte etwas von wegen, dass er mich an erste Stelle gesetzt hat, ging aber ansonsten nicht weiter auf das Thema ein. Stattdessen dachte er an Cami.

*Und Melek.*

Ich ballte die Hände zu Fäusten.

Auch wenn ich nicht im selben Zimmer war, wusste ich, was die beiden trieben.

War ich eifersüchtig? Ja.

Aber es war so viel mehr als Eifersucht. Ich vertraute Melek nicht, verdammt. Aber was auch immer er gesagt und getan hatte, hatte Cami dazu bewogen, ihre Meinung zu ändern.

Ich konnte hören, wie sie in Gedanken Meleks Absichten durchging, konnte ihre Erregung spüren, als sie ihn ansah. Konnte ihr Interesse an *mehr* vernehmen.

Es ließ mich mit den Zähnen knirschen. Und Az auch.

Wenn es Luzifer störte, zeigte er es nicht. Er überquerte den Hof, nickte ein paar Höllenfeen zu, die uns passierten, und setzte seinen Spaziergang erhobenen Hauptes fort.

„Gibt es etwas, das du dir wünschst und ich ausgelassen habe?", fragte Luzifer und zog mich damit aus meinen Gedanken an Cami. Er sprach vom Handel, der nicht mehr gültig war. Stattdessen zählte er ein paar einseitige Bedingungen auf, die ich akzeptieren sollte.

Aber er hatte sie gar nicht ‚Bedingungen' genannt oder sich dabei auf einen ‚Handel' bezogen. Er hatte nur meinen Status wiederherstellen wollen, ohne weitere Bedingungen.

Das würde ich erst glauben, wenn ich es in Erfüllung gehen sah.

Trotzdem dachte ich über seine Frage nach, als wir den Hof verließen und auf eine Hauptstraße abbogen, die sich durch das Zentrum seines Königreichs zog.

Am Horizont glühte Höllenfeuer. Angesichts der Aussicht fühlte ich mich wie zu Hause, obwohl es so anders als das Reich der Mitternachtsfeen war. Glücklicherweise schien Kuro dieser Umstand nichts auszumachen. Er saß entspannt auf meiner Schulter, als würde er es sich für längere Zeit in diesem Reich niederlassen.

Irgendwie hoffte ich, dass er das würde.

Das kleine Kerlchen hatte mir gefehlt und ich war Shade unendlich dankbar dafür, dass er ein Auge auf ihn gehabt hatte, nachdem ich verschwunden war.

*Typhos glaubt, du willst ihn mit deiner Stille anstacheln,* warnte Az mich.

*Tue ich aber nicht.*

*Das weiß ich,* erwiderte er. *Ich sage dir nur, was in ihm vorgeht.*

*Als Warnung?,* riet ich.

*Nein, aus Treu und Glauben,* entgegnete er. *Typhos mag es nicht, wenn man ihn anstachelt, aber im Augenblick zeigt er sich extrem geduldig, während deine Gedanken umherwandern. Das ist ein Zeichen dafür, dass du ihm am Herzen liegst, Ajax. Er versucht nicht, dich zu einer Antwort zu zwingen. Er wartet darauf, dass du auf ihn zugehst. Ich kann mir gut vorstellen, dass er die Verbindung mit dir deswegen offen gelassen hat. Er will dich, aber er wird dich zu nichts zwingen.*

Mir entfuhr um ein Haar ein Lachen. Sonst gab Typhos Luzifer immer die Befehle. So war unsere Beziehung schon immer gewesen.

Aber anstatt den sardonischen Laut von mir zu geben, widmete ich mich wieder Luzifers Frage. *Was will ich sonst noch?*

„Ehrlich gesagt, will ich nur verhindern, dass Cami wehgetan wird", antwortete ich ihm. Er hatte mir meinen alten Job und mehr angeboten. „Und ich will sie sehen, wann immer ich will, auch wenn sie sich in deinem Schlafzimmer aufhält."

*Eine neue Suite. Annehmlichkeiten. Zusätzliche Bedienstete. Sogar eine neue Waffensammlung.*

Das hatte er mir bisher angeboten – zusätzlich zu meinem Wärter-Titel.

Aber diese bestechungsähnlichen Angebote bedeuteten mir nichts.

Cami und Az waren das Einzige, was für mich zählte. Ich wollte zu ihnen beiden gehen können, auch wenn sie sich auf Luzifers persönlichen Gebieten aufhielten. Sie waren meine Gefährten. *Sie gehörten mir.*

„Ich werde dich weder von Camillia noch von Azazel fernhalten. Niemals", versprach Luzifer. „Ich respektiere Gefährtenbänder."

Dieser Aussage schwang ohne jeden Zweifel ein *„Und du solltest das auch"* mit – vermutlich, weil ihm aufgefallen war, dass mich Meleks und Camis Band frustrierte. Vielleicht hatte er die Unsicherheit auch in Az' Gedanken aufgeschnappt.

Trotzdem nickte ich. Denn in dieser Hinsicht waren wir uns einig.

Es mochte mir nicht gefallen, dass Melek sich mit Cami verband, aber ich vertraute darauf, dass sie ihre eigenen Entscheidungen treffen konnte. Nach dem Zwischenfall in Luzifers Nachtclub hatte ich außerdem geschworen, sie nie wieder zu etwas zu zwingen.

Ein Nachtclub, der jetzt langsam in Sicht kam.

*Verdammt.*

Mir war nicht aufgefallen, wohin wir gingen – bis jetzt. Meine Gedanken waren zu eingenommen von Luzifers Bemerkungen und Camis Erregung gewesen.

Wir steuerten ohne jeden Zweifel auf den Club zu, um die Erniedrigung hinter uns zu bringen, die Luzifer für mich geplant hatte.

*Na gut*, dachte ich. *Na gut, verdammt noch mal.*

*Er hat nichts Böses vor*, versprach Az mir.

Ich stand kurz davor, die spitze Bemerkung abzugeben, dass ich ihm genauso wenig traute wie dem Höllenfeen-König

– vor allem nach dem, was er mir beim letzten Besuch im Club angetan hatte. Aber ich biss mir auf die Zunge.

Ich hatte Az mit diesem Zauber gefesselt, er mich mit seiner Gedankenkraft. Unsere Taten mochten sich voneinander unterscheiden, aber sie hatten zu einem ähnlichen Resultat geführt.

Wenn ich das jetzt ansprach, würden wir uns bloß streiten.

Wir konnten nicht länger in der Vergangenheit leben. Wir mussten zusammen auf die Zukunft zugehen. Als Gefährten.

Az ließ seine Hand über meinen unteren Rücken wandern, als hätte er meinen Zwiespalt gespürt und würde zustimmen. Verflammt, vermutlich hatte er das auch, denn er lehnte sich zu mir und drückte mir einen Kuss auf den Nacken, als wir den Eingang erreichten.

Wenn Luzifer den flüchtigen Ausdruck der Wertschätzung mitbekam, ließ er sich nichts anmerken. Stattdessen hielt er die Tür auf und bedeutete uns, einzutreten.

Sobald ich durch die Tür schritt, fiel mir schlagartig wieder ein, warum ich Luzifer nicht in meinem Rücken haben wollte.

Das Höllenfeuer brannte in sich windenden roten und blauen Scheiterhaufen, die die Wände säumten und die Bühne umgaben, auf der Cami zur Schau gestellt worden war. Eine Bühne, auf der ich gezwungen gewesen war, Wache zu stehen, während Az' erdrückende Kraft auf mich eingewirkt hatte.

*Also, wie sieht dein nächster Schachzug aus, Höllenfeen-König?*, fragte ich mich und blickte zu ihm zurück. *Wirst du mich zwingen, nackt auf dieser Bühne herumzurennen? Allen zeigen, wie erregt ich wegen dem bin, was dein Prinz gerade mit Cami treibt?*

Luzifer blendete mich aus, obwohl ich ahnte, dass er meine Verärgerung spüren konnte. Wir brauchten nicht miteinander verbunden zu sein, damit er meinen Zorn spüren konnte. Ich gab mir keine Mühe, meine Gefühle zu verbergen, denn ich hatte es satt, mich zu verstecken.

Er hatte mich wütend gemacht.

Jetzt wollte er sich gut mit mir stellen, indem er mir alles gab, was ich wollte – und mehr – ohne etwas im Gegenzug zu verlangen?

*Wer's glaubt, wird selig.*

„Eure Majestät", grüßte eine Höllenfee in einer Lederhose und einer langen roten Krawatte, die über seine nackte Brust hinabhing. Dann wanderte sein Blick zu Az, ehe er sich erneut verbeugte, und hielt inne, als er mich sah. Der überraschte Ausdruck in seinen Augen kam nicht unerwartet. Ich verbrachte höchst selten Zeit mit dem König der Höllenfeen. Und wenn, dann nicht so.

Und anlässlich meines letzten Besuchs hatte er mich vor seinem Königreich lächerlich gemacht.

„Benedict", erwiderte Luzifer, woraufhin die Höllenfee ihren Blick von mir abwandte und den König ansah, der vor ihm stand. „Eine Flasche Höllenfeen-Whisky mit drei Gläsern, bitte."

Der Mann zuckte zusammen und verbeugte sich dann so tief, dass sein dunkles Haar in sein Gesicht fiel. „S... sehr wohl. Kommt sofort", erwiderte er und eilte davon.

Luzifer drehte sich um und watete durch die Menge. Allein seine Präsenz brachte alle Anwesenden dazu, ihm Platz zu machen, als er auf seine Nische zusteuerte.

Manchmal setzte er sich auf den Thron, der auf der Bühne stand. Heute war offensichtlich nicht einer dieser Tage.

Die Nacht, in der Cami auf der Bühne gestanden hatte, war auch nicht eine dieser Nächte gewesen. Für sie hatte man einen Käfig aufgestellt.

Ich fragte mich, ob bald auch einer für mich auftauchen würde.

Kuro knabberte an meinem Ohr, vermutlich, weil er meine wachsende Beunruhigung spürte.

Eine Beunruhigung, die ihren Höhepunkt erreichte, als Luzifer sagte: „Ich habe euch aus einem Grund hierhergebracht."

*Was du nicht sagst*, ging mir durch den Kopf.

Az schubste mich in die Nische und Luzifer setzte sich auf die Bank gegenüber. Der riesige Körper des Höllenfeen-Königs schien jetzt noch eindrücklicher als sonst.

„Was auch immer du dir für eine Strafe überlegt hast: Ich werde sie akzeptieren, solange Cami nichts zustößt", sagte ich mit ebener Stimme zu ihm.

Zwei Frauen – Illusionen, die von der Magie des Nachtclubs kreiert worden waren – erschienen mit unseren Getränken, bevor Luzifer etwas erwidern konnte. Am Rand der Gläser züngelten dekorative Flammen, die Kuro, der auf meiner Schulter saß, eine drohende Haltung zeigen ließen.

Als eine der Illusionen das Glas hinstellte, kniff er die durchsichtige Frau mit dem Schnabel.

Ich grinste. „Du konntest Fantasiewesen noch nie ab. Schätze, es ergibt nur Sinn, dass dir diese Magie hier genauso wenig gefällt."

Kuro stieß ein Schnauben aus.

„Ich glaube, er gibt bloß deine Stimmung wieder", meinte Luzifer belustigt. „Das tun Zauberwesen oft, oder?"

Ich knurrte. Es überraschte mich nicht, dass er von den Bändern zwischen Mitternachtsfeen und ihren Zauberwesen wusste, aber ich entschied mich, nicht zu viel zu verraten. Denn ich traute ihm nicht. Kein bisschen.

„Und wie sieht diese Stimmung deiner Meinung nach aus?", wollte ich mit angespanntem Tonfall wissen.

Der König der Höllenfeen war nicht auf meine Bemerkung hinsichtlich der Bestrafung eingegangen, was nur bestätigte, dass er mich genau deswegen hierhergebracht hatte. Natürlich war ich gereizt.

Und meine Eule genauso.

„Du bist wütend", erwiderte Luzifer. „Und das mit gutem Grund."

Ich zog eine Augenbraue hoch. „Aha?"

Er warf mir einen vielsagenden Blick zu, ehe er sein Glas in einem Zug leerte. Eine der unwirklichen Kellnerinnen erschien erneut und füllte sein Glas auf. Er ignorierte sie, als sie das Getränk vor ihn hinstellte.

„Hör zu, ich habe gesagt, dass ich euch aus einem Grund hierhergebracht habe. Und ja, es hat mit einer Bestrafung zu tun." Er lehnte sich nach vorn und in seinen blauen Augen waberte ein feuriger Ausdruck. „Aber es bist nicht *du*, der bestraft werden soll."

Ich sah ihn mit krausgezogener Stirn an. „Wer dann?" Im nächsten Augenblick setzte mein Herz einen Schlag aus und ich verband mich umgehend mit Camis Gedanken, weil ich sicherstellen musste, dass es ihr gut ging.

Doch das Einzige, was ich erhaschte, waren alles einnehmende Gedanken an Melek und Fesseln und Bänder.

„Ich bestrafe mich selbst", stellte Luzifer klar. Seine Aussage ging mir durch Mark und Bein. „Ich habe euch hierhergebracht, damit ich mich mit meinen Fehlern befassen und mich für sie entschuldigen kann. Ich habe deine – und Camillias – Bestrafung zu weit getrieben. Ich verstehe das. Ich stehe dazu. Und entschuldige mich dafür."

„Weil du dir jetzt plötzlich etwas aus uns machst?", platzte mir heraus, konnte nicht fassen, was ich da hörte.

Az gab einen Laut von sich und warf mir einen Blick zu, der mir sagte, dass er kurz davor stand, sich auf mich zu stürzen.

Ich blendete ihn aus.

Das hier war eine Angelegenheit zwischen mir und Luzifer.

„Tatsächlich mache ich mir *wirklich* etwas aus euch", meinte Luzifer. „Melek ist mein Prinz. Und er ist drauf und dran, sich mit Camillia für die Ewigkeit zu verbinden."

„Er hat dieses Band vor fast zwei Monaten zu knüpfen begonnen", bemerkte ich. „Und damals hast du dir ganz bestimmt nichts daraus gemacht."

„Oh, das habe ich." Er leerte das Glas erneut und machte ein Handzeichen zur Kellnerin, das ihr bedeuten sollte, nicht nachzuschenken. „Aber ich habe sie auch für eine Bedrohung gehalten. Jetzt sehe ich, dass ich falschlag. Sie war eine Figur in einem Spiel, das lange vor ihrer Schöpfung begonnen hat. Man hat eine Spielfigur kreiert, die mir schaden soll. Und, was soll ich sagen ... Ich tendiere dazu, die Feen zu retten, die Vivaxia zu mir schickt."

Er sah bewusst zu Az.

Dann sah er sich im Nachtclub um.

„Mein Reich ist randvoll mit Vivaxias ehemaligen Spielzeugen. Jetzt ist Camillia eines von ihnen und meine beiden Gefährten scheinen sehr angetan von ihr. Also, ja, mache ich mir offiziell etwas aus ihr."

Ich starrte ihn, noch immer beunruhigt, an. „Und was empfindest du für sie?"

Er lächelte. „Das werden wir noch sehen, Ajax. Das werden wir noch sehen."

Ich zog eine Augenbraue hoch. „Das macht mich nicht gerade zuversichtlich, was deine Absichten angeht, Luzifer."

„Ja, das kann ich mir gut vorstellen. Aber das Einzige, was ich dir im Augenblick versprechen kann, ist, dass ich sie retten, ermächtigen und sie zu einer Königin machen will. Ob sie *meine* Königin wird oder nicht, das wird sich zeigen, okay?"

Ich wollte die Aussage gerade weiter infrage stellen, doch

dann flackerte ein Bildschirm, der in der Luft vor ihm schwebte, an, woraufhin seine Aufmerksamkeit von mir auf das Gerät überging. Er legte die Stirn in Falten. „Es ist Hades. Da muss ich rangehen."

Ich blinzelte, überrascht darüber, dass er mir den Namen des Anrufers genannt hatte. Und auch darüber, dass diese spezifische Mythosfee – der Gott der Unterwelt – Luzifer anrief.

*Irgendeine Ahnung, worum es dabei geht?*, fragte ich Az.

Er schüttelte den Kopf. *Sieht aus, als wäre einiges geschehen, während wir weg waren. Ich wurde noch nicht ins Bild gesetzt.*

*Oh.* Ich biss die Zähne zusammen und nahm endlich einen Schluck von meinem Getränk. Anders als bei Luzifer kehrten die Fantasiewesen nicht umgehend zurück, um mein Glas aufzufüllen.

Das war wenig überraschend.

Ich war nicht einmal eine echte Höllenfee. Nicht, wenn es nach ihnen ging.

„Was hältst du von seinen Bemerkungen über Cami?", wollte ich von Az wissen.

„Ich glaube ihm, dass er ihr nicht wehtun wird."

„Und glaubst du, er hat vor, sich mit ihr zu verbinden?", hakte ich nach.

Az musterte mich. „Würde es dich stören?"

„Ja", erwiderte ich wie aus der Kanone geschossen.

„Warum?", fragte er.

„Weil er ihrer nicht würdig ist."

Az zog seine Augenbrauen hoch. „Ihrer nicht würdig?"

„Er hält sie dir und Melek zuliebe am Leben, nicht, weil er will, dass sie lebt", gab ich zähneknirschend zurück.

Az sah aus, als wollte er etwas entgegnen, aber ich war noch nicht fertig.

„Luzifers Motive drehen sich um sein Königreich und seine Gefährten. Bis er Cami für die Person sieht, die sie ist und sie ihretwegen will, nein, ist er ihrer nicht würdig, verdammt." Ich griff abermals nach meinem Glas und wollte es leer machen, musste aber feststellen, dass sich gar nichts mehr darin befand. *„Verdammt.* Ich brauche noch einen Drink."

Eine männliche Höllenfee in der Nähe drehte sich um. Er hatte meinen Kommentar offensichtlich mitbekommen und ihn missverstanden. Ich hatte mich undankbar angehört, obwohl das nicht die Absicht gewesen war.

Als er auf uns zustürmte, realisierte ich, dass er meine feindselige Haltung völlig falsch interpretiert hatte. Und jetzt standen wir kurz davor, ein ernsthaftes Problem zu haben.

Kuro stieß sich von meiner Schulter ab, bevor ich ihn davon abhalten konnte, und zielte mit seinem Schnabel direkt auf das Auge der Höllenfee ab.

Ich rief ihn zurück, ehe er angreifen konnte, aber die Höllenfee schrie trotzdem erschrocken auf und versuchte, meine Eule zu erwischen.

*„Kuro!"*, befahl ich, als er sich aufrichtete, um erneut zuzuschlagen.

Zum Glück gehorchte mein Zauberwesen mir und löste sich in Luft auf, bevor er sich mit einem ungehaltenen Krächzen wieder auf meiner Schulter materialisierte.

„Verfluchtes Ungetier!", brüllte die Höllenfee.

„Er ..."

„Nimm dieses *Unding* zurück ins Reich der Mitternachtsfeen!", schrie er und unterbrach mich, bevor ich auch nur ein Wort von mir geben konnte. „Und was zum Teufel hast du hier überhaupt zu suchen, *Ex*-Wärter? Du bist keine Höllenfee. Du bedeutest uns *nichts*. Und ganz bestimmt verdienst du keinen Platz in der Nische unserer Majestät."

Ich biss die Zähne zusammen. Diese Worte hatte ich zuvor schon gehört. Na ja, vielleicht nicht die Sache mit der *Nische*, aber ich hatte definitiv schon mit anderen Höllenfeen zu tun gehabt, die mir ins Gesicht gepfeffert hatten, dass ich nicht hierhergehörte und ich den Wärter-Titel ihrer Meinung nach nicht verdiente.

Normalerweise stellte ich meine Kraft unter Beweis, indem ich gegen sie kämpfte.

Heute starrte ich ihn nur an.

Denn ich hatte nichts entgegenzusetzen. Obwohl ich wieder als Wärter eingesetzt worden war, hatte es noch keine offizielle Ankündigung gegeben. Zumindest meines Wissens nicht.

Und vermutlich sollte ich auch nicht in dieser Nische sitzen.

„Er hat recht", mischte sich eine weitere Höllenfee in der Nähe ein. „Du gehörst nicht hierhin, *Mitternachtsfee*."

„Das sehe ich anders", kam eine donnernde Stimme vom anderen Ende des Raumes. Kurz darauf erschien Luzifer mit einem Bildschirm vor sich.

Ich runzelte die Stirn und ging davon aus, dass er sich mit Hades stritt.

Stattdessen sagte er: „Ich muss dich zurückrufen" zur Mythosfee, bevor er auflegte.

*Hat er gerade aufgelegt, obwohl Hades am anderen Ende war?*, fragte ich Az schockiert. Ich bezweifelte stark, dass das gottesähnliche Wesen eine derart unhöfliche Behandlung gewohnt war.

*Es scheint ganz so*, meinte Az belustigt.

„Vielleicht haben nicht alle Anwesenden gesehen, dass Ajax heute mit mir unterwegs ist", sagte Luzifer, dessen Stimme durch den gesamten Nachtclub hallte. „Aber lasst mich eines klarstellen: Ajax ist mein Wärter. Und da er mit meinem Kommandanten verbunden ist, ist er jetzt auch offiziell eine Höllenfee.“

Mehrere Höllenfeen tauschten Blicke aus, dann sahen sie uns mit weit aufgerissenen Augen an.

„Und alle, die ihre Manieren vergessen haben, will ich daran erinnern, dass Azazel einer meiner Gefährten ist.“ Die Worte hallten vom Bildschirm wider, was darauf hindeutete, dass er seine Ankündigung im ganzen Reich ausstrahlte. „Was wiederum bedeutet, dass Ajax jetzt auch direkt mit mir verbunden ist.“

Er sah der Höllenfee in die Augen, die mich wegen Kuro angeschnauzt hatte.

Dann blickte er zur Fee, die die Aussage des anderen, dass ich nicht hierhergehörte, unterstützt hatte.

„Ich lege euch ans Herz, euch einzuprägen, wie wichtig diese Gefährtenbänder für mich als euer Höllenfeen-König sind. Denn wenn ihr *meinen* Wärter noch einmal beleidigt, werde ich nicht so nachsichtig sein.“

Die beiden Höllenfeen waren ganz blass um die Nase geworden und die beiden murmelten hastig eine Entschuldigung, bevor sie auf den Ausgang zu eilten.

Ich sah ihnen mit offen stehendem Mund hinterher, dann wanderte mein Blick zu Luzifer.

Er ... hatte mich gerade *beansprucht*.

Nicht in Form einer Verbindung, sondern auf seine Art als König. Und er hatte sichergestellt, dass das gesamte Königreich wusste, dass ich ihm gehörte.

Was bedeutete, dass für Cami dasselbe galt.

Oder zumindest würde es das, sobald sie sich mit Melek verbunden hatte.

„Habe ich meine Absichten jetzt klar dargelegt?“, fragte Luzifer und kehrte zum Tisch zurück. „Oder hast du noch Fragen?“

Ich starrte ihn an.

Hatte ich noch Fragen? Ja. Tausende.

Aber ich konnte sie nicht alle in einen zusammenhängenden Gedanken fassen, also ... schüttelte ich bloß den Kopf.

Er lächelte. „Sehr schön. Dann lass uns weitermachen, Wärter. Ich werde mir deine Vergebung mit der Zeit verdienen, mich als potenzieller Gefährte für würdig erweisen – nicht nur für dich, sondern vielleicht auch für Camillia – und vielleicht vervollständigen wir diesen Zirkel eines Tages. Bis dahin könnte ich etwas mehr Details über die Situation mit Vivaxia gebrauchen."

*Scheiße.* Er musste meine Bemerkungen darüber, dass er Camillia nicht würdig war, mitbekommen haben.

Oder vielleicht hatte er sie Az' Gedanken entnommen.

Ganz egal, wie er Wind davon bekommen hatte, Luzifer schien nicht wütend, sondern vielmehr gestärkt. Er hatte auch gesagt, dass es an ihm war, zu beweisen, dass er unserer würdig war – eine interessante Formulierung.

„Was für Details?", wollte Az wissen und konzentrierte sich auf den letzten Teil von Luzifers Aussage. „Hast du eine Ahnung, was Vivaxia mit Cami angestellt haben könnte?"

Ich biss die Zähne zusammen. Plötzlich war das Einzige, was für mich von Interesse war, was Az in Cami spüren konnte. Wir alle wussten, dass die Engelsfee etwas mit ihr angestellt hatte. Die Frage lautete: *Was?*

Das war einer der wenigen Gründe gewesen, warum ich mich bereiterklärt hatte, sie in Meleks Obhut zu lassen. Wenn jemand dieses Rätsel lösen konnte, dann eine andere Engelsfee.

Aber natürlich vergnügte er sich lieber mit unserer Gefährtin.

Vielleicht würde ihr Band zu vervollständigen dabei helfen, sie zu beschützen.

Oder vielleicht würde es alles noch schlimmer machen.

„Vielleicht sollte ich mich mit Zenaida unterhalten", meinte ich und sprach den Gedanken laut aus, bevor ich überhaupt groß darüber nachdenken konnte. Aber es schien mir ein guter Ort, um anzufangen. Wenn uns jemand etwas über die Zukunft verraten konnte, dann sie. Natürlich würden die Informationen in Form eines Rätsels gesprochen.

Aber ich war mit Shade groß geworden. Ich verstand mich auf Rätsel – dank seiner vielen Lektionen.

*Melek könnte uns vielleicht auch behilflich sein*, realisierte ich. Plötzlich hatte das Band zwischen ihm und Cami mein Interesse geweckt. Denn jetzt hatten wir den Rätselmeister höchstpersönlich auf unserer Seite.

Luzifer musterte mich, dann nickte er. „Könnte sein, dass Zen ein paar interessante Erkenntnisse liefert. Wir sollten auch in Erwägung ziehen, Zakkai zu einem Besuch einzuladen."

Ich sah ihn mit hochgezogener Augenbraue an. „Zakkai?"

„Ja. Er ist der Architekt der Mitternachtsfeenquelle. Vielleicht kann er uns helfen."

Ich wusste, was und wer Zakkai war, es überraschte mich nur, dass Luzifer ihn einladen wollte. „Ich kann gern auch mit ihm sprechen."

Luzifer nickte abermals. „In der Zwischenzeit muss ich mir ein paar Texte ansehen."

„Was soll ich machen?", wollte Az von ihm wissen.

„Kannst du Ajax begleiten?" Luzifer formulierte das als Bitte, nicht als Befehl. „Es wäre mir lieber, wenn wir die Kommunikation aufrechterhalten können, falls etwas passiert. Und ich habe diese Verbindung zu Ajax nicht. Noch nicht."

Ich kniff die Augen um ein Haar zusammen, als ich die letzten beiden Worte in Gedanken wiederholte. *Noch nicht.*

„Das lässt sich einrichten", meinte Az und breitete seinen Arm hinter mir auf der Lehne aus. „Aber ich will auch regelmäßige Berichte."

„Selbstverständlich", erwiderte Luzifer. „Ich werde mit Vita anfangen."

Az griff nach seinem unangerührten Getränk und leerte das Glas. „Packen wir's an."

*Bring uns zuerst zu Zenaida*, ergänzte ich in Gedanken. *Dann können wir Cami Kekse mitbringen. Irgendetwas sagt mir, dass sie völlig ausgehungert sein wird, wenn Melek mit ihr fertig ist …*

## KAPITEL 24

## MELEK

CAMI STARRTE DIE KLINGE AN, für die sie sich entschieden hatte. Zweifel nagten an ihr. Sie machte sich Sorgen, dass unser Band sich auflösen könnte, wenn wir das hier taten.

Vor einigen Wochen hätte ihr das vielleicht nichts ausgemacht.

Aber zwischen uns hatte sich etwas verändert. Etwas Tiefgreifendes.

Ich war nicht sicher, wann es geschehen war, aber jetzt verstand sie endlich unser Gefährtenpotenzial.

Die Anziehung zwischen uns war immer da gewesen. Ich ging davon aus, dass es an unseren Seelen lag, die einander erkannten. Cami, aber, teilte meine Überzeugung nicht. Sie versuchte sich immer noch mit dem Gedanken anzufreunden, dass wir scheitern könnten.

„Wenn unser Band sich nicht festsetzt, war es uns nie bestimmt, zusammen zu sein", sagte ich zu ihr. „So enttäuschend das sein würde, wir können nichts daran ändern."

Ich griff sanft nach ihrem Kinn und führte ihren Blick vom Messer weg zu meinen Augen.

„Ich habe dir das nicht gesagt, um dir Angst einzujagen. Ich wollte dir nur erklären, warum das Ritual einfach erscheint. Weil unsere Seelen den Großteil der Arbeit übernehmen werden, was in einem weiteren Kraftaustausch enden sollte." Ich lächelte. „Das hat dir das letzte Mal Spaß gemacht, also wirst du es dieses Mal lieben."

„Wenn es hinhaut", flüsterte sie.

„Ach, Engelchen. Deine Sorge tut mir im Herzen weh und stimmt mich gleichzeitig froh." Ich beugte mich hinunter, um sie sanft zu küssen. „Sie tut mir weh, weil mir deine Zwangslage nicht gefällt, aber es freut mich, dass du dir Sorgen machst, du könntest mich verlieren."

Ich legte die Hand an ihre Wange und sah die Angst, die in ihren schönen meeresgrauen Augen waberte.

„Ich würde das hier nicht tun, wenn ich fürchtete, es könnte das Ende sein, Camillia. Ich will für immer mit dir zusammen sein, also musst du einen Glaubenssprung machen, Liebste. Bitte. Tu es für unsere Seelen."

Ich setzte mich auf, griff nach meiner Klinge und zog sie über meine Handfläche – dieselbe, die ich gerade an ihrer Haut angesetzt hatte.

Dann wartete ich darauf, dass sie dasselbe tat.

Cami spitzte den Mund, bewegte sich ansonsten aber nicht.

„Wo ist mein selbstbewusster, wunderschöner Engel?", fragte ich mit leiser Stimme. „Der Engel, der sich einem Mantikor mit nichts weiter als einem Buch bewaffnet entgegengestellt hat? Der die Schimären in den Spielen durchschaut hat? Der sich mir immer wieder widersetzt hat? Der sich von Az und Ajax teilen lässt, obwohl sie weiß, dass sie sie in Stücke reißen könnten?"

Sie funkelte mich an. „Sie würden mir nie wehtun."

„Weil du ein Wunder und vollendet und eine Göttin bist, die verehrt gehört. Aber ich will wissen, wo meine Cami ist – die wunderbare Fee mit frechem Mundwerk und die sich gern in Gefahr stürzt."

„Jetzt verdrehst du einfach das, was ich gesagt habe", murmelte sie und setzte sich auf. Es freute mich, dass sie nicht versuchte, ihren Körper vor mir zu verbergen. Vor allem jetzt, wo ihre entblößten Brüste leicht zu baumeln begonnen hatten.

Sie war so verdammt sexy – enthüllt, verletzlich und *in meinem Bett.*

„Ich sagte, ich wollte meinen Melek zurück, und jetzt sagst du, du willst deine Cami zurück", fuhr sie fort. „Nicht sonderlich einfallsreich, Höllenfeenprinz."

Ich schnitt mir abermals in die Hand, weil die Wunde sich bereits wieder verschlossen hatte. „Es hat dich doch dazu gebracht, dich zu bewegen, oder nicht?"

Sie kniff diese wunderschönen Augen noch fester zusammen. „Wenn wir das hier tun und unser Band zerbricht, werde ich echt wütend sein."

Ich zog eine Augenbraue hoch. „Oha?"

„Moment mal." Ihr verärgerter Ausdruck gab den Weg frei für einen verwirrten. „Luzifer will sich mit Ajax verbinden. Bedeutet das …?"

„Dass er ahnt, seine Seele könnte mit jener unseres Wärters kompatibel sein?", beendete ich den Satz an ihrer Stelle. „Ganz genau."

„Aber was, wenn er sich irrt? Wird das den Handel aufheben?"

„Es gibt keinen Handel mehr", sagte ich zu ihr. „Ty hat Ajax bereits wieder als Wärter eingesetzt und er ist im Begriff, seinen Status als Höllenfee zu bestätigen." Zusammen mit einigen weiteren Details – wie zum Beispiel, allen zu zeigen, dass Ajax zu seinem inneren Zirkel gehörte.

Sie blinzelte. „Wann ist das denn passiert?"

„Während du unter der Dusche warst", erwiderte ich. „Na ja, technisch gesehen, hat er die Entscheidung gefällt, als er dich aufgefangen hat, nachdem du vom Himmel gefallen bist. Oder vielleicht sogar schon vorher. Aber ..."

„Er hat mich aufgefangen?"

Ich gab ein zustimmendes Summen von mir. „Und dann hat er dich in unser Bett gelegt."

Sie riss die Augen auf, dann schüttelte sie ihren Kopf. „Darauf kommen wir später zurück." Sie räusperte sich. „Wenn er wusste, dass sich das Band vielleicht nicht auf der dritten Ebene festsetzen würde, hat er ein Hintertürchen in seine eigene Vereinbarung eingebaut. Was wäre geschehen, wenn Ajax und Luzifer sich nicht hätten miteinander verbinden können?"

Ich dachte kurz darüber nach, dann zuckte ich mit den Achseln. „Wie ich Ty kenne, hat er eine Klausel eingesetzt, in der steht, dass Ajax ihn in diesem Fall als Mitternachts- feengefährte beanspruchen muss. Aber das alles spielt jetzt keine Rolle mehr. Es gibt keinen Handel."

„Also wäre er nicht vom Handel zurückgetreten?", hakte sie nach.

„Machst du dir Sorgen, dass er das als Hintertür eingebaut hat, um Ajax' Untreue zu beweisen?", fragte ich mit gerunzelter Stirn. „Denn Ty mag Handel so aufsetzen, dass sie ihn bevorteilen, aber er ist nicht wie Vivaxia." Sie hätte ein solches Hintertürchen in ihre Vereinbarung eingebaut, und tat das auch oft.

„Nein, ich ..." Sie legte abermals die Stirn in Falten. „Also hätte Ajax ihn mit seiner Mitternachtsfeenkraft beanspruchen müssen, weil er das nach wie vor kann."

„Ja, aber ich bezweifle, dass das nötig sein wird. Ihre Seelen sind genauso kompatibel wie unsere." Na ja, vielleicht nicht ganz so kompatibel, aber sie ergänzten sich definitiv gut.

„Wenn also alle Stricke reißen ...", fuhr sie fort und blendete mich aus. Sie ernüchterte und in ihren Augen zog ein entschlossener Ausdruck auf. „Wenn das hier schiefgeht, werde ich herausfinden, wie ich Höllenfeengefährten beanspruchen kann und dich zwingen, mein Gefährte zu sein."

Die Überzeugung in ihrem Tonfall und ihre Aussage ließen meinen Schwanz pulsieren.

Ja, bitte!

„Ich glaube, mir gefällt, wo dieses Gespräch hinführt", gab ich offen zu. „Wirst du mich dann auch fesseln und mit mir machen, was immer du willst?"

Sie knurrte. Der Laut erinnerte mich an die Nacht, in der wir uns begegnet waren. Damals hatte sie mich auch wütend angeknurrt, weil ich ihr nicht geholfen hatte.

Ihr war nicht bewusst gewesen, wie sehr ich ihr in dieser Nacht unter die Arme gegriffen hatte.

Damals nicht und alle Male danach.

Ich hätte niemals zugelassen, dass ihr etwas zustößt. Aber ich wollte, dass sie einsah, wie viel sie aus eigener Kraft bewerkstelligen konnte. Ich hatte ihre Stärke und ihre Seele erkannt. Ihre Kraft war für meine Sinne wie ein Leuchtfeuer gewesen.

In jener Nacht – und in allen Tagen danach – waren ihre Fähigkeiten in unzähligen Wegen zum Tragen gekommen.

Ich hatte alles in meiner Macht Stehende getan, um sie zu beschützen, und jetzt würde ich ihr die ultimative Form von Schutz bieten: indem ich meine Seele mit ihrer verband. *Für immer.*

Wenn das Unmögliche eintraf und unsere Seelen sich nicht vereinten, würde das wehtun. Sehr, sogar. Es würde dieselben Schmerzen hervorrufen wie ihr Tod.

Diesen Teil behielt ich für mich, weil nur ich diesen Schmerz spüren würde.

Und außerdem war ich mir sicher, dass unsere Seelen einander annehmen würden. Es gab keine Alternative. Camillia De la Croix war es bestimmt, mir zu gehören.

Und schon bald würde sie zu meiner Höllenfeen-Königin werden.

Der Muskel in ihrem Kieferknochen zuckte und sie funkelte mich an.

Dann griff sie nach ihrem Dolch und schnitt sich die Hand auf.

Ich schlitzte meine ein drittes Mal auf, um sicherzustellen, dass die Wunde noch offen war, und packte dann ihre Hand, ehe sie sie zurückziehen konnte.

„Jetzt sagen wir den Schwur zusammen", erinnerte ich sie. „Bereit?" Sie nickte, also zählte ich von drei herunter, und als ich bei *eins* angelangte, sagten wir wie aus einem Munde: *„Nadehaar Laki Nafsi."*

Eine Wärme strömte durch meinen Körper und himmlische Energie schwebte um uns herum.

Cami rang erschrocken nach Atem und umklammerte meine Hand. *„Melek!"*

Ich riss sie in meinen Schoß. Meine Flügel schossen aus meinem Rücken und hüllten uns in einen Federkokon. Doch die Magie war zu mächtig und ihre Essenz breitete sich in jeden einzelnen Zentimeter unserer Wesen aus, als unsere Seelen sich für die Ewigkeit miteinander verbanden.

*Ich habe dir doch gesagt, dass wir seelenverwandt sind,* sprach ich keuchend in ihre Gedanken.

Sie klammerte sich an mich, schlang die Beine um meine Hüften und um uns herum tanzten goldene Funken. *Das hier fühlt sich fantastisch an.*

*Das ist erst der Anfang,* erwiderte ich und führte meine Lippen an ihre, als eine Wärme sich in meiner Brust festsetzte. Eine brennend heiße Wärme. Eine *aufregende* Wärme.

Jetzt war unser Band vollständig. Unsere Seelen endlich vereint. Und unsere Kräfte vermischten sich miteinander.

Ich breitete die Flügel aus und bauschte die Federn. Unsere Energie kreierte eine lange goldene Schleife aus seidiger Lebenskraft. Sie wickelte sich um unsere ineinandergelegten Hände und besiegelte unser Band in einem Symbol der Einheit.

Cami stieß einen Seufzer aus und ihre Haut glitzerte aufgrund unserer Verbindung. „Ich fühle mich so lebendig", sagte sie mit wehmütigem Tonfall. „Als würde ich *fliegen*."

„Mmh, ich werde dich sehr gern zu den Sternen bringen, Engelchen." Ich zog an unseren aneinandergebundenen Händen und führte meine freie Hand an ihre Hüfte. Aber bevor ich sie küssen konnte, sah sie nach unten.

„Noch ein Seil." Sie starrte den erwähnten Strang an. „Sprichst du deswegen immer wieder von Bändern? Weil die Bandsmagie sie heraufbeschwört?"

Ich grinste. „Das war nicht das Band, Liebste, sondern meine Kraft. Es ist ein Symbol für unsere Vereinigung – ein goldenes Band, das nie zerrissen werden kann, obwohl es weich und zart aussieht."

Sie musterte den hübschen Stoff. „Es ist unendlich."

„Ganz genau." Die Schleife schien zwar jetzt ordentlich gebunden zu sein, aber der Stoff verfügte über keine Enden. Wenn man ihn entwirrte, wäre er so lange oder kurz, wie wir wollten. „Er repräsentiert uns."

Cami zog am Band. Die Seide fiel mühelos in ihre Hand und sie wickelte sie langsam von unseren Händen. „Ich will dich besser verstehen, Melek. Ich will dir vertrauen."

Ich bewunderte ihr Profil und meine Gedanken halfen mir zu interpretieren, was sie damit wirklich sagen wollte. „Du willst, dass ich dich fessle."

Sie sah unter ihren dichten Wimpern zu mir hoch. „Ich will lernen, wie es geht."

*Hm.* Wenn ich mich recht entsann, hatte sie Az um eine ähnliche Lektion gebeten – etwas, das ich letzte Woche in ihrem Kopf aufgeschnappt hatte. Aber diese Lektion hatte sich darum gedreht, dass er seine überschüssige Kraft ausschütten musste.

Hier ging es um meine Vorliebe zu Fesselspielen.

Um mein Verlangen, sie zu fesseln.

Sie in Seide zu hüllen und zu necken, bis sie darum flehte, von mir gefickt zu werden.

*Oder bis sie um Ty fleht ...*

Leider waren wir für das, wonach ich mich wirklich sehnte, noch nicht bereit. Aber ich konnte sie schrittweise an meine Vorlieben heranführen.

„Na gut", meinte ich und meine Energie schwirrte um unsere aneinandergebundenen Hände, um sie von der Seide zu befreien. Dann webte ich sie durch meine Finger und genoss das Gefühl der weichen Textur. „Setz dich in die Mitte des Betts."

Dazu musste sie von meinem Schoß rutschen – etwas, das meinem Schwanz überhaupt nicht gefiel. Aber der Belohnungsaufschub würde es wert sein.

Cami krabbelte in die Mitte des Betts.

„Stell dich auf deine Knie. Dann setz dich auf deine Fersen und leg deine Hände auf deine Oberschenkel."

Sie tat, was ich ihr aufgetragen hatte.

Und verdammt, was für ein Anblick das war!

„Jetzt schließe deine Augen", instruierte ich.

Sie errötete leicht, befeuchtete die Lippen mit der Zunge, dann warfen ihre Wimpern Schatten auf ihre Wangenknochen.

Ich wartete kurz und zog den Augenblick bewusst in die Länge.

„Fesselspiele sollen die Sinne necken", sagte ich mit sanfter Stimme. „Es geht dabei um Erwartung und darum, die Welt um einen herum zu vergessen." Ich kniete mich hinter sie. „Aber am wichtigsten ist das Vertrauen."

Ich beugte mich hinunter und küsste ihre Schulter.

„Ich werde deine Arme und Hände nicht fesseln, Camillia." Ich fuhr mit den Zähnen über ihre Haut, über ihren Nacken und dann hoch zu ihrem Ohr. „Zumindest nicht heute. Aber eines Tages werde ich dich mir mit meinen Schleifen untertan machen."

Und sie von Ty auspacken lassen, während ich zusah.

Ich konnte es kaum erwarten, diese Fantasie auszuleben.

Aber heute Abend ging es um mich und Camillia. Darum, sie zu verehren. Sie wertzuschätzen. Sie zu *lieben*. Und ihr zu zeigen, wer wir zusammen sein würden.

Keine Spielchen. Keine Rätsel. Keine neckischen Wahrheiten oder rätselhaften Aussagen.

Einfach nur Melek und Cami.

Ich küsste ihre pulsierende Halsschlagader und legte den seidenen Stoff sanft auf ihren Arm. Sie zuckte zusammen, ganz wie ich es kommen sehen hatte. Das war zum einen auf ihre Erwartung und zum anderen auf die Angst davor, was kommen würde, zurückzuführen.

Und genau darum musste ich sie schrittweise an diese Praktik heranführen.

„Schhh", meinte ich. „Entspann dich. Ich werde mich um dich kümmern." Ich führte das Material langsam hoch und runter und gab ihr Zeit, sich daran zu gewöhnen. „Fesselspiele sind eine Kunst, die viel Geduld erfordert. Aber das Endresultat ist einfach wunderschön."

„Also ... hast du das schon oft mit anderen getan? Mit Luzifer?"

Ich lachte. Das Seil befand sich jetzt näher an ihrer Schulter. „Ty hat ein- oder zweimal eingelenkt, aber er lässt sich nicht von anderen fesseln."

„Also fesselt er dich?", riet sie, während ich den Stoff an ihr Schlüsselbein führte.

„Ja, das hat er schon", erwiderte ich. „Es ist wichtig, dass ein Dom die Seile selbst erlebt, damit er die Details und die Empfindungen versteht. Das macht Fesselspiele noch sinnlicher und sicherer, weil der Dom des Paares die Grenzen des Subs respektiert."

Das ließ sie erschaudern. „Also bist du der Dom?"

„In unserer Beziehung? Ich glaube schon, ja. Aber wir können uns abwechseln." Ich drückte einen weiteren Kuss auf ihre Halsschlagader. „Und für dich bin ich alles und jeder."

Zwar übernahm ich lieber die Führung, würde mich aber unterwerfen, wenn Cami es wünschte. Ich würde alles tun, worum sie mich bat.

Ich ließ den Stoff hinunter zu ihrer Brust wandern, was sie nach Atem ringen ließ, als die Seide fast schon bei ihren Nippeln angelangt war. „Woher weißt du dann, wie man das macht?", wollte sie wissen und legte ihren Kopf in den Nacken, während sie hart schluckte. „Wenn Luzifer sich nicht von dir fesseln lässt ... und er dich nur ein paar wenige Male gefesselt hat ...?"

Ich drückte ihr einen weiteren Kuss auf den Hals und ließ meinen Blick auf der Schleife zwischen ihren Brüsten verweilen. „Ty sieht mir normalerweise dabei zu, wie ich andere fessle", erklärte ich.

Sie erstarrte. „Es macht ihm nichts aus, dass du dich mit anderen amüsierst?"

Ich lachte. „Ty und ich waren schon immer sehr offen miteinander. Er zieht Monogamie vor. Mir ... mir ist Treue wichtig. Aber nur, weil ich meine Seile an anderen verwendet habe, heißt das nicht, dass ich sie auch gefickt habe. Normalerweise packe ich sie als Geschenk für jemand anderen ein. Und dann sehe ich zu, wie es weitergeht, während Ty mir jeden Wunsch erfüllt."

Es war keine traditionelle Beziehungsdynamik, aber dann wiederum konnte man nichts in meiner Welt als traditionell bezeichnen.

Cami sagte lange nichts und atmete hörbar ein, als meine Hand bei ihrem Bauchnabel angelangte. „Wirst du ... dich auch weiterhin mit anderen amüsieren?"

Ich hielt inne. Erst jetzt verstand ich, warum sie mir all die Fragen stellte.

Sie hatte sich nicht nach meiner Erfahrung erkundigt, weil sie mir nicht vertraute. Bisher war ich davon ausgegangen, dass sie nur sichergehen wollte, dass ich wusste, was ich tat. Aber nein, sie hatte auf Beziehungsebene gefragt.

„Du willst wissen, was ich von Monogamie halte", überlieferte ich. „Was für eine Bedeutung unsere Verbindung für mich hat."

„Ich ..." Sie beendete den Satz nicht, schloss bloß den Mund und auf ihrem Gesicht zeichnete sich ein hinreißendes Rot ab.

Auf meinen Lippen breitete sich ein Lächeln aus. „Mmh, mein Engelchen ist besitzergreifend."

„Du bist mein Gefährte."

„Ich bin auch Tys Gefährte."

„Das ist etwas anderes", murmelte sie.

„Inwiefern?", wollte ich wissen und ließ die Seide weiter über ihre Haut streifen.

„Wir reden hier von Luzifer", erwiderte sie, als würde das alles erklären.

„Also geht es in Ordnung, wenn ich ihn ficke und er mich fickt?"

Das zarte Rot wanderte von ihrem Gesicht an ihre Brust hinab. „J... ja."

„Du willst zusehen?", riet ich.

„Ich ..." Sie verstummte abermals, dann räusperte sie sich.

„Das habe ich damit nicht gemeint. Ich … Er gehört bereits dir und ich verstehe das. Aber die anderen …?"

„Hm", meinte ich und setzte mich neben sie, damit ich nach ihrem Kinn greifen und ihren Blick zu mir führen konnte. „Erstens gibt es keine *anderen*, Camillia." Ich lockerte die Schleife ein bisschen, sodass ein Teil davon sich auf ihren Oberschenkeln ausbreitete. „Und zweitens musst du deine Arme ausstrecken."

Sie kniff die Augen zusammen. „Melek."

„Die Arme, Camillia", wiederholte ich.

Mit einem niedlichen Knurren gehorchte sie, aber der Ausdruck in ihren Augen verriet mir, dass sie alles andere als begeistert war. „Du hast andere Leute gefesselt. Das heißt per Definition, dass es *andere* gibt."

„Ich habe mich in einem Club amüsiert, in dem andere Feen mich gebeten haben, ihre Gefährten zu fesseln", stellte ich klar, bevor mein Blick zu ihrem Bauch wanderte und ich die Schleife einmal um sie legte.

Dann sah ich ihr wieder in die Augen, weil ich dieses Gespräch beenden wollte, damit wir richtig anfangen konnten.

„Es hat mir gefallen, mit ihren Gefährten zu spielen, weil es mir eine gewisse Ruhe vermittelt hat. Fesselspiele sind ein Geben und ein Nehmen. Man muss Vertrauen und Geduld haben. Lust zu verschaffen, fällt in den Verantwortungsbereich des Herrn und es ist in Wirklichkeit der Sub, der das Sagen hat. Diese Machtdynamik fühlt sich für mich befreiend an."

Ihr Gesichtsausdruck verriet mir, dass sie nicht aufhören konnte, daran zu denken, dass ich mich mit anderen Frauen vergnügte, obwohl sie gehört hatte, was ich gesagt hatte.

Und Männern, wie ich feststellen musste, als ich den Gedanken in ihrem Kopf hörte.

Offensichtlich wusste sie, dass ich beiden Geschlechtern

zugeneigt war. Ty konnte sie nachvollziehen. Alle anderen ... nicht.

„Willst du wissen, warum Ty mein Verlangen danach, mit anderen zu spielen, respektiert hat?", fragte ich sie.

Sie knirschte angesichts meiner Wortwahl mit den Zähnen. In Gedanken tauschte sie das Wort ‚spielen‘ mit ‚betrügen‘ aus. Normalerweise hätte ich etwas gegen diese Formulierung eingewandt und würde sie korrigieren, aber ich wusste, dass ihr Missmut nur auf das neue Gefährtenband zurückzuführen war.

Sie erlebte ein ganz neues Gefühl von Besitzgier und versuchte fieberhaft, dagegen anzukämpfen.

Anstatt auf ihre Antwort zu warten, versuchte ich sie von ihrem Elend zu befreien, indem ich meine eigene Frage beantwortete. „Er hat mich spielen lassen, weil er wusste, dass ich ein Ventil brauchte. Er weiß schon sehr lange, dass ich mir irgendwann eine neue Gefährtin oder einen neuen Gefährten nehmen werde, weil ihm bewusst ist, dass er mir gewisse Dinge nicht bieten kann. Und er will, dass ich glücklich bin."

Ich legte meine Hand an ihre Wange und mein Blick fiel auf ihre Lippen, bevor er langsam zurück zu ihren sturmgrauen Augen hochwanderte.

„Camillia, du bietest mir die Dinge, die er mir nicht geben kann. Du gibst mir alles, was ich will." Die Worte waren als Segen gesprochen. Ein Segen, von dem ich hoffte, dass sie ihn als Schwur verstand.

Denn ich meinte es so.

Sie war jetzt mein Ein und Alles.

„Ich habe Tausende von Jahren nach einer Gefährtin wie dir gesucht, und jetzt, wo ich dich habe, wird es keine *anderen* für mich geben, Camillia. Nur dich und unseren Gefährtenzirkel. *Uns.* Das ist, was ich brauche. Was ich will. Was ich *begehre*."

Ich lehnte mich zu ihr, um meine Lippen an ihr Ohr zu

pressen, und spürte das darauffolgende Beben, das sie ergriff, bis in meine Seele.

„Ich werde dir mehr als nur treu sein, Camillia De la Croix. Mein Herz gehört dir. Dir gilt meine ganze Hingabe. Mein *Vertrauen*."

Ich ließ ihr Gesicht los, griff nach der Schleife auf beiden Seiten ihres Bauchs und zog das Seil an.

„Und jetzt werde ich dir zeigen, was das bedeutet. Also bitte ich dich, die Augen noch mal zu schließen und dich darauf zu konzentrieren, was du spürst. Du bist jetzt ein fester Bestandteil meines Lebens und ich habe vor, dich für die Ewigkeit an mich zu fesseln."

## KAPITEL 25

## CAMI

Ich schloss meine Augen. In meinem Kopf und meinem Herzen herrschte wegen Meleks Aussagen das reinste Chaos.

*Treue.*

*Hingabe.*

*Vertrauen.*

Als er erwähnt hatte, dass es Luzifer nichts ausmachte, dass er mit anderen spielte, hatte sich meine Besitzgier gemeldet. Ich hatte realisiert, dass ..., dass es mir etwas ausmachte.

Dass Melek sich mit Luzifer amüsierte, ging in Ordnung.

Dass Melek sich mit anderen vergnügte, hingegen ... nicht.

Der Unterschied war verwirrend und etwas scheinheilig, da ich doch eine Beziehung mit Ajax und Az führte. Keiner von uns hatte über Monogamie gesprochen – ich hatte sie einfach instinktiv erwartet. Doch Melek testete die Grenzen meiner Instinkte. Er tat immer Dinge, die ich nicht erwartete.

Wie jetzt mit der Schleife.

Er schlang sie um meinen Oberbauch und strich die Seide glatt, dann brachte er sie behutsam hoch an meine Brüste.

Die sinnliche Berührung bereitete mir Gänsehaut und meine Nippel wurden vor Vorfreude ganz hart. Das lenkte mich beinahe von meinen Gedanken ab. Von Meleks Worten, die mir durch den Kopf gingen.

Sie ähnelten Versprechen, denen ich Glauben schenken wollte. Aussagen, von denen ich hoffte, sie wären wahr.

Bedenken machten sich in mir breit. Da war diese Stimme, die Meleks Motive anzweifelte, in mir, die bestätigte, was er über Vertrauen gesagt hatte. Dass er wusste, dass wir in dieser Hinsicht noch nicht so weit waren und das respektierte, sprach Bände über unsere heranwachsende Beziehung.

Er achtete auf Details. Gab auf *mich* acht. Und erkannte meine Gefühle an.

Das überraschte mich. Ich war davon ausgegangen, dass Melek eine Schwäche für Chaos und Rätsel hatte. Dass er gern Spielchen mit mir trieb. Und das tat er auch.

Aber seine Spiele waren vielschichtig und jede dieser Schichten hatte er mit guten Absichten kreiert.

Interessant, dass ich diese Einsicht jetzt hatte, während er *Schichten* aus Seilen einwickelte. Jede von ihnen schien einen Zweck zu erfüllen.

Ich hielt den Atem an, als die Seide meine Brustwarzen streifte. Die nächste Schleife würde meine steifen Nippel bedecken und mir damit ein Gefühl von ...

Ich legte die Stirn in Falten, als die Schleife ... nicht ... meinen Nippel berührte. Stattdessen ... stattdessen lag sie direkt oberhalb auf. Ich wartete ab und fragte mich, ob Melek die Hautstellen noch bedecken würde, die ihm entgangen waren, doch stattdessen führte er den Stoff nach oben, bis die Schleife direkt unter meine Achsel führte.

*Vielleicht geht er jetzt von hier wieder nach unten?*

*Nein*, dämmerte mir mit dem nächsten Atemzug. *Er ... er bindet eine Schleife hinter meinem Rücken.*

Ich konnte spüren, wie die Stränge angezogen wurden. Es

fühlte sich an, als wären die Schleifen vollendet. Aber das war nur eine Illusion. Ich konnte spüren, dass der Stoff endlos war – dass er mit einem einzigen Befehl weiter und weiter und weiter wachsen würde.

Melek nutzte das aus, indem er nach einem Ende griff und es an meine Vorderseite brachte.

„Du kannst deine Arme jetzt senken", sagte er mir mit sanfter Stimme. „Aber behalte deine Augen geschlossen."

Die *Schlinge*, die er kreiert hatte, legte sich um meine Vorderseite und das Ende davon kitzelte meinen Oberschenkel, als er es zwischen meine Beine brachte.

Ich biss mir auf die Unterlippe, als das Bett sich bewegte und sein Gewicht an meinem Rücken in der nächsten Sekunde verschwand.

Ich horchte angestrengt und wunderte mich, wohin er gegangen war. Aber er war still.

Alles war still.

Ich schluckte nervös und wurde mit jeder Sekunde unruhiger.

*Melek?*, flüsterte ich mittels unseres Bandes.

Er antwortete nicht.

Ich war versucht, ein Auge leicht zu öffnen, weil ich mich ein bisschen davor fürchtete, was er machte. Aber sein Befehl, meine Augen geschlossen zu behalten, hielt mich dazu an, es nicht zu tun.

Hier ging es um Vertrauen. Und ich vertraute darauf, dass er mir nicht wehtun würde.

Er wollte dem Augenblick nur eine gewisse Würze einhauchen, indem er den Höhepunkt hinauszögerte.

Ich konzentrierte mich auf meine Atmung und die Stränge, die um meinen Körper geschlungen waren. Sie fühlten sich so weich und doch sehr beständig an. Zwar hatte er meine Arme nicht gefesselt, aber ich fühlte mich dennoch eingeschränkt.

„Du siehst so schön aus, Cami", sagte Melek. Seine Stimme betörte meine Sinne und nahm mich vollends ein. „Spreiz deine Beine noch ein bisschen mehr für mich."

Ich setzte mich, begierig, zu gehorchen, in Bewegung.

„Mh, ja, genau so."

Ich wartete ab, was er als Nächstes tun oder sagen würde, doch er wurde wieder still.

Ein angenehmer Schauer rauschte durch meinen Körper und daraufhin spannte sich mein Bauch an.

Ich war nackt. Auf dem Präsentierteller. Ein *Geschenk*, das für ihn verpackt worden war.

Etwas daran gab mir das Gefühl, wertgeschätzt zu werden. Ich fühlte mich so lebendig. So sicher. So *bereit*.

Ich wollte mehr. Ich wollte ihn. Seinen Mund. Seine Zunge. Seine Hände. Seinen Schwanz.

Ich konnte ihn fast schon zwischen meinen gespreizten Schenkeln spüren und mir lebhaft vorstellen, wie er in mich stieß und wieder aus mir glitt – konnte seine *Beanspruchung* fast schon spüren.

„Und jetzt wirst du ganz feucht für mich", murmelte Melek. „Bei den Feen, ich kann es kaum erwarten, von dir zu kosten. Tatsächlich ..." Die Schleife an meinem Oberschenkel wurde verrückt, was meine Sinne verwirrte, weil ich nicht gespürt hatte, dass er zurück aufs Bett geklettert war. Vielleicht lehnte er sich über die Matratze?

Ich wollte ihn unbedingt ansehen.

Aber ich ließ es bleiben.

Er hatte aus einem Grund verlangt, dass ich die Augen geschlossen behielt.

Ich zuckte zusammen, als die Seide auf meine Mitte traf. Die unerwartete Berührung ließ mich erschrocken nach Luft ringen.

„Du hast ja keine Ahnung, was ich mit dir anstellen will, Camillia", murmelte er. „Ich will deine Muschi verpacken,

Schleifen an den richtigen Stellen anbringen, damit deine Klitoris mit jedem Stoß stimuliert wird." Er ließ den Stoff über meine Knospe streifen und übte dabei die seichteste Spur von Druck aus. „Ich werde das Seil zwischen deine Beine bringen ..."

Er ließ seinen Worten Taten folgen und entlockte mir dabei ein Stöhnen.

„Es an deinem Arsch entlang hochziehen", fuhr er fort und griff hinter mich, um das Seil an meinem Po hochzuführen. „Und dann werde ich es an deiner Mitte befestigen." Er strich über die Schleife. „Und das mache ich immer wieder, bis du vollständig gefesselt bist." Der Strang spannte sich straff an meine heiße Mitte gepresst an und ich öffnete meine Lippen lusterfüllt. „Und dann werde ich dafür sorgen, dass dir Flügel wachsen, Engelchen."

Die Schleife wanderte durch Meleks Hand an meine Mitte gedrückt zurück an die Stelle, von der sie gekommen war. Die Seide spannte sich, gegen meine feuchte Öffnung gepresst, an.

„Und ich werde dich auch in die Lüfte heben", flüsterte er, seine Lippen jetzt ganz nah an meinem Ohr. „Und dich ficken, während du über unserem Bett hängst."

Das Bild, das er mit seinen Worten malte, brachte mich zum Keuchen. „Ja ..."

Er drückte mir einen Kuss auf den Hals, ließ seine Hände an meine Seiten wandern und zog dann auf eine Art am Seil, dass es meine Nippel kniff.

„Nächstes Mal werde ich deine Arme fesseln, damit jede Bewegung", er zog erneut am Seil, „deine hübschen Titten necken wird." Ein weiteres Ziehen – dieses fester. „Du wirst dich selbst verrückt machen und dann um meinen Mund betteln. Meine Berührung. Deine *Erlösung*."

Er führte es vor, wand die Seide geschickt um meinen Körper und schürte dabei das Inferno, das in mir loderte.

Jede Bewegung streifte meine steifen Nippel nur ganz leicht. Es reichte, um mich zu necken, aber nicht, um mich zu befriedigen.

Als die Schleife an meine Mitte zurückgeführt wurde, ahmte er dieselbe Empfindung nach, indem er die Seide an meine Klitoris brachte, aber nicht genug Druck erzeugte.

„Melek", flüsterte ich.

Er berührte meinen Hals mit seinem Mund und ich spürte seinen warmen Körper hinter mir. Ich war nicht ganz sicher, wie oder wann er aufs Bett gestiegen war, weil die Empfindungen, die er mit seiner *Seide* erzeugte, mich zu sehr benebelten.

Als er mit dem Finger auf die Stelle zwischen meinen Schulterblättern presste, beugte ich mich nach vorn. „Behalte deine Hände an den Seiten", sagte er zu mir. „Tu so, als wären sie gefesselt."

Kein leichtes Unterfangen. Ich wollte meinen Fall instinktiv bremsen, weshalb meine Finger zuckten.

Aber ich vertraute darauf, dass er mich fangen würde.

Und, oh, ich war so froh, dass ich es tat, denn er benutzte das Seil, um mich kontrolliert abzusenken. Die angespannten Stränge übten noch mehr Druck auf meine schmerzenden Brüste aus.

In letzter Sekunde drehte er meinen Kopf, sodass mein Gesicht zur Seite abgedreht war, bevor ich Gesicht voran in die Matratze fallen konnte. Dann benutzte er das Seil, das er zwischen meine Beine gefädelt hatte, um meinen Arsch hochzuziehen und übte damit Druck auf meine Klitoris aus.

Ich stöhnte. Die Empfindung gab mir fast den Rest.

Und dann spürte ich seine Hände überall. Er schien sich meine Form einzuprägen, sich jeden Zentimeter zu merken. Im nächsten Augenblick verschwanden die Schleifen und ich war wieder frei – und ungeheuer heiß.

„Das nächste Mal wird es länger dauern", versprach er. „Aber wir sind monatelang um unsere Anziehung herumgetanzt. Ich kann keine Sekunde länger warten, in dir zu sein, Cami."

Er breitete meine Beine aus. Sein Schwanz wartete bereits an meiner Öffnung.

Mir blieb kaum Zeit, zu reagieren, ehe er mich mit einem kräftigen, übergriffigen und geschmeidigen Stoß füllte.

Ich legte meine Hände auf die Matratze und krallte meine Fingernägel in die Steppdecke, während Melek mich von hinten nahm – mit Bewegungen, die durch und durch *er* waren. Er verströmte pure Sinnlichkeit. Ich konnte seinen Eifer spüren, konnte sein brodelndes Verlangen hören, und doch schaffte er es irgendwie, wie immer diese sinnliche Perfektion an den Tag zu legen.

Ich stöhnte. So voll zu sein, war ein wunderbarer Kontrast zu all den neckischen Berührungen. Alles in mir spannte sich an und in meinem Bauch breitete sich eine neue Welle der Leidenschaft aus.

Im nächsten Augenblick lag ich auf meinem Rücken und Melek schwebte über mir. Seine Flügel waren ausgebreitet und er drang erneut in mich.

„Du bist so schön", sagte ich zu ihm und bemerkte erst jetzt, dass ich die Augen aufgeschlagen hatte. Aber er hatte mich von den Seilen befreit und die Illusion, seinem Befehl zu unterstehen, damit zerspringen lassen. Meine Arme hatte ich bereits bewegt. Ihn anzusehen, hatte sich also ... natürlich angefühlt.

„Nicht so schön wie du, Cami", erwiderte er und presste seinen Mund auf meinen, während er eine meiner Brüste in die Hand nahm.

Ich stieß einen erschrockenen Schrei aus, weil mein Nippel so empfindlich war.

Er reagierte darauf, indem er die steife Knospe massierte und dann seinen Mund an meine Brust führte, um sie zu küssen, während er sein Tempo in den niederen Regionen drosselte.

Ich wand mich unter ihm, verloren in den Empfindungen, die seine Zunge, sein Mund, alles von ihm mir bescherten.

Mir war nicht aufgefallen, wie heiß mich das Seil gemacht hatte. Jetzt fühlte es sich an, als würde ich in einem Meer der Erleichterung baden und ich genoss die lustvollen Empfindungen, verlor mich in *ihm*.

Ich ließ mich fallen. Ergab mich seinen Berührungen, seinem Kuss, allem von ihm.

Als er mich erneut küsste, war ich nicht mehr Cami. Ich war nur noch Meleks Engel. Seine Frau. Seine Fee. Seine *Gefährtin*.

Und er verehrte mich, wie er es versprochen hatte.

Mit seinen Händen. Seinem Mund. Seiner Zunge. Seinem Schwanz.

Jeder einzelne Teil von ihm ergänzte mich. Unsere Körper befanden sich in einem sinnlichen Tanz, der durch und durch Melek war.

Er verstand sich wahrhaftig darauf, zu führen. Ich war seinen Bewegungen unterworfen, ergab mich all seinen Einfällen.

Er lächelte an meinen Mund gepresst. „Verliebst du dich gerade in mich, Camillia De la Croix?"

„Ich weiß es nicht", gab ich offen zu.

„Mh", summte er und knabberte dann an meiner Unterlippe. „Na gut. Aber du solltest wissen, dass ich glaube, dich seit dem Augenblick, in dem wir uns begegnet sind, zu lieben."

Ich schüttelte den Kopf. „Das war nur Lust."

„Das waren unsere Seelen, die einander kennen", korrigierte er mich mit einem Stoß, der in jeden Zentimeter meines Körpers ausstrahlte. „Mein Herz hat damals schon für dich geschlagen und singt auch jetzt für dich."

Er presste seine Lippen auf meine, ehe ich etwas erwidern konnte. Ich hätte auch gar nicht gewusst, was.

Melek, die rätselhafte Fee, sagte die Wahrheit. Offenbarte seine Gefühle. Und drückte seine grenzenlose Liebe aus, wie nur er es konnte.

Endlich waren wir beim letzten Zug in unserem Spiel angelangt.

Und wie sich herausstellte, hatten wir beide gewonnen.

Weil wir beide dasselbe Ziel verfolgt hatten.

Und für den anderen gemeinsam schrien.

Den Namen des anderen im Sprechchor riefen.

„Melek!"

„Cami!"

Ich klammerte mich mit wild klopfendem Herzen an ihn und in mir braute sich eine Explosion zusammen. Eine Explosion, die aus Monaten der Ungewissheit geboren worden war. Aus Monaten der Sehnsucht. Monaten der Verwirrung. Der Neckerei. Monaten des *Verlangens*.

„Flieg für mich!", verlangte Melek, sein Mund an meinen gepresst. „Flieg für mich und schreie meinen Namen."

Ich schlang meine Beine fest um seinen Körper, die Arme um seinen Hals geflochten.

Und dann flog ich, wie er es mir aufgetragen hatte.

Das Gefühl des Fallens überwältigte mich und die Schwerelosigkeit ließ mich fast in Panik geraten.

Aber ich ließ los. Ich ließ *alles* los.

Und vertraute darauf, dass Melek mich auffangen würde.

Denn er war mein Engelsfeengefährte. Mein Seelenvertrauter. Meine Zukunft.

Er breitete seine Flügel um mich herum aus und seine

Hingabe verströmte eine Wärme, die ich in jedem Zentimeter meines Wesens spüren konnte.

Er war da, hielt mich, während er selbst fiel. Wir beide stiegen sorgenlos zum Himmel hoch. Und landeten dann in einem Bett aus Federn. Wir waren völlig außer Atem, befriedigt und endlich vollständig miteinander verbunden ...

# KAPITEL 26

## TYPHOS

*EXPLOSIV.*

Dieses Wort definierte Camillia De la Croix, als sie in meinem Bett kam. Ich war nicht da, konnte es aber spüren. Riechen. *Schmecken.*

Alles durch Melek.

Und nicht, weil er mir die Empfindungen durch unser Band weiterleitete. Sie bestanden ganz einfach zwischen uns. Die Versuchung war so sündhaft gut, dass ich mich der Sünde fast hingegeben hätte. Camillia explodieren zu sehen, würde den Schmerz, den der erneute Fall ins Reich der Höllenfeen nach sich ziehen würde, wert sein.

Ich strich mir mit der Hand übers Gesicht und führte sie dann an meinen Hals, als eine frische Welle der Erregung von Melek mein Blut erhitzte.

Er hatte kein Wort zu mir gesagt, mich nicht eingeladen, mitzuspielen. Er hatte Camillias nackten Körper nicht beschrieben und mich auch in keiner Weise provoziert.

Aber es war dennoch da.

Ich schluckte mein Verlangen herunter und konzentrierte mich auf Vita. Auf die Worte, die auf der Seite vor mir zu lesen waren. Auf die vergangene Stunde, die ich daran verschwendet hatte, nach Antworten zu suchen, die nicht zu existieren schienen.

*Irgendetwas muss es hier drinnen doch geben,* dachte ich mit einem leisen Knurren.

„Was enthältst du mir vor?", fragte ich und blätterte durch Vita, suchte nach einem verlorenen Gedanken, der mir abhandengekommen war.

Denn ich erkannte die Kraft in Camillia wieder. Tief drinnen, irgendwo, wusste ich, was sie zu bedeuten hatte.

Und darum mussten sich die Details in diesem Buch befinden. Aber die Wahrheit blieb mir verborgen.

*Warum kann ich mich nicht daran erinnern?*

*Will ich mich nicht daran erinnern?*

Stand es mit etwas in Zusammenhang, das Vivaxia jemandem angetan hatte, der mir am Herzen lag? Etwas, das sie mir angetan hatte, vielleicht?

Ich presste die Lippen aufeinander, als ich an Camillias Großmutter dachte – die Frau, die mein Leben ruiniert hatte.

Tausende Jahre später war ich der uralten Spielchen, die sie und ich einst gespielt hatten, immer noch überdrüssig.

Ich hatte geschworen, mir keine Auseinandersetzung mehr mit ihr zu liefern. Nie wieder.

*Und doch stehe ich jetzt hier und baue das Spielbrett auf. Platziere strategisch Figuren.*

*Mit einer neuen Königin.*

Aber etwas entging mir. Ein Brennen tief in meiner Seele warnte mich mit einer gewissen Bedrängnis, die ich nicht zuordnen konnte.

Camillia war in Sicherheit.

Sie war bei Melek.

*Warum verspüre ich dann diese tief sitzende Sorge um ihr Wohlbefinden?*

Weil Vivaxia sie zu einfach zurückgegeben hatte.

Irgendetwas hatte sie mit dem Mädchen angestellt.

*Aber was?*, fragte ich mich und musterte das magische Buch, das die Erinnerungen barg, die ich nicht mehr mittels meiner eigenen Gedankenkraft anzapfen konnte.

Im Laufe der Zeit zerfielen die eigenen Erinnerungen. Mithilfe von Vita hatte ich meinen Verstand bewahren, wichtiges Wissen lagern und uralte Rückbesinnungen erhalten können.

In diesem Buch verbarg sich so viel Geschichte. So viele verlorene Gedanken.

Doch anstelle von Antworten, erblickte ich auf Vitas Seiten nur weiße Turmspitzen. Die Szene war ausgeschmückt mit makellosen Straßen und Unmengen von Blumen. Geflügelte Wesen schwebten in der Ferne unter einem hellen goldenen Schein, der aus allen Richtungen zu kommen schien.

Vita zeigte mir das Reich der Engelsfeen nur selten, da ich lieber nicht an diese Zeit zurückdachte, aber es war ein Teil meiner Vergangenheit, den ich nicht ausradieren konnte.

„Camillia wurde an einen vergessenen Albtraum dieses Ortes gebracht", informierte ich Vita und blätterte um.

Die Vergangenheit war eben genau das: vergangen. Was immer übrig geblieben war, war eine leere Erinnerung, die meine Feinde zurückgelassen hatten.

Das nächste Bild zeigte mir das bekannte Gesicht einer Frau und ließ mich innehalten. Ihre Gesichtszüge waren leicht verschwommen, als wäre die Tinte von Wasser verschmiert worden. Ich ließ meine Finger über das Bild wandern. Die Gefühle von Einsamkeit und Sehnsucht, das das in mir auslöste, verwirrten mich.

Dunkles Haar.

Hell leuchtende weiße Flügel mit schwarzen Enden.

*Ah, meine Mutter.*

Sie zu sehen, machte mich plötzlich entschlossener, weil eine bittere Erinnerung hochkam.

Meine Eltern hätten mich nie zeugen sollen.

Meine Geburt hatte sie ihr Leben gekostet.

*Warum war das, noch mal?*

Ich blätterte eine Seite weiter und sah einen kleinen Jungen mit rabenschwarzem Haar und meeresblauen Augen. Sogar damals war die Flügelspannweite beeindruckend gewesen – und das Lächeln des unschuldigen Jungen, der nie gedacht hätte, dass er der König der Höllenfeen würde, auch.

*Ich.*

Eine Frau – vermutlich meine Mutter – hielt den Jungen in den Armen, aber ich konnte sie nicht mehr erkennen. Die Tinte um sie herum war nichts weiter als ein paar verschwommene Kleckse. Dasselbe galt für den Schatten eines Mannes hinter ihr.

*Oh, genau.*

Jetzt erinnerte ich mich daran, warum ich diese Erinnerung lieber in Vita aufbewahrte als in meinem Kopf. Bevor ich ins Erwachsenenalter gekommen war, hatte ich ihre Fähigkeiten fortwährend ausgesaugt und ihre Engelsfeenmagie in mir aufgenommen, um die Kraft aufzubauen, die jetzt meine Quelle war. Selbstverständlich hatte ich damals nicht gewusst, was ich da machte, bis es zu spät gewesen war.

Ich war noch ein Kind gewesen.

Sobald mir meine Taten bewusst geworden waren, hatte ich mich verändert. Ich richtete es so ein, dass ich nie wieder die Kraft eines anderen Wesens absaugen und sie zu meiner machen konnte.

Aber das hatte nicht gereicht. Meine Eltern waren gestorben, weil ich ...

Ich riss die Augen auf, als mir die Gemeinsamkeiten auffielen.

„Weil ich ein *Siphon* war. Ganz wie Camillia", murmelte ich mir selbst zu und blätterte abermals durch die Seiten.

Das hatte ich vergessen, weil meine Kräfte nach dem Tod meiner Eltern verändert worden waren. Nicht von Vivaxia, sondern von *mir*. Ich war nur für eine sehr kurze Zeit ein Siphon gewesen, weil ich diesen Teil von mir für immer gebrochen und ihn zu etwas anderem gemacht hatte, das nicht so gefährlich sein würde.

Niemand wusste, wie meine Eltern umgekommen waren. Ich entstammte keiner königlichen Erblinie oder einer bekannten Familie, also waren sie in Vergessenheit geraten. Und außerdem war ich in die Kernstadt gezogen und hatte versucht, einer Vergangenheit zu entfliehen, die ich zu vergessen versuchte.

Trotzdem erinnerte ich mich an die Eltern, die ich verloren hatte, wenn auch nur auf Vitas Seiten.

Und jetzt stützte sich meine Kraft auf eine ewig währende Energiequelle.

Meine puren Emotionen.

Ich hatte ein ganzes Reich mit der Kraft meiner Trauer geschaffen. Emotionen bargen Energie, vor allem so tief sitzender Schmerz. In den Händen eines Unsterblichen verwandelten sie sich in rohe Kraft.

Mit pochendem Herzen blätterte ich weiter. Ich schottete mich von Melek und Azazel ab, damit sie mein Unbehagen nicht spüren würden.

Denn sie durften nicht erfahren, wie es Vivaxia gelungen war, Camillia zu schaffen.

Nicht, bis ich meine Vermutung bestätigt hatte.

Auf der nächsten Seite befand sich kein Bild, sondern eine Niederschrift. Eine Erinnerung an eine Unterhaltung, die ich vor langer Zeit mit Melek geführt hatte.

Ich wollte mich nicht daran erinnern.

Aber wenn ich der Zukunft entgegentreten wollte, musste ich mich zuerst meiner Vergangenheit stellen.

***Vor vielen, vielen Jahren ...***

Ich starrte in Meleks wunderschönes Gesicht.

Umwerfend.

Atemberaubend.

Und doch erkannte ich den Mann kaum wieder, mit dem ich mich verbinden wollte. Seine vielfarbigen Iriden verströmten einen Hass, der mir noch nie zuteilgeworden war. Ein Hass, der mein Herz wie wild gegen meine Brust hämmern ließ. Das war der einzige Tag gewesen, an dem er mich angesehen hatte, als würde er mich verabscheuen.

Als ich seine Gedanken absuchte, spürte ich nichts als Ekel.

Aber die Worte, die er gerade von sich gegeben hatte ... Die mutige Aussage, die er gerade gemacht hatte ...

Ich schluckte hart.

„Du ... du hast mit ihr geschlafen?", fragte ich, war mir nicht einmal sicher, wie es mir gelang, seine Behauptung nicht brüllend zu wiederholen.

Oder jemanden zu töten.

*Er hat gesagt, dass er sie gefickt hat. Warum würde er so etwas tun?*

Und doch hatte ich ihn gerade nackt in ihrem Bett erwischt.

Wir waren nicht immer exklusiv, aber Sex mit Vivaxia qualifizierte sich als Betrug. Sie war hinterhältig und mächtig und besaß die Fähigkeit, das Leben von innen her zu zerreißen.

Ich war nicht mit Melek verbunden. Nicht vollständig.

Aber wir hatten geplant, genau das zu tun, sobald es sicher war.

Melek wusste von meiner Vergangenheit. Er wusste auch, dass ich nie riskieren würde, ihn zu überwältigen oder ihn zu konsumieren, wie es meine Energie wollte.

Wenn er mir gleich sagte, dass es wirklich stimmte, konnten wir den Versuch nicht wagen. Wenn er kompatibel mit Vivaxia war, würde ein vollständiges Gefährtenband zwischen uns auf einer himmlischen Ebene nicht funktionieren.

Denn ich konnte nicht riskieren, mit ihr verbunden zu sein. Nicht einmal für ihn.

Melek stieß ein höhnisches Lachen aus und strich ein paar Haarsträhnen aus seiner Stirn. Er flatterte herausfordernd mit seinen Flügeln, die sonst immer weich und geschmeidig waren und sich in intimer Weise um mich schlangen.

Soweit ich wusste, war Vivaxia nicht einmal hier. Ich war verfrüht dorthin gekommen, nachdem ich eine dringende Nachricht von Azazel erhalten hatte, dass er verkauft werden würde.

Das durfte ich nicht zulassen.

Und als ich ihre Villa bis auf den Geruch von Ambrosia leer vorgefunden hatte, war das Letzte, was ich im Bett meiner Feindin vorzufinden geglaubt hatte, mein Liebhaber gewesen.

Die Abwesenheit von Bediensteten und Gästen hätte mir ein Hinweis sein sollen. Vivaxia trug ihren Status gern zur Schau und war nur selten allein – es sei denn, sie trieb ein Spielchen.

Melek stand auf und ließ die Laken von seinem nackten Körper gleiten.

„Du musst gerade reden", sagte er. „Ich habe den Handel gesehen, Ty. Ich weiß, was du mit Vivaxia vorhast. Dass du mich angelogen und mir gesagt hast, dass du dich mit mir – und nur mir – verbinden willst."

„Melek ...", begann ich und hatte nicht den geringsten Schimmer, wovon er da sprach.

Er fiel mir knurrend ins Wort. „Nein. Du hast mich für nichts herumirren lassen und mich gebeten, ein verflammtes Buch zu finden." Er griff nach dem erwähnten Wälzer, der auf dem Nachttisch lag, und hielt ihn hoch. Es war ein Buch, das meine Mutter geliebt hatte. Das Buch, das ich als textähnliche Katakombe für die wichtigen Notizen meines Gedächtnisses benutzen wollte.

Melek den Folianten am Buchdeckel – nicht am Rücken oder als Ganzes – halten zu sehen, machte mich wütend.

„Ich habe *das hier* gesucht, während du eine weitere deiner berüchtigten Vereinbarungen abgeschlossen hast, die deine Seele an ihre binden sollte. Tja, jetzt ist meine Energie stattdessen an ihre gekoppelt."

Mein Herz setzte einen Schlag aus. *Das Gefährtenband. Er hat begonnen, ein Gefährtenband zu knüpfen.*

Ich konnte es nicht spüren, aber ich ... Melek hatte mich noch nie angelogen.

Ich schüttelte den Kopf, konnte einfach nicht glauben, dass das hier gerade wirklich passierte. Wie das Leben so verdammt schnell eine Wendung hatte nehmen können.

Melek stammte von einer der Nobelfamilien ab und wir hatten uns ineinander verliebt, obwohl ich angestrengt versucht hatte, niemanden einzulassen. Ich hatte ihm versprochen, mich mit ihm zu verbinden.

Und doch hatte er ... einen *Handel* gesehen, der etwas anderes behauptete.

Und er hatte ihr geglaubt? Nach allem, was wir durchgemacht hatten?

*Verdammt.* Wir hatten jahrelang meine Magie studiert und erlernt, wie sie funktionierte und wie wir sie kontrollieren konnten.

Das hatte dazu geführt, dass wir *zusammen* Handel ausfertigten.

Ich legte ihm alles vor. Jeden Vorbehalt. Jede Klausel. Jede Vereinbarung.

Aber er hatte wegen eines Stück Papiers, das auf etwas anderes hindeutete, sein ganzes Vertrauen in mich verloren. Ein Dokument, auf dem stand, dass ich mich mit Vivaxia verbinden wollte. „Lass mich raten", grummelte ich zähneknirschend. „Es war Vivaxia, die dir diese Vereinbarung gezeigt hat?"

„Natürlich", schoss Melek zurück. „Sie dachte, ich hätte es verdient, die Wahrheit zu erfahren. Dasselbe kann ich von dir nicht behaupten."

Ich knurrte. „Melek ..."

„Nein!", zischte er mit vehementem Tonfall, den ich noch nie von ihm gehört hatte. „Ich bin fertig mit dir, Typhos. Das hier wird die letzte Erinnerung sein, die du von mir haben wirst."

Er warf das Buch zu Boden und stürmte aus dem Zimmer, ohne zurückzublicken.

Ich hatte stundenlang dagestanden und nicht gewusst, was ich tun, wie ich das wieder geradebiegen sollte.

Dass er mir nicht vertraute, hatte mich gebrochen. Dass er seine Energie mit Vivaxias vermischt hatte, hatte mich am Boden zerstört. Und dass er mich derart abgewiesen hatte, hatte mich wütend gemacht.

Als Vivaxia etwas später in ihr Schlafzimmer geschlendert war, war ich immer noch da gewesen. Und so verletzlich gewesen.

Verletzlich genug, um den Handel zu unterzeichnen, der bald darauf zu meinem Fall geführt hatte.

*Eine Vereinbarung, die uns alle verändert hat.*

Ich klappte Vita mit einem Dröhnen zu und starrte das Buch an, während ich die Wahrheit sacken ließ. Ich hatte das Gefühl, festzusitzen. Als würden die Wände näherkommen.

Das war das erste und einzige Mal gewesen, dass Melek mich angelogen hatte. Er hatte mich im Glauben gelassen, dass er mit Vivaxia geschlafen hatte, weil dieser Handel der einzige Weg gewesen war, meine Träume in Erfüllung gehen zu lassen.

Hätte ich ihn nicht unterzeichnet, wäre ich nicht gefallen, und dann wäre ich nicht *gebrochen* worden und die Höllenfeenreiche wären nie entstanden.

Meleks Grausamkeit – seine *Lüge* – hatte einen hohen Preis gehabt. Sie hatte ihn um ein Haar auch gebrochen.

Aber am Ende war es das einzig Richtige gewesen.

Denn die Alternative hätte weitaus mehr wehgetan. Im Reich der Engelsfeen zu leben, ohne die Unschuldigen beschützen zu können, hätte mich wahnsinnig gemacht. Mit meiner begrenzten Kraft hätte ich Azazel nie retten können.

Ich hätte mich in ein boshaftes und wütendes Wesen verwandelt.

Ich hätte Melek weggestoßen und wäre zerstörerisch geworden.

Mein Prinz hatte das gewusst. Und darum hatte er mit Vivaxias Plan mitgezogen. Es war sogar sein Vorschlag gewesen, zu behaupten, dass er mit ihr geschlafen hätte. Sie war hocherfreut gewesen, weil sie ihn nur gebeten hatte, mich dazu zu bringen, die Vereinbarung zu unterzeichnen, nicht, mir das Herz zu brechen.

Aber Melek war der Einzige, der wusste, wie meine Kraft funktionierte. Er wusste, dass sie nicht nur in der

Formulierung meiner Vereinbarungen lag, sondern auch in den Emotionen, die in meinem Herzen wüteten.

Darum hatte er mich hinters Licht geführt.

Und geschworen, es nie wieder zu tun. Kurz darauf hatte er unser Gefährtenband vervollständigt und natürlich waren wir kompatibel gewesen. Ich hätte ihn nie anzweifeln sollen.

Doch ich hatte die Wahrheit gesehen. Wir wären nicht da, wo wir heute waren, wenn dieser Augenblick nicht gewesen wäre. Und daran ... daran würde ich niemals etwas ändern, auch wenn sich mir die Gelegenheit böte, in der Zeit zurückzureisen und alles noch einmal zu machen.

*Ich vergebe dir, mein Prinz.*

Ich ließ ihn die Worte nicht hören. Ich hatte sie schon vor langer Zeit gesprochen, aber jetzt verstand ich seine Beweggründe besser.

Wir konnten nur Frieden stiften, wenn wir von vorn anfingen. Das Reich der Höllenfeen war mein Traum, den er geteilt hatte.

Es wurde aus explosiver Trauer geschaffen.

Wenn alles umgedreht würde, wenn alles, was ich mit guten Absichten erschaffen hatte, ungeschehen gemacht und verdreht würde, konnte es zerstört werden.

Das, aber, ließ sich nicht mittels einer Zauberformel oder roher Gewalt bewerkstelligen.

Die Gefahr hatte die Form einer Frau angenommen, die nicht nur für mich geschaffen, sondern auch für meinen inneren Zirkel bestimmt war.

Camillia De la Croix sollte von innen her zerstören.

Vivaxia war irgendwie dahintergekommen, dass ich einst auch ein Siphon war. Ich wusste nicht, wie sie es herausgefunden hatte, und es war mir auch egal. Aber wenn sie über meine Vergangenheit im Bilde war, dann wusste sie so viel mehr als nur, wie man ein Siphon kreierte und alles ungeschehen machte, was ich erschaffen hatte.

*Sie hat mich beobachtet,* dämmerte mir, was mich die Zähne zusammenbeißen ließ.

Darum hatte es so lange gedauert, bis sie zur Tat geschritten war. Sie hatte mich beobachtet.

Gelernt.

*Und jetzt hat sie herausgefunden, wie sie mich und alles, was mir etwas bedeutet, zerstören kann.*

Sie mochte unseren Kampf vor langer Zeit verloren haben, aber jetzt war sie darauf gekommen, wie sie den Krieg gewinnen konnte. Sie hatte sich darauf vorbereitet.

Und sie hatte eine hübsche kleine Höllenfeenbraut als Trojanisches Pferd in den Ring geschickt.

Aber es reichte tiefer als das. Vivaxias Spielchen bestanden nicht aus ein oder zwei Zügen.

*Sie will mehr.*

Sie war nicht nur auf meine Kraft aus. Sie wollte mir das Herz brechen.

*Ein weiteres Mal.*

Ich blähte die Nasenflügel, als mir die Hitze von Asche in die Nase stieg. Ich hatte Melek und Azazel aus meinem Kopf gesperrt, aber wie es schien, hatte das bei meinem Kommandanten nicht gereicht.

Oder vielleicht besuchte er mich, gerade weil ich ihn ausgeschlossen hatte.

Denn ich hatte versprochen, die Kommunikationskanäle offen zu halten, was ich auch hatte. Sie waren nur etwas ... gedrosselt gewesen.

„Warum fühlen sich deine Gedanken hart wie Stein an?", wollte Azazel wissen, der jetzt hinter mir stand. „Was hast du gefunden, Typhos?"

Ich drehte mich nicht zu ihm um. Die Erinnerungen, die Vita an die Oberfläche geholt hatte, fühlten sich noch zu frisch an. Erinnerungen, die ich für immer hatte begraben wollen.

Leider musste ich mich jetzt an alles erinnern.

*Jeden noch so dunklen Teil davon.*

„Ich weiß, was Vivaxia mit Camillia gemacht hat", sagte ich und strich mit den Fingern über Vitas Ledereinband. „Und wenn wir nicht schnell handeln, könnte es unser aller Ende sein."

# EPILOG: EINE
# ANMERKUNG VON MELEK

HABT IHR EUCH JE GEWUNDERT, was passiert wäre, wenn ich von Anfang an etwas direkter gewesen wäre? Wenn ich nicht in Rätseln gesprochen oder mit Worten jongliert und mir ... einfach genommen hätte, was ich wollte?

Denn ich habe mich gefragt, wie die Geschichte sich entwickelt hätte, wenn ich Cami ganz einfach am ersten Tag gefickt hätte.

Und nachdem ich mich mit meinen herzensguten Fantasiewesen ausgetauscht habe (die man in meiner Welt auch Musen nennt), haben sie sich bereiterklärt, mich meine Fantasien ausleben zu lassen.

Wenn du gern Mäuschen spielen und herausfinden willst, was hätte sein können, klicke hier.

Bis zum nächsten Mal, meine Lieben.

Vergesst nicht, ausreichend Wasser zu trinken.

Seide ist immer besser als Wolle.

Und bitte, um der Feen willen, folgt euren Träumen. Vielleicht landet ihr dann auch bei einem sexy Höllenfeen-König. Oder vielleicht bei einem spitzbübischen Prinzen, der fürs Leben gern spielt ...

Bis bald.
Alles Liebe
Melek

# BONUSSZENE —
# MELEKS FANTASIE

*Widmung: Alle, die gern in Meleks Seile eingewickelt werden möchten. Das hier ist für euch ...*

## MELEK

Ich liess meine Finger über die abgenutzten Buchrücken wandern und nahm nur oberflächlich Notiz von den uralten Texten auf den Regalbrettern der Bibliothek. In der Luft lag ein Hauch von Macht, der mir sagte, dass ich eine heilige Abteilung betreten hatte, die randvoll gefüllt mit Tys wertvollsten Büchern war.

Aber es gab eines, von dem ich mich ganz besonders angezogen fühlte.

*Vita.*

Ihre Seiten waren aufgeschlagen und ihre Energie kreierte ein Leuchtfeuer, das mich neugierig auf sie zugehen ließ.

Keiner sollte die geheimen Abschnitte, die auf ihrem alten Pergamentpapier geschrieben waren, lesen können, doch jetzt sah ich eine wunderschöne Frau an einem Tisch sitzen, die völlig eingenommen vom Buch war, das vor ihr ausgebreitet lag.

*Kandidatin Nummer sechsundsechzig* hieß es auf ihrem Oberteil. *Hm.*

Leise öffnete ich das Gerät, das ich eben aus meiner Hosentasche geholt hatte, und suchte nach Details über sie.

*Camillia De la Croix.*

*Halb sterblich, halb Fee.*

Ich ging die restlichen Details durch, die mir aber keine Hilfe waren. Sie waren zu generisch. Und vermutlich *falsch.*

Denn diese Frau war *keine* halbe Sterbliche. Nicht, wenn sie Vita lesen konnte.

Ich machte einen Schritt nach vorn und bewunderte ihr langes, dunkelblondes Haar, das sie zu einem Pferdeschwanz zurückgebunden hatte und dessen Spitzen bis zu ihrer oberen Rückenpartie reichten.

Von meinem Standort aus konnte ich sehen, dass sie athletisch war, aber an den richtigen Stellen über Kurven verfügte.

Perfekt für meine Hände.

Perfekt für meine Zunge.

*Perfekt für meine Seile.*

*Was hat deine Neugier geweckt?*, flüsterte Ty in meine Gedanken. Sein Interesse war eine spürbare Präsenz, die zwischen uns erblühte.

*Eine Höllenfeenbraut*, erwiderte ich.

Das füllte das Band zu meinem Gefährten mit Überraschung. *Aha? Welche denn?*

*Kandidatin Nummer sechsundsechzig*, erwiderte ich und lehnte mich gegen die Regale. *Ich habe ihr Gesicht noch nicht gesehen, aber ich bin mir sicher, dass sie wunderschön ist.* Ich hätte auf meinem Gerät nachschauen können, wollte den Augenblick aber nicht ruinieren. Diese anfängliche Anziehung war mein Lieblingsteil bei neuen Bettgefährten.

Mir Verführungstaktiken zu überlegen, mein zweitliebster.

*Verstehe*, erwiderte Ty. Sein Tonfall verriet nicht, was ihm durch den Kopf ging. *Hättest du gern Gesellschaft für dein Spieldate?*

Ich lächelte. *Deine Gesellschaft will ich immer, Liebster.*

*Hm*, summte er. *Sag mir Bescheid, wenn ich mich anschließen soll, und ich werde da sein.*

Mein Blut erhitzte sich angesichts dessen, was seine Worte wirklich zu bedeuten hatten: *Sag mir, wenn die Frau bereit ist, dann werde ich sie für dich ficken.*

*Gib mir dreißig Minuten*, murmelte ich, stieß mich von den Regalen ab und schlich mich an meine Beute heran.

Sie war zu sehr in das Buch vertieft, um mich zu bemerken. Ihr Kopf war nach unten geneigt, ihr Nacken freigelegt, und ich hätte meine Hand am liebsten um ihren schlanken Hals geschlungen.

Die Frau hatte einfach etwas. Etwas Mächtiges. Etwas *Übernatürliches.*

Während ich um den Tisch herumging, musterte ich die Züge ihres Gesichts, die schöne Neigung ihrer Kinnlinie und ihre vollen, verlockenden Lippen. Sie formte lautlos Worte mit den Lippen, was bestätigte, dass sie tatsächlich in der Lage war, Tys Buch zu lesen.

Faszinierend.

Ich würde sie später darüber ausfragen müssen.

Vielleicht in Erfahrung bringen, was sie war, und entziffern, was sie hier wirklich machte.

Aber zuerst wollte ich sie ficken.

Wollte sie mit meinen silberfarbenen Schleifen schmücken und dabei zusehen, wie der Höllenfeen-König ihren Körper entweihte. Ich würde ihre Tränen weglecken, ihr Lust bescheren und sie dann erneut nehmen.

Bei den Feen, ich war hart. *Steinhart.*

*Wer ist dieser vom Himmel geschickte Engel?*, staunte ich.

*Ist sie ein sündhafter Leckerbissen, den man mir dagelassen hat, um ihn zu verschlingen? Eine Versuchung, die auf die Probe stellen soll, wie tief ich gesunken bin?*

Wenn es Letztes war, würde ich den Test nicht bestehen.

Ich war in den Gruben der Hölle, wo ich hingehörte.

Und ich hatte fest vor, diese wunderschöne Kreatur mit mir in den Abgrund zu ziehen.

Ich musterte ihren Mund abermals und mir fiel auf, dass, was sie gerade gelesen hatte, sie das Gesicht hatte verziehen lassen. „Das ist unmöglich", flüsterte sie sich zu.

„Das wollte ich auch gerade sagen", erwiderte ich und machte einen großen Schritt nach vorn, um mich direkt hinter sie zu stellen.

„Ähm ..." Sie blickte über ihre Schulter und riss ihre schönen meeresgrauen Augen auf, als ihr bewusst wurde, wie nahe ich ihr war. Oder vielleicht ließ sich die Reaktion auch einfach auf meine Anwesenheit zurückführen. Die meisten Feen fanden mich attraktiv. Schön, sogar. Und ihre sich rötenden Wangen sagten mir, dass es ihr nicht anders ging.

Ich wartete ab, wollte sie einen Augenblick lang die Aussicht genießen lassen, während ich mich in diesem ersten Moment der Anziehung sonnte, den ich so liebte.

Sie war wirklich atemberaubend schön. Und das ließ die verlockendste aller Vorfreuden in mir hochkommen – weil ich wusste, dass sie mich genauso sehr bestaunte wie ich sie.

Dieses enge Oberteil, das sie trug, tat Wunder für ihre Brüste. Ich war mir sicher, dass ihre Hose auch ihren Arsch betonte, wenn sie aufstand.

Mh, ja, diese Frau war wie gemacht für meine Seile. Sie hatte Kurven an den richtigen Stellen. War stark. *Und interessiert an mir.*

Letztes konnte ich den sich weitenden Pupillen entnehmen, wie sie ihre Zunge herausstreckte und ihre plumpe Unterlippe damit befeuchtete.

„Hallo", sagte ich irgendwann und musterte sie ein weiteres Mal.

„Ich, ähm ..." Sie verstummte.

„Du hast gelesen", beendete ich den Satz an ihrer Stelle. „Ich weiß. Ich habe zugesehen." *Und dich bewundert*, fügte ich in Gedanken hinzu.

„Es ist eine ziemlich fesselnde Geschichte", meinte sie.

„Daran habe ich keinen Zweifel", stimmte ich zu und neigte meinen Kopf zur Seite. „Du warst so eingenommen vom Lesematerial, dass du den Zapfenstreich verpasst hast."

Sie blinzelte, dann wanderte ihr Blick zur Uhr, die ganz in der Nähe hing. „Oh, verdammt."

*Ja wirklich*, dachte ich. „Unser König nimmt seine Regeln sehr ernst", warnte ich sie. „Ich glaube, das liegt an seinem Hang, zu bestrafen. Er hat gern einen Grund, um ... zu spielen."

Sie blinzelte erneut mit ihren langen Wimpern. „Und du bist hier, um ...?" Sie verstummte abermals.

„Dabei zu helfen, die Bestrafung zu vollziehen, fürchte ich", erwiderte ich mit einem Seufzer. Das war nicht direkt gelogen. Sie hatte die Regeln gebrochen und Ty nahm Regelbrüche wirklich sehr ernst. Aber wir würden beide sicherstellen, dass sie ihre Bestrafung genoss. *Voll und ganz.*

Die Frau überraschte mich, indem sie sich aufrichtete, die Schultern straffte und mir direkt in die Augen blickte. „Na gut. Bestrafe mich."

„Oh, es werde nicht ich sein, der dich bestraft, Camillia De la Croix", sagte ich und auf meinen Lippen breitete sich ein sinnliches Grinsen aus. Eines, von dem ich wusste, dass es die meisten Feen in die Knie zwang. „Wie ich schon sagte: Ich bin nur hier, um zu *helfen*. Wenn du mir also bitte folgen würdest ..."

Ich machte einen Schritt zurück und breitete meinen

linken Arm aus, um ihr wortlos zu bedeuten, dass sie aufstehen und den Gang verlassen sollte.

Sie presste die Lippen aufeinander, dann schüttelte sie den Kopf und stieß sich vom Tisch ab. „Klar. Warum nicht?" Die selbstbewusste Haltung bekam ihr. Es ließ sie mehr wie eine Höllenfeen-Königin als eine Höllenfeenkandidatin wirken.

Sie schlenderte an mir vorbei, sodass ich jetzt ihren Hintern begutachten konnte – und ja, die Hose stellte ihren Arsch perfekt zur Schau. *Wunderschön.*

*Deine Vorfreude lenkt mich ab, kleiner Prinz,* murmelte Ty in meine Gedanken.

*Ich glaube, du wirst diese Braut sehr genießen, mein König,* erwiderte ich und bewunderte die Frau, die stur die Zähne zusammenbiss.

*Aha?*

Die Frau hielt am Ende des Ganges inne und sah mit erwartungsvollem Blick zu mir zurück. Ihr mutiger Blick stellte allerhand Dinge mit mir an. *Ja, sie wird dir* definitiv *gefallen.*

„Ich bin übrigens Melek", sagte ich zu ihr, als ich auf sie zuzulaufen begann.

Sie zog eine ihrer dunkelblonden Augenbrauen hoch. „Du hast keinen Titel?"

Ich musterte sie. „Warum würde ich einen Titel haben?" Natürlich hatte ich einen, aber das hätte sie nicht wissen sollen.

Es sei denn, ihr Höllenfeenvater hatte sie in Höllenfeenpolitik eingeführt.

Aber sie hatte mich vorhin nicht so angesehen, als würde sie mich wiedererkennen, sondern mit interessiertem Ausdruck. Und dieser Ausdruck hatte sich selbst jetzt nicht verändert.

„Na ja, der Wärter hat darauf bestanden, dass ich ihn den

Wärter nenne. Also bin ich ganz einfach davon ausgegangen, dass ..." Sie verstummte.

„Ich bin nicht wie unser Wärter", murmelte ich. „Mir ist es lieber, wenn man mich einfach bei meinem Namen nennt. Melek."

Sie musterte mich mit ihren schönen meeresgrauen Augen. „Melek."

„Prinz Melek", flüsterte ein Fantasiewesen laut von oben.

„Schöner Prinz Melek", ergänzte ein weiteres. „Ein wahrer Traum."

Ich lächelte. „Na, na!", sagte ich zu den unsichtbaren Wesen. „Verderbt mir nicht den Spaß."

Aber es war bereits geschehen.

Ein Meer aus Stimmen erklang und alle sprachen über mich und wer ich war.

„König Luzifers Gefährte."

„So gut aussehend."

„Ein echter Fang."

„Was für ein Glück sie hat, sein Interesse geweckt zu haben."

„Eine himmlische Freude, habe ich recht?"

„Von den Engeln verbunden."

„Werden sie sie teilen?"

„Das hoffe ich."

Auf die Aussage folgten Seufzer, während Camillia sich mit einem faszinierten und zugleich verwirrten Ausdruck umsah.

„Prinz ...?", wiederholte sie.

„Nur, wenn man es genau nehmen will", erwiderte ich. „Und das will ich nicht."

„Du bist ein Prinz?", sprudelte es aus ihr heraus, während sie mich abermals von Kopf bis Fuß musterte. „Ich schätze, das erklärt den Anzug."

Mein Blick wanderte nach unten. „Mein Outfit hat nichts

mit meinem Titel zu tun, sondern mit meinem Geschmack. Mir stehen Anzüge gut und sie verleihen mir Selbstbewusstsein."

Sie legte die Stirn in Falten, als würde sie mir nicht glauben.

„Okay, du hast recht. Mein Ego ist ohnehin groß genug. Aber Frauen finden mich sexy in Anzügen, also trage ich sie, wenn ich auf der Jagd nach einer Spielgefährtin bin."

„Eine Spielgefährtin?", wiederholte sie.

„Einen guten Fick", stellte ich klar, bemühte mich nicht, meine Absichten zu verbergen. Wir konnten um den heißen Brei herumreden, ein wenig flirten und das hier in die Länge ziehen. Das wäre vielleicht auch ganz unterhaltsam gewesen. Aber Teil davon, den ersten Augenblick gegenseitiger Anziehung zu genießen, war, dem tierischen Trieb zu ficken nachzugeben.

Und das war alles, was ich mit Camillia De la Croix tun wollte.

Die Frage lautete: Würde sie mitziehen? Oder fliehen?

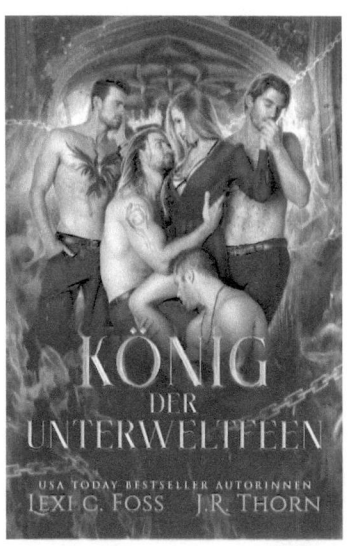

## König der Unterweltfeen

Das Schachbrett ist aufgebaut.
Die Spieler wurden ausgewählt.

Vivaxia hat versucht, Camillia zu einer Figur in unserem
endlosen Spiel zu machen – aber sie irrt sich, was sie angeht.

Es ist ihr nicht bestimmt, irgendeine beliebige Spielfigur zu
sein. Sie ist unsere Königin.

Das Reich der Höllenfeen benötigt dringend eine – vor allem,
als es von zerstörerischer Engelsfeenmagie angegriffen wird.
Wer ist wirklich ein Feind? Und wer wird bloß kontrolliert?

Das Letzte, was ich tun will, ist, Unschuldige zu bestrafen,
aber das gehört alles zu Vivaxias Plan mit dazu. Sie will mich
verletzen – und zwar tief. Darum will sie alles

auseinandernehmen, was ich aufgebaut habe, und Wege finden, damit alle Königreiche sich gegen mich wenden.

Hätte sie sich auf alle möglichen Ausgänge vorbereitet, hätte sie vielleicht gewonnen, aber ich weiß etwas, das eine Kreatur wie Vivaxia nie wissen wird. Ganz egal, wie viel sie auch beobachtet, intrigiert und plant.

Mein Reich wird nicht von Angst regiert. Mein Volk ist mir treu ergeben wegen dem, wofür ich stehe. Ich bin alles, was die Engelsfeen nicht waren.

Ich kontrolliere sie nicht. Ich lasse sie genauso sein, wie sie sind. Ich lasse sie ihre Schicksale erfüllen, wie sie es wünschen.

Das Schicksal wird nicht durch die Hand der Mächtigen geschaffen ...

Es wird mit Liebe und Trauer geschmiedet, und allem voran ... Mit *Höllenfeuer*.

**Anmerkung der Autorinnen:** *König der Unterweltfeen* ist ein dunkler, paranormaler Liebesroman mit vier geplagten Gefährten, zwischen denen man sich nicht entscheiden muss. Wenn du deine Antihelden dominant und sexy magst, bist du hier an der richtigen Adresse. Im Reich der Höllenfeen brennt Romantik heiß und Vergebung ist nicht vonnöten. Dieses Buch schließt die Unterweltfeen-Serie ab.

*USA Today* Bestsellerautorin Lexi C. Foss ist eine Schriftstellerin, verloren in der Welt der Computer. Sie lebt mit ihrem Mann und ihren pelzigen Freunden in North Carolina. Wenn sie nicht gerade schreibt, ist sie mit Sicherheit auf Reisen. Viele der Orte, die sie schon besucht hat, lassen sich in ihren Büchern wiederfinden, einschließlich der mystischen Welt von Hydria, die auf der griechischen Insel Hydra basiert.

Lexi ist ein bisschen verschroben, trinkt viel zu viel Kaffee und schwimmt gern. Tschüss!

Würden Sie gern über Neuerscheinungen informiert werden? Dann tragen Sie sich für ihren Newsletter ein: https://www. lexicfoss.com/deutschen-newsletter

Besuchen Sie Lexi im Netz!
https://www.lexicfoss.com/aktuell

E-Mail: lexicfoss@gmail.com

Die USA Today Bestsellerautorin J.R. Thorn ist eine Autorin
von Reverse-Harem-Liebesromanen. All ihre Bücher handeln
in derselben Welt – ausgenommen Bücher, die zusammen mit
einer Co-Autorin geschrieben wurden. Also lass dir die
empfohlene Lesereihenfolge oben oder auf der Website nicht
entgehen! (Sie ist außerdem besessen von magischen
Tätowierungen und Alphamännchen.)

Lies mehr von J.R. Thorn, erhältlich auf Amazon.de!